MW01717228

COLECCIÓN DORADA

INTERÉS GENERAL

Francisco de Miranda

¿SOÑADOR DE ABSOLUTOS?

VÍCTOR PAZ OTERO

Francisco de Miranda

¿SOÑADOR DE ABSOLUTOS?

Villegas editores

Libro diseñado y editado en Colombia por
VILLEGAS EDITORES S. A.
Avenida 82 nº. 11–50, Interior 3
Bogotá, D. C., Colombia
Conmutador (57–1) 616 1788 Fax (57–1) 616 0020
e–mail: informacion@villegaseditores.com

Editor
BENJAMÍN VILLEGAS

Dirección de arte
ANDREA VÉLEZ

Departamento de arte
PATRICIA MARTÍNEZ LINARES

Primera edición, mayo de 2011

ISBN 978-958-8293-80-6

Impreso en Colombia por
Panamericana Formas e Impresos S. A.

Carátula
Acrílico sobre tela de la serie *Vestigios de un General*
de Santiago Betancur Zuluaga

VillegasEditores.com

Para Dorita,
en la certidumbre
del único absoluto:
el amor.

PRIMERA PARTE

1

A veces se nace de un rencor, de la despiadada y convulsa fuerza que este provoca en el alma para potencializar sus demonios y permitir que estos transformen la vida en una especie de sustancia inédita y desconocida que anhela encontrar nuevas formas y nuevos lenguajes en los que pueda existir... estallar, desparramarse violenta e incontenible sobre los horizontes que presagian la confusa llegada del futuro. Momento de caos y combustión, de desorden fecundo que agita y atraviesa las vísceras; que trastoca los ordenamientos del alma y precipita la frágil razón al abismo incandescente de una lucidez enigmática, que así como puede conducir a la devastadora locura, puede remontar el vuelo hacia el éxtasis sobrecogedor donde se nos revela el destino. Perturbador y dramático instante donde se vislumbra, entre relámpagos emocionales, el desconcierto que provoca el encuentro con uno mismo. Efímero instante de eternidad donde se percibe el rostro verdadero con el cual se existirá, aun antes de haberse iniciado ese segundo nacimiento.

2

Un sol espléndido y una luz atronadora estremecen de profundas y cambiantes transparencias las aguas azules de esa mar océana, que nunca ha unido bien los mundos que existen en cada una de sus distintas y distantes orillas. Es un hermoso océano que separa el tiempo de la vida y el tiempo de los hombres: allá, la Europa preñada de pretérito y carcomida por siglos de historia, donde los seres que la habitan parecen ahora decididos a cambiar la ruta que han transitado para continuar existiendo en esa misma historia que no termina nunca. Allá, el pretérito, el pasado opulento, sus fastos, sus vastas y asombrosas construcciones, sus lenguas multiformes que han edificado el estupor de los poemas. Sus ingenios, los siglos acumulados de talento que han vuelto soberbios a sus sabios, que han confundido su razón y los han convertido en extraños sacerdotes de una deidad altanera y presuntuosa que desprecia y subyuga a los hombres que desconocen sus argucias. Allá, esa Europa engreída y dominante, conquistadora despiadada, constructora de maravillas y de múltiples infamias; esa Europa enamorada y seducida por el tiempo del pasado vivido entre deslumbramientos y catástrofes. Pero acá, el posible engendramiento de un futuro, la posibilidad incierta y quebradiza de un tiempo nuevo y de esperanza que aún carece de forma y de sustancia. Acá, un tiempo y un lugar donde ha sido cercenada y mutilada una avasallante y enigmática realidad que Europa no ha nombrado como historia. Una realidad profanada y que ha sido envilecida para fundar sobre ella la desmesurada catedral de la codicia y del desprecio.

En este instante la mar océana, la destellante mar océana, no es puente ni es camino. Es abismo, es profundidad, y es lejanía. Pero hacia allá, en esa luminosa mañana del 25 de enero de 1771, un hombre que es joven y es hermoso y que lleva un caos en el alma y una flauta traversa en sus baúles, y que va abrazado a un rencor, se dirige en una embarcación sueca que tiene nombre de príncipe. No sabe lo que quiere y solo en apariencia conoce el motivo que orienta sus pasos. Solo una noción vaga, una tormentosa y volcánica sensación de conocer y recorrer el mundo, lo impulsa a ese viaje sin ruta predeterminada. Pero su sueño, tal vez solo sus intuitivas y perturbadoras visiones, le están permitiendo imaginar que lo que el mar separa él de alguna manera podrá algún día unirlo dentro de su alma. Y su alma es cambiante, desmesurada, trepidante. En esa alma suya caben sueños de absoluto. Y de absolutos se embriagará para que los mundos que ha separado una historia discriminante se reencuentren en un nuevo lugar donde todo debe volver a recomenzar, como recomienza la mar, la mar azul y unificante que han soñado en todas las épocas los hombres de buena voluntad y de corazón generoso.

Ese joven absorto y embelesado por el fulgor de un futuro que intuye, pero que desconoce, se llama Sebastián Francisco de Miranda.

3

No ha existido ni mucho dolor ni mucha tristeza en los ritos de esa despedida que lo arrancará de su hogar y de su mundo por un tiempo que nadie nunca puede precisar. No habrá nunca exuberancia de lágrimas en la inquieta e inquietante vida que ahora se dispone a inaugurar. Tampoco lo avasallará la nostalgia por el mundo que abandona. El deseo de irse, y tal vez la secreta y punzante intención de no regresar en muchos años, suplen los vacíos y el rumor de melancolía que las ausencias suelen escribir entre los seres que se separan.

Al puerto de La Guaira han venido a despedirlo su padre y dos de sus hermanas. Numerosa y unida es su familia. Diez hermanos, donde él es primogénito. Un padre español, nacido en las Canarias, venido desde tiempo atrás para "hacer la América". Y vaya que la ha hecho, con tesón y con trabajo, no con rapiña ni con saqueo. Tendero de profesión, importa y vende géneros diversos. Comerciante compulsivo y ordenado, semana tras semana, año tras año, ungido a la triste severidad de un mostrador, se ha permitido acumular riqueza mesurada, pero suficiente para atender con holgura y a veces hasta con largueza las necesidades de su creciente prole. Sebastián de Miranda y Revelo llámase este canario, tozudo y esforzado, que ha muchos años se hizo a la mar para buscar en América lo que no encontraría en España: abiertos horizontes y, por supuesto, algún destello tentador de dignificante riqueza. Menguadas han sido sus ambiciones y bastante recortados sus pequeños sueños. Durante años se ha acomodado muellemente a la rutina. Entre el negocio y el hogar, entre la plaza pública, el chismorreo y el atrio polvoriento de la iglesia, transcurren sin afán y sin demencias los días sosegados de su existencia ultramarina. Lo satisface la vida que ha llevado. No lo ultraja saberse envejeciendo. Los muchos hijos, la buena y silenciosa mujer que hace muchos lustros es su esposa y que es caraqueña y se nombra como Francisca Antonia Rodríguez, así como la lenta y progresiva acumulación de los caudales, le permiten creer que ha cumplido con justa y honrada medianía el papel que seguramente alguna desconocida y divina providencia le asignó para que desempeñase en las confusiones de este mundo.

De la tribu de Sancho, don Sebastián Miranda ha preferido siempre ver el lento abultamiento de las alforjas que contemplar ensimismado el fulgor alucinante de aquellas lanzas que presagian el olor de la aventura. Su buen hijo, que ahora está embarcado para precipitarse precisamente en la sinrazón de la aventura, no demorará mucho tiempo en suprimirle a su nombre el nombre que lo liga al nombre de su padre. Y tal vez en homenaje de clandestino amor hacia su madre, acabará llamándose en el mundo y en la historia Francisco de Miranda. Extrañas son las curiosas ironías que se anudan al sino y al destino de los hombres. ¿No será posible imaginar que el Quijote incontenible que anidó en el alma de Francisco proviniese de los callados silencios o de los ignotos e inexpresados sueños de su Francisca madre?

4

Un suceso reciente que tiene tinte de calamidad, de escándalo y de humillación para la familia apacible y sedentaria de Sebastián Miranda y Revelo, ha venido para trastocar su buen y bien ganado sosiego. Suceso que a su vez se constituye en la música de fondo que orquesta y apresura el viaje de su hijo Francisco.

Habiendo llegado un nuevo gobernador a las tierras extensas y no del todo exploradas que constituyen la Capitanía de Venezuela, este funcionario, don José Solano —que antes de su nombramiento tiene el oficio de capitán de navío— ávido y deseoso de asumir su autoridad, procede a desarrollar iniciativas que den lustre y dejen huella de su paso en los asuntos del poder. Crea el Batallón de Blancos Criollos y se le ocurre igualmente nombrar como capitán de una de sus compañías al comerciante canario, don Sebastián Miranda. Esto causa la ira y la murmurante indignación de la pequeña pero poderosa élite de quienes se conocen como los mantuanos. Alegan estos que tales privilegios les corresponden de manera exclusiva a los miembros de su clase, altanera y excluyente. Tal vez desconocía el buen e ingenuo gobernador recién llegado el intrincado y denso tejido de prejuicios, de falsas vanidades, de ínfulas y mañas que sostenían el andamiaje jerárquico que, a la sombra de las costumbres y tradiciones españolas, se había venido fraguando en el extenso mundo que abarcaba el orden colonial. Era un mundo de prejuicios, jerarquizado hasta los tuétanos, celosamente conservador de absurdos y mezquinos privilegios. En la cúspide de la dominación y del poder se encontraban los blancos peninsulares, es decir los nacidos directamente en España. Continuaban luego los blancos no peninsulares, los canarios. Proseguían los blancos criollos o mantuanos. Luego los pardos, que eran los negros libres o manumisos; los negros esclavos; los negros cimarrones; los indios tributarios; los indios no tributarios; y los que podían nombrarse como población marginal. Cada grupo tenía ferozmente limitadas sus funciones y sus atribuciones.

La raza, el simple y evidente color de la piel, condicionaba de por vida el destino social y colectivo de los hombres. Casuísticos, intrincados e irritantes reglamentos mantenían con fiera e implacable severidad el asimétrico funcionamiento de aquellas discriminantes jerarquías. Lo blanco —o la supuesta pureza de la sangre— era el hecho esencial y definitivo para valorar la dignidad y el reconocimiento de los hombres. El arbitrario engranaje de aquella cultura insolente y altanera se encargaba, a través de sus resortes ideológicos, de hacer admisible y hasta asimilable para todos que la matriz de lo blanco y de lo español era equivalente a lo que es superior y a lo que encarna los valores supremos de la vida y de la historia. Como en la católica prédica de su Iglesia y de su religión dominadora, se quería decir que fuera de lo blanco no existía salvación posible. Lo negro y lo indígena no tenían valor ninguno. Eso era lo ilegítimo, lo bastardo, lo que había que despreciar, sojuzgar. Lo que no provenía de España no tenía dignidad ninguna para ser considerado como perteneciente al acervo de la cultura humana. Eso era lo que había que negar, transformar, o simplemente destruir y despreciar.

Parámetros de una rigidez brutalmente irracional sostenían y alimentaban aquella infamante estructura del desprecio, que terminaba contradiciendo y poniendo en entredicho los procesos reales y concretos con los cuales la historia y la cultura configuran sus lenguajes verdaderos. Pues por fuera del poder reglamentador que daba forma pero nunca vida a aquella dominación soportada en tanta infamia, la historia iba tejiendo otros procesos que pugnaban espontáneamente por alterar ese orden falsificado y arbitrario. Ni la vida ni los hombres se ajustan ni pueden someterse a vivir reglamentados por códices que el tiempo se encarga de trastocar y convertir en ingenua estupidez, con la cual un poder coyuntural y transitorio creyó imaginar que podía insuflarles aliento de inmutable eternidad. Y en Venezuela, y como en general acontecía en las otras vastas e inabarcables latitudes que constituían el imperio de la evangelizadora y depredadora España, el mundo iba cambiando.

En centro estratégico del comercio ultramarino se había venido convirtiendo la Capitanía. Sus productos agrícolas, codiciosamente deseados por los europeos, hacían creciente y compulsiva la demanda de esclavos africanos para afrontar sus múltiples urgencias. Barco tras barco depositaban en sus ardientes playas a miles de aquellos asombrados y torturados hombres, sobre los que recaería la fatiga extenuante del trabajo así como el látigo que imponen la disciplina y el desprecio y que cotidianamente fortalece la ferocidad discriminante. Y esos hombres —pese a las reglamentaciones, pese a las múltiples prohibiciones prescritas en los códigos— se mezclaban, fornicaban, tal vez hasta se amaban, se deseaban y se reproducían. Y fueron creando esa otra extraordinaria y poderosa realidad social que sería la marca y la música esencial del continente americano: el mestizaje. Ese mestizaje —al principio como fuerza y presencia imperceptibles, después como marea incontenible, marea de vida y de realidad histórica— fue imponiendo su impronta sobre la piel de esa nueva Venezuela. Y a cambio de piel, cambio de vida. El mestizaje —no sólo en Venezuela, sucedería en todas las colonias, sucederá en todos los pueblos del mundos— señala como un destino inexorable la ruta de futuro que transitarán los hombres. Tal vez ese futuro se acoja a la consigna de mezclaos los unos con los nosotros, para que sea engendrada la verdadera raza cósmica que un día presidirá las ceremonias de una única y verdadera historia universal para los hombres.

5

En ese marco de endurecidos prejuicios, de antiguos y mortificantes resentimientos, en medio del cual se había engendrado y funcionaba asimétricamente una sociedad de castas, fue donde el nuevo gobernador Solano tuvo la inconsulta idea de nombrar al comerciante Sebastián Miranda como jefe de una compañía militar de blancos criollos, distinción que le permitiría hacer gala y ostentación de ciertos pequeños y arrogantes privilegios. Nunca pudo imaginar el poco prejuiciado funcionario que ese acto de simple rutina administrativa pondría en marcha una colosal tormenta que, con el correr de los años, acabaría derrumbando el desmesurado andamiaje de un imperio que la España carnívora, absolutista e inquisidora había fundado siglos atrás para que en sus dominios nunca se pusiese el sol. De ese acto nacería el rencor del joven Francisco de Miranda. Y de Francisco de Miranda nacería el impulso inicial, volcánico y visionario, de quebrantar la estructura discriminante y dominadora de una forma política que negaba a los hombres el sueño, aún difuso y precario, de convertir la libertad en la fuerza iluminante y trastocadora que quería fundar una nueva historia orientada por los destellos de una esquiva divinidad, engendrada y parida por las nuevas necesidades y las apremiantes urgencias de los hombres: la razón.

Son sutiles, a veces imperceptibles y clandestinos, los procesos que posibilitan los grandes encadenamientos en la historia. A la primera mirada parece apocalíptico y descabellado imaginar que, de un rencor y de esa herida que se le infligió al alma exuberante y convulsionada de un joven que nació para soñar absolutos, se pueda rastrear el hilo invisible de esa epopeya de delirio y no pocas veces de demencia que dio comienzo al surgimiento de una América republicana, una América que acabaría redefiniendo la ordenación geopolítica del universo. Pero la historia es un caos y nunca ha sido un cosmos, y aún a nadie le ha sido dado el don de develar y revelar las leyes y las fuerzas enigmáticas que gobiernan la esencia y la existencia del caos. Pero en la vida, como en la cultura, ¿acaso no será necesario tener un caos dentro de uno para poder imaginar que se puede parir una estrella?

Son confusas y enmarañadas las exactas circunstancias que se anudan al escándalo desatado por el nombramiento del tendero canario como comandante militar de una compañía de criollos blancos. Algunos alegaron que le asistía derecho, pues se decía que en otro tiempo el señor Miranda había servido en el ejército. Otros consideraron ese hecho casi como en calidad de sacrilegio, puesto que argumentaban que nada se conocía sobre el linaje de Miranda y nada podía afirmarse con certeza sobre su supuesta "limpieza de la sangre". Pero lo que más dolía y causaba escozor en la epidermis enfermiza de aquellos mantuanos engreídos, tropicales exponentes de una aristocracia que era de pacotilla pura y fabricada con falsificados destellos de oropel, era verse obligados a aceptar que un mugroso tendero, así fuese blanco y honrado trabajador de sol a sol, pudiese darse el privilegio enaltecido de portar insignias que, como el manto o el bastón de mando, en algo podía igualarlo con ellos, con el avasallante esplendor de su nobleza. Esa nobleza, que ellos por supuesto ya habían echado en el olvido, provenía del crimen, de las sangrientas ceremonias que propician la rapiña y el saqueo. Ellos, que tiempo atrás fueron engendrados por follones y por mal nacidos, sin embargo ahora —por la gracia simple y milagrosa del pillaje y del pasado carnicero de sus antepasados— creen que ya son nobles, pues en la América la nobleza se conquista y no se hereda. Y por creerse nobles de coyuntura y de ocasión, odian el trabajo. Parásitos en éxtasis que, vestidos de encaje y de bordado, creen con equívoca fe que quien consigue la riqueza con el bíblico sudor que mana de la frente, delata simplemente su origen oscuro y bien plebeyo. Para ellos, el trabajo no dignifica nunca al hombre, lo envilece.

Pero en Sebastián Miranda también circula la sangre ardiente y explosiva del español que ha convertido la lucha y el trabajo en objetivo para orientar sus años. Él, por su parte, desprecia a esos criollos petulantes, esos que están untados de la tierra y el sol americanos. Y pelea con orgullo, con ardorosa valentía, por los supuestos derechos que le corresponden por no haber nacido en esta tierra de hombres sin nobleza verdadera. Esa tierra que carece de historia, donde todo pasado que enaltece no es más que un puro vacío o una pura ausencia; o si acaso, turbio pasado poblado por caníbales, por indios degenerados e indolentes, casi por animales sin alma racional. En una sociedad de castas todos se odian con vehemencia, todos se desprecian con antipatías abisales, todos de manera inconsciente trabajan arduamente para preparar la hoguera en la que un día, que vendrá después, van a ser incineradas sus torpes y mezquinas vanidades.

Pero el escándalo está hecho y engendró sus frutos. Llevó don Sebastián Miranda sus densos y retóricos alegatos a la lejana corte. Años después, el mismísimo rey —con su lenta sabiduría de estúpido— le concedería al intransigente súbdito canario la razón, y un poco de aquellos pequeños privilegios por los que había sufrido y padecido tanto. Pero en el entretanto, el atribulado Sebastián Miranda parece que vióse forzado a soportar humillación y oprobio. Hubo de deshacer el negocio mediante el cual se habían acrecentado sus caudales. Se marchó de la harapienta y cálida ciudad que era Caracas y dedicóse a cultivar la tierra en heredad cercana. El cacao, con sus leyendas seductoras, floreció con ímpetu exuberante en las feraces tierras y siguió contribuyendo para que el amado talismán de su dinero no sufriese notorio deterioro.

Pero de aquella violenta humillación sufrida injustamente por Sebastián Miranda surgió como por gracia de un azar perverso —perverso para algunos y sin duda venturoso para otros— la decisión inquebrantable de enviar al mayor de sus vástagos a la distante y desconocida España. Como si se tratase de una iluminación, un día, en medio de sus lágrimas, de su rencor y de su humillación multiplicada, Sebastián Miranda intuyó, como si se tratase de un presentimiento místico, que ese hijo suyo, al irse, un día regresaría para deshacer entuertos y convertir en gloria las ofensas de este presente turbio y doloroso que le habían obsequiado los mantuanos, por el simple delito de ser un rústico tendero que creía en el poder dignificante del trabajo.

6

Una vez el Príncipe Federico despliega sus airosas velas y va ganando lejanía en la inmensa soledad de la mar océana, Francisco de Miranda, con sus veintiún años a cuestas, su rencor y sus alborozados sueños, sabe con desgarrada certidumbre que para él acaba de comenzar su verdadera e ineludible vida. Está algo confuso, pero para nada intimidado por el incierto destino que comienza a inaugurarse ante el estupor de sus pupilas anhelantes. La vida es viaje. Un ir siempre adelante con uno mismo, pero siempre con el deseo de ir más allá de uno mismo. Se siente un Ulises embriagado por posibles e inéditas aventuras. Pero un Ulises para quien nadie desteje una tela que convierta en urgencia su retorno. Ha llegado para él ese día en que es necesario navegar. Necesario alejarse de donde se ha sentido siempre constreñido y de donde hasta ha podido imaginar que sus posibles alas de gigante le han impedido caminar. Y siente esa brisa cálida y ardiente golpeando su rostro como una comprometedora invitación que incita al vuelo. El mar es pasaporte al infinito, al perpetuo e incesante movimiento que abomina de la quietud sedentaria de la tierra. El mar derrota y aniquila los pequeños límites, los espacios seguros que protegen. Empuja el alma hacia un universo que carece de fronteras. Nos hace complacientes con el vértigo y nos aproxima a esa música alocada que grita y fulgura en los abismos.

Así siente que vibra y que respira su alma Francisco de Miranda, cuando el barco en que navega lo aleja de aquella Venezuela prejuiciada, de su hogar, de los pocos afectos o de las grandes pasiones que atraviesan la emoción del corto pretérito que tiene ya vivido. Lo acosa y lo abraza la perturbadora sensación de que toda su vida está comenzando en ese viaje. De que no proviene del pasado, sino de que está lanzado y proyectado hacia el futuro. Él solo sabe sentir nostalgia de ese futuro que aún no ha sido, pero que ahora está tocando a las puertas de su alma y lo convoca hacia delante. Cree sentir que haber nacido en la dominada América lo ha hecho nacer preñado de futuro, que el futuro es el tiempo y la sustancia verdadera. Como toda sensación, aquello se le antoja un poco inexplicable. Solo es vivencia, emoción pura y desgarrada que lo agita y le convulsiona el alma y lo predispone a enfrentar con voluntariosa entereza el inmenso pero nunca intimidante desafío.

Lo primero que decide es comenzar un diario. Una bitácora existencial que debe ayudarle a enfrentar los posibles e inexorables extravíos que producen las rutas que conducen al mañana. Será diario ajeno a los sentimentalismos, desconocedor de los desbordes emocionales y de los trances reflexivos donde puedan surgir las lágrimas o los lamentos que prodigan las tristezas. No será nunca un diario de las tribulaciones de su alma o de su vida interior. Será como un diario escrito con miradas, descripción escueta y corta de lo que podrá observar, no de lo que podrá sentir. Diario de un viajero, de un transeúnte irredimible que anhela recorrer y acariciar el mundo y embriagarse en sus paisajes. Diario de un ávido testigo ocular que quiere retener en las pupilas el flujo cambiante de lo que precisamente está allí, afuera de las íntimas realidades de su ser. Diario de apretadas notas, de concisos y fugaces comentarios marginales sobre lo que encuentra y encontrará en el mundo. Sabe, y lo acepta, que la palabra escrita, que la magia sugestiva y sugerente de lo que puede transmutarse en un poema para expresar la realidad vivida o la realidad maravillosamente imaginada no es su fuerte, ni está nunca en sus propósitos explorar las movedizas y avasallantes arenas literarias. En el alma inquieta del joven Francisco de Miranda nunca acechan ni se asoman las miradas transformadoras ni el ímpetu creador de algún poeta. Él es un anotador, casi un notario inconmovible de los múltiples hechos que están allí poblando aquello que a veces parece lo real. Es más, Miranda parece un guardián celoso y obstinado para que las íntimas y secretas vibraciones que se anudan y se agitan en eso que puede ser precisamente el alma, no se manifiesten en lo que irá escribiendo en esas notas, que escribirá sin tregua y sin fatiga en la larga y excitante travesía en la que convertirá su vida, a veces alucinante, a veces despiadada, y casi siempre vivida en olor a loca desmesura.

Miranda ha nacido para transitar, no para contemplar. Su elemento es la aventura, tal vez la acción. Su punto de llegada son los espejismos cambiantes de horizontes que se amplían y se hacen imposibles, en la medida en que se inician los pasos que pretenden alcanzarlos. Móvil y siempre en movimiento, ese joven que ahora está embarcado, que ahora ha comenzado un diario, se ignora a sí mismo, no sabe con certeza —¿lo podrá saber alguien?— lo que busca. Solo sabe escuchar el difuso murmullo de sus febriles y quebradizos sueños. Solo sabe que ese viaje vacilante que ahora ha comenzado conducirá al futuro, y que en ese futuro todo un mundo nuevo, todo un posible y desgarrado absoluto se reencontrarán en su alma cuando él haya podido soñar con deleitoso amor su verdadero y delirante sueño.

7

Antes de embarcarse ha establecido solemnemente con su padre que, una vez llegado a España, ingresará al ejército de Su Majestad. Por eso, y también antes de iniciar el viaje, tramitó una solicitud para esclarecer lo concerniente a su limpieza de sangre y conseguir una certificación de su pasada buena conducta, solicitudes que se le resolvieron favorablemente. Su padre Sebastián aportará los recursos necesarios, inclusive con largueza, para que su hijo culmine ese proyecto, que sin duda imagina en algo ayudará a mitigar la humillación que le han prodigado los mantuanos. Al menos en lo externo, la vida y el destino del joven e impetuoso viajero está amarrada a ese propósito: sería militar, serviría "con entusiasmo y lealtad" a Su Majestad. Y en un principio, ese propósito colma con cierta plenitud el nuevo e inexplorado horizonte de todos sus anhelos juveniles.

El viaje sería largo. Treinta y cuatro extensos días para atravesar el majestuoso Atlántico, días en los que igualmente Miranda hará un viaje interior. Introspectivo balance de sus haberes personales. Interrogación sobre lo que es y lo que quiere. Intento de precisar el verdadero rumbo de sus plurales y alocados sueños. En su diario no consigna aquellas inquietudes que acosan los espacios de su alma, pero examina y reflexiona con memoria minuciosa los hechos y los actos que han ido conformando hasta el momento los eventos esenciales de su vida.

Juzga y siente como algo amable la vida ya vivida. Nada hay en ella hasta el momento que le pueda conceder calidad extraodinaria, pero tampoco nada que la convierta en infierno o en calamidad insoportable. Ha crecido rodeado por afectos protectores. Ha satisfecho caprichos inocentes. Ha ido a la escuela. Ha tenido diversos compañeros, con los que ha probado el atrayente y seductor encanto de curiosas travesuras. Ha ido descubriendo en esos años que siente una poderosa fascinación por las lecturas, así como una aversión casi incontrolable por aceptar someterse a la rigidez estúpida de toda reglamentación y toda disciplina. Nadie lo ha considerado un muchacho excepcional, ni un brillante o destacado estudiante que prefigure hacia el futuro a un rutilante triunfador en las ceremonias azarosas de la vida. Pero nadie ha desconocido que está dotado de una gracia innata para desenvolverse con soltura y desparpajo en las más distintas y variables situaciones. Tiene el don —un poco ambiguo— de aquello que se designa como la agradable simpatía. Su figura es atrayente, diferenciada y llamativa. Las mujeres casi siempre ven en él a un ser hermoso que alborota y convoca sus lujurias. Y sin duda que es hermoso, alto, fuerte y musculoso. Una mirada extraña, donde juegan a veces destellos de ironía combinados con la secreta presencia de algunas tristezas imprecisables y cambiantes.

Sin duda una mirada que es inquietante y es inteligente. Su rostro tiene algo que impacta e impresiona. Su tez, intensamente blanca. Rasgos que no son fuertes ni son dulces, que son firmes y respiran arrogancia, en ocasiones displicente, pero nunca avasallante altanería.

En estos años, él mismo es ya consciente de esa donosura y de esas gracias de macho encantador que salen a torrentes de su cuerpo bien forjado. Y él mismo se ha propuesto, con cierta empecinada deliberación, perfeccionar las dotes y los otros ornamentos que le ayudarán a su cuerpo y a su galante figura de mancebo a amplificar sus elementos seductores. Gusta y se deleita con la palabra fácil y sonora, con la palabra que sabe halagar cuando se la usa con encajes; con la palabra festiva, que sabe acariciar las superficies sin arriesgar extravíos en lo que es profundo. Es hábil, virtuosamente diestro, casi embaucador, cuando dice y cuando calla. Ha comprendido desde niño que la palabra hablada es música irresistible, melodía que embruja, que consigue fines y conquista triunfos. Su parla —lo sabe y no podrá olvidarlo nunca— es su más afinado instrumento para moverse con deleitosa e irresponsable fluidez por todos los espacios y todos los salones de este mundo. Por influjo de su palabra amable ha probado ya placeres y delicias un tanto desquiciantes en su harapienta Caracas, donde sin embargo abundan doncellas de carnales labios y de exquisitas desnudeces, que a veces son como visiones que derrotan la cordura. Por su palabra se ha acercado y las ha recorrido a ellas. Y Miranda es vanidoso, buscador ávido y a veces incontrolable de placeres. Parece haber venido al mundo con sus células empapadas de una especie de sibaritismo irredimible, al que rendirá culto intransigente cada vez que la vida y las circunstancias lo permitan. Y, además, toca y ama con amor de virtuoso la sonora y embrujadora flauta. Siempre la música, el poder y la magia de lo melodioso como elemento encantado para ampliar el universo de sus irresistibles simpatías.

Este Miranda de veintiún años que está iniciando el viaje es ya criatura que lleva incorporados en los recovecos de su alma codiciosos haberes para desenvolverse con cierto desparpajo en los rituales profanos de este mundo. Gusta del placer y la riqueza. Siente innata y compulsiva inclinación por las cosas que manifiesten hermosura. Lo seducen imaginarias y futuras vidas, donde la belleza y la elegancia de las formas les impongan el ritmo a los sucesos y a las horas. Abriga un sueño difuso de gloria y de importancia. Imagina que el poder es el gran dispensador de aquellos refulgentes privilegios y de todos esos halagadores y vistosos ornamentos que convierten la vida en fiesta galante y placentera. Es un insobornable hedonista por instinto y del instinto. Pero sabe, con su inteligencia que es un tanto frívola pero aguda y penetrante, que todo aquello que ambiciona es por ahora sueño, deseo incierto que impulsa su camino, pero no sueño falso ni sueño de imposibles. Y él sabe que puede llegar a merecer sus sueños. Se trata de perfeccionar los instrumentos para lograr que se apresure el advenimiento de esos sueños. Sus matemáticas para orientar las argucias y las pretensiones de su espíritu lo han hecho ya calculador, y a veces hasta despiadadamente frío, sobre lo que debe hacer para convertir en realidad sus complacientes objetivos.

No son moral cristiana, ni oscura música de castradores preceptos religiosos, los elementos que inicialmente soportarán su ética. El hedonista privilegia como noción de moralidad la estética. Prematuro Maquiavelo existencial que acaba por aceptar que lo que produce placer es verdadero, que lo que acarrea dolor y provoca sufrimiento es falso y es abominable y que por tanto —en sana e inapelable lógica— la moral para el hombre, para su deseo irrenunciable de buscar felicidad en este valle de las lágrimas, es lograr y conquistar aquello que produce felicidad y se adorna de belleza. El hombre ético es el hombre estético, el buscador infatigable de placer, de felicidad, de bienestar. ¿No podrá ser eso el paraíso? ¿Acaso el paraíso recobrado no será convergente con el proyecto de aniquilar las lágrimas?

Pero este joven que así siente y así intuye la vibración que debe conducir al descubrimiento y al goce de la vida verdadera, no ha llegado a sus festivas y presurosas conclusiones a golpe de contemplaciones o de arduas reflexiones en torno a los abismos y a los posibles y confusos sentidos que pueden ofrecérsele al hecho avasallante de estar vivo.

De su corta y previa experiencia ha sacado los elementos para fortalecer los fundamentos de su moralidad mundana, de su moralidad irresponsable, tal vez festiva, tal vez superficial, despreocupada. Ya se prefigura en él la liviana moralidad del cortesano. Quiere hacer de su vida algo semejante a una obra de arte, un tejido de elegantes gestos y de actos, una tela donde ojalá nunca la tragedia manche con su oscura sangre o con su denso dolor el luminoso color de lo festivo. Nunca se ha regido, ni se dejará atrapar por las grises resonancias que a nombre de la religión han tratado inútilmente de inculcarle y que convierten la vida en menesterosa estética que exalta el sufrimiento. Él es pagano, también por puro instinto, seguramente por la radiación ardiente y seductora de ese sol del trópico que transforma la piel en templo para venerar a los dioses placenteros de la vida. Odia a los Cristos lacerados, las iglesias lóbregas. Odia la moral que predica sumisión y represión. Abomina con todas sus vísceras la intimidación propalada por esas iglesias de penumbra. También por instinto, lo que él podría suponer su religión tiene la impronta de la excitante luz solar. Algo sabe ya decirle que lo más profundo puede ser la piel. Pero la piel no niega en él el sospechar una profundidad para su espíritu. Su hedonismo no se sostendrá en la simple superficie. También anhela los placeres del espíritu, placeres que sabrá buscar para tratar de convertirse en un auténtico y codicioso ciudadano de este tiempo y de este mundo. Y ha nacido, por venturoso azar, en un tiempo y en un mundo donde todo está cambiando, en especial la visión y la sensibilidad de los hombres; un mundo que reclama ciudadanos capaces de construir su destino al ritmo y al soplo de sus propias fuerzas e impulsos personales; un mundo donde todavía se está gestando algo que aún no se conoce, algo que aún no se ha fraguado a plenitud: el individuo.

8

Ciertas épocas, ciertos tiempos de la historia, tienen a veces la indescifrada capacidad de crear y propalar atmósferas mentales que acaban alterando e influyendo de manera notable —aun cuando a veces no del todo perceptible— las sensibilidades colectivas donde se orquesta y se realiza la vida de los hombres. Todo de improviso se renueva, así se haya gestado en forma silenciosa y clandestina en el curso de los años, para modificar las nuevas visiones y las nuevas tentativas que impulsan y alimentan el sueño de los hombres. Atmósfera difusa, imprecisable, pero presencia poderosa y penetrante que acaba por imponer su ritmo, su tono, su propia temperatura existencial, a las urgencias y a las búsquedas por donde quieren precipitarse el curso y el sentido de vida. Los signos y los lenguajes del tiempo se transforman a su difuso pero incontenible impacto. Y esa atmósfera no solo cabalga y se transmite al influjo seductor de las ideas que quieren descomponer y recomponer el mundo, sino que parece existir y acaba expresándose y expandiéndose en todos los lenguajes y en todos los gestos con los cuales los hombres procuran y persisten en instalar las inquietudes que acosan su existencia en el vasto andamiaje que sostiene la arquitectura externa de su mundo. Proyecto colectivo, a veces inconsciente pero casi siempre incontenible, donde la conciencia de ser hombre impulsa y alimenta su inexorable tentativa de querer construir un mundo a imagen y plena semejanza de lo que dicta la fuerza expansiva y constructora que se anuda a sus anhelos y visiones.

El hombre es un inconforme incorregible que vive siempre en trance de querer transformar el mundo donde vive y donde nace. Su conciencia se nutre de ese impulso y por ese impulso su historia y su cultura se convierten necesariamente en realidades móviles, en sustancia cambiante. El hombre es un arrojado y es un condenado al flujo incesante de los cambios, al río de Heráclito. El hombre siempre está en tránsito hacia el futuro incierto. Siempre está fraguando y deseando nuevos horizontes y soñando nuevos absolutos, que un día tal vez aguardan su llegada. Ese empeño, sin duda ferozmente colectivo, acaba sin embargo —en ciertos momentos cruciales de la historia— confundido con esfuerzos diferenciados y señaladamente personales; confundido con sujetos que tienen nombre propio; con actores individuales que asumen la desafiante tarea de convertirse en voceros iluminados de esas mismas y grandes inquietudes colectivas, esas inquietudes que quieren expresarse y quieren existir para redefinir la arquitectura de su mundo.

Francisco de Miranda, ese joven de espíritu codicioso y atormentado, ha tenido la singular fortuna de nacer y empezar a vivir en una época donde todo parece estar en ebullición, sacudiéndose, transformándose, pariéndose, para dar paso y posibilidad a la existencia de un nuevo decorado y de un nuevo e impresionante escenario donde continuarán celebrándose las cambiantes ceremonias del espíritu y la realidad problemática del hombre y su tormentosa historia.

Le correspondería vivir en una época donde se estaban redefiniendo todas las coordenadas que hasta ese momento, mal que bien, habían logrado darle al hombre un cierto sentido que pretendía justificar su existencia y el proyecto de su destino en el mundo. Al abrigo oscuramente cohesionante de una especie de imperialismo teológico y religioso, la humanidad había vivido largos siglos de su historia aplastada por la presencia de Dios, pero de un Dios de tinieblas y de oscuridad que negaba y constreñía la expresión de lo auténticamente humano. Una larga y como inmóvil Edad Media, donde el poder de la Iglesia acabó moldeando todas las expresiones de la vida y la cultura y donde había logrado convertir en pecaminosos y sacrílegos los lenguajes cambiantes del deseo humano. Pero en el propio seno de esa inconmovible estructura sostenida y alimentada por deformes supersticiones, las formas siempre presentes y siempre incontenibles del cambio, y del inherente impulso a la transformación que caracteriza el aliento verdadero de la vida, habían ya iniciado su despliegue y acabarían elaborando una nueva gramática para escribir o imponer el nuevo lenguaje de los tiempos.

Por la época en que nacía Miranda en esa especie de región marginal y subordinada del mundo que era la que configuraba la América meridional, la Europa prepotente —que había convertido el mundo occidental casi en una proyección hecha a su imagen y semejanza, y que pretendía por medio del dominio, tanto político y comercial como ideológico, continuar siendo la suprema ordenadora y reguladora de esa que ya se pensaba como historia universal— estaba viviendo en su seno el impacto disolvente de grandes fenómenos que adquirirían universalidad y se agruparían y conceptualizarían como grandes revoluciones que transformarían la faz del mundo, de su cultura y su política. La llamada Revolución Industrial —íntimamente articulada al desarrollo de la ciencia natural y al consecuente surgimiento de novedosas técnicas productivas— cambiaría de manera definitiva las formas de producir los bienes materiales, la valoración de la riqueza y las relaciones de los hombres en cuanto al intercambio y al usufructo de sus bienes.

Por su parte, las revoluciones que acontecían a nivel del pensamiento transformaban con igual potencia y con igual impacto disolvente las anquilosadas estructuras que en el orden de lo político y de lo cultural habían hecho posible la larga permanencia de aquella colosal teocracia, donde el poder político había acabado siendo instrumento de la Iglesia y donde esa Iglesia había convertido la vida de los hombres en simple tránsito de sufrimiento y de amargura por un valle de injusticias y de lágrimas, que culminaría en una supuesta vida eterna. Una nueva y carnívora "deidad" histórica, tal vez ya vislumbrada en el esplendor de aquel momento que se conoció como el Renacimiento, había vuelto para hacer su entrada triunfal en los anales de la reciente historia humana: la razón. Y esa razón, desde el principio, comenzó preparando los que después serían los funerales de aquel Dios a cuyo amparo se había construido un orden que acabó negando y aplastando un sueño más acorde con el deseo humano. La razón fue el instrumento para enfrentar y destruir las viejas y prepotentes supersticiones que impedían por ejemplo explorar los secretos ocultos en la naturaleza. La razón se hizo método y se hizo ciencia y permitió que el conocimiento humano fundara en la experiencia sus nuevas certidumbres. A la manera de deslumbrantes "sacerdotes" laicos, surgirían en todas partes aquellos hombres ilustrados, aquellos nuevos iluminados que señalarían los distintos derroteros a la historia.

El pensamiento se hizo autónomo y, amparado en la razón, se hizo altanero y desafiante; se hizo crítico y sometió a exhaustiva y demoledora revisión todos y cada uno de los falsos principios y soportes que hasta entonces habían sostenido el andamiaje explicativo de la vida y de la historia. Un inmenso y avasallante movimiento, que es cultural y es intelectual, se despliega en la silenciosa Europa pretendiendo dominar con la razón, y a nombre de sus fueros, todos los problemas que conciernen a la criatura humana. Se creyó con nueva e inconmovible fe de laicos que la razón humana era capaz de comprender, explicar y transformar toda la realidad que afecta al hombre, al mundo y a su historia.

En ese marco de grandes y anunciadoras esperanzas que prometen definir una nueva relación del hombre con la historia, la seducción y el poder de un pensamiento crítico —que tendrá sus grandes oficiantes— iniciará el desmonte del antiguo mundo y preparará el advenimiento de un mundo que se pretende nuevo. La razón se hace verbo y asume en su palabra y en su desafiante pensamiento la construcción de esa visión antropocéntrica, que busca señalarle al hombre metas que tengan como objetivo la llegada y la promesa de la libertad, el progreso y la igualdad. Todo aquel vasto proyecto intelectual acabará designándose y reconociéndose como la Ilustración. Y en él coexistirán tesis diversas, a veces contradictorias y hasta opuestas, sobre las diversas formas y maneras que surgirán para entronizar la razón humana como el nuevo orientador del siempre incierto destino de los hombres. En esa incesante ebullición de ideas, que progresivamente se irán universalizando, se consolida la imagen de esa modernidad arrogante que transformará en todos los aspectos el paisaje humano. Será un paisaje que niega y quiere rechazar, con insolencia y marcado desprecio intelectual, el antiguo paisaje donde reinaba Dios y el hombre era su sumiso esclavo.

En esa atmósfera, en esa marea incontenible donde las ideas quieren arrasar el pasado y prefigurar un inédito futuro, nacerán las doctrinas políticas del liberalismo individualizante, del utilitarismo, de la democracia pretendidamente igualitaria, del socialismo, los grandes mitos de la libertad y del progreso. Nacerá una nueva visión del cosmos y del hombre. Nacerá, casi completa, la nueva imagen de una sociedad que contendrá el futuro. Y allí encontrará su impulso y su elemento el nuevo pensamiento crítico. La razón será un nuevo barco ebrio, donde el hombre emprenderá la larga y optimista ruta que imagina puede conducirlo al puerto ilusorio de un futuro, un futuro que se imagina puede ser equivalente al sueño de otro paraíso. De allí nacerá Locke, proclamando que "el fin sumo de los hombres es el goce de sus propiedades en seguridad y paz, y el sumo instrumento y medio para ello son las leyes". De allí partirá Hobbes para decir que los hombres son iguales por naturaleza, pero como de esa igualdad surge la desconfianza, y de esta la guerra de todos contra todos, pues el hombre es lobo para el hombre, para asegurar la paz y la libertad hay que establecer un contrato y transferir al Estado el poder que asegure la vigencia de los derechos para el hombre. De esta misma atmósfera se alimentará Montesquieu para exponer sus consideraciones sobre la política, para formular su famosa división de los poderes. Y lo mismo acontecerá con Rousseau y su justificación de la soberanía popular y su prédica de la voluntad general. Y vendrán con ellos tantos y tantos otros que, bien desde la política, la economía o la moral, continuarán formulando y justificando el gran cuadro de esa modernidad que se convertirá por su universalización creciente en el nuevo referente de la historia humana, al menos de la historia occidental.

El genio irónico, la penetrante y maravillosa claridad, así como la hermosa facilidad de difundir a través de la palabra escrita aquellos pensamientos, harán de Voltaire uno de los más grandes y universales portaestandartes y voceros de esa modernidad avasallante, que acabará enseñoreando sobre el mundo sus designios. Y esa modernidad, por supuesto, no sería solamente una ambición teórica ni un juego vistoso y deslumbrante de grandes ideas moviéndose en el universo abstracto de los soberbios pensamientos. Descenderá a la tierra, se hará práctica, se convertirá en vida, se vestirá de ciencia y técnica, se materializará en grandes y trastocadoras revoluciones que cambiarán el mundo. Apuntará a convertirse en la gran revolución que no solamente ambicionará cambiar el orden de las cosas, sino que también en algo se propondrá cambiar y hasta curar la vida.

Ese era el otro mar, la otra mar inmensa donde iniciaría su viaje aquel joven llamado Francisco de Miranda, aquel hijo alucinado y empapado por el sol del trópico, que ya incubaba en su alma los impulsos del libertario y también del libertino.

9

Hay hombres, muchísimos hombres, que viven en la historia pero ignoran que lo hacen. Miranda no pertenece a esa clase de hombres. Para él, ya desde temprano, la vida se le presenta y se le despliega como un inmenso enigma que espera ser comprendido y descifrado. De allí nacen y se alimentarán en lo sucesivo su temple y su vital e infatigable ímpetu por instalarse en la vida. De allí nace esa sed insaciable de ver y recorrer el mundo, de mirar y anotar lo que va viendo y lo que va sucediendo. De allí nacen esa como compulsión irrefrenable y ese deseo aún confuso de involucrarse en transformar ese mundo. No será nunca ni pasivo ni contemplador testigo de lo que acontece en ese mundo; de nada quiere estar ausente, en todo quiere estar presente. Pero todo ese bagaje embriagador de tentativas y proyectos está, mucho más que en su cabeza, en su vibrante sensibilidad; en esa feroz y hedonista sensibilidad que lo obliga y lo impulsa a vivir la vida como una intensa y extensa participación nutrida de experiencia; como si siempre hubiese sabido que quiere ser un agente de su propio destino. Viene de un continente dionisiaco, pero ignora que un día se convertirá en una especie de Quijote, encarnando la libertad de muchos pueblos.

Así, oyéndose, pensándose, diseñándose hacia su impreciso futuro y recorriendo mentalmente su reciente pasado, llega Francisco de Miranda a Cádiz, luego de treinta y cuatro días de soportable navegación. Emoción profunda lo embarga al pisar ese mundo y esa tierra, que siempre estuvo lejana de sus sueños. Sabe que ha iniciado una vida nueva y se siente lleno de imaginación y de energía para comenzar a vivirla con el furor de todo nuevo comienzo.

Por disposiciones que previamente ha convenido su padre, visita a un señor que se apellida Aniño, que está encargado de proporcionarle una buena suma de dinero. Se aloja en su casa y catorce días permanecerá en esa ciudad que, si bien no lo deslumbra, lo emociona. La recorrerá de cabo a rabo, la observará con ojos penetrantes. En su diario será minucioso anotando y describiendo las plazas, los palacios, las iglesias, los diversos sitios de interés que constantemente surgen ante sus ávidas miradas. Pero como sabe que pronto debe irse a Madrid, le preocupa su imagen, su figura, y se procura sin escatimar dinero todos aquellos ornamentos que le agregarán realce y donosura a esa figura suya que él vanidosamente considera es atractiva, esa figura suya que él sin duda alguna considera es llamativa y es hermosa. Compra medias de seda, esas medias largas que se usan con el pantalón corto y que es la moda. Sesenta y cuatro pesos se da el lujo de pagar por ellas. Veintisiete pesos cuéstale un pañuelo, que también es de fina seda. Por dos sombreros debe desembolsar ciento veintiocho pesos. Y sigue comprando; y adquiere dos pares de charreteras con trencilla de oro, una bolsa para el pelo, un cabriolé, un quitasol también de seda. Todo lo anota con minuciosa celeridad en ese diario suyo, diario donde no destella para nada la anarquía, sino el sorprendente y riguroso orden. Parece un hombre que intenta medir y calcular tanto sus pasos como sus curiosos gastos. Dinero y elegancia, imagen que sorprenda y cause impacto es lo que quiere. Ese joven que partirá para Madrid es plenamente consciente de lo que quiere proponerse al iniciar su vida de europeo y también su sueño de vida cortesana, pues al trasladarse a Madrid procurará aproximarse a ese universo halagador que él supone debe ser la corte. El 14 de marzo, un coche está conduciéndolo a esa ciudad que él imagina portentosa, a esa ciudad que él —desde su lejana y poco opulenta Caracas— ha imaginado como un lugar donde la vida puede ser vivida en medio de halagos y esplendores.

Le preocupa —y quizá también le angustia, como parte de ese rencor que determinó el abandono de su mundo— aclarar lo que concierne al pasado de su familia y de su estirpe. Cuando llegue a Madrid quiere hurgar en ese pretérito para encontrar nobleza, sangre limpia y sangre heroica. Cuando encuentre eso, y logrará encontrarlo, podrá mitigar la lacerante herida que le han obsequiado los mantuanos. Con eso reforzará seguridades personales. Y al empezar el recorrido por las ramificadas partes de su árbol genealógico, descubrirá que hubo un tal Juan de Miranda que fue héroe en la batalla de Lepanto. Que hubo un conde, Pedro Analso de Miranda, a quien se le conoció como "caballero muy ilustre de Asturias". Descubre que en su pasado hay linajes que se emparentan con familias que han sido nobles, tanto en España como en Portugal e Italia. Esto le tranquiliza un tanto su conciencia y le hace más livianos los rencores. Le hace sentir que aquellos altaneros y presuntuosos mantuanos de Caracas al menos por la sangre nunca han sido superiores a lo que él ha sido por esos mismos derechos de la sangre, y que nunca serán más de lo que él será por los derechos que le arrancará a la vida. Ahora su desprecio por aquellos humilladores de él y de su padre crecerá, pues tiene bases firmes para mirarlos con arrogancia displicente desde aquella supuesta y nueva altura que él en España ha descubierto.

10

Los días de ese Madrid empiezan a correr apresurados. Su proyecto de ingresar al ejército lo vive aplazando de manera continua y por razones de índole diversa. Pero pronto encontrará la fórmula de hacerse militar y disiparle muchas dudas a su padre, que se inquieta y que le anuncia que no será tan pródigo con los futuros envíos del dinero. Pero entretanto Miranda se divierte y nunca olvida que se ha propuesto convertirse en un hombre adornado de muchos atributos. Estudia "los idiomas vivientes" de la Europa con desvelo, con rigor, con celo. Ha contratado al señor Laplanche para aprender francés y lo aprenderá con cierto virtuosismo en el correr de pocos meses. También aprende inglés, italiano, alemán y bastante de latín. En el curso de unos pocos años será políglota y podrá expresarse con alguna fluidez en aquellos idiomas que ahora parecen gobernar al mundo y que son lenguas con las cuales hablan el poder, el pensamiento, la intrigante diplomacia y lo lucrativo del comercio. Con esas lenguas, incorporadas a su equipaje de ávido viajero, recorrerá pronto el ancho mundo y podrá intrigar, seducir, adular y conmover con sus futuros sueños a casi todos los hombres destacados que manejan los hilos del poder en los tronos y en los magníficos salones donde se oficia la liturgia de ese mismo poder y sus enmarañados componentes.

Y con el aprendizaje de las lenguas viene desde luego el explorar y el aprender de los muchos libros que se escriben en esa lenguas sonoras y vivientes. Parece interesado por todos los temas palpitantes, los que conciernen y pueden serle útiles en su próxima carrera de militar no demasiado afortunado. Estudia y se prepara en matemáticas, se interesa en la historia de las pasadas batallas y epopeyas, en la biografía de los grandes capitanes, en la geografía, en las costumbres y en las historias particulares y diferenciadas de los pueblos. Le ayuda al lucimiento una memoria prodigiosa y, por supuesto, el celo, una pasión frenética por ese empeño de aprender todo aquello que intuye puede serle útil en el futuro proyecto de ese sueño suyo, que aún es difuso y es caótico, pero que bulle y se expresa con desconcertada fuerza en los recintos excitados de su alma. Y no solo se prepara como futuro militar, también como ideólogo. Estudia con obsesiva y vanidosa pasión de diletante la formas y los modos en que se expresa el pensamiento más reciente, ese pensamiento que moviliza a Europa y que alimenta los recelos de la España enclaustrada y temerosa, donde la Inquisición protege con torturas el dogma anquilosado de su ser católico y fanáticamente militante. Consigue y se embelesa con los libros prohibidos. Se empapa de esa filosofía crítica, de ese pensamiento considerado "disolvente" que, sobre todo en Francia, ha iniciado la revisión de todos los saberes que han posibilitado mantener por largos siglos la falsa y supersticiosa estructura de un filosofar que ya no les sirve a los hombres para acomodarse a las nuevas exigencias de ese mundo que está cambiando aceleradamente. Todos los enciclopedistas, todos los grandes pensadores que conforman la vasta legión que se conoce como los hombres que forman la vanguardia del Siglo de las Luces, entran en su biblioteca y de su biblioteca pasan a su espíritu de diletante codicioso. Se amplían y se enriquecen su mundo y su vida interior cada vez más. Sus sueños y deseos lo convulsionan y le exigen y le imponen más vastos y cambiantes horizontes.

Se acrecienta su alma... se dilata... se universaliza. Y sin embargo, para nada siente que su futuro puede estar encadenado a eso de llegar a convertirse en algo semejante a un pensador o a un contemplativo intelectual que, preñado de abstracciones y atravesado de teorías, se proponga la tarea de descifrar los enigmas de la vida y los entuertos de la historia. Esas ilusiones no convocan ni son música que deleite los latidos de su ser. Sin embargo estudia —estudia con placer, con regodeo de sensualista del espíritu— todos esos maravillosos frutos que produce sin descanso el pensamiento humano. Son sus placeres para el alma. Su alma como entidad sensible y viva exige y demanda esos placeres. Empieza a amar los libros. Los acaricia con deleite. Leerlos le provoca inmenso goce, los considera objetos palpitantes que le transmiten hermosura. Los empieza a coleccionar como sagrados talismanes donde se deposita y se destila lo mejor que va naciendo de aquello que se nombra como el verdadero espíritu del hombre. Ahora su dinero no solamente se invierte en la posesión galante de las ropas y las sedas, sino en esos libros airosos y callados, que en sus desafiantes ediciones contempla con amorosa mirada en sus horas de silencio. Esos libros, esa majestuosa biblioteca, comienzan a convertirse en parte sustantiva y amorosa de su vida. Relación fetichista, estimulante, placentera, mantiene con los hermosos libros que empieza a acumular con compulsión de sensualista. Es extraño este Miranda, este joven y ardiente hijo del trópico lejano. Parece un ser totalitario en todas sus lujurias. Un oficiante insobornable de todos los rituales del placer. Nunca queda claro de dónde obtiene los recursos con los que puede pagar esos placeres, pues su padre, el que le envía dinero, está muy lejos de ser un potentado. Pero él siempre está moviéndose en la vida sin reparar en gastos y sin dejar de adornarse con encajes.

En Madrid la vida tiene encantos múltiples. El teatro, los conciertos, las tertulias, el café, las tabernas, las corridas, los saraos. La mujer por esos días ha conquistado bastantes privilegios en el universo, antes para ella vedado, de la calles. Esa Madrid ha perdido su tinte conventual, se ha hecho mundana, pecadora y callejera. Ha renovado piel. Su espíritu ahora se ha empapado de música festiva, se ha hecho coqueta y anhela divertirse, como presintiendo que la opresiva prisión en que la ha encerrado la Contrarreforma ha empezado a derrumbarse. Y Miranda está allí, con todos sus sentidos expectantes, con todos sus ímpetus y bríos, queriendo participar de aquella alegre fiesta colectiva... y participa. Ya lleva allí varios meses y ha hecho diversas relaciones, no tan destacadas e importantes como las que vendrán después y que él tanto privilegia como parte de su ampuloso estilo para vivir la vida. Él, que tiene como atributos destacados el don de ser simpático, la envolvente parla, la audacia, el desparpajo, que es conversador versátil y brillante, que es buscador casi infatigable de los placeres que nos da la vida, se mueve en ese mundo con abierta y festiva complacencia. Causa impactante impresión en las mujeres, las halaga, las seduce; conoce con innata capacidad el arte complicado y complaciente de convertir el juego del amor en gran y fugaz divertimento para colmar de riesgo alegre las horas tediosas de la vida. Los enamoramientos transitorios, los fugaces y lúdicos rituales de aquel juego que precede al ceremonial erótico, son los que despiertan sus ímpetus de galán y seductor. No propiamente el gran amor ni sus enigmas es lo que convoca a su vivaz espíritu, que parece no gustar de abismos ni de ilusiones o espejismos trascendentes. Para él, casi siempre, la mujer y el amor son ornamentos, elementos que estimulan y saben deslumbrar sus afanes de esnob y sibarita. El gran amor no está en sus búsquedas. No le asigna valor inspirador a él en la forma alambicada de sus confusos sueños, esos sueños que aún no encuentran la verdadera y la certera ruta que debe conducirlo a su destino. Juega al amor con la carnívora ansiedad de un gozador de los más bellos y excitantes frutos que ofrece en su jardín la vida. La mujer es bello y maravilloso objeto de esa melodía liviana que él sabe improvisar para padecer sin tedio las noches grises y las horas largas que tantas veces se cruzan en el paisaje risueño de la vida. Se divierte. Ama a la mujer a su manera, no sabe quedarse porque no sabe amarlas en forma verdadera, y anhelan retenerlo. Pero en el amor Miranda es transeúnte, viajero fugaz de un espejismo en donde no sabe permanecer, solo pasar.

En la medida en que va convirtiéndose en un virtuoso encantador que ejerce su deslumbrante función en los salones, el bello de Miranda descubrirá que la mujer también es puente para acceder por un camino breve a los destellos que emanan del poder y su opulencia. Descubrirá que las mujeres mueven y tejen los sutiles hilos que manejan los grandes decorados donde la historia es a veces solo trama. Antes de emprender el sueño de conquistar y transformar realidades que tienen la forma y la dimensión de un mundo, habrá conquistado ese reino encantado que se protege en las alcobas, entre caricias y perfumes, donde la mujer es emperatriz y es soberana.

En Madrid, en una noche de burdeles, encontrará y podrá incorporar a sus rituales epicúreos una costumbre extraña y sin duda impregnada de extravagante y desafiante imaginación para su quehacer erótico. Una moza muy fermosa, con la cual ha gozado y ha follado con alegre y festiva plenitud en esas horas del placer efímero, le obsequia —en pequeña y reluciente caja— un "mechón" perteneciente a su bello pubis. Supone la enamorada y locuaz doncella que, con aquel recuerdo, el bello galán que le ha contado historias, que le ha tocado con pasión la flauta y que ha sabido amarla con inéditas ternuras, ella ya no entrará en su olvido. Y Miranda, quien no la dejó entrar en los olvidos de noches posteriores, ha convertido ese llamativo gesto en ceremonia habitual que le permitirá continuar recordando sus amores. De cada mujer que ama en adelante, guardará en pequeños y rutilantes cofres el folículo piloso de sus hermosos y ardorosos pubis. Singular colección que con el paso de los años contendrá fragmentos o destellos púbicos de muchas princesas y condesas, de lozanas campesinas, de desparpajadas mesoneras, de alegres prostitutas, de mujeres melancólicas, de muchachas vírgenes y jóvenes, de damas muy virtuosas. Inmensa y maravillosa colección que acabará siendo en el recuerdo de Miranda la memoria de sus fugaces amores, el testimonio de su curioso amar que nunca pudo ser eterno, pero que fue guardado con pasión en cajas de marfil o fina porcelana.

Caprichoso edén de abundante y sedoso vello púbico construyó, con hebras de fugaces Penélopes, los ornamentos delgados de esa tela que anunciaron un viaje sin retorno a esos nichos donde encontró goce el poder de sus deseos.

11

Después de largos meses de vivir en ese Madrid despreocupado, después de hacer diversos viajes y de recorrer muchos caminos de esa España aún embriagada de poseer aquel imperio casi colosal e inabarcable, se le presentó a Miranda la oportunidad de incorporarse al ejército de Su Majestad. Recurrió al expediente más sencillo y abreviado: comprar el cargo de capitán de aquel ejército. Por disposiciones tal vez un poco insólitas, aquello podía hacerse. La compra la hizo ante escribano, por la suma de 85.000 reales. El dinero, como tantas otras veces, lo aportó el bueno de su padre. Al nuevo oficial se lo destinará a Granada. Después pasa a Toledo, incorporado al regimiento de infantería de la princesa. Un poco duro será el aprendizaje de esa profesión de militar, por no haber comenzado desde el principio la carrera. En su diario escribe:

Con sumo ardor me apliqué al estudio previo de las matemáticas, principalmente en los ramos conducentes al arte militar; y de las lenguas vivientes de la Europa, buscando y haciendo venir de países extranjeros maestros y libros, los mejores y más adecuados para el asunto. . .

Y esos estudios, y ese saber lo que se quiere, y ese saber prepararse para lo que se quiere, hacen que casi de inmediato don Francisco de Miranda se destaque ampliamente entre sus camaradas y frente a sus superiores. Le gusta entrar por las puertas grandes y sin duda sabe abrirlas.

Como parte de sus deberes correspondientes a su oficio de capitán al servicio de la monarquía y del imperio, un día es enviado hasta Marruecos donde, para su fatalidad o su fortuna, pronto estallará una guerra. El emperador marroquí, Abdul Ahmid, ha decidido no tolerar la presencia de fuerzas cristianas entre Ceuta y Orán, a lo cual Su Majestad católica responde con el expediente intimidante de la guerra. Era el mes de octubre y era el año de 1774, y Miranda participa en esa guerra. Y hace propuestas y redacta variadas sugerencias sobre cómo hacer supuestamente mejor aquella guerra. Nadie parece tomar en cuenta sus consejos ni aquellas sugerencias donde quiere estrenar y exhibir talentos de gran táctico. Más bien todo aquello mortifica e irrita a sus diversos superiores, que empiezan a mostrarle antipatía. Antipatía que aumenta cuando el pretencioso capitán recurre a la osadía de solicitar por escrito a Su Majestad se le concedan insignias y méritos por los servicios que ha prestado en dicha guerra. Su diario por esos días va recogiendo imaginarias fantasías. No se le responde ni se toman en cuenta sus codiciosas pretensiones, pero sigue pidiendo cosas y prebendas: que lo envíen a Austria o a una expedición que pronto partirá hacia Buenos Aires. Siempre alega y pone muy de manifiesto los valiosos servicios que puede prestar a la corona, dada su preparación en las lenguas vivientes y en lo concerniente a su saber de matemático.

En el año 76 lo ponen preso. Se supone que no ha manejado con mucha pulcritud algunos caudales que se le asignaron para atender los gastos de su regimiento. Su prisión es breve. Con su labia y sus recursos de retórica, logra sortear con éxito la enojosa situación. En el entretanto, y como siempre, Miranda ha sabido divertirse y ha continuado encantando a las mujeres con su flauta, con su parla sonora y envolvente, con sus audacias y no pocas argucias de galán que sabe lo que quiere. Sus cajitas de tesoro púbico seguirán testimoniando sus conquistas de avezado amante.

En el breve tiempo en que estuvo prisionero recibió innumerables cartas de las mujeres que había amado. Cartas de Pepa, que es una mujer francesa y que dice ser devota y apasionada de muchas lecturas instructivas. De otra señorita de apellido Luque, que parece ser actriz, o al menos aficionada a las representaciones dramáticas, que estaban muy en boga por aquellos días. Esta le envía dulces y melosas palabras al "Miranda mío". También le escribirá una mujer inglesa, cuyo apellido es Fitzgerald, que es casada, pero que le recuerda con nostalgia los pasados y deliciosos goces. Hasta en el amor es ya cosmopolita este

Miranda, este oficiante insaciable de placeres. Su tesoro púbico tendrá testimonio lujurioso de muchas doncellas de los muchos países de este mundo. Otro amor fugaz y apasionado de esta época se llamará María Teresa, que es de Madrid, y a quien Miranda regala el adjetivo de mujer esplendorosa, con la cual ha tenido un "excelente goce".

Pero no solo de pubis ni de alcobas vive el hombre. En Cádiz —y es un hecho sin duda decisivo en su vital y extraordinario periplo de ciudadano de este mundo— el inquieto Francisco de Miranda se puso en contacto con masones y quedó deslumbrado y seducido por el rumor de misterio y de sigilo que se anudaba a las ceremonias de estos hombres, estos hombres que por aquella época acogían con ardor apasionado las más avanzadas ideas de su tiempo. Era una especie de club selecto de hombres inquietos y estudiosos, de hombres que también soñaban con querer cambiar el mundo, de ponerlo a existir en armonía. Y por ese sueño eran también en algunas partes hombres perseguidos.

Desde 1717 se había fundado en Londres una gran logia de la masonería, que se considera el principio y el gran comienzo de una asociación que llegará a convertirse en una de las organizaciones más importantes e influyentes de los siglos XVIII y XIX. A partir de la de Londres, se crean logias en los Estados Unidos, en Francia y en España. Era un gran y respetado honor pertenecer a la masonería. Y hombres principalísimos en casi todas partes habían hecho su ingreso a ella. Allí figuran Napoleón y sus hermanos, Federico de Prusia, Humboldt, Jefferson, Mozart, el almirante Nelson, Voltaire, Rousseau, Washington, Haydn, Mirabeau, Lafayette y Tomás Paine, para nombrar solo a unos muy pocos de aquellos que podían creerse iluminados y escogidos; de aquellos que sabían rendirle culto al Gran Arquitecto del universo; que pregonaban la amistad y la solidaridad universal; que predicaban tolerancia y pretendían luchar por lograr el bienestar del ser humano en cualquier lugar de este planeta azul con tempestades llamado Tierra y que siempre estaba atormentado por falta de armonía.

En abril de 1728 había sido fundada en la ciudad de Madrid la logia masónica "matritense". Posiblemente a esa se vinculó Miranda, y sin duda que se afilió con entusiasmo. No hay plena certeza sobre esa primera afiliación, pues algunos han tratado de demostrar que el vínculo primero de Miranda con la masonería se efectuó en Gibraltar, donde solía pasar algunas temporadas y donde había conocido al que será su entrañable amigo y protector, el millonario comerciante inglés John Turnbull, sin duda un mecenas generoso que lo ayudará a lo largo de los años en muchas y en complicadas situaciones. Para Miranda, el vínculo con la masonería fue algo decisivo y sin duda fundamental en su futuro proyecto de convertirse en el gran animador y en el primero y gran impulsor de aquel delirio y de aquella titánica epopeya que logró la libertad de la América meridional y logró redefinir el orden geopolítico del mundo. Miranda fue un apóstol incansable, un fundador y un estimulador de logias, uno que posibilitó que el ideal masónico se confundiera y se fundiera con ese ideal libertario a cuyo amparo se crearon las nuevas repúblicas de la América española. Casi todos los grandes capitanes de aquella descomunal empresa —al influjo y al ejemplo de Miranda— acabaron incorporados a ese ideal proclamado por la masonería, que sin duda contribuyó eficaz y decisivamente a consolidar el gran proyecto libertario. Por eso ahí estarán Bolívar y San Martín, Nariño, Pueyrredón, Belgrano y Urdaneta, Hidalgo y Morelos, Unanue y Monteagudo, Rivadavia y Montúfar, entre tantos otros. La libertad de América se hizo y se engalanó con aquellas insignias y proclamas con las cuales los masones habían soñado una forma diferente de diseñar y crear la arquitectura de un mundo nuevo, un supuesto mundo en armonía.

12

Turbulenta, llena de sinsabores y de irritantes situaciones, fue la vida que como militar llevó Miranda en esa España dominada por la voluntad de Su Majestad católica. Se vio envuelto en complicados pleitos por no acatar la disciplina, por no cumplir con cierto rigor la severa y a veces ridícula y jerarquizada ordenación que impone ese sistema cuartelario.

Lo involucraron en asuntos turbios, en manejo no muy delicado de caudales, en asuntos en los que quedó en entredicho su plena transparencia para relacionarse con ese demonio tentador que es el dinero. No era un san Francisco de Asís este tropical Francisco de Miranda. Pero, bien que mal, supo sortear con relativa suerte aquellos numerosos embrollos en que solía meterlo su personalidad simpática y en algunos aspectos algo ligera y tal vez atolondrada. Y hubo de sufrir prisión en varios casos y hubo de padecer más de una sonora reprimenda. Si no hubiese sido por su afición al goce deleitoso con hembras placenteras y diversas, ese tiempo de haber sido militar por unos años en la madre España hubiese sido tiempo oscuro, tiempo de confusos errores, tiempo que en el futuro próximo hubiese tenido que recordar con algo de vergüenza y sin duda también con sufrimiento.

Hasta la sacrosanta y repulsiva Inquisición tuvo velas en eso de hacerle poco amable su vida, a veces tan festiva y a veces tan alegre. Se recuerda que el tribunal de Sevilla de aquella monstruosa institución preparó una sumaria, que envió para que fuese estudiada por el Consejo Supremo de Madrid, donde se acusaba al desparpajado capitán venezolano de profesar ideas heréticas, de guardar libros prohibidos, así como también de manifestar vivo interés en coleccionar pinturas calificadas como obscenas. Es de suponer y de aceptar que en estas "travesuras" no pecaban de calumnia los inefables y oscuros inquisidores de aquella España castradora. No había duda. La Inquisición lo vigiló, escudriñó sus pasos y lo seguirá haciendo después por muchos años; pero nunca logró ponerlo en prisión ni logró adelantarle un formal proceso, como sí logró hacerlo con algunos de aquellos personajes de los que Miranda fue amigo y contertulio, como fue el caso del coronel Villalta y también el de ese personaje un tanto extraordinario que fue el peruano Olavide.

Pero así como tuvo quisquillosos enemigos, como el conde O'Reilly quien lo trataba con desprecio, tal vez solo por ser americano, y muchos otros que, sin ostentar altisonantes rangos, intrigan contra él por pura envidia —porque Miranda les seduce a las mujeres y esas mujeres quedan seducidas— también tuvo grandes amigos, amigos fieles, protectores, amigos que creían en él y sabían ser generosamente solidarios cuando sobre Miranda llovían las penas y las tribulaciones.

Pasan lentos y conflictivos esos años en España. Son duros y extenuantes aquellos sinsabores que padece en su vida de no muy disciplinado militar, donde también fue acusado de insolencia y de trato insensible hacia algunos de sus propios subalternos. Tiene algo de amargura ese tiempo donde —en alguno de aquellos traslados de guarnición a guarnición— perdió sus libros, quinientos cuarenta y tres volúmenes, que eran un tesoro amado, como el tesoro púbico, y conseguido con deleitosa paciencia de coleccionista que disfruta de aquellos placeres del espíritu. Violento golpe fue para él aquella pérdida. Y para redondear sus amarguras, padece dolores atroces en sus muelas. Solo muchos años más tarde, cuando viva en París, logrará que su dentadura encuentre arreglo por manos de un avezado especialista en esas artes incipientes.

Pero un día la suerte cambia a su favor. Encuentra un gran amigo en el ejército, a quien lo unirán por largos años fuertes lazos de una amistad leal, que será decisiva en los hechos que conducirán sus pasos al futuro. Es don Juan Manuel de Cagigal, nacido en Cuba, masón como Miranda, hombre descomplicado y noble espíritu, quien pronto será nombrado general y comandante del Regimiento La Princesa, donde está Miranda soportando problemas y también intrigas y acusaciones sucesivas. Desde un principio expresa Cagigal una enorme simpatía por el díscolo Miranda. Los vincula el ser americanos y por supuesto el ser masones.

Estalla la guerra entre España e Inglaterra. Se conmociona el mundo con el nuevo y estremecedor conflicto, mediante el cual en pocos años se va a romper el antiguo y precario equilibrio que las potencias han impuesto al universo, y durante el cual Miranda va a encontrar la ruta definitiva que debe conducirlo a la realización de su destino inquieto. El motivo de la guerra es el apoyo que España va a prestar a la lucha por la independencia que ya se ha iniciado en los Estados Unidos para sacudirse el dominio colonial de los ingleses. Francia y España se unen y comparten ese apoyo. Las obliga el pacto de familia que les impone ser monarquías pertenecientes a la casa de los Borbones.

Cagigal, ya ascendido a general, es enviado en poderosa expedición hacia La Habana para intervenir en el desarrollo de esa guerra. Escuadra de más de cuarenta navíos y casi once mil hombres, que inicialmente va comandada por Victorio de Navia Osorio. Cagigal incorpora al capitán Miranda a dicha intimidante expedición. Llegan a La Habana, donde los aguarda otra parte de la gran flota española que también va a intervenir en esa guerra. Estando en Cuba, Cagigal es nombrado gobernador y capitán general de aquella isla, e inmediatamente el mismo Cagigal nombra a Miranda su asistente y ayudante personal, cargo de relieve y de importancia en ese crucial y bélico momento. Para Miranda habrá empezado un momento esencial y decisivo en su existencia. Es como si hubiese comenzado su extraordinario y estrafalario futuro, en el que encontrará un fulgurante sitio. Es como si Miranda hubiese tenido un segundo y alucinante nacimiento.

13

El retorno a la ardiente y acariciante luz del trópico debió significar para Miranda un cúmulo grande e intenso de emociones. No era un regreso a la patria, esa noción aún no había cobrado perfiles definidos en su alma. La posible patria solo era un paisaje, percepción de una inmensa y asombrosa geografía que prevalecía sobre la historia; percepción de una evidente diferencia frente a aquel universo europeo del que ahora provenía, atormentado y confuso y desconociendo la ruta verdadera que tendría que conducirlo a su destino. Continuaba buscándose, era solo un transeúnte errático de su propio proyecto para encauzar la vida. Ese Miranda, al menos en las apariencias, continuaba siendo un frívolo caballero entregado con entusiasmo a los encantos de la vida placentera. En su yo personal no habían aún sonado las músicas embriagadoras que invitan a la fusión con los grandes proyectos colectivos. La historia no había aún inoculado sus delirios en las vanidosas inquietudes que sostienen e impulsan su vida personal. Carecía aún de esos horizontes colectivos que, a nombre de los grandes ideales, configuran en el espíritu del hombre la sed carnívora y el deseo incontenible de estar en esa historia como alguien que ayudará a cambiarla. No era aún consciente de su propia circunstancia. Pero aquellas circunstancias muy pronto llegarían y aquel Francisco de Miranda, despreocupado, irresponsable tantas veces, laxo en su moralidad y en sus placeres y en sus formas desafiantes de asumir las responsabilidades de la vida, se verá —por cambiantes y azarosas coyunturas— arrojado a inmiscuirse en la turbulenta y cambiante realidad política que terminará por redefinir la arquitectura vacilante de aquel mundo donde había nacido.

En La Habana, ya bajo la protección de Cagigal, gozando de alguna prestancia y de ese prestigio que conceden las insignias asociadas al poder, reinicia su vida de hombre que ama de manera insobornable los placeres. Ya no querrá renunciar nunca al vistoso oropel con el cual se exhibe la opulencia. Había cumplido treinta años. En la plenitud de sus años y sus fuerzas, sigue aún sintiendo y sigue aún creyendo que la vida es espectáculo festivo y agradable, en donde en lo posible hay que evitar el sufrimiento y sus inexorables secuelas de amargura. Se instala en buena casa, compra finos y costosos muebles, "un pianoforte de labor exquisita"; consigue platería, deliciosos objetos que dan goce y orgullo a sus pupilas. La seda y los encajes continuarán siendo ornamento que le ayudan a sentirse siempre a gusto con la bella proporción de su figura, esa figura suya que sabe contemplar con cierta fascinación de narcisista en las aguas calladas y descifradoras del espejo. Frente a ese espejo, cuántas veces ha indagado si esa imagen de ojos grises y a veces con matices de un azul incierto que tienen fuerza y tienen fuego, si esa imagen de cabellos negros, largos y sedosos, si ese rostro —que sin duda es arrogante y que no niega la hermosura— ¿a quién realmente pertenecen? ¿Si quien allí se mira es la verdadera imagen de un hombre que puede ser semejante a otro cualquiera, o es la imagen de un hombre que quiere ir mucho más allá de lo que allí contempla? Lo acosan y lo angustian las preguntas. ¿Y si esa imagen no tuviese alma verdadera? ¿Y si esa imagen sólo fuese transitoria imagen condenada a no ser nada después del paso corrosivo y disolvente de los años? ¿Cómo darle trascendencia a esa figura que envejece y que tal vez camina hacia la nada? ¿Será que la vida solo puede ser ese espejismo transitorio? Y en ocasiones tiene miedo, se estremece, sobre todo cuando escucha el murmullo persistente del vacío. Y por supuesto en el fondo convulso y errático de ese ser suyo, Miranda sabe intuir que él no quiere ser solo esa imagen en un viaje fatal hacia la nada.

Estando en esa Habana, que siempre será alegre y bullanguera, donde la noche es carnaval y ritmo que provoca las ansiedades del cuerpo y sus urgencias, Miranda sin embargo sabe ya escuchar las voces del tiempo y de la historia, que en esa misma América empiezan por proclamar —por medio del tumulto y la feroz protesta— la necesidad de encontrar una nueva forma política que redefina para su vasto continente una manera más digna de existir en el asimétrico concierto con el cual se orquesta el poder en ese mundo. En todas partes, en el Perú, en la Nueva Granada, los hombres se han echado a las calles para exigir derechos. La asonada y la protesta han mostrado sus rostros vocingleros y empiezan a exhibir su fuerza intimidante para decir basta a una opresión que los aplasta. Desafían al rey, reniegan de la sumisión y sus impuestos. Querían también, aunque en forma difusa y a veces de manera incoherente, soñar con esa noción de patria propia. Aspiran a un poder en donde sean los hombres nacidos en su tierra los que tengan la dignidad y el privilegio de diseñar y asumir las formas del futuro. Les duele ya continuar prestando vasallaje. Ellos, también en el silencio de sus hogares o en el de sus precarias bibliotecas, han escuchado las voces libertarias y han leído el pensamiento "disolvente" que juzga como supersticioso e ilegítimo aquello de que el poder del rey es un poder divino.

La palabra y la noción de libertad, proclamadas abiertamente en la levantisca Francia, y que también han circulado clandestinas y perseguidas en la conventual e inquisidora España, han llegado también en carabelas para reformar y trastocar el mundo nuevo. Y si al principio son palabras solo pronunciadas por elegantes y perfumados señoritos criollos, pronto esas palabras, y ese corrosivo pensamiento, lo usarán y blandirán como refulgente espada los hombres del común. "El poder nace del pueblo", aquella expresión que hace solo pocos lustros era blasfemia horrible y sacrilegio, desafío imposible de haber sido pensada por los hombres de esta América, ahora es acogida como tibia y tentadora promesa de esperanza con la que se pueden imaginar los nuevos derroteros de la historia.

La Enciclopedia, el exaltado y exaltante pensamiento que a nombre de las luces y a nombre de la razón iluminante que está conmocionando y arrastrando a Europa para que inicie la destrucción de lo monárquico, también empieza a transformar conciencias en la lejana América. En el Perú, se alza con soberbia un cacique indio que, a nombre de su pasado y de su sangre indígena, desafía al rey y denuncia sus abusos. Este cacique ha creado y movilizado ejércitos hasta de 20.000 hombres. Ejército que ya incorpora todas las razas traídas y surgidas después de la Conquista: los negros y los indios, la pujante expresión del mestizaje. Lo imposible —que sin embargo sucede todo el tiempo— está ya siendo en América el lenguaje que convoca, la invitación que incita a enfrentar y acelerar el advenimiento del futuro. En América se está perdiendo y se está enfrentando el miedo. Tupac Amarú sufre derrota, pero su desafiante y valeroso ejemplo continuará incitando y mostrándole al absorto continente cómo se puede asumir con valentía el sueño del mañana.

En la Nueva Granada, la gigantesca revuelta del común, la airosa y colectiva marcha de los hombres descalzos y humillados, ha hecho capitular la testa envanecida de aquellos virreyes insolentes que, a nombre de Su Majestad católica, cobran insufribles impuestos y desprecian con altanera grosería a los hombres supuestamente manchados de tierra americana.

En La Habana, justo a los treinta años, Miranda, que ha leído en sus fuentes a aquellos pensadores que pusieron a cabalgar la libertad en el horizonte de la nueva historia, debe haber oído y debe haber largamente meditado sobre el significado de los nuevos y estremecedores hechos. Pero aún su hora no ha sonado, aun cuando esa hora ya está casi a la vuelta de su esquina. Mientras tanto, continúa su vida de refinamientos y de divertimentos. Dedica muchas horas a perfeccionar los sonidos melodiosos que salen de su flauta. Colecciona música.

Veinticinco cuadernos, cada uno con seis tríos. Más de diecinueve cuadernos de sonatas, otros tantos de minuetos. Colecciona toda cuanta música sea posible en aquellos tiempos y en aquellas ardientes latitudes. También sabe y practica con callada y deleitosa emoción sobre las teclas de su hermoso piano, ese piano que mantiene en su alcoba y que ha comprado casi a su llegada a la majestuosa y opulenta Habana. "Parece que es un marqués", se dice que decían de él las sorprendidas gentes habaneras. Y tal vez no era solamente por tocar el piano o la sonora flauta. Casi por todo: por sus airosos ademanes, sus altivos gestos, por la vistosa y engalanada forma de vestirse. Miranda, con sus refinamientos, por supuesto, así como causaba admiración en muchos, procuraba envidia e irritación en otros; sobre todo entre los diversos oficiales españoles, para quienes era poco grato ver a este criollo situado en esa altura, altura que a juicio de ellos tal vez no le correspondía. Y esa envidia no dejará de mostrar sus garras en los sucesos que acaecerán después.

14

Las acciones de guerra que enfrentará España —en alianza con Francia y en contra de Inglaterra— para apoyar la sublevación de las colonias en América del Norte, pronto iniciarán su curso y en ellas Francisco de Miranda tendrá azarosa y conflictiva incumbencia. Don Bernardo de Gálvez, perteneciente a prestante familia que por aquellos días tenía a muchos de sus miembros ocupando relevantes cargos de poder y de importancia, era a la sazón gobernador de la Luisiana y estaba ansioso y decidido a darles un golpe de mano a los ingleses, que permanecían acuartelados en la Florida. El gobernador estaba persuadido, más que nadie, del inmenso y estratégico valor que tenía la costa norteamericana para las futuras operaciones, tanto militares como comerciales, que le ayudarían a España a quebrantar el imperio que habían creado los ingleses, así como para ayudar a mantener el también inmenso imperio que habían consolidado los fieros y audaces españoles.

Obsesionado con ese bélico objetivo que se proyectaba hacia el futuro, había logrado persuadir a Su Majestad Carlos III de que le enviase una flota para poder reconquistar aquellos territorios que antes ya habían pertenecido al dominio de la España codiciosa y excluyente. Su objetivo principal era apoderarse en primer término de Pensacola, puerto abrigado y protegido, que podría garantizar el control efectivo del gran Golfo de México. Varias tentativas, dolorosas y fallidas, se habían realizado en el pasado para coronar dicho objetivo. En 1780, una expedición al mando de don Francisco de Boret no había dado resultados. Después, otra expedición comandada por el propio Gálvez había sido destrozada por el poder de una tormenta. Pero la tercera es la vencida, pensaba con optimismo Gálvez. Carlos III oyó sus ruegos, valoró los riesgos, así como los posibles e innegables beneficios de una nueva y ojalá esta vez afortunada tentativa. Cagigal, una vez aprobado el nuevo plan, trabajó con eficiencia para ayudar a fortalecer las tropas que irían a ganar esa batalla. Y la expedición partió con aire triunfalista. Eran mucho más poderosas las fuerzas españolas y además contarían con la sorpresa en el ataque.

Miranda, asistente de Cagigal, así como su inseparable y entrañable amigo, por supuesto iba en dicha flota que intentaría el asalto. Y solo fue que se embarcaran para iniciar de nuevo su minucioso diario. "Nos hicimos a la mar el 18 de febrero de 1781 con fuertes rachas de viento, en el navío San Ramón, buque insignia de nuestro convoy, construido en la propia Habana solo hace seis años". Y sigue anotando muchas cosas, con terrible, enmarañada y casi dolorosa sintaxis de hombre que desconoce por completo las magias sugerentes del lenguaje escrito. Anota cosas anodinas, tal vez por ver pasar el tiempo, tal vez para calmar las horas de ansiedad que preceden al combate. Que rezaron el rosario y el trisagio. Conversaciones de sobremesa. Chismorreos. Relata los rencores con los cuales se agreden los diversos oficiales. Hace juicios comparativos. Habla del estado del viento y de las gruesas marejadas. Y por fin acabará refiriéndose al combate en pocos y muy escuetos párrafos.

El miércoles 25 tienen el primer enfrentamiento. Días después, acontece un ataque combinado de gran envergadura, que obliga a izar bandera blanca a los ingleses. Y obviamente la victoria es española. A la mañana siguiente, el comandante John Campbell, jefe de todas las tropas inglesas abatidas, llega para capitular. Es pleno mediodía. Radiante y jubiloso, el general Gálvez, con seis compañías de granaderos, toma posesión del fuerte. Se reza el aburridísimo y españolísimo Te Deum, y por las mismas se decide el embarque de las tropas españolas para que inicien su retorno, pues Pensacola ya es de España. Noventa y cuatro muertos por Su Majestad católica, ciento treinta muertos a la cuenta inglesa. No fue ninguna gran batalla, pero tuvo mérito y no poca importancia en el proyecto y estrategia de aquella confrontación entre potencias.

A don Bernardo de Gálvez y Gallardo se lo hizo conde por gracia del combate e igualmente se le ascendió a teniente general y se le subió su sueldo anual a 10.000 pesos. A don José Manuel Cagigal y Monserrate también hubo de ascendérsele a teniente general y se le ratificó que fuese capitán general de La Habana. Y Cagigal, noble y generoso amigo, nombró teniente coronel a don Francisco de Miranda, por los méritos contraídos en la dicha y poco espectacular batalla.

En Pensacola, y fiel a su ya inquebrantable costumbre de coleccionador de libros y de objetos, compró Miranda veinticuatro volúmenes de gran literatura y de otras obras filosóficas. Consiguió todo lo de Milton, una historia de Escocia escrita por el señor Robertson, y varios tomos que eran biografías de pretéritos monarcas españoles. Y también compró cuatro esclavos. Era la moda para alguien que gusta de vistosas opulencias.

Al llegar de nuevo a la risueña Habana, se enteró por rumores persistentes de que, a través del Tribunal de la Inquisición de Sevilla, se había incoado una segunda sumaria en contra suya; y que esta sería tramitada en Cartagena, que tenía jurisdicción sobre La Habana. No se intimidó mayor cosa por este rumor amenazante. En La Habana se sentía seguro y creía que la protección de su amigo Cagigal lo eximiría por un buen tiempo de ese mortificante acoso. Y además, en la festiva Habana tenía cómo aplacar y mitigar angustias. Una espléndida y excitante mulata de nombre Geneviève de Roux, convertía cualquier asomo de tribulación en viaje desquiciante a un placer donde se le hechizaba el alma. En La Habana, por supuesto, el "tesoro púbico" de Miranda sigue creciendo. Pero con Geneviève pasó muchas semanas de perpetuo y enloquecido goce. Con ella —que sabía leer con dicción sonora y clara— pasaba muchas horas escuchando de sus labios las tediosas pero sugerentes páginas que había escrito el abate Reynal. Y también le hacía leer con sus carnosos labios no pocos versos del inmortal Quevedo, por quien Miranda sentía una devoción casi religiosa.

Estando en La Habana, orgulloso y vanidoso de ser ya un teniente coronel de los ejércitos del rey, Cagigal le asigna una misión que considera de importancia suma: efectuar el canje de prisioneros españoles por el de prisioneros ingleses. Y además, la misión secreta y delicada de comprar dos barcos para España. Para tal efecto, el intendente de La Habana, don Ignacio Urriza, le asigna una cuantiosa suma de caudales, que se hacen figurar como gastos de comisión. Se embarca para Kingston, la capital de Jamaica, provisto de diversas cartas de recomendación, una de ellas para el propio jefe de la escuadra inglesa y otras varias para distintos funcionarios del poder británico. Casi veinticinco días dura aquel viaje. Ocurre un percance. El barco es asaltado por una balandra inglesa. Una vez desembarca, Miranda se queja airadamente por dicho asalto, que está prohibido en los convenios, y envía cartas de protesta al almirante Parker. Se le rinden desagravios. Pero, pese al incidente, se logra arreglar lo pertinente al canje de una forma rápida y por lo demás satisfactoria para ambas partes.

Estando en Kingston, continúa comprando libros, de forma casi exagerada; libros en inglés, entre ellos las obras de Maquiavelo, al que sabrá rendirle culto en el futuro. Casi quinientos volúmenes están en su catálogo, lo cual sin duda ha costado una fortuna. ¿Cómo podría Miranda darse esos lujos excesivos y tan constantemente repetidos con solo su salario de simple militar?

También compra los barcos y los paga. Pero por causa de la guerra aún vigente, tiene que valerse de los servicios de un inglés llamado

Philip Alwood, para poder efectuar la transacción. Para compensar a dicho inglés por sus servicios, Miranda al parecer propone introducirle en su propio equipaje un cargamento de contrabando, con lo cual haría un buen negocio en Cuba. El asunto lo consulta con Cagigal y obtiene su respectivo beneplácito. También, estando en Kingston, Miranda ha realizado faenas de espionaje. Obtiene información precisa y detallada sobre tropas, barcos, recursos militares, mapas de fortificaciones, movimientos de tropas, rutas de suministro, etc. Con todo eso parte hacia La Habana, con sus cargamentos ilegales, pero es sorprendido por agentes del resguardo. Miranda avisa a Cagigal y este interviene, diciendo que él ha concedido la respectiva autorización para el transporte de esos bienes. Pero de todas maneras se produce el escándalo, y el asunto es grave para ambos. El intendente Urriza se muestra inflexible en sus deberes, calificando el asunto de delito grave e inmediatamente denuncia al rey lo acontecido. Se cierne enojosa tormenta sobre el gobernador y su asistente. Además las cosas se complican más para Miranda, pues igualmente se le acusa de haber facilitado a los ingleses información precisa y detallada de los recursos y fortificaciones militares que tiene España en Cuba. El ministro Gálvez comunica al gobernador que el rey ha sabido con mucho desagrado la visita del general inglés Campbell en compañía de Miranda a las fortificaciones españolas. Y en esa carta se refiere a Miranda como a un "entusiasta apasionado de los ingleses", y le ordena a Cagigal que inmediatamente lo separe de su lado y lo envíe a España en la primera embarcación que salga.

Miranda —no se sabe si por puro y cínico desplante o porque en ese momento desconoce las cartas que se están enviando— en ese mes de enero del año 82, escribe a Gálvez solicitando cargo y sueldo de coronel. Cagigal, confundido y acosado, pide licencia para ir a España a vindicar su honor y también el honor de su edecán. Su nobleza solidaria es admirable. Pero mientras las demoradas cartas van y vienen, se le asigna al propio Cagigal otra comisión de importancia militar: la conquista de las Bahamas. Antes de partir, ha recibido orden perentoria de que ponga de inmediato bajo arresto a su edecán Miranda. Cagigal se hace el pendejo con la orden. Él mete la mano al fuego por su amigo, ese amigo que le escribe diciéndole que es más inocente que el propio Sócrates. En vez de encarcelarlo, lo lleva consigo a conquistar Bahamas, esa Bahamas que se rinde fácilmente y vuelve a pertenecer a España. En dicha misión participan también fuerzas norteamericanas. Pero nadie parece reconocer el mérito de esta hazaña. Más bien muchos murmuran que ha sido un magnífico negocio para los dos inseparables militares, pues dizque han ganado cerca de 500.000 pesos con dicha invasión y rápida victoria. Arrecia la tormenta. Miranda tiene miedo de que pueda terminar en una cárcel. Anota en su diario: "La suerte y mi desgracia me persiguen duramente". Ya no desea retornar a Cuba. También escribe: "Aguardo una tragedia por instantes". ¿Qué hacer?

Y la tragedia se produce. Por orden de Gálvez se lo arresta. Se le dejan sus criados, su dinero, sus ropas y maletas, pero se lo priva de sus libros y se lo remite a Cuba. Cagigal es separado de su puesto de gobernador y capitán general de Cuba. Se lo reemplaza por Luis de Únzaga y Amezaga. Estando en Cuba, Cagigal decide que debe viajar a España para afrontar descargos y defensas. Miranda le comunica que quiere acompañarlo. Iniciado el viaje, el angustioso viaje, estalla una tormenta en las Antillas y la fragata en que viajaban tiene que refugiarse en el puerto de Matanzas, situado a unos cien kilómetros de La Habana. Mientras es reparada la nave, Cagigal se dirige hacia La Habana. Miranda, intimidado, se esconde en casa de un particular y decide alterar sus planes. Toma una decisión que le será definitiva y que marcará todo el proyecto futuro de su andariega y estrafalaria vida. "Resolví sustraerme de la autoridad, dirigiendo mi viaje hacia Europa por las provincias angloamericanas del norte"

A Cagigal le escribe carta donde dice:

Le diré que mi idea en dirigirme a los Estados Unidos de América, no solo fue por sustraerme a la tropelía que conmigo se intentó, sino para dar al mismo tiempo principio a mis viajes en países extranjeros, que sabe V. fue siempre mi intención, concluida la guerra; con este propio designio he cultivado de antemano con esmero los principales idiomas de Europa que fueron la profesión en que desde mis tiernos años me colocó la suerte y mi nacimiento. Todos estos principios [que aún no son otra cosa], toda esta simiente que con no pequeño afán y gastos se ha estado sembrando en mi entendimiento por espacio de treinta años que tengo de edad, quedaría desde luego sin fruto ni provecho, por falta de cultura a tiempo. La experiencia y conocimiento que el hombre adquiere, visitando y examinando personalmente con inteligencia prolija en el gran libro del universo; las sociedades más sabias y virtuosas que lo componen; sus leyes, gobierno, agricultura, policía, comercio, arte militar, navegación, ciencias, artes, etc., es lo que únicamente puede sazonar el fruto y completar en algún modo la obra magna de formar un hombre sólido y de provecho!

Parece que mientras permanece oculto y antes de tomar la decisión de irse para Europa por la ruta de los Estados Unidos, es condenado como ausente en rebeldía. Se le impone pagar una fuerte multa, a privación de su cargo y a un destierro por ocho años en Orán. En junio de 1783, Miranda, el fugitivo, abandona Cuba en una balandra norteamericana de nombre Prudent. Al huir, se comenta en la escandalizada Habana que el bello e inquieto fugitivo, además de su dinero, de su piano, de su "tesoro púbico", lleva consigo una completa colección de planos, de estadísticas, de nombres de muchos militares, informaciones valiosas y estratégicas, todo lo cual seguramente hará más valiosos sus servicios para cobrarle a España ese rencor que ahora siente por haberlo convertido en un hombre acosado y perseguido. Pero ese perseguido se convertirá a partir de entonces en uno que dará comienzo a una épica aventura, donde España quedará desposeída de su imperio.

15

Fue el primero de junio de 1783 el día en el cual el fugitivo y sentenciado Francisco de Miranda da comienzo a ese viaje que inicialmente parece ser solo hacia la incertidumbre y hacia lo desconocido. En el mar hay calma, solo en su corazón se agitan las tormentas. No sabe describir o cómo nombrar las cambiantes y turbulentas emociones que se agitan en su ser. En ese momento, a veces el rencor y a veces la vergüenza le enturbian y le ocultan el paisaje que quiere diseñar hacia el futuro. Sabe que ahora su condición de desertor y sindicado pesará como una oscura mancha, degradando su memoria y su pasado. Solo con imaginación y audacia desafiante podrá transfigurar esa imagen que no ha construido propiamente su inocencia, sino esa compulsión incontenible de convertir la vida en carnaval galante, en fiesta irresponsable donde la búsqueda de placeres, prestigios ligeros o riqueza fácil han hecho de él todo, menos un héroe romántico o un personaje heroico. En su conciencia desgarrada estallan como flagelos y tormentos los actos y los hechos de un hombre que ahora —en ese instante— carece de futuro pero que posee un pasado que sin duda es delictivo, equívoco; un pasado que solo regala orgullo a una falsa y acomodaticia vanidad de sibarita, de frívolo epicúreo; el pasado de un hombre que sabe sacrificar un mundo y sus principios para prodigarse una noche de efímeros placeres. Pero en el fondo de ese ser suyo atormentado, vislumbra que el fracaso también puede llegar a convertirse en otro nacimiento, en otro comenzar de nuevo. Intuye que en su naufragio de hombre se puede edificar un nuevo horizonte, una esperanza, para construir el andamiaje de un futuro que acabe aniquilando las huellas de un pasado que, por más momentos felices que contenga, no enaltece ni es edificante para quien acepte la dignidad que inexorablemente impone la conciencia de ser hombre.

Encuéntrase aplastado y confundido, pero nunca podrá aceptar que es un hombre derrotado. La vida es batalla sucesiva, es un continuo hacerse. Todo hombre que ha caído puede renacer. La vida con su urgencia, con su drama, es ese quehacer que no da tregua, es esa fuerza que exige ser vivida. Y así como el fracaso participa de la muerte y eso que hemos sido puede ayudarnos a enamorarnos de la muerte, para poder vivir hay que derrotar ese pasado, hay que instalarse de nuevo en lo que será, en lo que viene. Se confundía, pero se fortalecía. Sabía que vivir es ese ir siendo y nunca ese haber sido. Para ir adelante tenía que aferrarse y debía de creer, con fe impetuosa y verdadera, que el futuro puede destruir cualquier pasado.

Por eso ese viaje dramático y aleccionador, viaje que estaba comenzando, fue para Francisco de Miranda viaje de infierno y paraíso. Él, tan poco acostumbrado a vivir hacia adentro —por andar engolosinado en el vivir hacia fuera— comprendía que estaba aproximándose tal vez a un nuevo nacimiento, a ese aplazado encuentro consigo mismo, del que saldría nítidamente demarcada la ruta de su propio e ineludible destino. Su diario ni en esa ocasión ni en ninguna otra recogerá el eco de esas tribulaciones y de aquellas feroces amarguras que ahora trituran su alma y su conciencia para redefinir los pasos que orientarán su vida. Solo en sus silencios, en esos abismos de luz que suele prodigar el sufrimiento, es donde él vislumbra las posibilidades y las realidades de su conciencia desgarrada.

A pesar de la desolación que por muchas horas parece invadir su alma en el transcurso de ese viaje, suele también sentir un curioso y profundo agradecimiento por aquellos momentos de dolor que le permiten examinar con mirada inquisitiva y despiadada muchos de los recovecos de su alma. No es propiamente una tentativa de purificación, sino más bien de conocimiento y descubrimiento de esos diversos resortes emocionales o mentales que sostienen y alimentan muchos de sus lenguajes y sus actos. No lo mueve el que sería un fallido impulso de contrición o arrepentimiento. Él desprecia y abomina esos oscuros conceptos, que se le antojan simple basura teologal para uso de ignorantes frailes. Él anhela saber cuál es la fuerza o el ímpetu secreto que obliga o ha obligado a su espíritu a realizar determinados actos. Quiere saber cuál es la música o la desconocida e ignota melodía que verdaderamente lo ha embrujado para sentirse obligado a satisfacer de manera un tanto demencial la imposición de sus deseos. ¿Serán acaso sus ideas? ¿Son por ventura sus ideas las que gobiernan el ritmo de sus actos? No tiene claro nada de eso. Se mueve allí en arenas movedizas. ¿Tiene que ver su moralidad, o la ausencia de la misma, con lo que hasta ahora ha hecho de su vida? ¿Se siente culpable o inocente? Cuando escribe sus cartas, cuando redacta sus enmarañados y justificativos alegatos, por supuesto debe aparecer como inocente y perseguido, pues aquello que allí escribe es para los otros. Pero cuando interroga su conciencia, cuando él es el único testigo, tampoco sabe responder si es inocente o es culpable.

¡Sí! Ha sido un buscador, incansable buscador de los placeres de este mundo. ¿Es eso un delito que condene al hombre? ¿Acaso lo inmoral, por el contrario, no podría ser el no haber luchado por alcanzar felicidad y placer? ¿Acaso lo inmoral no estará dado por no haber evitado el sufrimiento o solo por haber causado deliberado sufrimiento a otros? Él es hedonista despiadado. Él ya no es creyente ni cristiano. Odia desde hace mucho tiempo esa religión oscura y restrictiva. Abomina de esa degradante estética que exalta y promueve el sufrimiento. Y qué extraño, esos pensamientos que ahora lo acosan y lo aturden le están naciendo de su propio sufrimiento. Y hasta logra imaginar que cuanto más sufre un ser humano, más arrogantes y pretenciosas se hacen su propia fuerza y su propia rebeldía.

Ese Miranda, ese confundido viajero que ahora sabe se aproxima a inaugurar un inédito paisaje para sus futuros pasos por la vida, siente esa necesidad imperiosa de interrogar su alma. No importa que ese ansioso preguntarse no le depare las respuestas. Preguntarse es en sí mismo algo más esclarecedor que responderse. Cuando no se está preguntando, recurre al mágico expediente de su flauta. ¿Se pregunta si piensa cuando toca la melodiosa y misteriosa flauta? Lo ignora. Tal vez solo la música sea pensamiento puro que nunca necesita ensuciarse o degradarse con el ruido que hacen el pensamiento o las palabras. Por momentos, Bocherini le resulta más profundo y mucho más amable que aquel sublime embaucador que es Rousseau, y al que ha vuelto a leer mientras transcurre el viaje tormentoso que debe conducirlo a su futuro.

16

Las amarguras, las tribulaciones y los resentimientos, así como muchas y poderosas nostalgias, lo flagelaron sin descanso, pero de manera preferencial durante las largas y extenuantes horas de aquel viaje. Pero una vez desembarcado en New Bern, puerto de Carolina del Norte —cuando estaba en pleno furor la primavera—, Francisco de Miranda parece que logra arrancarse en algo de aquel reciente pretérito atravesado de sinsabores y tristezas, para iniciar un nuevo ciclo en su existencia. Un ciclo donde intentará llenar de olvido y, hasta de ser posible, eliminar de la memoria aquel tiempo oscuro y doloroso que lo ha convertido en prófugo y en reo de la justicia. Parece ávido de cerrar los ojos a ese pasado turbulento, para abrirlos con codicia a los nuevos paisajes que comienzan. Todo ayuda a colaborarle en ese empeño. Ha llegado a un mundo marcado por enormes diferencias respecto al universo que abandona; un mundo que es pujante, que acaba también de arrancarse del pasado; un mundo que se ha decidido, a través del expediente tormentoso y sangriento de la guerra, a iniciar su propio derrotero en la libertad y hacia el futuro; un mundo que se ha instalado con una gramática distinta en la realidad cambiante de la historia.

Miranda se siente afortunado de poder hacer presencia y poder inmiscuirse con todos sus sentidos en esa magna y colosal empresa que está configurándose para alterar y reorientar el curso que asumirá la América del Norte en ese crucial instante donde está naciendo sin duda una nueva época, donde todo quiere ser futuro y donde el pasado quiere ser mirado como tiempo superado en el que nunca existió la libertad para los pueblos. Qué halagado se siente, qué extraña y poderosa sensación de plenitud renovadora embriaga su espíritu en aquel momento decisivo. Todo se le convierte en horizonte.

Abre su diario. Quiere ser acucioso y minucioso notario que registra los aconteceres, por mínimos que sean, de esa inmensa y esperanzadora realidad que está surgiendo ante sus ojos escrutadores y expectantes. A pesar de lo acontecido, no se siente para nada intimidado. No carece de recursos, reales o imaginarios, para moverse con soltura y singular audacia en ese nuevo escenario que se abre para poderle dar a su existencia un nuevo proyecto y un nuevo y enaltecedor sentido, donde tendrán cabida y resonancia los grandes ideales.

Miranda, como aquella nación recién inaugurada, quiere participar de ese como destino histórico donde los hombres y los pueblos tratarán de edificar una nueva y desafiante arquitectura donde se puedan disfrutar los sueños. Y siente que puede ser bienvenido a esa prometedora invitación hacia el futuro. Lo reconforta y le da seguridad saber que él también ha puesto su pequeño grano de arena en el fluir de esa epopeya. Su participación como militar de España en la batalla de Pensacola, su intervención en la reconquista de las Bahamas —con apoyo de tropas norteamericanas— son credenciales que hará valer y que van a permitirle presentarse ante los dirigentes de esa nueva nación como un hombre que ha creído y que en algo ha contribuido a fundar su nueva realidad política, esa realidad que por momentos anhela hacer posible instaurar una especie de democracia y de libertad racional que acoja a los hombres de cualquier lugar del mundo. Además, conoce bien su idioma. Siente antigua y marcada inclinación, especie de anglofilia, por esa cultura a partir de la cual se está levantando la nueva nación americana, y que por supuesto y necesariamente va a sostener el poderoso andamiaje de aquella nación que ahora despega pujante frente al antiguo orden político del mundo. Todo, menos sentirse extraño en ese mundo. Por otra parte, está como en su sangre, es como elemento configurante de su espíritu, querer y saber sentirse siempre un ciudadano universal. La patria es más que geografía, es más que unos precarios límites, es siempre un horizonte para el hombre cuyo espíritu vibre en la noción dignificante de querer ser libre.

El Miranda que abre de nuevo las páginas de ese diario minucioso y cotidiano —más que un político, más que un militar, más que un americano meridional— está lejos aún de ser o parecer un soñador de ambiciosos absolutos. Simple y visceralmente es solo un testigo, agudo y penetrante, de los hechos, de los gestos, de los hombres, de los rostros y las cosas que conforman el maravilloso y sutil tejido que va conformando la trama de la vida cotidiana. Quiere ser un observador y un lector atento de lo que él siempre llamará el gran libro del universo. Su intención no es crítica, ni en casi nada pretende ser moralizante. No es el diario ni de un ideólogo ni de un poeta, tampoco son las anotaciones de un filósofo o de un científico. Su extraña gracia y su impresionante valor de documento histórico están en buena parte dados por esa desprevenida y hasta ingenua manera de observar los hechos.

Al llegar a Norteamérica, igualmente comenzará a hacer uso de un eficaz e infalible instrumento para consolidar y ampliar, casi en proporción de desmesura, la red de incontables personajes que convertirá en sus amigos, y en muchísimas y variadas ocasiones, en sus solidarios anfitriones, protectores y mecenas: las llamadas cartas de presentación. Y en ese comienzo de su viaje, las cartas de su entrañable amigo Cagigal serán las más valiosas. Las costumbres de la época habían impuesto desde tiempo atrás esta forma singular de cortesía, que permite multiplicar y comunicar en todas partes a los amigos de unos con los amigos de otros. Miranda, en aquel momento —como en todos los posteriores de su viajera vida— apelará a este mecanismo para ampliar hasta lo increíble el variadísimo círculo de sus muchos contertulios. Además, era masón en un mundo que de manera creciente había ido aceptando la masonería casi como una forma de culto religioso, que posibilitaba la colaboración y la comunicación solidaria de sus miembros en todas las naciones cultas del planeta. Era un nuevo lenguaje espiritual y universal con el cual hablaba y se entendía la élite avanzada y progresista que anhelaba fundar un orden nuevo regido por una supuesta y simétrica armonía; un orden en donde todas las relaciones que ligan al hombre con el hombre y a este con el Supremo Arquitecto de esa trascendente y humanizante geometría, pretendía de esa forma ayudar a ese gran designio.

De sólidos instrumentos de navegación para su aventura decisiva no carecía Miranda cuando llegó a la joven nación americana. Y como si no fuese suficiente, estaba su arrasadora simpatía; su virtuosismo de políglota; su diestra y sensible habilidad para tocar la flauta melodiosa;

su ademán altivo; su conversación culta, envolvente y hechicera, con la cual, en especial las damas, solían con frecuencia inusitada ofrecerle "sus privados y deliciosos placeres". Miranda era un encantador probado y consumado. En los salones, entre las bellas damas, entre acariciantes frases y seductoras y galantes formas, encontraría —en el correr de breves años— todos los estímulos y todos los recursos para ese proyecto casi alucinado de verse convertido, de manera indiscutible, en el gran precursor de otra epopeya que traería la creación de un nuevo mundo independiente, así como el ocaso y el eclipse de un majestuoso imperio en cuyos confines no solía ocultarse el sol.

Miranda era sin duda el más curioso y atípico revolucionario que ha conocido esta edad moderna. Era un elegante, un vistoso y flamante aventurero, enamorado de una idea que predicaba y pregonaba la igualdad vestido con lujosa seda; un exquisito, que tendrá una mirada displicente sobre el vulgo; tantas veces un altanero señorito. Un refinado amante de placeres, un coleccionista irredimible de numerosas cosas bellas. No lo estremecía casi nunca la miseria, lo insubordinaba la ignorancia. Le lastimaba el alma la altisonante y vocinglera grosería. Nunca pretendió convertir la barricada en el lugar adecuado para cambiar el mundo. Creía más en el poder del gesto que en la mortífera descarga de un fusil. Nunca rindió culto a esa tendencia tumultuaria de escribir con sangre el nuevo lenguaje de los tiempos. Así fuese un militar y así hubiese sido un promotor de guerras y un ocasional participante de batallas, consideraba que la sangre solo pocas veces es compatible con la equívoca inocencia del encaje. Miranda era un deleitoso intrigante que convirtió el arte sibilino y sorprendente de la intriga y de la argucia en acerada espada, para romper con eficaces sutilezas los hilos desafiantes de un dominio que sacrificaba un mundo para exaltar la estupidez de un rey.

La noción estereotipada y maltratada que se ha terminado aceptando sobre lo que puede ser un buen revolucionario debería redefinirse a la luz que fluye de esa imagen de Miranda, que tenía mucho más de un príncipe hecho a su propia imagen y a su propia semejanza; imagen muy distinta a la de aquellos hombres que —aplastados por los resentimientos—

diseñan sus quehaceres al amparo de las sombras protectoras. Poco o nada tuvo que ver en él la noción de sacrificio para sentirse devorado por la fuerza de un sueño trastocador y libertario. Su mística, su infatigable e irrenunciable fuerza para sumar esfuerzos y convocar las voluntades en torno al heroico proyecto de fundar repúblicas independientes en lo que era el colosal imperio hispánico, no incluía los rituales —tan españoles y cristianos— del martirio. La sangre no es estética. Para él la estética es fuero y privilegio del espíritu. Por eso a veces su figura y su quehacer producen desconcierto. ¿Cómo es posible poder imaginar el sueño de revolucionar un mundo en medio de las luces ostentosas que agobian los salones? ¿Por qué sólo es posible asociar al héroe cruzando ensangrentado los campos de batalla? ¿Por qué se tiende a suponer que las grandes ideas que impulsan a transformar el mundo solo adquieren validez cuando se ensucian con el barro que existe en las trincheras?

Seguramente en sus desvelos, ese Miranda —el de los relucientes e impactantes uniformes, el del soberbio arete pendiendo en sus orejas— debió pensar en esas cosas y debió sentirse estremecido, ya que sin duda también le era fácil constatar que él, con sus argucias, con sus suaves intrigas de salón, estaba haciendo avanzar mucho más rápido las huestes invisibles de esos ejércitos que acabarían por destrozar a España. Pero aun así, en el futuro y seguramente abrazado a sus escrúpulos, empuñaría las armas, no para encontrar el triunfo, sino —qué paradoja— para coronar con el martirio ese fracaso suyo que terminó por ser su verdadera gloria.

Pero por ahora, en ese junio de 1783, está en los Estados Unidos. Apenas está iniciando su ruta de precursor y visionario.

17

Solo es desembarcar para que su diario comience a llenarse de anotaciones. Ingenuas muchas, interesantes otras. Le sorprende que la gente sea "robusta y corpulenta". Le entusiasma la hospitalidad, el buen trato "a pesar de que sus ideas en general no son muy liberales, y de que el sistema social está todavía en mantillas". Enumera con nombres y apellidos a todas las personas que van a visitarlo. Le parece que muchas mujeres viven demasiado pendientes de su vida doméstica, así se vistan pulcramente. Anota cómo son las calles y las casas, cuál es la forma de los edificios, el material que se ha utilizado para hacerlos. Se refiere a las distancias que hay entre un lugar y otro, a los jardines. Al menos en sus primeras veinticuatro horas de estar en las entrañas de la reciente democracia, es lo que anota ese 9 de junio de 1783.

No gusta de permanecer por mucho tiempo en los diversos sitios. Inicia viajes cortos y continuos a diversos pueblos y lugares. Sigue anotando los detalles específicos que convocan su atención; los nombres de las personas que conoce. Aparecen las muchachas, las hermosas muchachas que siempre dulcificarán su vida y sus noches de viajero. "Muchachas de quince y dieciocho años, hijas del posadero" que le hacen olvidar las fatigas de caminante. "Una de ellas no tuvo inconveniente en venir conmigo a continuar conversando en la cama después de que todos se retiraron a dormir".

El 13 de julio está en Beaufort, que pertenece a Carolina del Norte. Toca la flauta varias horas. Está contento de verse entre gentes que "aunque pobres, son humanos y generosos". Curiosa anotación, descubre que los pobres pueden ser humanos y hasta generosos.

Visita un pequeño pueblo cuáquero. Insiste mucho —como si fuese lo más mortificante de aquella democracia que está ahora descubriendo y recorriendo— en la presencia multitudinaria y acosadora de los mosquitos y los chinches. Le provocan insomnio y mucha rabia.

En Wilmington visita al coronel Walker, para quien lleva, por supuesto, la consabida carta de presentación. Lo asombra, casi hasta el escándalo, ver cómo toda aquella gente se dedica con pasión al juego del billar, esa moda francesa que encoleriza a las mujeres, pues por su culpa se alejan los maridos del hogar por mucho tiempo. Hace anotaciones sobre los procesos del comercio, sobre lo que se produce, sobre lo que importan y también sobre aquello que pueden exportar. Elogia la agricultura, adelantada y floreciente.

Un día se topa con la superstición. Es domingo y él se ha puesto a tocar la flauta para distraerse. Esto provoca un escándalo monumental entre aquellas gentes cuáqueras. Pero por la intervención de alguien, se apaciguan los ánimos y él, una vez ha pasado el susto, sabe reírse aun cuando está perplejo.

El 23 de julio ya se encuentra en Charleston. Ocupa pensión cómoda y barata, pero la cambiará por otra, con la esperanza de lograr éxito en una lisonjera empresa amorosa. Sigue visitando gente, para todos tiene la consabida carta de presentación. Lo reciben con fina cortesía, lo agasajan. En Charleston muchos saben de él y su pasado, pues los miembros de esa ciudad y de esa provincia fueron quienes lo acusaron de no haberles sacado a los ingleses la suma que ellos habían gastado en combatirlos. Desconocen si esa suma se obtuvo, pero hasta ahora nadie sabe a quién se la entregó Miranda. Recibe un desafío a muerte. Uno de sus futuros biógrafos contará así este incidente:

Con el mayor aplomo y elegancia da explicaciones a la carta en que se le reta, para terminar diciendo: "Si esto no satisface, aquí estoy para responder como hombre de honor y de espada". Triunfo enorme y definitivo.

Así recompone su imagen, sabiendo enfrentar un desafío. Y continúa recibiendo halagos, invitaciones y agasajos. Todos quieren conocerlo. Es el gran personaje por aquellos días. Continúa su anotar en las páginas del diario:

La juventud en general es vana e ignorante. Las mujeres son más agradables, aunque se muestran algo hurañas al iniciar el trato y visten con sumo gusto, pero no se preocupan del peinado.

Es de suponer, conociendo a Miranda, que al finalizar el trato ya habrán dejado las mujeres de ser tan demasiado hurañas y tendrán más alborotado su peinado. Comenta también —y uno puede imaginarse su sonrisa complaciente— que el número de mujeres es superiorísimo al de los hombres y "quien quiere escoger mujer, debe venir a este país de la abundancia".

Por lo general, hace una lista pormenorizada de las principales damas que tiene el honor de conocer. Sobre cada una de ellas agrega un comentario. "La grata y la coqueta". "La de majestuosa presencia". "La que canta bien y con estilo inglés". "La gran amiga". "Las que por su belleza están en boga". Cómo debió de ser feliz en medio de esas carnales abundancias este Miranda, el lujurioso.

18

Sigue viajando y conociendo gente; repartiendo las venturosas cartas de presentación, que en todas partes le abren puertas y le posibilitan que lo inviten, lo agasajen, lo celebren y —en no pocas ocasiones — que le presten dinero para continuar en sus andanzas. En todas partes toma notas, notas en muchas de las cuales hace énfasis en los detalles militares que parecen excitarlo. Describe con minuciosa pericia las fortificaciones y los lugares donde se han dado las batallas. Levanta croquis y hace mapas. Pero, por momentos, su mirada militar es reemplazada por la de un turista amable y desprevenido, que observa las costumbres y se regocija con la hermosura cambiante del paisaje. Y en todas partes sabe mirar la cara de las lindas y despreocupadas muchachas que, con el estilo americano, le suelen ofrecer sus deliciosas formas, lo saben admirar y saben consolarlo. Y en todas partes, para él y para ellas, sabe tocar la melodiosa flauta. El maravilloso y curioso esplendor de su "tesoro púbico" continúa aumentando sus caudales. Cada vez se siente más halagado y convencido de que el legado inglés que sigue vivo y palpitante en Norteamérica constituye la más alta cifra de la civilización política. Su anglofilia, que es de vieja data, se consolida en su admirativo afecto.

Va a Filadelfia. Queda deslumbrado, casi en estupor con lo que ve y siente en esta pequeña y hermosa ciudad. Allí visita a don Francisco Rendón, embajador de España. Lleva para él amable y elogiosa carta de su amigo Cagigal, carta en la que evidentemente el noble Cagigal no menciona los entuertos ni los turbulentos líos en que anda comprometido su amable e irresistible camarada. Rendón lo acoge con toda simpatía, lo invita a que se convierta en huésped de su casa. Lo presenta a sus notables amigos, lo agasaja.

Un día llega a esa bella ciudad, entre fanfarrias y colectiva admiración, George Washington. La gente se conmueve, se emociona hasta las lágrimas. Aquel hombre es un mito al que tratan como a un santo. Miranda, por medio de Rendón, es invitado a comer con él. Y cosa extraña, el extraño de Miranda no parece estremecido con el contacto cercano con aquel hombre que tanto ha contribuido a trastocar el viejo orden que aplastaba al mundo. Escribirá en su diario:

Niños, hombres y mujeres mostraban tal contento y satisfacción como si el Redentor hubiera entrado a Jerusalén; tales son las nimias ideas y sublime concepto que este hombre afortunado y singular logra en todo el continente. . . bien que no faltan filósofos que lo examinen a la luz de la razón, y conciban una idea más justa de lo que el alto y bajo vulgo tiene imaginado.

También agrega en ese comentario displicente, lejano y evidentemente frío sobre el gran personaje de la época, que "su trato es circunspecto, taciturno y poco expresivo, pero su modo de ser suave, al que acompaña una gran moderación, lo hace soportable".

Está lejos Miranda, en este primer acercamiento a Washington, de haber sentido alguna simpatía y, mucho menos, mostrarse admirativo. Sin embargo, al parecer almorzó con él en ocasiones sucesivas.

Después de Filadelfia y de encuentros tan notables, Miranda parte hacia Nueva York. A esa ciudad llegará con un frío que le cala y le hace temblar los huesos, y además padeciendo de un torturador dolor de muela. El imprevisto viaje que lo lleva a Nueva York, y que lo obligó a salir de Filadelfia, tiene un motivo triste y doloroso para él. Resulta que han llegado cartas de varios personajes donde se relatan las pasadas y poco claras andanzas de Miranda, aquellas que lo han convertido en reo y en fugitivo. Se disparan los rumores. La gente ya no persiste en halagarlo ni en invitarlo a reuniones. Lo agobia el sufrimiento. Lo flagela la vergüenza y decide irse de improviso, sin contarle a nadie; pero eso sí, le pide prestado al embajador Rendón la suma de seiscientos pesos. Por eso está ahora en Nueva York, con frío y con dolor de muela. Es enero de 1784.

Y en Nueva York —pronto y como siempre— estará de nuevo conociendo amigos, por el expediente de las famosas y abundantes cartas de presentación. Conoce al general Henry Knox y al coronel Alexander Hamilton. Knox en otro tiempo fue secretario y edecán de Washington. Con ellos hablará largamente de política y sobre todo de asuntos militares. Imaginarán proyectos y sin duda muchas aventuras para posiblemente comprometerse en el futuro. Con estos dos amigos visitó campos de batalla, aquellos campos "sagrados", donde culminó la independencia norteamericana. Saratoga, Albany, New Haven. Posteriormente se relacionará con Samuel Adams. Y como él no puede prescindir ni de amores ni placeres, le hará la corte y también le hará el amor a Susan Livingston, de influyente familia y destacada trayectoria en la vida norteamericana. De ella se llevará gratos recuerdos, el consabido e infalible "cachito de aquel pelo", y se escribirán cartas, un tanto frías, de pura cortesía, donde no se evoca para nada la tibia y efímera ternura que en esas noches frías unió sus cuerpos en busca del ardiente amor.

Después de Nueva York, estará en Boston. Visitará universidades, a Harvard por dos veces. Dice que esa universidad parece más bien un convento, un lugar para formar clérigos antes que ciudadanos útiles o instruidos, un lugar donde no se enseña ninguna lengua viva y donde solo lo principal es la tediosa teología. También visita con deleite las airosas bibliotecas. Va a las iglesias y escucha perplejo los sermones protestantes. Sigue conociendo gente de todas las esferas. Un día escribe en su diario:

El marqués de Lafayette llegó aquí, en el momento en que yo me encontraba. Tuve la ocasión de hablarle y me parece de carácter mediocre, revestido de aquella actividad y moción perpetua de un ente galicano.

Y continuará con sus mordaces y descalificadores comentarios, pues aquel señor no le parece un héroe; y si acaso es un héroe, lo ve como un héroe del ridículo, como a un manipulador, como a un mal invento con el cual Francia está pretendiendo querer alucinar al género humano con simples farsas y mentiras políticas.

El único gran personaje que conoció en aquellos días sobre el cual no tiene reparos ni quiere expresarse con envenenados y envidiosos comentarios, es el señor Adams, a quien percibe con respeto, de quien habla como "famoso republicano, agente principal de la pasada revolución. Sujeto de talentos y de extensos conocimientos".

Con el señor Adams, que era hombre amable y de modales finos, tuvo un sereno intercambio de opiniones sobre algunos aspectos atinentes a la Constitución de la república que ya estaba vigente en Norteamérica. Recordará Miranda, después y con mucho agrado, que considerando él que la virtud era la base principal de toda democracia, se le antojaba un poco extraño y tal vez contradictorio que todas las dignidades y muchos privilegios se le concediesen solamente a la propiedad y no se tomase en relevante significación ese mismo concepto de virtud. Y que igualmente extraño y preocupante era aquello, pues a su juicio esa misma propiedad podía convertirse en veneno disolvente para la propia democracia. Igualmente le había observado al señor Adams que no se le antojaba coherente que se proclamara tanta tolerancia en los asuntos religiosos, cuando en la práctica se excluía de todo cargo legislativo o representativo al que no jurase ser de la religión cristiana. Y comenta Miranda que el tranquilo Adams, después de haber meditado en aquellos argumentos, acabó aceptando de manera inteligentemente humilde que a él, a ese Miranda que fue su ocasional interlocutor en ese cordial momento, cabíale la razón.

Otro fugaz e importante amigo con quien había de toparse en esos días fue un joven desparpajado y culto de apellido Lloyd, a quien se refiere como "el hombre más extraordinario y más maravillosamente enérgico que he conocido jamás. Y agrega, como algo un poco sorprendente, que "su tema favorito era hacer la revolución en las provincias españolas de América del Sur".

Después hace una breve visita a Salem. Se estremece al evocar los fantasmas de aquella época pasada y lastimosa, esa que le recuerda a la peor España, la España conventual e inquisidora.

Luego de otros pocos días de permanecer en esa América naciente y bien pujante, siente el impulso incontenible de abrirle nuevos horizontes a su vida. Un poco de improviso —en pleno invierno, un 15 de diciembre de ese año de 1784— toma la decisión de irse para Europa. En un barco de 250 toneladas y cuyo nombre es Neptuno, consigue cupo para la nueva travesía que debe desembarcarlo en la ciudad de Londres.

En ese viaje, que no carece de mortificantes contratiempos, Miranda tiene largas y silenciosas horas para evocar las cosas que ha vivido y los sueños que ha soñado en ese mundo novedoso que abandona; en ese mundo en el cual ha fortalecido de manera notable el impulso visionario que alimentará sus futuros años. En primer término, se reconforta y se siente estimulado de haber penetrado de manera casi minuciosa en la esencia y en la cultura de ese pueblo, que está inaugurando una forma inédita en la historia, una manera distinta de recomponer y regular las formas del orden político que aseguran la convivencia entre los hombres. Él ha visto, en muchos pormenores, cómo se ha instaurado aquella democracia. Si bien no lo entusiasma en demasía aquel rumor igualitario que por ejemplo permite sin escándalo que tomen el agua en un mismo vaso tanto el señor como el lacayo, admira esas instituciones y esos procederes que parecen fomentar las energías de un pueblo que, por medio del esfuerzo y del trabajo personal, se aglutinan y van fortaleciendo un alma colectiva que se reconoce y se expresa en la nación; una nación que aspira a ser obra y construcción de todos.

Él, que de alguna manera y pese a todo nunca podrá dejar de ser un español auténtico, un español hasta los tuétanos, no podrá aceptar que la democracia acabe aniquilando las solemnes y sagradas jerarquías. Nunca aceptará que un zapatero, por gracia y mecanismos democráticos, devenga en un hombre que legisle y asista al Parlamento. Para él, el pueblo es la ignorancia, el vulgo es lo grosero. Donde no hay virtud está la plebe. "El decoro y el respeto personal son el primer premio a que se hace acreedor el hombre honrado, y lo que con superior aprecio debe conservar... ¡Piense como quiera el vulgo en todas clases!" Para él, solo la virtud concede rango, por eso el hombre más justo es también el hombre más grande. Miranda es y será siempre un aristocratizante. Mientras el vulgo no salga de su ignorancia, no tiene por qué tener auténticos derechos. Y él teme que la democracia popular puede llegar a concedérselos y esto le produce escozor y le suscita atronador escándalo en su espíritu. Al poder lo mira como algo convergente y como algo equivalente al refinamiento. Tal vez aceptaría la democracia si esta se vistiera con encajes y con las consabidas medias de seda.

Esa visión queda manifiesta en las anotaciones y en los muchísimos comentarios que ha consignado sobre todo lo que ha visto y palpado en Norteamérica. Pero lo que sí causa su más fervorosa admiración, lo que realmente lo conmueve de su reciente y penetrante viaje, es esa "obra inmortal" que ha plasmado la Guerra de Independencia para lograr romper el arbitrario yugo del poder colonial de los ingleses. Siente deleite, respeto y entusiasmo por esa filosofía política que le ha dado impulso y orientación a una revolución contra un gobierno extraño. Eso es lo que inflama y enardece su alma, pues él ya sabe que su América meridional puede seguir ese ejemplo, debe seguir ese ejemplo. Él ya sabe que lo que ha sucedido en Norteamérica señala el camino que debe recorrer la otra América, para fundar repúblicas independientes y aniquilar para siempre el poder abusivo y aplastante de la otra gran potencia colonial. Se le antoja ya inexorable imaginar que España pronto estará abocada a enfrentar una guerra donde se pondrá en cuestión su poderío y su dominio sobre un mundo que no le pertenece. Y él, Francisco de Miranda, el perseguido, el desertor de España, ya está involucrado en ese gran proyecto, que ya no es utopía, ni es delirio, ni es sueño sin sustancia; que es realidad viviente, pues está inscrito en lo probable. ¿Acaso no está allí de ejemplo de la gran nación del Norte? ¿Y acaso él mismo, con el general Knox no ha preparado ya desde el año de 1784, una estimación de los supuestos gastos para reclutar, vestir y armar un ejército de 5.000 hombres, con su oficialidad, repartidos en secciones de infantería, caballería y artillería, víveres y municiones? ¿Acaso todos estos hechos no son ya un prólogo real que puede dar inicio en cualquier momento a esa grandiosa epopeya de llevar la libertad a la América meridional?

19

El primero de febrero de 1785, el Neptuno, con Miranda a bordo, atraca en la ciudad de Londres. A las diez de la mañana abandona presuroso el barco, atraviesa buena parte de la gran ciudad, llega a Pall Mall, y se instala cómodamente en el Royal Hotel.

Instalado en el hotel y mirando solo por las ventanas la ciudad, escribe cartas. A su cuñado en Caracas:

El clima es moderado y me sienta perfectamente. La filosofía, el gobierno, las academias de la ciencia, asambleas parlamentarias y sociedad de sabios y hombres de Estado, dividen todo mi tiempo por el presente con sumo provecho y contribuyen a mitigar el peso de mi dura adversidad.

Le escribe a Rendón, a Hamilton, al general Knox. Más o menos les refiere las mismas cosas que ya había escrito a su cuñado.

Los primeros meses trata de permanecer encerrado en sus habitaciones. Aún no se aventura a recorrer y a tomarle el pulso a la gran ciudad, que palpita hormigueante de una vida intensa y tantas veces alocada y sorprendente. Lo desvela un gran asunto: la representación que dirigirá al rey Carlos III, en la que demora y vacila varios días. Más de nueve páginas ocupará ese documento entre su extenso archivo. En él incluye una reseña biográfica, incluye un relato pormenorizado de las persecuciones que dice haber sufrido. Habla de sus pasados estudios, tanto en Caracas como en Madrid. De sus acciones militares. Acusa al obispo de La Habana de intrigante y de perseguidor. Adjudica duros adjetivos a todos aquellos a quienes nombra como sus enemigos. Cuenta de su viaje por los Estados Unidos. Informa de su llegada a Londres. Defiende y elogia a Cagigal, "su venerado favorecedor". Dice que su desventaja mayor está en ser americano. Y termina suplicando a Su Majestad que lo exima del cargo en el ejército. Pide que se le cancelen los sueldos atrasados, y que le reembolsen los 8.000 pesos que pagó por conseguir su empleo de capitán. Y suplica "rendidamente" que se le conceda perdón si acaso ha cometido un yerro.

El 10 de abril termina esa representación que lo ha hecho sufrir, sudar, vacilar, y que le ha vuelto a provocar dolor de muela, insomnios y desvelos. Se la envía al conde de Floridablanca, para que este se la remita al rey. En los intervalos de esta escritura calculada y dolorosa, ha vuelto a leer a Hume y a Locke. Y ha vuelto a tocar la flauta traversa de una sola llave, la que le obsequió en Nueva York Susan Livingston en los pasados meses, cuando sintió ser feliz creyendo que la amaba. Ahora mucho más que con Bocherini, se deleita con Corelli. La música barroca tiene el don de concederle un poco de la divina armonía al turbulento estado de su espíritu.

La primera invitación que recibe, que le provoca sorpresa y suspicacia, es la del embajador español, el habilidoso y elegante don Bernardo del Campo. Visita a Jeremy Bentham, que tiene fama de filósofo, pero es economista, y está en dichos momentos cabalgando en la fama y el prestigio. Está aperado —como siempre— de numerosísimas cartas de presentación, de las cuales hace uso en forma infatigable. Se reencuentra con su pasado y millonario amigo, John Turnbull. Se habían conocido en Cádiz, en buena parte por él se hizo masón. Se alegran del reencuentro y lo celebran; comen juntos; se visitan con frecuencia; hablan animada y largamente. Se reencuentra igualmente con William Smith, a quien conoció en Norteamérica. Él es secretario y yerno de John Adams y fue edecán de George Washington durante la Guerra de Independencia. Este se refiere a Miranda como "amigo de los derechos del hombre y de la bienaventuranza de la sociedad". Así se lo escribe en su tarjeta de visita. También se relacionará con el coronel Eustace, que figurará en muchos eventos posteriores.

Sin duda la más curiosa y sugestiva amistad que cultivó Miranda en aquellos primeros meses de su vivir en Londres fue la que mantuvo con el señor embajador, don Bernardo del Campo. Fue una amistad donde se mezclaron la política, la señora hipocresía, y otros intereses que implicaban al Estado. Don Bernardo había sido advertido previamente por el secretario de Estado, don José Moñino, conde de Floridablanca, de la llegada del inquieto y locuaz aventurero, que era desertor de España y ya propagandista de la inquietante idea de sublevar las colonias de la América, con el apoyo de la nación británica. Esto producía desvelos y muy legítimas preocupaciones en aquel lúcido secretario y consejero real, que ya había avizorado el peligro que sobre el imperio se cernía. Tanto que había propuesto al rey un plan muy ambicioso para reordenar y cambiar en forma muy significativa el gobierno lento y poco eficaz de las lejanas colonias. El plan aconsejaba formar reinos independientes y enviar príncipes reales para gobernarlos, con lo cual se reconstruiría un nuevo imperio sometido a la corona de Su Majestad Carlos III. Pero poco caso se había hecho de esas juiciosas insinuaciones. Y no solo el conde de Floridablanca era quien había advertido sobre esa urgente necesidad de reformar el régimen colonial. Muchos otros con él ya presentían que de no introducirse grandes reformas, el imperio estaba amenazado de una próxima desintegración, y mucho más ahora, cuando el ejemplo de Norteamérica podía ser el detonante que precipitase aquel proceso. Era por eso entonces que al embajador del Campo se le prevenía para que tuviese cuidado y vigilancia con Miranda y que, de ser posible, procurase su captura para remitirlo a España.

En notable y contradictoria situación personal se encontró comprometido el buen embajador, puesto que al conocer a Miranda, parece que sintió por él verdadera y manifiesta simpatía. Se prestaban libros. Se visitaban mutuamente. Se trataban con cordial y franca camaradería. Iban de paseo. Pero la razón de Estado le imponía a don Bernardo cumplir con su deber, así ese deber tuviese el poco honroso expediente de cometer traición a un amigo, un amigo tan cordial e irresistible. Don Bernardo, para disimular un poco la dolorosa tarea que debía ser ejecutada —y que incluía además la misión de apoderarse de los papeles que tenía Miranda con valiosas informaciones militares que podían comprometer la seguridad del vasto imperio— le insinuaba a su amigo que retornara a España, con la promesa vaga de que sería ayudado y de que quizá sus viejos y espinosos problemas encontrarían satisfactorio arreglo.

Es posible que el avezado y perspicaz Miranda abrigase algunas sospechas en tan delicado y arriesgado asunto. Insiste en continuar sus viajes.

Varias cosas le hacen temer que el Gobierno de España le prepara una celada. Su presencia se ha hecho notoria y se han puesto en evidencia sus futuros proyectos libertarios. Un periódico, el *Morning Chronicle*, ha publicado la siguiente nota:

En Londres, como estamos bien seguros, se halla en estos momentos un hispanoamericano de gran importancia, que posee la confianza de sus conciudadanos, que aspira a la gloria de ser el libertador de su país. Es un hombre de nobles ideas y penetrante comprensión, instruido en las lenguas antiguas y modernas, versado en libros y conocedor del mundo. Ha dedicado muchos años al estudio de la política general, a los orígenes, progreso y término de las diferentes clases de gobierno, a las circunstancias que unen y conservan a multitudes de hombres en las sociedades políticas; y a las causas por las cuales estas sociedades son disueltas y absorbidas por otras. Este caballero, después de visitar cada provincia en Norteamérica, ha venido a Inglaterra, que él mira como la madre patria de la libertad y la escuela de la ciencia política. Como amigos de la independencia, nos abstenemos de ser más detallados en lo que concierne a este distinguido espíritu. Él es una conspicua prueba y ejemplo del hecho del que es nuestro deseo informar. Admiramos sus talentos, estimamos sus virtudes y cordialmente le deseamos prosperidad en el más noble propósito que puede ocupar los afanes de cualquier mortal, que es el de dar el bien de la libertad a millones de sus compatriotas.

Curiosa y propagandística presentación de un personaje. Si no fuese escrita por él, esa nota hubiese sido como una gran condecoración que podía lucir con orgullo, celebrando sus treinta y cuatro años de existencia. Pero si a él debió halagarlo, al embajador debió inquietarlo. Del Campo se vio obligado a comunicar a la corte que Miranda no oculta, sino que por el contrario exagera, las quejas contra España. Comunica también que tiene planos de las fortificaciones de La Habana e importantes manuscritos y proyectos. Y que él teme que Miranda pueda suministrar copia de esos peligrosos papeles al Gobierno inglés. Que él casi está convencido de que Miranda es capaz de favorecer cualquier proyecto que se les ocurra a los enemigos de España. Y que por lo tanto considera que sería un golpe afortunado robar esos manuscritos y quemarlos.

Todo este embrollo es muy extraño. Novelesco en el peor sentido, como tantas otras cosas que se van tejiendo en torno a la vida estrafalaria del voluble precursor. Pero por esos días, don Francisco de Miranda solo está interesado en iniciar lo más pronto posible su gran periplo por Europa. Quiere y manifiesta avidez por continuar recorriendo y leyendo sobre el gran libro del universo. Escribe de nuevo a su cuñado en Caracas. Le dice haber perdido 14.000 pesos fuertes que le remitieron de La Habana. Suplica dinero de su familia. Solicita de su millonario y generoso amigo Turnbull una carta de crédito por doscientas libras. Pide cartas de presentación a su amigo el embajador del Campo, el que lo quiere y lo vigila. Este se las facilita, con algo de dinero. Solicita a su amigo James Penman que le guarde sus libros y papeles. Al vicecónsul español le encarece que le recoja su ropa y le pague algunas deudas: las que tiene con el sastre, el zapatero y otros gastos contraídos en el lujoso hotel. Convence al señor Smith de que lo acompañe en ese viaje, casi en calidad de secretario. Él debe escribir el diario, pues Miranda aduce que su inglés no es fluido ni florido.

El 9 de agosto, con Smith, parte en una silla de posta hacia Harwich. Se ha iniciado el gran periplo. Miranda va sonriente, es como si fuese un sueño. Para celebrarse, hace sonar la flauta. Suena melodiosa, como la misma felicidad.

20

El viaje se inicia por Holanda. El diario se va llenando de notas anodinas, simples miradas de turista. Por ahora está interesado en ir a Prusia, más para poder conocer a Federico el Grande y a su flamante ejército que por cualquier otra cosa. Admira a Federico y lo deslumbran las paradas militares. De Federico escribirá: "La historia pocas veces produce un personaje más extraordinario. A la mentalidad de un filósofo, une el corazón y los sentimientos de un tirano". Sin duda, un penetrante comentario. Es invitado a un banquete al palacio real de Sans Souci, en Postdam. Su comentario es: "Muy mala comida, con muy buenos vinos".

Se encuentra nuevamente con Lafayette, a quien ya había conocido y había calificado de mediocre y engreído, de ente "galicano". Esta vez comenta: "Vino hacia mí y me hizo finas ofertas de su casa y servicio, si acaso pasase por París. Me hizo la pregunta de si yo no esperaba algún movimiento en *South America* y que él se alegraría tanto de contribuir a su libertad".

Agrega que él respondió con mucha sequedad, que "no sabía absolutamente nada de eso", con lo cual terminó la conversación. Es de las pocas veces que Miranda rechaza invitación a convertirse en huésped de alguien connotado. ¿Por qué le provocará tanta rabia Lafayette?

Viaja a Dresde. Con el encargado de negocios de España, el señor Onís, consigue un pasaporte donde se resalta su grado de teniente coronel al servicio de Su Majestad católica. El señor Onís solicita que al señor Miranda no se le pongan impedimentos en su viaje, que antes bien le concedan la asistencia, favor y ayuda que necesite para continuarlo.

Sigue a Praga. Por la noche visita y permanece en un burdel calmando y colmando sus lujurias. El señor Smith se retira, por parecerle aquello muy vulgar. Miranda se queda, por parecerle hermosas, simpáticas y expertas las alegres muchachas, con las cuales sabe divertirse sin necesidad de hablar.

Mientras él anda en sus alegres francachelas, el Gobierno de España persiste en su afán de detenerlo. Quiere preso a este hombre "que es muy osado y muy sagaz". Se notifica a la policía de Francia que procure su captura. La policía lo busca en muchas partes. Ha llegado a un hotel que le recomendó en Prusia Lafayette. Como la policía lo busca en ese hotel, él supone, con lógica perversa y suposición envenenada, que es Lafayette quien ha enviado la policía para que logre su captura. Se dilata su odio contra el general francés. Es muy ligero en eso de alimentar y cultivar sus odios este Miranda que continúa viajando.

Se dirige hacia Viena. Allí conoce a Joseph Haydn. Gran felicidad para su espíritu; por momentos se le llena de armonía. El gran compositor vive en el palacio de Esterhazy. Para él lleva una carta. El palacio tiene 340 criados, una compañía de granaderos de 150 hombres, 400 caballos en las caballerizas. Haydn lo invita a la ópera; allí ve al príncipe, que tiene setenta años. Se deslumbra. Él siempre gustará de los príncipes y mucha más fascinación le causan los palacios, con todas sus luces y objetos prodigiosos. Recorre los jardines con su admirado Haydn, hablan largamente de música y de otras cosas varias. Para corresponder en algo las muchas atenciones, Miranda toca la flauta para Haydn, una pequeña pieza de Bocherini. Se siente arrebatado.

El 29 de ese mes se dirige a Presburgo, que es por esos días la capital de Hungría. Visita una prisión y se estremece al ver 168 prisioneros de ambos sexos "cargados de opresión y de cadenas, viven en la esclavitud". En Hungría se topa con gitanos, que no cesan de tocar música y bailar. Se refiere a ellos como a "esa canalla". Arranca para Trieste. Ha sido invitado por el gobernador a una comida.

De Trieste va a Venecia. Los palacios que emergen desde el agua lo emocionan, pero le produce asco y gran disgusto lo sucia que es la legendaria ciudad. Va a la ópera, alquila palco, pues no quiere ir al patio que es frecuentado por el insolente populacho. Va también a una sesión en el Senado. Comenta que eso le parece que es el "despotismo en peluca y traje negro". En Venecia conoce al jesuita español Esteban de Arteaga, que le facilita una lista de los jesuitas hispanoamericanos que viven en Bolonia. Valiosísima información, que Miranda aprecia en grado sumo. Los jesuitas serán pieza clave y esencial en los futuros proyectos libertarios.

En Venecia torna el placer de conocer condesas. La de Mariní, griega de origen. Con ella habla de temas literarios. Con ella no conseguirá mechón de vello púbico. Solo le agrada para conversar de los poetas de la antigua Roma. Lo relacionan con una cortesana. Con otra *signora* de nombre Marina, que lo visita en su hospedaje. Su criado una vez le dice a ella que Miranda no se encuentra. Enterado de este equívoco que le negó goce placentero, apalea con furia al criado. Afortunadamente la *signora* vuelve después y según lo escribe Miranda en su famoso diario, se lleva "su buena ración". ¿Sería de flauta?

Debe recordarse que antes de llegar a Presburgo, el señor Smith decide no continuar ese viaje con Miranda; decide regresar a Londres, no sin antes Miranda haberle pedido en préstamo 250 libras esterlinas. Miranda nunca carecerá de muchos denarios en su bolsa, ni de generosos prestamistas que le facilitan crédito.

El viaje —ya solo— que inicia por Italia lo lleva a sus ciudades principales. En Florencia deleita sus pupilas con los maravillosos y artísticos tesoros que han legado los grandes maestros del pretérito. En una biblioteca puede tener entre sus manos manuscritos de Petrarca y Maquiavelo. Y también tiene entre sus manos un manuscrito de Virgilio, que es del siglo v. Contrata a un profesor italiano para que lo acompañe en esos recorridos, donde el arte del pasado es escritura viva, que mantiene vigente el grandioso legado que atesora Italia.

Al comenzar el año de 1786 se encuentra en Pisa. Visita el cementerio donde está la tumba de Catalina de Médicis. La evoca con fantasiosos recuerdos e imagina cómo hubiese sido de placentero haberla conocido. Sigue a Roma. Un mes entero permanecerá en esa ciudad que es y será símbolo de lo que en la tierra puede existir de eterno. En Roma usa otro nombre, se llamará Martín de Mariland, por si acaso persisten en buscarlo los sabuesos españoles o los señores con quienes tiene deudas. Recorre la ciudad con ojos codiciosos e incansables. Es tanta y tan extremadamente deslumbrante la existencia de tesoros. La imaginación se le llena de hechos históricos y también de otras fantasías. Sin embargo, la basílica de San Pedro en un principio para nada lo conmueve, pero poco a poco le irá tomando gusto. En la Capilla Sixtina asistirá a una misa pontifical, que le suscita un comentario desobligante y unas notas burlonas sobre esas liturgias y aquellos rituales de los vistosos clérigos.

Lo impresionan las termas de Caracalla. Piensa en la magnificencia de los antiguos romanos. Las catacumbas no lo entusiasman en lo más mínimo. Las ve como un mercado de reliquias y se ríe con sorna.

Pasa a Nápoles, ciudad gobernada por los Borbones. Después irá a Verona, a Mantua. Pelea con muchos posaderos, a quienes tilda como "ladrones sinvergüenzas". A toda ciudad que va encuentra un lugar y un tiempo para sacrificarle u ofrendarle a Venus, esa deidad que es su favorita, aunque haya escrito que es la libertad su verdadera favorita.

Se enferma a veces, le duele la cabeza. En Livorno estuvo en cama durante trece días. Después de Italia y sus diversas maravillas, desea irse para Grecia, y a Grecia llegará muy pronto, aunque es largo y peligroso el camino que debe recorrerse para ir desde Nápoles al puerto de Barleta. Son épocas donde abundan salteadores, y hay que atravesar los Apeninos, por caminos que a veces parecen ser solo para cabras. Pero Miranda es joven y es entusiasta, así le duela con mucha frecuencia la cabeza y lo maltrate su dolor de muela.

Llega a Grecia cuando está en pleno esplendor la primavera. Desembarca en Patrás en un luminoso día de mayo. Él tiene una imagen majestuosa de esa Grecia inmortal, donde a veces eran felices los dioses y los hombres. Su Grecia es mitológica, una Grecia donde permanece viva y palpitante la imagen de Platón, así como la de todos los grandes maestros y filósofos que construyeron el mundo y lo pensaron en sus profundos y abstractos pensamientos. Pero la Grecia a la que llega es la Grecia dominada por los sangrientos y comerciantes turcos, una Grecia torturada por un poder que a veces es brutal y casi siempre sanguinario.

Permanece diecisiete días en Patrás. Ya evidencia algo de fatiga y quiere tomar las cosas con alguna calma. Conversa con algunas gentes del lugar, las observa. Va al baño público, donde por una piastra lo enjabonan y lo hacen sudar hasta la desesperación. Visita Salamina, allí hace evocaciones militares. Va de paseo por el Pireo. Contempla en silencio respetuoso el sepulcro casi abandonado de Temístocles. Visita Atenas, se aloja en un convento, cama sin sábanas pero con muchas y feroces pulgas que lo acosan. A pesar de haber escrito que carece de dinero, acaba por comprar una casa, que termina regalando a la misma familia que se la ha vendido. Asiste a una boda. Recorre los tesoros artísticos de Atenas, pero esta vez carece de entusiasmo. Siente que la presencia turca de alguna manera ofende y lastima el gran pasado griego. Todo lo encuentra sucio, abandonado. Le extraña y no le agrada no ver casi mujeres en las calles. A él las mujeres le rediman los paisajes. Viaja con su criado ocho horas a caballo para visitar el campo de Maratón. Evoca y se imagina el esplendor de esa batalla, sobre la cual en el pasado ha meditado mucho. También visita Esmirna. La noche se la vuelven tortura los mosquitos. Las calles las considera estrechas, puercas calles. El barrio judío se le antoja pestífero y el más cochino de todos los que ha visto. Va a un casino y allí se hace amigo de dos jóvenes ingleses, que tienen casa magnífica y lo invitan. Buena comida, buenos vinos, pero nada de hembras placenteras.

Visita Estambul, que Miranda siempre nombra como Constantinopla. Calles nada limpias, perros y gatos muertos por doquier. Acude a Santa Sofía, pero se queda impávido frente a sus grandes maravillas. Un día ve pasar al sultán. Monta un caballo ricamente aderezado. Lo siguen tres eunucos negros y otros altos funcionarios. Los turcos se inclinan con reconocible sumisión, besan su ropa.

21

Un día se embarca para Rusia. Su pasaporte lo designa como "el Conde de Miranda". Para entrar a Rusia debe forzosamente permanecer en cuarentena. En ese tiempo se dedica a leer y a reescribir su diario. Por esos mismos días también se entera de que ha muerto Federico el Grande. Es noticia triste y dura para él. Todo en esa cuarentena fue fastidio, molestia, sufrimiento, una especie de maldito tiempo; pero pudo leer *El pornógrafo*, de Restif de la Breton.

La ciudad de Kerson o de Jerson, en donde está soportando la terrible y larga cuarentena, se conmociona en esos días, pues se anuncia la visita del gran príncipe Potemkin, fundador de la ciudad, amante y favorito de la emperatriz Catalina y el hombre que todos señalan que maneja y manipula muchos hilos del poder en ese gigantesco y misterioso imperio.

Ahora ya no es favorito, pero continúa siendo el gran consejero de palacio. Miranda es presentado al poderoso príncipe, que de inmediato le manifiesta simpatía. Sin duda que hay cosas personales que ellos tienen en común. Hablan de asuntos militares, de política. Comparten algunos gustos culinarios y hablan divertidamente de muchos otros placeres que abundan en la vida. "Hablamos *tête à tête*, confidencialmente hasta la medianoche". A partir de entonces, Miranda asiste a todas las fiestas y a todos los numerosos bailes. No faltará a convite alguno, aunque le preocupan sus vistosas ropas, que se han ido deteriorando por los continuos viajes.

Potemkin ha venido con anticipación para preparar la llegada de Catalina a la ciudad de Kiev. Se dice y se rumora persistentemente que es experto en fabricar ciudades ilusorias, que su emperatriz observa desde lejos sin darse cuenta de que son andamiajes de cartón, con los cuales el astuto amante la convence de que todas esas ciudades son para dilatar su gloria y para que ella se convenza de que su fiel amante no despilfarra los dineros que obtiene a manos llenas por amarla.

En las treguas de esa amistad reciente, pero que parece intensa y verdadera, Miranda se tiene que haber preguntado y también especulado sobre aquel personaje, sin duda estrafalario, que es Potemkin. Debe admitir que Gregorio Alexandrovich Potemkin es hombre de grandes y variados talentos, de personalidad un tanto avasallante. Tiene cerca de cincuenta años. Pertenece a una familia por muchos años noble. Es hombre estudiado y cultivado. Se interesa de manera singular por la teología, la cultura literaria y en saber bastante de las bellas artes. Impresiona su figura por la ausencia de uno de sus ojos. Su personalidad se le antoja laberíntica y sus estados emocionales poco estables. De la pereza pura suele arrojarse a la actividad frenética. De la irrefrenable cólera, a la ternura. A veces tiene trances casi místicos y a veces lo devora el desenfreno. Militar valiente y de audacia táctica. Por él, Catalina ha incorporado a Rusia la Crimea, y el dominio sobre Polonia en buena parte es obra suya. Se lo respeta, y en general suele ser considerado como "el primer hombre de la patria".

Miranda, por supuesto, se siente halagado y complacido con esa abierta deferencia que le manifiesta el ostentoso príncipe. Con él viaja en su coche, y por él también recibe en Rusia trato admirativo. No cabe duda de que acabará creyendo que el título de conde que ha usurpado le corresponde plenamente. Anota Miranda en su diario: "Hemos hablado mucho de pintura con el príncipe, cuyos conocimientos y buen gusto en las artes me sorprenden, a la verdad". Señala también que el principesco amigo está dotado de "mucho genio y de una memoria prodigiosa". En política están casi de acuerdo: prefieren lo inglés a lo francés, así estos comentarios los hagan en la lengua gala.

En uno de esos tantos viajes, conoce a Kutuzov, el que enfrentará en años posteriores al Gran Corso, el que figurará con lujo de detalles en la epopeya extraordinaria de otro conde, don León Tolstoi. Y también le es presentado a Dolgoruki, general en jefe de los ejércitos rusos. Con él habla largamente de asuntos militares.

En una fiesta aprende a bailar la polonesa. Siguen los banquetes y continúan los bailes, pero por momentos lo invaden los aburrimientos. "La misma secatura", el viejo rumor de los fastidios. Recuerda que en Grecia un anciano habíale preguntado: "¿Para qué sirve el vivir?" Y él guardó silencio, como lo está guardando ahora nuevamente.

Un día de esos, tal vez por aquello del fastidio, se levanta temprano y le comunica a Potemkin que ha decidido partir para Moscú. El príncipe comenta que eso se le antoja imperdonable, estando tan cerca de Kiev y tan próximo a conocer a la gran emperatriz. Pero es que a Miranda le preocupa carecer de la adecuada ropa para dicho encuentro. Y mucho más ahora, que es un conde. Pero le solucionan su pequeño gran problema. Un sastre alemán le diseña velozmente un uniforme de edecán, y él además consigue para su traje de vicuña un sombrero y una espada.

Al otro día de estos eventos, parte para Kiev. Es el 7 de febrero de 1787. En la casa donde se aloja Potemkin le presentan al conde Branitzky, general notable de Polonia; al conde Besborodk, ministro de relaciones extranjeras; al conde Schuvalov, gran chambelán; a los embajadores de Inglaterra y de Alemania; al conde de Segur, ministro de la

Francia, que ha viajado por América y ha estado en su patria, Venezuela. Y le presentan muchos nobles más. El reciente conde de Miranda se siente en su elemento y prodiga simpatía.

El día 14, y como si fuese una aparición que lo deslumbra, Miranda está frente a Catalina. Ella extiende la mano y Miranda se la besa y la mira con intenso enigma, como si fuese una mentira "con los ojos azules".

En ese primer encuentro, poca oportunidad existe para conversaciones privadas. Demasiada gente, gente ansiosa toda de estar próxima a la imperiosa dama. Después, almuerzo de sesenta cubiertos. Sin embargo, Catalina le envía dos platos, que ella escoge para al atractivo conde. Le ha parecido interesante y llamativa su figura, y también le ha regalado una fugaz mirada a lo diferenciado de su atuendo. Miranda por su parte observa —en perspectiva de lujuria— los atributos carnales que aún quedan en esa mujer que tiene merecida fama de "carnívora", tanto de hombres como de diferentes pueblos. Y aún hay esplendor, plurales esplendores que ya están de viaje hacia el eclipse. Ojos azules, penetrantes y vivaces, que pueden herir o sonreír cuando se miran. Cabellos recogidos y templados. Piel aún lozana. Con sus cincuenta y siete años, su cuerpo mantiene altiva y vibrante majestad. Sus grandes senos, que se escapan a las pretensiones del escote, aún presagian voluptuosas promesas al placer. Carne de emperatriz será siempre carne deseada, carne atravesada por el destello mágico de un erotismo que incorpora a sus lenguajes más lenguajes. Y Miranda, que es ávido y codicioso soñador de placeres exquisitos, se entusiasma, se emociona, e imagina que un mechón de vello púbico de esa mujer soberbia, de esa mujer extraordinaria, sería como alcanzar la fruta de ese árbol prohibido que está en el paraíso y solo Dios conoce. Y además, para que todo sea aun más maravilloso, esa mujer efluvia sencillez, es afable en su sonrisa y tiene dulzura en su mirada. Y es mujer culta. Escribe libros. Mantiene correspondencia muy copiosa con los grandes filósofos de aquella época. Y es mecenas, y sobre todo esto provoca éxtasis admirativo en el audaz conde de Miranda, que sobre el mecenazgo tiene una visión renacentista.

Todo eso pasa por la mente del perplejo Miranda, cuando observa y piensa en aquella emperatriz que lo es de todas las Rusias. Se siente seducido por lo que ella encarna y representa. Sabe que es liberal en lo que piensa, aunque es despiadadamente despótica cuando gobierna. Pero es mujer de ideas y sentimientos elevados y a veces parece una niña cuando juega. ¿Cómo será esa mujer cuando está amando? Sin duda, esa mujer sensual, despreocupada, esa maravillosa emperatriz que ya envejece provoca en el transitorio conde de la lejana América todo un éxtasis, un arrollador sentimiento que lo obliga a imaginar que a veces lo mejor es lo imposible.

Miranda permanecerá cerca de dos meses muy próximo a la opulenta presencia de Catalina de Rusia. La gran dama es infatigable, tanto en atender los rituales del poder como en ocuparse de las ceremonias donde se oficia a los dioses del placer. Los bailes y las fiestas continúan, los paseos, los juegos de cartas, las grandes comidas donde se habla de todo y se sacan a relucir las gracias, donde se practica el inevitable coqueteo y se refinan las intrigas. Esos nobles rusos, como también lo hace el sometido pueblo, saben divertirse. Se emborrachan y no pocas veces suelen agredirse. Miranda no descansa en conocer gentes notables y muy ricas. Tampoco desaprovecha nunca la oportunidad de obtener las consabidas cartas de presentación, que tanto ayudan para poder viajar en forma ventajosa por todos los lugares. Y mucho menos descuida la oportunidad de obtener alguno que otro préstamo de aquellos opulentos personajes, que inclusive se sienten halagados de facilitarle medios a este conde que convoca miradas y atenciones de la augusta emperatriz que los gobierna.

Pero, cosa extraña, Miranda por momentos muéstrase abatido, como si estuviese convocando esos silencios en donde suelen desparramarse las tristezas. La propia Catalina lo interroga, le pregunta qué puede estarle sucediendo. Le dice que lo ha visto enflaqueciendo. Y Miranda, que tantas veces es impenetrable en sus designios, le manifiesta vagamente que toda su melancolía se abraza a sus deseos heroicos de querer rescatar a su patria del dominio inicuo de la España inquisidora.

La noble Catalina se emociona, se conmueve con este héroe romántico, con este soñador que pone ojos tristes cuando habla de su lejana patria. Y entonces hablan de política, de esa situación dolorosa y tal vez insostenible que padece su lejana y luminosa América. El conde de Miranda sabe también pulsar la lira que arranca exaltados sentimientos. Y es la lira y no la flauta travesera la que saca a relucir en estos diálogos políticos con los cuales informa a Catalina sobre la realidad opresora de aquel mundo del cual él proviene, y al que él está tratando de darle libertad entre fiestas, convites y banquetes. Y además le hace saber que su tristeza algo tiene que ver con eso de sentirse perseguido por el Gobierno de la arrogante España. Él ya está enterado de que, aun estando en Rusia, desde España lo persiguen. Que el Gobierno de Su Majestad, por intermedio de su embajador, gestiona algo semejante a una posible extradición, pues él es desertor y es reo acusado y prófugo de antiguos delitos que aún no han sido esclarecidos. Que Su Majestad católica no perdona ni tolera que siga usando y deshonrando el uniforme de teniente coronel de los ejércitos de España. Y que además se considera ofensa grave que ande valiéndose de un título de conde, que nunca ha poseído ni poseerá jamás. Sí, Miranda está triste, ¿qué tendrá este conde que los suspiros se escapan de su alma acosada? Pero solo son ráfagas de tristeza, efímeros y no muy profundos abatimientos, que pronto lo abandonarán, para permitirle reincorporarse al carnaval aristocrático, donde la vida prodiga y derrocha sus luces y placeres. Pero contra toda evidencia, Miranda quiere irse. Al menos desea vivamente que todos queden notificados de que ese es su deseo y su intención inquebrantable. Que no vaya a creer nadie que él es un veleidoso cortesano.

Potemkin, que ya anda un poco con el ceño fruncido y preocupado por la larga y notoria presencia de su amigo el conde y por los muchos y señalados cumplidos que le dispensa aquella voluble emperatriz que antes fue su amante, recibe con agrado la noticia y le promete coche, ayuda monetaria y guardias que le hagan compañía. Pero se entera Catalina de ese supuesto deseo que expresa el tornadizo conde de apartarse tan pronto de su lado, y lo detiene. Le dice que correrá peligro al cruzar los ríos que inician el deshielo. Que se quede. Lo mira con la azul ternura de esos ojos que dan órdenes y Miranda, que a la orden le suma la ardiente fantasía de una promesa inesperada, no lo duda dos veces y se queda. Entre toda la inmensa comitiva que conforman aquellos cortesanos se murmura que Catalina definitivamente está convirtiendo al conde en favorito. "Celillos", comenta Miranda en su abultado diario.

Sea verdad o no lo fuere, tantas y exaltantes emociones hacen que Francisco de Miranda caiga enfermo por algunos días. Resfríos, tal vez algo de reuma, su consabido dolor de cabeza y por qué no, hasta un poco de la romántica melancolía que a sus facciones no les viene mal, es lo que de pronto a Miranda le sucede. La emperatriz parece preocupada y pregunta de continuo cómo va reponiéndose su querido enfermo. Pasan unos cuantos días y el doliente Miranda por fin se recupera. Va a palacio y la emperatriz al verlo le expresa su alegría. Le advierte que debe cuidarse, no solo de la inquisidora España, sino de los resfríos. Que la pasará mal si en esa España de la que vive huido llegan a enterarse de que ha sido huésped en un convento en el que se profesa el cisma. Miranda se complace con tan graciosa "satirilla".

El 11 de aquel mes, Potemkin coméntale a Miranda que el rey de Polonia está de visita en la cercana población de Kaniev y que manifiesta deseos de conocerlo. Le aconseja que vaya en compañía del mariscal Rumianzev. Y para allá sale Miranda, con tan flamante compañía. Al llegar, el rey lo saluda con amable y evidente simpatía. Lo invita a almorzar con otros catorce comensales. Colócalo a su izquierda. El rey le pregunta sobre América y España. Miranda está encantado y halagado. Solo con él parece el rey mantenerse conversando. Se repiten las invitaciones, los paseos y los almuerzos. Ahora el rey lo sienta a su derecha. Le habla de George Washington con solemne respeto y entusiasmo. También hablan de Europa y de sus bellas artes. En el diario anotará: "El rey es apacible, de amena conversación, posee una vasta cultura y sabe escuchar y sabe preguntar".

El 19 por la mañana está de regreso en Kiev. Lleva muchas cartas, que el rey —elogioso y generoso— le ha preparado para sus futuras correrías de turista irresistible y mucho más que afortunado. Una que tiene para el príncipe Nassau, secretario de Potemkin, reza: "Os agradezco, mi querido Nassau, haberme procurado el conocimiento del conde de Miranda. Él es verdaderamente bien interesante de ser conocido, y deseo que se sepa que lleva mi estima y mi afecto".

La emperatriz, que de todo esto está enterada, lo lleva aparte y le expresa con voz dulce y casi aterciopelada que parece que en Kaniev hubiese estado haciendo penitencia, pues lo nota algo más flaco y demacrado. De nuevo Miranda se conmociona y emociona. ¿Será que la tristeza es el camino más corto y efectivo para llegar al alma de una reina?

Desde mediados de marzo hasta los primeros días de mayo continuará Miranda mirando a la gran emperatriz en Kiev. Seguirá de comidas y de fiestas. De alegres excursiones. Irán a Citerea. En un paseo de aquellos, Miranda toca la melodiosa flauta. Catalina lo observa con un deleite que la transporta a un mundo donde solo existen las más acariciantes melodías. 'Qué interesante resultó ser este conde trashumante' —piensa para sus más íntimos adentros— y luego se sonríe. También suspira.

Días después, por medio de uno de sus ministros, Mamonof, de su chambelán, Schualov, y también por el propio príncipe Potemkin, Catalina le hace conocer a Miranda su deseo de que él se quede en Rusia bajo su protección, ya que teme que España intente algo en contra suya. Miranda, desconcertado y otra vez un poco deteriorado en su salud, no puede o no quiere responder de inmediato. Tal vez cavila en silencio la más hábil y conveniente respuesta que pueda darle a esa halagadora y comprometedora invitación. Habla con Potemkin y le comunica que tiene preparado el proyecto de estimular el levantamiento de las colonias españolas, con la ayuda del Gobierno inglés. Potemkin intenta disuadirlo. Le habla mal de los gobernantes ingleses y le aconseja no irse hasta Inglaterra.

También conversa con Mamonof para comunicarle su resolución de viajar y le agrega: "Para mi mayor seguridad, y facilitar la conclusión de mi empresa, una carta de crédito por el valor de 10.000 rublos me sería aceptable para en caso de necesidad". Produce pasmo la tranquilidad y sangre fría que caracterizan al conde de Miranda para solicitar estos favores. Lo increíble es que Catalina, que ya estaba informada de su intención de marcharse, le había prometido con anterioridad cartas de recomendación para todos sus embajadores en Europa y le había autorizado grado y uso de uniforme de coronel de los ejércitos imperiales. Y hasta se le ha consultado por parte de Besborodko que en qué términos quiere que le sean redactadas las dichas y protectoras cartas.

Miranda parte para Moscú en una calesa que le ha obsequiado Rumianzev, conmovido, ya que Miranda le ha comentado que le ha sido robado una "kibitka" que había comprado semanas anteriores. Aún permanecerá en la madrecita Rusia por varios largos días. Se volverá a encontrar con Catalina. Seguirá conociendo a muchos nobles y otros altos personajes. Seguirá coleccionando las inefables cartas que lo recomiendan y le permiten viajar siempre ventajosamente por donde le provoque. En el viaje hacia Moscú, once tormentosos días de caminos despiadados. Viaje de pequeños incidentes. En tres ocasiones tiene que apalear a los criados. "¡Oh, el despotismo!", había declarado y escrito en su diario cuando encontró una carretera cerrada que iba a utilizar la emperatriz. Pero nunca dice nada cuando hay que apalear a los criados.

En Moscú se aloja en el palacio de Rumianzev. Cerca de un mes permanecerá en ese lugar tan agradable. Allí empiezan las visitas de gentes distinguidas. La princesa Gorchakov. Va en berlina de cuatro caballos a conocer la universidad y a conocer el Kremlin. Almuerza en casa de Madame Kamenski, donde conoce a más príncipes, que tienen bellas hijas, algunas tienen tipo español y esto lo conmueve. En la casa de uno de estos príncipes encuentra figuras de cera de Voltaire, Rousseau, Franklin y una figura extraordinaria de Federico el Grande. ¿Qué podrá imaginarse viendo todo esto? ¿Será que la nobleza rusa se está convirtiendo en nobleza culta y liberal?

Sigue con curiosa avidez visitando todos los ciclos que le causan interés. Una vez un arzobispo le desliza a sus oídos esta frase: "Todos los ministros engañan a la emperatriz, pero ella a su turno los engaña a todos".

Un día entra a un baño de mujeres, le aterra ver "que estas mujeres tienen el cuerpo con cardenales por los golpes o latigazos que de sus amos o maridos reciben". ¡Oh, el despotismo!

A veces toma varios días de descanso para escribir en su voluminoso diario, en esto casi nunca se toma una licencia. Un día se le pierde la calesa. ¡Cómo se le pierden las cosas al conde de Miranda! Encuentra borracho al irresponsable de su criado y le propina bofetones. La calesa aparece unos días después y el criado va a la cárcel.

A veces tiene contratiempos, pues por no vestir con "pompa asiática", algunos sirvientes no lo tratan ni con miramiento ni con respeto. En cierta ocasión se encuentra con el encargado de negocios de España, el inflamable Pedro de Macanaz, quien nuevamente y en forma insolente le reclama por eso de hacerse llamar conde y por eso de vestir el uniforme de coronel de los ejércitos de España. Miranda, que también es inflamable, le responde en forma agresiva y altanera: "La amenaza con que vuestra merced concluye es tan ridícula como grosero y despreciable el lenguaje, que solo puede vuestra merced usar con los que tengan la desgracia de ser sus inferiores". Sin duda que Miranda se sentía seguro y protegido por la majestad imperial, y no tenía, y además no podía mostrar "la patente o instrumento que lo acredite" en su papel de ser conde o coronel, como se lo reclamaba el poco amable funcionario.

El 18 de julio, la emperatriz Catalina se encuentra ya en Zasrskoie—Selo. Miranda se pone en contacto con Borodvko, el ministro de relaciones del imperio ruso, para que por su conducto la emperatriz sea informada del incidente con el funcionario español. La emperatriz, muy protectora y muy sagaz e inteligente, le hace saber al Gobierno de España que si el conde Miranda es peligroso para ese Gobierno, lo mejor entonces es que permanezca en Rusia sin ser molestado, pues en Rusia se lo aprecia, no por los rangos que tenga o no tenga, sino por sus cualidades personales.

Sin embargo los días continúan fluyendo y no le llegan las venturosas cartas, y mucho menos los requeridos y abundantes rublos. Pasa noches tristes y harto melancólicas, carcomidas por desvelos que le dilatan los insomnios, pero nunca abandonado por su buena estrella. Catalina le envía a su ministro para decirle que lo recibirá en sus aposentos privados. Y Miranda fue. Y se oyeron suspiros en la alcoba. Y las horas fueron lentas. Y se oyó tocar una flauta. Y nadie nunca podrá asegurar si el conde de Miranda llevóse como recuerdo de ese amor imperial un mechón airoso de aquel vello púbico. Nunca en su diario, tan minucioso en tantas cosas y tan anodino en tantas otras, se consignó un recuerdo de aquella despedida. Tal vez Miranda, de tanto haber usado y de tanto haber usufructuado el sonoro título de conde, mostró nobleza y gallardía y guardó como un íntimo secreto lo que los dos amantes se dijeron en esa noche única, donde el amor que fue escribió su despedida.

Antes de partir, encargó un reluciente traje correspondiente al grado de coronel, según el modelo usado por los jefes de regimiento de coraceros de Ekatierinoslvav, el que comandaba Potemkin. Doscientos rublos hubo de pagarle al sastre por tan fermosa prenda. Los pagó con el más entusiasta de los gustos. Y cuando contempló la gallarda figura que le devolvió el espejo, es posible que el vistoso conde de Miranda hubiese expresado: "Gracias a la vida que me ha dado tanto, me dio este uniforme y este amor de reina".

Por esos días estallará la guerra de Rusia contra Turquía. Potemkin estará al mando del ejército imperial. Miranda vende la calesa que le han obsequiado. Se despide nostálgico y agradecido de algunos de sus amigos, y parte para Estocolmo, en una goleta que tiene nombre de mujer: Ana Carlota.

22

El 21 de septiembre de ese año de 1787 se encuentra en Estocolmo. Llega de mal genio. Pelea con los guardias de la aduana, a quienes llama canallas y sinvergüenzas por haberle revisado su equipaje, sin tomar en consideración el pasaporte donde señala su importancia.

Se aloja en una posada, no muy digna de su prestancia. Pero al otro día visita al conde Andrés Rasunovsky, que lo invita a hospedarse en su casa. El conde es el ministro de Rusia. Permanecerá un mes y medio en Estocolmo. Se cambia de nombre para pasar de incógnito y eludir la posible vigilancia española. Hace pequeñas excursiones. Visita Uppsala y su más que prestigiosa universidad. Un poco por azar, conoce al rey Gustavo III, parece que lo de su anonimato no funciona. Dícele el monarca que un amigo de Catalina de Rusia también debe serlo de él. Después vuelven a encontrarse en casa de un artista, Sergel, a quien el rey admira y concede protección. A Miranda se le antoja edificante que un soberano vaya de visita al taller de un artista.

Pronto conocerá muchachas hermosas, complacientes, a las que lleva de visita a la casa donde está hospedado. Una de aquellas bellas damas, con la que tendrá un romance mucho más que pasajero, llámase Cristina Strandel. Pasan muchas horas juntos, conversan de cosas diferentes, se regodean, hacen votos para que ese amor no sea una ráfaga ilusoria. Para ella también toca la flauta y ella emocionada contribuye con una pequeña cuota al sagrado y secreto tesoro que él colecciona en sus pequeños cofres.

Como ya es habitual, suele pelearse con sus criados y suele apalearlos con frecuencia. Pero una vez estuvo a punto de ser lastimado él por un criado que, borracho, estaba enfurecido con su amo. Hubo de intervenir la autoridad. Lo sorprenden los resfríos, se encierra varios días y vuelve a ponerse al día con su atrasado diario y también escribe muchas cartas. Compra una silla para su nuevo viaje y el 7 de noviembre se encamina hacia Noruega, hacia Cristiania.

Desde Rusia trae diversas cartas para noruegos distinguidos, que lo reciben con agrado. Le gustan los noruegos, le parecen "brillante compañía". Elogia "el estado de civilización, de instrucción y de elegancia" que encuentra en la no muy populosa capital. Por siete días permanecerá en esa tierra amable y fría de Noruega. El 22 deja el país y se traslada a Gotemburgo. Se aloja en una posada cuya dueña es una señorita francesa. Visita al señor Hall, para quien lleva carta. Es persona distinguida y rica, casado con una bella esposa. Lo invitan a su casa. La señora "le da muchas inquietudes". Hace varias visitas a la sensible dama. Pasea con ella. La enamora. Ella le ha prometido que "será suya si hay posibilidades". Y habrá posibilidades, no muy numerosas: una vez en el coche cuando van por la campiña; cuando "hay ardor en el temperamento", cualquier lugar y cualquier hora se prestan para oficiar a Venus.

Luego viaja a Dinamarca. Por supuesto, y como siempre, tiene cartas para varios y notables personajes. Los visita. Compra ropa. Anota en su diario que solo tiene una docena de camisas estropeadas. Conoce a un tal Kruderer, quien lo acompaña a visitar sitios de interés. Dicho señor pertenece a la legación rusa, lo aloja en su casa y le asigna un guía judío, que le promete presentarle muchachas muy hermosas —"proposición que no me desagradó por cierto"—, promesa que se cumple cabalmente. Asiste a muchas fiestas, en algunas de las cuales las actrices se mezclan con damas de alta sociedad, lo que a él le causa asombro.

Mientras permanece en Copenhague conoce las noticias de algunos levantamientos populares que se están dando en la lejana América, entre ellos el de Tupac Amarú. Piensa en la distante patria, pero es un pensar un tanto descuidado, casi displicente, casi indiferente. En su diario solo consigna comentarios sobre visitas a museos, a bibliotecas, a cárceles y hospitales. Visitar cárceles parece interesarle mucho. Comenta con cierta emoción estremecida sobre la situación terrible y dolorosa que soportan los cautivos. Se indigna, algo en él se revela contra esa evidente degradación a la cual son sometidos tantos seres y se promete a sí mismo hacer algo a ese respecto: escribirles a los príncipes, a las diferentes autoridades, y denunciarles esa horripilante situación. Tendrá la satisfacción de que esas inquietudes nunca cayeron al vacío. Parece que después de Rusia, de su despreocupada existencia de viajero y cortesano, su sensibilidad de hombre civilizado empieza a manifestarse y lo ayuda a mirar con otros ojos el dolor y la miseria que por lo general en todas partes atentan contra la dignidad humana.

Un día gris y helado del comenzado enero, el embajador inglés —el señor Elliot, que es su amigo— le comunica que el ministro de España en Estocolmo lo reclama a nombre del Gobierno de Madrid, pues se lo considera espía de Rusia y se lo sindica del delito de alta traición hacia su patria. Aumenta su inquietud. Le duele de nuevo la cabeza y empieza a desesperarlo esa vida errante y perseguida, que a veces parece ser incierta y sin puerto de llegada hacia el futuro. Por otra parte, percibe que sus antes amables anfitriones empiezan a sentirse incómodos con su larga permanencia. Se siente herido y humillado y decide abandonar esa casa a la que se refiere como "casa maldita de disipación y de desorden". El 10 de marzo la abandona. Ha permanecido dos meses y medio en Copenhague, donde él también ha participado del desorden.

Llega a la ciudad de Schleswig. Aquí alguien le hace una lectura de su horóscopo y es algo que le agrega angustia a las no pocas angustias que padece. Parece que su horóscopo no es nada halagador en cuanto a lo que le depara su futuro incierto. Se intimida, y escribe en su diario que él "no desea sino una cabaña para pasar el resto de su vida".

Otra vez vuelve a apalear a su criado, porque se emborracha y no obedece. La lectura del horóscopo —y él es agorero— lo ha trastocado un poco. Resuelve irse de esa ciudad donde se le está revelando un destino que lo inquieta. Llega a Knoop. Allí, el conde de Baudissin, que es chambelán del rey de Dinamarca, lo recibe amablemente y lo hospeda en su casa. Como se siente inquieto y perturbado, se irrita con la solemnidad de la etiqueta y comenta en su diario: "¡Qué embarazo traen la pompa y la ceremonia en la vida humana! ¡Oh caros americanos, y cuantos días suaves y agradables me han procurado vuestra sencillez y honestidad!". Curioso elogio a esa sencillez democrática que tantas veces y en pasadas ocasiones ha sido objeto de su repudio.

Continúa su viaje por Dinamarca. En alguna ocasión conoce al célebre y celebrado poeta Klopstock, de quien Miranda dice se le hubiese podido tomar por un zapatero por su aspecto descuidado y pobre. "Pero es jovial, muy moderado y sencillo".

Sigue el viaje. El 20 de abril está en Hamburgo. Envía varias cajas de libros y otras cosas para Londres. Pasa a Holanda. Visita museos. Mira muchos cuadros con deleite, también examina fortificaciones. Recorre todos los sitios de interés, y allí se entera de los grandes acontecimientos que empiezan a sacudir y estremecer a Francia. Continúa hacia Bélgica. Del 25 de junio al 12 de julio estará allí. También visita Amberes, Lovaina y Lieja. No se cansa de mirar templos, edificios públicos y extraordinarias obras de pintura.

Al promediar el mes de julio está en Colonia. Le molesta la inmensa e irritante masa de mendigos. En una excursión a Kehl se informa de que allí se acaban de editar las obras completas de Voltaire, en ediciones de 6.000 ejemplares. Se emociona y quiere imaginar que la diosa razón está definitivamente caminando por el mundo. El 30 de julio está en Suiza. Después pasa a Milán, que por esos días es posesión de Austria. Allí contempla La Cena de Leonardo y además conoce a Beccaria, con quien conversa entusiasmado, pues curiosamente los asuntos penales y los procesos carcelarios, así como los temas referentes a las penas y el delito, son para él preocupación reciente.

Continúa hacia Zurich, allí le hacen un retrato, "Es una especie de pastel que sale bastante parecido". Continúa hacia Ginebra, donde permanecerá algunos pocos días. Baja a Ferney y visita la casa donde residió Voltaire. Se emociona nuevamente, para él Voltaire es la inteligencia convertida en deleite e ironía. En los lagos próximos a Berna visita el humilde cuarto donde vivió y escribió Rousseau. Ese es otro genio que sabe deslumbrar. Vuelve a leer *La nueva Eloísa* y le parece que es maravilloso hacerlo en los lugares donde el autor escribió y soñó tal obra, todo un privilegio del espíritu. Vuelve a Ginebra, donde estará hasta el 20 de noviembre. Con sus amigos habla mucho de la Francia, de lo que puede estar sucediendo en esa "detestable nación". Pero dentro de muy pocos días estará en esa nación que juzga detestable.

Llega a Marsella, ciudad de 126.000 almas por aquella época. Inmunda le parece, a las calles se echan todas las porquerías y nadie quiere limpiarlas. Pero conoce allí al abate Reynal, pensador de la Enciclopedia, exjesuita, auténtico y esclarecido precursor de la Revolución Francesa y famoso mundialmente en esos tiempos. Él lo admira y lo ha leído con pasión y además ha sido amigo y protegido de su emperatriz amada, pues en alguna época vivió en Rusia. Tiene más de sesenta y cinco años. Almuerza con Miranda, lo recibe y lo trata con cariño. Conversan largas horas. Son días para él de maravilloso estímulo mental, breve tiempo para renovar los sueños y volver a reconciliarse con sus visiones confusas de futuro. De Marsella continúa a Toulon, después pasa por Niza. Allí lo sorprende la Navidad. Pronto comenzará el año de 1789, año de sucesos extraordinarios, año donde la revolución de los franceses terminará por alterar la faz de casi todo el mundo.

23

En junio 18 llega a Londres. Ha realizado un viaje descomunal para la época. Ha recorrido miles y miles de leguas, visitando innumerables ciudades y lugares. Ha conocido innumerables y disímiles personajes. Se ha codeado con el poder en todas partes. Sin duda que en algo se ha cumplido su deseo de "leer en el gran libro abierto del universo". Su otro gran propósito, el de "contribuir a la independencia de la América con la ayuda inglesa o con la ayuda de quien pueda darla", no ha sido tan manifiesto o evidente en ese periodo de desmesura. Pero todo ese asombroso recorrido acabará, tarde que temprano, contribuyendo de muchas maneras a ese gran propósito. Ha conocido Europa y sus gobiernos. Ha establecido valiosas relaciones con hombres notables, que le han ayudado a comprender el intrincado universo del poder y las maneras que deben ser utilizadas para actuar dentro de él buscando ciertos fines. Toda esa intensa experiencia acumulada se integrará a los sueños ambiciosos de su alma, haciendo de él un personaje singular y único, que a veces solo parece un codicioso cortesano, otras veces solo un sibarita, un libertino, y hasta un embaucador que solo pretende fines personales y egoístas. Pero en la medida en que se convierte en el empecinado promotor de un libertario esfuerzo, casi en un soñador de otro absoluto, su figura va adquiriendo una dimensión extraordinaria, donde parecen darse cita todos los componentes y todas las problemáticas pasiones y virtudes que configuran su complejo perfil de ser humano.

Al llegar a Londres estará próximo a cumplir cuarenta años. Se instala en Jermyn Street No. 47. Qué intensas e inquietantes deben ser las interrogaciones que le surgen y lo acosan para emprender el próximo trayecto de su vida. ¿Quién es él? ¿Un simple buscador de placeres y fortunas? ¿Un aprendiz de revolucionario que busca propalar libertades en un mundo que desconoce los derechos que concede la razón? ¿Un activo e infatigable miembro de una masonería que quiere extenderse por todos los lugares de este mundo? ¿Un visceral resentido contra España, que anhela con fanática insistencia combatir ese imperio que juzga como un poder opresor e inquisitivo? ¿Es realmente un americano sediento y convencido que sueña para su lejana patria una opción política que le permita cuestionar a España? ¿Es simplemente un audaz espía que consigue y vende información para el mejor postor? ¿Es un hombre con nobles fines éticos y claros ideales filosóficos o políticos que lo impulsan a convertirse en el supuesto caballero andante de la libertad, o es solamente un aventurero sin principios que procura divertirse, engañar a los otros para vivir a sus expensas y que de la vida solo espera un poco de prestigio y otro tanto de fortuna?

Ni Miranda ni nadie podrán resolver nunca muchos de aquellos estremecedores interrogantes. Su extenso y minucioso diario en todo es explícito menos en mostrar las verdaderas e íntimas emociones que sostienen el andamiaje confuso de sus sueños. Sus notas y comentarios son muchas veces contradictorios, no pocas veces bordean la mentira y la exageración. Sin embargo están allí sus actos, los innumerables y encadenados sucesos que van configurando su papel y van preparando esa gloria indiscutible que lo lleva a convertirse en el precursor y en el orientador de la independencia política de todo un universo, que a su vez significará el colapso del mayor imperio de su tiempo. ¿Tuvo plena conciencia alguna vez Miranda de ese estratégico e importantísimo papel que sus acciones jugaron en esa vasta y enmarañada constelación de aquellos hechos políticos? En don Francisco de Miranda, la transparencia existencial de los paisajes es mucho más que precaria. Su imagen por momentos es caótica y decididamente impenetrable.

En algo contribuye a su atractivo histórico esa figura suya acariciada de enigmas y sospechas. Su alma parece resistirse a poder ser aceptada y comprendida bajo una sola luz que la esclarezca. Mucho de su ser y de sus confusas actuaciones permanecerán irremediablemente perdidas en un universo poblado por las sombras.

Llegado a Londres, casi de inmediato se pone en contacto con don Bernardo del Campo, el hábil embajador de España que ahora también ostenta el título de marqués. Quiere indagar cuál ha sido el curso de las peticiones que él le formuló por su intermedio al poderoso ministro, conde de Floridablanca. Don Bernardo le comunica desconocer el trámite de dicho asunto. Le aconseja que vuelva a escribirle a Floridablanca. Del Campo continúa en apariencia mostrándose como su afable amigo, aun cuando nunca ha sido ajeno a la vigilancia que sobre Miranda se ha ejercido a lo largo de sus viajes. Miranda escribe nuevamente a Floridablanca. Tiene preocupación y angustia por resolver su situación de reo y de traidor. En la carta le cuenta de sus viajes, refiere algunos hechos falsos. Le comenta de la invitación que se le ha hecho para que vaya a vivir a Rusia, razón por la cual está solicitando una rápida respuesta. Floridablanca nunca responderá aquella carta. Por su parte, don Bernardo del Campo, a su vez, le escribe al conde de Floridablanca comentándole que Miranda solo quiere reivindicarse y que su intención es la de no volver a España. Le cuenta de la protección de la cual goza por parte de la soberana rusa y le comenta que, a su juicio, muy pronto Miranda acabará consiguiendo la protección inglesa. Hace votos para que esa "oveja descarriada" vuelva a entrar en el rebaño, pues cree que las circunstancias podrán llevarlo, más temprano que tarde, a participar en una guerra contra España. En dicha carta el embajador del Campo hace esta semblanza de Miranda: "Imaginación exaltada, luces y conocimientos más que medianos, fervor y vehemencia en su exterior y, sobre todo, una actividad extraordinaria". Con seguridad que es buena esa semblanza. Y para configurar aquello de la "actividad extraordinaria", simplemente considérese que en los últimos cuatro años Miranda ha visitado ciento doce ciudades y que después ese número ascenderá a doscientas treinta. Sin duda algo extraordinario, toda una desmesura si se toman en consideración las circunstancias de la época. Para recordar lo de "fervor y vehemencia", basta evocar las innumerables veces que apalea a los criados. Podrían contarse también las innumerables veces que sacrificó y llevó ofrendas al altar de Venus —su deidad favorita—, casi en todas las épocas y en todas las circunstancias de tiempo, modo y lugar.

Cuando a Miranda se le responde negativamente sobre sus reclamaciones en España, se indigna. En escueta carta se dirige a Floridablanca nuevamente diciéndole que cuando esperaba "satisfacción a los agravios" que en el pasado se le hicieron, solo encuentra que contra él se traman "nuevas complicaciones". Y que por lo tanto, se ve en la obligación de renunciar a su grado en el ejército y a su nacionalidad española, para buscar una nueva patria que lo trate con más justicia y le asegure la "tranquilidad civil".

Sin patria y sin "tranquilidad civil", comienza para Miranda un nuevo ciclo en su vida un tanto errática y definitivamente aventurera. Tiene ya cuarenta años. Usa trenza, donde surgen las primeras canas. Luce vistosas prendas que hacen más interesante su figura, figura que es atractiva y es exótica. Sus bríos, su exaltada energía parecen ya evidenciar ciertos suaves deterioros. Pero continúan los líos, los arduos problemas que lo angustian. Parece que, con complicidad de los infatigables perseguidores españoles, se lo denuncia por una deuda no cancelada en el pasado. La intención es que pueda ser apresado en relación a dicho asunto y, estando preso, España pueda reclamarlo en calidad de "extraditado". Parece que todo es una trama. Pero para evitar los riesgos, Miranda pide al conde Simón de Woronzov, que es el embajador de Rusia, que lo inscriba como persona que pertenece y está al servicio de Su Majestad Imperial. Así se hace. Después de esto, le escribe a su amada protectora, a la generosa Catalina, extensa carta donde le expresa que ella es el único apoyo que le queda después de la persecución pérfida que le han decretado desde Madrid. La carta termina en un crescendo admirativo:

Felices aquellos que, bajo el gobierno de un soberano ilustrado, sabio y filósofo, pueden, al abrigo del fanatismo y la Inquisición, dejar transcurrir suavemente sus días en el cultivo de las letras y el ejercicio de la virtud. ¡Pueda el Ser Supremo continuar para siempre la inestimable vida de Vuestra Majestad Imperial, para felicidad de sus súbditos y para la entera consolación del género humano!

El agradecido Miranda parece haber aniquilado en su memoria toda evocación al despotismo.

Le escribe igualmente a Besborodkov y a Potemkin. Al príncipe Potemkin le comenta que su reciente viaje a Francia le ha confirmado su concepto "sobre esa nación fútil y su gobierno detestable", que la conducirá a la anarquía. Con la carta le envía dos telescopios de regalo y le agrega:

Yo sería muy feliz si quisierais emplearme, o si yo pudiese hacer algo por vuestro servicio que pudiese contribuir a convenceros de la fidelidad y estima que vuestras bondades y cualidades inestimables me han inspirado.

La angustia de su situación provoca que el alma "revolucionaria" de Miranda saque a flote sus peculiares y múltiples debilidades. Parece que por esos días en que está desposeído de patria y de recursos monetarios está meditando muy seriamente en la posibilidad de regresar y de ponerse al servicio de Rusia, tal vez incorporándose al ejército; tal vez solo queriendo convertirse en un alegre cortesano; tal vez solo anhelando permanecer muy cerca de la poderosa y protectora emperatriz de todas las Rusias, a la que ha amado con una trémula, fugaz e interesada pasión de aventurero.

24

Si los casi cinco años anteriores los ha ocupado Miranda en recorrer con pasión y con una avidez frenética los países europeos, una vez llegado e instalado en Londres —y también con la misma exaltación— se centra en recorrer y en meditar sobre sus universos interiores. Algo le hace intuir que de alguna manera se le está agotando el tiempo que se le dio sobre la tierra y siente esa pulsión y esa urgencia de volver a examinarse y de volver a interrogarse sobre cuál es real y verdaderamente el proyecto de vida que esencializa sus íntimas aspiraciones para dignificar este viaje definitivo que un día debe concluir y para el cual ya no habrá nunca retorno. Se inquieta y se conmueve. Sabe con certidumbre que nace de su alma que este es el viaje verdadero. Sabe que ese viaje, para alguien que está dotado de espíritu sensible donde surgen y acosan anhelos trascendentes, no puede nunca ser solo divertimento frívolo, búsqueda y satisfacción de precarias y transitorias vanidades, colección y goce de placeres que también son efímeros destellos, sino que hay un algo más profundo y trascendente que obliga al alma a ir más allá de las mutantes apariencias. Y en él hay espíritu, existe esa urgencia. Contra toda apariencia, contra toda la evidencia de su vida y de sus actos, Francisco de Miranda sabe y siente que en su ser se agitan una fuerza y un sueño poderosos que no pueden agotarse viviendo solo en las simples y mezquinas apariencias. Él para nada es un burgués. No solamente es —o aspira a serlo— un agradable cortesano. Él tiene un alma y esa alma suya tiene un sueño. Un sueño poderoso, un sueño grande. Unos sueños que se confunden y se abrazan a nobles y edificantes ideales; que no lo dejan hundirse en las grises peripecias de una vida banal o anodina, de una vida que podría vivirse como si no fuese una vida verdadera. Se debate y se desgarra con angustia dentro de su propio laberinto. Nunca ha sido fácil para nadie afrontar con desnuda sinceridad el llamado del destino, la elección del rostro verdadero, el desnudarse de las máscaras con las cuales se vive la vida como si fuese carnaval o fiesta alegre y pasajera. A sus cuarenta años, Miranda parece comprender que el momento de su gran decisión está llegando... que ha llegado. Titubea, vacila. Los nuevos riesgos le prodigan duda intimidante; pero, entre confusiones y temores, él desde hace mucho tiempo adivina cuál es el camino que le ha trazado su destino y quiere con pasión cumplirlo.

En su fuero íntimo no se percibe como un héroe, mucho menos como un santo, o como algún ser extraordinario predestinado por incomprendidos designios a cumplir una misión especialísima. Sabe, eso sí, que no es un hombre mediocre. Sabe que sus sueños tienen fuerza y sabe que esos sueños él desea alcanzarlos. Su vanidad personal, que siempre permanece activa, le permite imaginar que desea dejar su huella en la historia. No quiere desaparecer sin dejar rastro. Quiere hacer algo para ser recordado en el futuro y, por supuesto, no quiere que su recuerdo se confunda con el de un aventurero habilidoso o con el de un fornicador irredimible. Anhela que un soplo de esa historia quede asociado a su recuerdo. Su vanidad, tal vez su narcisismo impetuoso o su egolatría impertinente no le permiten nunca hundirse en el gris anonimato. Pero asimismo todo su ser abomina con auténtica repugnancia del martirio, en eso no tiene un solo átomo de cristiano. Es pagano y epicúreo por definición. No se le ocurre nunca pensar que la importancia de una vida tiene que estar signada con la marca del dolor y el sufrimiento. Es esteticista, le gusta la gloria sin dolores, la relevancia adquirida y coronada con laureles y nunca con corona que tenga alguna espina. Quiere comprometerse con lo grande y con lo heroico, pero sin que ello signifique que se ensucien los encajes con la sangre o con el barro. Es un aristocratizante casi hasta el fastidio o hasta la desesperación.

Ese tiempo externo y mezquino que se mide en los relojes aconteció presuroso para que Miranda llevara a cabo sus torturantes indagaciones personales, aquellas que le ayudarían a encontrar el rumbo y el sentido que daría a su nueva vida. En él, la existencia es ante todo prisa y febril actividad. Una vez instalado con lujo y ostentación en el elegante barrio londinense, se entrega a una de sus actividades favoritas: conseguir relacionarse con nuevos y notables amigos, en los que siempre encontrará colaboración generosa para emprender sus ambiciosos y alucinantes planes, que implican nada menos que liberar un mundo y, de paso, tratar de golpear y desmantelar un imperio.

Con indudable e imaginativa audacia concibió que políticamente era posible comprometer a la corona británica en la empresa, entonces temeraria, de promover la independencia de las colonias españolas. Si algo tenía claro, si algo extraordinariamente valioso había aprendido en su extenuante periplo de viajero y cortesano, era haber comprendido que las relaciones de poder son por lo general coyunturales y cambiantes. Que en ese universo habitualmente nunca prevalecen los principios sino esencialmente los concretos intereses. Y que cada nación tiene intereses. Y que cada nación quiere con manifiesto egoísmo nacional que los suyos predominen. Y también tenía suficientemente claro que, al menos en esa época, los intrincados y enmarañados hilos de ese poder que ponía en movimiento al mundo eran en parte muy significativa intereses comerciales y económicos. El dinero y sus plurales ramificaciones y significados eran, desde época reciente, el vehículo privilegiado que jalonaba el acelerado carruaje de la historia. Y como consecuencia obvia, poder y dinero se habían transmutado en una sola e indisoluble unidad, a cuyo conjuro se regían y manipulaban las relaciones fundamentales en un mundo hechizado y articulado al poderoso y dominante impulso de la producción económica. Por algo el mundo se estaba conmoviendo y se estaba ajustando a los impulsos devoradores y carnívoros que se habían engendrado y potencializado en el nuevo espíritu del tiempo: el espíritu y la razón burguesa, que habían llegado con ímpetu y pretensiones universales.

Francisco de Miranda, en mayor o menor grado, comprendía el impulso trastocador de estos voraces elementos que ya se habían desatado para redefinir un nuevo orden social y un nuevo orden geopolítico, en el cual la patria americana adquiría de manera progresiva una creciente importancia en ese engranaje, que de manera inexorable terminaría por imponer una distinta y nueva reordenación del poder planetario.

Por algo él participaba de esa embriaguez universalista y universalizante. Por algo él había asumido esa ambiciosa tarea de convertirse en un apasionado lector y descifrador del gran libro abierto del universo. Por algo él, aunque a veces de manera errática y confusa, creía poder desempeñar algún papel en ese ajedrez atormentado donde se estaba jugando el destino y el futuro de una región que, como su América meridional, acabaría de manera necesaria incorporada al flujo integrador y asimétrico de ese nuevo orden planetario. Parte de su gloria, o parte a veces de su equívoco papel histórico, está asociada a esa audacia imaginativa, a ese riesgo temerario y visionario de haber captado ese juego universalizante que estaba dándose en el momento en que le correspondió vivir. Pocos como él tuvieron conciencia de que la historia los estaba convirtiendo en auténticos y conscientes ciudadanos del mundo.

Fiel a sus hábitos y a sus costumbres de relacionarse con los hombres notables e influyentes, no demoró mucho en tejer una vasta red de relaciones que lo pondrían en contacto con muchos de aquellos personajes por cuyas manos pasaba el desigual derecho de tomar las grandes decisiones, esas decisiones que afectaban a tantos hombres y también a tantos pueblos. Su veleidades aristocratizantes, su ya adquirido e irrenunciable estilo de vida, lo hacían proclive a buscar sus nuevos amigos entre aquellos que detentaban el prestigio, el dinero y, por supuesto, las dignidades del poder político.

Habiendo esclarecido en su propia conciencia el derrotero de destino que quería imponerse —la independencia de la América meridional— se entrega a partir de entonces a buscar los mecanismos más audaces para instrumentalizar y hacer posible realizar su codicioso objetivo. Se embarca en el delirante navío que prefigura la utopía.

25

Teniendo en perspectiva el diseño y la posible y posterior realización de su proyecto, los personajes con los cuales se relaciona Miranda, los meses que esa vez permanece en Londres, pertenecen por regla general al mundo del dinero, del poder político y del prestigio social. Entre ellos hay que destacar a William Johnstone, a quien ya había conocido y tratado anteriormente en sus andanzas por Jamaica y quien es un prestigioso y antiguo militar que mantiene vínculos cercanos de amistad con William Pitt, el imponente y prepotente primer ministro británico, quien en ese momento es el máximo orientador de la política inglesa. Con este militar entabla una amistad bastante íntima, como igualmente lo hace con su joven y amable esposa, que manifiesta admiración y simpatía con el atractivo y nuevo amigo. Miranda se convierte en asiduo visitante de la casa, donde almuerza con frecuencia y donde continúa conociendo gente que merodea en la órbita magnética que suelen irradiar para muchos los destellos del poder político. Johnstone será elemento clave para facilitarle aproximación al ocupado y evasivo Pitt. Establece también cálida y constante amistad con el teniente general en retiro Melville, en cuya casa come con frecuencia. A través de este conoce al general Roy, que a su vez lo pondrá en contacto con Sir George Jonge, que en ese momento ejerce como Secretario de la Guerra.

Otro de los amigos que frecuenta es Charles Fox, líder connotado de la oposición. Con este visita restaurantes, pasea, conversa animadamente de asuntos muy diversos, pero en especial de temas militares y políticos. Por intermedio de Fox se acerca e intima con Richard Brinsley Sheridan, escritor y político, por aquella época nimbado por la fama y el prestigio que proporciona el ser leído y el ser considerado persona inteligente. Un amigo lleva a otro. Crece así la audiencia. Se dilata su círculo de conocidos y notables. Pronto estará de almuerzo y de visita en casa de Joseph Priestly, teólogo eminente, o como tal tenido en esos días, con fama de filósofo y también de sabio. Aparecerá Frederick Haldimand, un tanto vanidoso y algo exótico, que tiene como supuesto mérito haber sido gobernador en la América del Norte cuando Inglaterra era la señora dominante en esas tierras. A la casa de este va con más frecuencia que a la de otros, a pesar de que el buen gobernador está ya viudo y no tiene hijas ni jóvenes ni bellas; sin duda un círculo de prestigio e influencia. Pero por supuesto no podían faltar los barones del dinero.

Por eso su más influyente amigo acabó siendo Thomas Pownal, político adinerado y coleccionista obsesivo de valiosas antigüedades, las que también provocan deslumbrante fascinación en los afectos de Miranda. Pownal es un hombre de edad algo avanzada; también en el pasado había ejercido como gobernador en Massachussets. Al regresar a Inglaterra había sido elegido como miembro de la Cámara de los Comunes. Era también miembro distinguido de la Royal Society, y había publicado un libro que le dio lucimiento algunos años, titulado *Ensayo sobre la naturaleza del ser*. Este amigo será en los años venideros de invaluable ayuda en las pretensiones de Miranda.

Pero habrá otro amigo que acabará convirtiéndose en su ángel protector y tutelar, don John Turnbull, ciudadano inmensamente rico, que le prestará dinero en forma generosa y repetida a lo largo de sus posteriores años; que le presentará más personas connotadas e importantes, personas que alentarán sus empresas y contribuirán con ellas. A Turnbull lo había conocido en épocas pasadas cuando estuvo Miranda en Gibraltar. Su fortuna la había logrado abasteciendo precisamente a Gibraltar. Al igual que Miranda, es masón ferviente y convencido, como masones eran los muchos y prestantes amigos de Miranda en sus tiempos europeos. Turnbull tiene intereses de negocios en muchos países. Los negocios lo excitan y sobre ellos tiene una ávida visión, siempre proyectada hacia el futuro. Los planes que le plantea Miranda tienen para él música de rutilantes monedas en sus oídos. Liberar las colonias españolas significa ampliar en órbitas casi de verdadera desmesura las posibilidades y las ganancias del comercio inglés. Se le antoja una inversión privilegiada a largo plazo. No le importará correr esos riesgos, se declara insobornable estimulador del genio conspirativo de Miranda. Lo apoyará siempre. Además, por su locuaz y fascinante amigo siente una verdadera y sincera simpatía y, como si fuese poco, odia con odio visceral la levantisca y alborotada Francia. Para él apoyar lo inglés será hacerle daño a Francia.

Otro de los destacados e importantes amigos de Miranda, a pesar de no ser nada rico, es Jeremy Betham, filósofo dudoso pero de notable resonancia, quien pertenecía a la Sociedad de Amigos del Pueblo, a la que se afilió Miranda. Betham, al correr de pocos años, adquirirá señalada importancia en los inciertos destinos intelectuales a los que se abrazarán las repúblicas independientes de la América meridional.

Miranda por estos días no solo cultivaba las nobles amistades del edén inglés. También se preocupaba con celo y tesón epistolar de los amigos notables que había dejado en la América del Norte, aquel país de la "libertad racional", que figuraba en primer orden en sus proyectos de verse convertido en desfacedor de imperios. Por esta época el infatigable Miranda igualmente se procura amistades con algunos sudamericanos que como él ya acariciaban el difícil sueño de hacerse con una patria independiente y propia. Muchos jesuitas, que estaban violentamente resentidos por la expulsión de España y sus dominios, lo frecuentaban y le llevaban información valiosa sobre América. Estos contactos se activarán notablemente con el discurrir de los años venideros, hasta llegar a convertir la casa de Miranda en un verdadero consulado que reunía a todos los diversos miembros de aquel inmenso plan conspirativo.

Su actividad es extraordinaria. Madura con paciencia sus esquemas. Compone y descompone planes. Hace cálculos. Colecciona información de toda índole, ve crecer su archivo. Escribe documentos. Ahora su vida entera está centrada en perfeccionar al máximo aquel objetivo grandioso y delirante. Hasta su impetuosa libido parece un poco sosegada en estos tiempos. Pero en esos tiempos aún la uva no ha madurado plenamente para poder proceder a su cosecha y obtener el deleitoso vino. Las noticias que llegan de la convulsa Francia alteran, trastocan, aplazan y difieren los posibles inicios y los posibles apoyos que deben recabarse para dar comienzo a la insólita aventura. Lo que está sucediendo en Francia acabará, en el breve lapso de unos pocos años, por redefinir la dinámica del mundo. Acabará por conducir la historia toda por un camino hasta ahora nunca sospechado. La revolución que se está gestando en Francia, esa revolución que sabe proclamar a voz en cuello que quiere llevar fuego a los palacios y paz a las cabañas, ya está en la calle y se ha vuelto incontenible. Y esa revolución ya no será solo francesa, es una revolución del mundo y para todos los hombres de ese mundo. De su tumulto, de sus incendios vocingleros, de sus patíbulos sombríos, de sus efervescentes consignas de esperanza, de sus promesas libertarias, de su deslumbrante guillotina que se tiñe de sangre azul y sangre roja, nacerá una nueva historia, surgirá una nueva época, dará surgimiento a un tiempo inédito que se extenderá sobre la tierra.

Europa está electrizada contemplando atónita aquel gran espectáculo donde se está desmantelando la carcomida estructura de un mundo soportado por antiguos e insostenibles privilegios. Ni hombres ni gobiernos, ni iglesias o altaneros imperios, podrán permanecer inmunes o indiferentes a ese contagio arrasador que acabará por trastocarlo todo.

26

Parece ser que siempre un día acaba aconteciendo lo que se ha deseado y esperado con violenta paciencia. Miranda es llamado para tener una audiencia con el quisquilloso y ocupado Pitt. Han funcionado eficientemente las intermediaciones de sus hábiles y poderosos amigos. Gran día para Miranda. Se engalana. Prepara mentalmente y con sofisticado virtuosismo el amplio y variado arsenal argumental, con el cual pretende convencer a Pitt para que ayude a su ambicioso delirio libertario. En eso es experto consumado. Su parla es hechicera, envolvente, embaucadora. Largas horas conversa con el evasivo ministro, quien sin embargo siempre sabe poner oído atento a todo aquello que pretenda favorecer los intereses de su patria muy amada. Miranda va a la cita cargado de papeles, valiosos documentos que contienen información precisa y detallada sobre los medios y recursos de que dispone España para salvaguardar en la lejana América la integridad de su vasto imperio ultramarino. Debió quedar gratamente deslumbrado el señor Pitt con la labia y el rigor descriptivo de ese extraño personaje que, por cuenta propia y durante largos años, ha logrado acumular informes que darían envidia a todo un gran organismo de espionaje. En aquella decisiva reunión, Pitt parece un niño abriendo un cofre de deliciosas golosinas. Se le hace agua la boca y se le endulzan muchos pensamientos de futuro. Pasan las horas. Continúa hablando Miranda, ya nada lo intimida. Explica, propone y solicita. Sus cálculos, preparados desde años atrás con el general Knox, hablan de una posible ayuda inglesa para reclutar un ejército de entre doce y quince mil hombres que derrumbaría la no muy fuerte fortaleza militar con la cual

España mantiene sojuzgadas sus colonias. Tiene también los cálculos que en dinero contante puede acarrear la venturosa expedición libertadora, del número de barcos, de vituallas. Todo lo tiene escrito y diagramado: mapas, rutas, bases de apoyo. Y todo sobre el papel parece fácil. Solo es tomar la decisión, aportar el dinero, y la España soberbia habrá quedado sin imperio; y, de contera, la corona británica habrá conquistado un nuevo mundo para vender sus innumerables mercancías.

El entusiasmo de Pitt es evidente. Ha olvidado el protocolo. Se quita las presuntuosas zapatillas. Se arrodilla en el tapete y examina con ojos codiciosos aquellos documentos, aquellos mapas que señalan rutas, aquellos croquis que muestran con toda precisión las fortalezas españolas. Se entusiasma. Está viendo con ojos de ministro imperialista el gran botín que para el comercio inglés puede significar aquel proyecto que aquel raro visitante le está proponiendo al insaciable apetito que caracteriza a los ingleses, que ya son dueños y señores de los mares, pero que siempre quieren más poder y más negocios. Miranda, por su parte, está dichoso. Siempre supo que para embelesar a Pitt era necesario hablarle de negocios. Y de negocios sigue hablando aquel 6 de mayo de 1790. Si los ingleses deciden apoyarlo —le recuerda— las valiosas concesiones comerciales que las repúblicas americanas le concederán a su poderosa aliada y protectora cubrirán con creces la ayuda recibida, e Inglaterra será aún más rica e influyente, sin necesidad alguna de administrar directamente un nuevo imperio. Y en esto hace énfasis Miranda: las naciones serán libres y serán independientes, pues nunca se pretende cambiar un abusivo poder colonial por otro poder del mismo estilo. Le menciona también la posibilidad de construir un canal en Panamá, que será como una especie de varita mágica para agilizar y controlar el comercio todo que circula por los mares de este mundo. Todo en este proyecto es ganancia neta. Todos en este gran negocio acabarán ganando mucho. Solo la perversa e inquisidora España lo estará perdiendo todo. Y como está hablando de dinero, Miranda, en tono cauto pero muy seguro, le insinúa que para él sería más que aceptable que la corona inglesa lo provea de una renta anual para sus gastos personales, que son muchos. Miranda, no se olvide, gusta de vivir con mucho lujo, gusta del boato y del derroche. ¿Acaso en muchas partes no lo tratan como conde? ¿Acaso ese plan que está ofreciendo, ese archivo, esos planes, esa inmensa información sobre la situación militar de España no valen por sí mismos una fortuna?

Y continúa hablando, entra como en un éxtasis expresivo. Le hace imaginar a Pitt que todos los pueblos de la América están ya listos y deseosos de participar masivamente en esa guerra que los librará de la opresora España. Relata con exagerado lujo de detalles los supuestos abusos y las muchas ignominias que comete España con los vasallos que habitan sus colonias. Pinta con el color más sombrío la cara feroz de ese dominio. Propone además un futuro proyecto de organización política para las nuevas repúblicas, después de conformadas con la ayuda inglesa. Las nuevas instituciones estarán inspiradas, por supuesto, en la melodía que aporta la nación inglesa en su organización política. No habrá nada de variaciones francesas, nada de perversiones igualitarias de tinte jacobino. Pero el señor Pitt, muy inglés y muy prudente, a pesar de su entusiasmo reconocible y manifiesto, no se precipita a prometerle nada de inmediato. Lo despide cortésmente. Le dice que se reunirán posteriormente para continuar hablando, para ir precisando los detalles. Sobre la renta anual —y a la manera de un premio de consolación— Pitt le garantiza que se le harán llegar algunas libras.

Termina la entrevista. Después del éxtasis entusiástico, para Miranda viene la caída en el desconsuelo, en la terrible y angustiosa desesperación que deparan la espera y la malsana incertidumbre. Anota en su diario que en dicha entrevista hablaron "con mucha satisfacción de ambas partes, quedando atados para vernos más y más".

Pero ese "vernos más y más" se demoraría algún tiempo, puesto que el voluble y ocupado señor Pitt estaba por aquella época centrado en asuntos y trastornos que le provocaban perturbadores desvelos y los cuales consideraba, con justificada razón de estadista precavido y visionario, mucho más patrióticas y apremiantes responsabilidades a su condición de hombre público, encargado casi por completo de velar por los intereses del expansivo y poderoso imperio inglés. En Francia —para estupor del mundo y en especial para aquel antiguo régimen que encarnaba en el poder monárquico la forma única y adecuada de la realidad política del universo— la fuerza revolucionaria de su pueblo, enamorada de aquellas ideas libertarias que proclamaban una nueva manera de reorientar el curso de la historia, continuaba en un *crescendo* incontenible que amenazaba en corto tiempo arrasar y demoler las caducas estructuras del antiguo régimen. En Francia se anunciaba con impetuosa fuerza el advenimiento de la sociedad moderna. Las banderas de la razón burguesa, la auténtica marea capitalista, querían inaugurar una nueva época y al conjuro embriagador y también devastador de aquellas exigencias, Pitt y Europa entera presentían que de triunfar la escandalosa y tumultuosa Revolución de los franceses, la historia sería redefinida y echaría a andar por nuevos e impredecibles derroteros, donde seguramente los prepotentes imperios del pasado no podrían continuar manteniendo su dominio; ese dominio abusivo, depredador e injusto; ese dominio inconcebible y del todo inaceptable para los nuevos códigos en los que pretendía hablar la razón que estaba emergiendo de la historia, razón que desde Francia proclamaba la necesidad de imponer una nueva relación de los hombres con los hombres y de los pueblos con los pueblos.

Andaba violenta y dolorosamente preocupado el señor Pitt con ese nuevo e intimidante fantasma que se había engendrado en el vientre oscuro y opresivo del pasado y se había arrojado a las calles para recorrer y amenazar a Europa. Pitt, brillante y lúcido en sus ejecutorias de estadista, así como mezquino y calculador en sus órbitas personales, entendía que lo que estaba aconteciendo en Francia desbordaba ampliamente los contenidos de un suceso exclusivamente nacional. No era Francia, era el universo todo el que anhelaba expresarse como una sola voz en la voz de la Francia libertaria. Momento crucial de coyuntura, instante de crisis angustiosa y reconocible, de un antiguo y carcomido absoluto, que de desaparecer —como inexorablemente desaparecería— señalaría con el ruido vocinglero del tumulto y con la deslumbrante luz de la guillotina, que una nueva época estaba comenzando… que ya había comenzado.

La supuesta democracia liberal, cabalgando inicialmente en fervor de multitudes sedientas de justicia y exigiéndoles nuevos derechos a la vida y a la historia, había llegado. Y había que permanecer despiertos. Había que actuar. Había que diseñar una nueva estrategia, un nuevo juego, para no ser devorado por la insaciable orgía de reclamos populares, por esa orgía que odiaba las ostentosas monarquías y odiaba la altanería expoliadora de los imperios. Ese pueblo enardecido consideraba que monarquía e imperio eran como sanguinarios demonios que habían envenenado y habían envilecido la larga y pasada historia de un mundo que hasta entonces había vivido al margen de la razón moderna.

Por otra parte, no podía ser muy oportuno para Pitt, a pesar de la seducción que habíale producido el audaz y delirante proyecto de aquel aventurero fascinante que era don Francisco de Miranda, proceder de forma inmediata a prestarle ayuda a esa posibilidad tan sugestiva expuesta por Miranda, puesto que España en ese instante era firme aliada de Inglaterra. Habría que esperar y esperaría. Pitt, como todo auténtico hombre empapado de la razón de Estado, tenía el corazón metido en la cabeza. Por sentimentalismos baratos no iba a comprometerse en el riesgo de un espejismo que, aunque sugerente, no dejaba de ser espejismo, o simple y habilidosa maniobra con la cual un exótico personaje quería convertirse en agente bien pagado de una revolución que solo tenía realidad en los papeles. Pitt, joven y brillante de pies a cabeza, era ante todo una especie de monstruo empírico. Su pragmatismo político era de naturaleza inconmovible. Los pajaritos de oro jamás cantarían con melodiosa seducción en sus ventanas. Además, por distintas fuentes y por distintos medios, había recibido información sobre Miranda. Su imagen, así como se le antojaba atractiva en no pocos aspectos, en otros no dejaba de serle sospechosa e inquietante. A veces por su cabeza cruzó la idea de solo considerarlo como un audaz espía sin escrúpulos. También lo percibió como a un gran embaucador, como a un mercenario audaz e imaginativo. Nunca dejó de considerar que era un prófugo por causas y delitos pendientes, que andaba por el mundo evadiendo la justicia de su patria y buscando fortuna como fuese para poder llevar una vida ostentosa y refinada.

Todo eso pensaba Pitt cuando cavilaba acerca de aquel exótico producto del trópico lejano, y todo eso lo hacía ser prudente y cauteloso. Sin embargo, no había duda de que Miranda le causaba cierta simpatía. Había conversado con él por largas horas y al escucharlo no podía prescindir de imaginar que aquella aventura delirante que proponía Miranda era maravillosamente atractiva y que, de ser realizable —y sin duda parecíale realizable en algún momento— Inglaterra obtendría fabulosos beneficios. El imperio de Su Majestad británica saldría fortalecido y podría enfrentar con éxito seguro las grandes conmociones que se prefiguraban en el próximo futuro como consecuencia de lo que estaba aconteciendo en Francia.

Miranda, por su parte, mientras con ansiedad poco controlable aguardaba la próxima cita en la que Pitt de alguna manera decidiría el curso futuro de su vida y de su lejana y casi desconocida patria, también se hacía extrañas, amargas y cambiantes reflexiones de lo que había sido su encuentro con el primer ministro. Recordaba que su sosegado amigo, el señor Pownal, le había advertido en solemne tono y con reiterado énfasis en no demandar remuneración ni dinero alguno al señor Pitt. "Ni mil quinientas, ni mil, ni ninguna libra. Deje eso a él, y no haga nada que pueda darle la más distante sospecha de que usted tiene en mira en cuanto al dinero". Pero él, tal vez por la exaltación del esperado encuentro, tal vez creyendo que con su parla había hechizado a Pitt, olvidó por completo tan ponderada y elegante admonición. Y dinero había pedido. ¿No era eso como vender servicios de revolucionario? ¿No era eso venderle la posible y futura revolución sudamericana al mejor postor imperialista? Se recriminaba acremente su reciente y delatora torpeza. ¿Se habría comportado como el conde que no era o como el hijo del tendero que sí era?

Duras horas de arrepentimiento y de amargura. Hasta lágrimas de innombrable vergüenza cayeron por sus mejillas pálidas. No podía evitar el pensar con rabia desgarrada que tal vez por un mezquino y pequeño plato de lentejas había echado a pique la posible gloria de libertar un mundo. Qué días oscuros y qué noches blancas preñadas por insomnios padeció Miranda en aquellas agotadoras semanas de la impaciente espera.

También juzgaba con implacable furia la ligereza de haber dejado en manos del avezado Pitt los resguardados y secretos documentos que conformaban su minucioso archivo. Tuvo la impresión de que ahora Pitt poseía su alma. Se enfurecía. Casi sangraba a causa de esa ligera estupidez. Pero su espíritu nunca estuvo hecho para soportar por largo tiempo las grises embestidas de la melancolía. Por eso, y a pesar de sus variadas tribulaciones, se reincorporó a la vida, a la vida de relaciones, de diversión, de pompa y de boato. Logra recomponer sus deshilachados ánimos y retoma el ritmo casi siempre agitado de sus múltiples compromisos sociales. Son esos los días en los que entra en cercano contacto con Lord Mountmorris, con el cual concurre a exclusivos clubes, entre ellos a los cuales pertenece y frecuenta el mismo Pitt, pues él no pierde la esperanza de que el azar le prodigue un encuentro "casual" con el poderoso ministro, del cual están ahora dependiendo su vida y su futuro. Pero el azar se ha vuelto esquivo y receloso, y él, a pesar de que algo se divierte, continúa maltratado por sus preocupaciones. Continúa a la espera de algo que puede sucederle, pero que aún no le sucede. Por esos días igualmente —y es pensamiento muy curioso en Miranda el andariego— manifiesta tentaciones de dejarse seducir por lazos matrimoniales. Pero no tiene amor permanente, o al menos no nombra dama alguna con la cual pueda realizar ese deseo. ¿Sería Madame Pohempol, esa dama que lo ha invitado a almorzar en compañía del general Clark? ¿O tal vez solo ha sido un pensamiento pasajero, un fugitivo anhelo de ser y estar estable en esa vida suya siempre cambiante y movediza?

El hecho cierto y verdadero es que de cuando en vez sobre el alma móvil de Miranda pesa el desarraigo. No tiene patria. Y de hecho no tiene familia alguna, ni lazos afectivos profundos que reproporcionen esa sensación, seguramente placentera, de tener y sentirse con raíces que le proporcionen la emoción de ser algunas veces como los árboles y no sólo como esos vientos que están pasando siempre. La patria es en Miranda si acaso una vaga idea, una construcción mental que ha elaborado con abstractos y artificiales pensamientos. Nunca es, no ha sido ni será un lugar de afectos, de sentimientos placenteros que convoquen las emociones de su alma. La patria en Miranda es si acaso un paisaje remoto y ya olvidado de la infancia, una nostalgia tenue, un nombre desdibujado en su memoria. Y algo semejante ocúrrele con lo que significa su familia. Eso es solo un ayer, un débil lazo que viene del pretérito, pero que nunca tiene fuerza vinculante en su corazón voluble de eterno aventurero. Parece que ni madre, ni padre, ni hermanos ni hermanas existen como presencias cálidas que evoquen el amor en sus recuerdos. No hay emoción ni mención del hogar habitando sus memorias. No hay duda alguna, en Miranda se imponen el desarraigo, el desapego. Si acaso hay noción de patria, eso solo se prefigura en los artificios futuros de un proyecto que aún no tiene carnadura. Mucho de sensación de no pertenecer a parte alguna atraviesa y define ese ser ambiguo de Miranda. Y sin embargo —y sin duda también es muy curioso en él— con bastante frecuencia menciona propiedades y supuestos recursos patrimoniales que dice poseer en esa patria lejana, esa patria casi inexistente en su vivencia.

Siguen pasando las semanas. Nada que Pitt lo invita a conferenciar de nuevo. Se sobrecoge y desespera el impaciente Miranda de esas horas. A veces, para luchar contra las embestidas de esa incertidumbre y para encontrar un poco de placer y algo de olvido, visita los elegantes burdeles que hay en Londres. Una muchacha hermosa, que es de origen italiano, desátale tempestad en sus lujurias aplazadas. Sus carnales labios recuérdanle a Geneviève, por momentos le sobrevienen cálidas oleadas de nostalgia. Tal vez la patria en la que a veces sueña solo sea para él los labios carnosos y sedientos de esa mulata ardiente que una vez creyó amar con fuego y con deseo sincero en las noches tibias de esa Habana prodigiosa, noches donde fue irresponsablemente feliz entre caricias. Esa Habana y esa Geneviève amorosa son mucho más patria en su recuerdo que este Londres gris y sucio en donde espera, en donde sufre; que este Londres de donde quiere partir de nuevo, porque él no pertenece a ninguna parte.

27

Pero mientras Miranda padece, espera y copula con nostálgica ferocidad en los burdeles, la historia inexorable sigue aconteciendo y en esos aconteceres nuevamente comprometerá su vida. La posible guerra anglo—española se resuelve en un acuerdo. Nueva desilusión para Miranda, pues aquella guerra favorecía sus planes. Pitt no ha respondido, pero para nada lo ha olvidado, tanto que ha decidido someterlo a espionaje y vigilancia. Un sastre francés hará ese oficio. Pero el dicho sastre, como buen francés, odia con fermentado odio lo que es inglés, y comunica a Miranda el oficio que realiza para la Majestad británica. Se dilata su angustia y se acumulan las preocupaciones de este Miranda que está a la espera de revolucionar por encargo casi todo un continente. Opta por las epístolas agresivas. Por intermedio del secretario de Pitt —el señor Smith, que parece ser su amigo— envía cartas y reclamos. El tono se hace fuerte. Adquiere matices altaneros y bien desobligantes. Reclama sus papeles. Proclama en esas cartas altas miras y nobles ideales y pretende manifestar aristocrático desprecio del dinero. "Mis únicas miras, ahora y siempre, fueron promover la felicidad y la libertad de mi propio país, excesivamente oprimido, y, así haciéndolo, ofrecer también grandes ventajas comerciales a Inglaterra".

Tiene solemnidad ese enunciado de principios. Pero él, que como Pitt tiene aristas de pragmático, no olvida comentarle:

Cualquier suma de dinero que pueda ser garantizada, cualquier cuenta que sea, ya por servicios hechos o esperados de mí, después será devuelta por mí en el tiempo en que pueda venir en posesión de mis propiedades en Sudamérica.

También en esa carta habla de ceder algunas costas sudamericanas a los ingleses, a la manera de recompensa por los "desinteresados" servicios que le presten a su proyecto. Además aclara que sus servicios contra España no tienen otro motivo que el puramente patriótico.

Pero sigue pasando el tiempo —ahora se lo cuenta en meses— y Pitt mantiene su silencio. Pero una vez rompe ese silencio y eso trae más dolor y mucha más amargura para el desesperado Miranda. Pitt le dice que no tiene la menor intención de proponerlo para una pensión en la cantidad solicitada. Que solo se le darán algunas libras, una cantidad determinada en caso de que sus servicios resulten de alguna utilidad para Inglaterra. Y le recuerda que ya le envió quinientas libras. Y también le recomienda que, por si acaso, permanezca por más tiempo en el país.

Se desatan muchas furias en el alma impetuosa de Miranda. Le escribe nuevamente con rencor altanero, reclamando con urgencia los papeles que dejó a su cargo. "Un depósito remitido a un hombre honrado es una cosa sagrada y que debe devolverse en cuanto se lo pidan…Espero que todo me será devuelto, sin guardar copia, traducción o lo que sea".

Sin duda que escribe con arrogancia de conde, así no lo sea. El resentimiento y el rencor son universales, no privilegios de algún rango. Concluye la carta con cierto rumor de venganza amenazante. Esa supuesta venganza será irse. "Así, espero que no retardéis de ningún modo la remisión de mis papeles, que son para mí de precio bien por encima del dinero, y sin los cuales no puedo partir".

Y lo que anhela es partir. ¿Pero adónde? Aún no lo sabe, las circunstancias terminarán por tomar las decisiones en ese momento de total encrucijada para su inestable vida.

Sin embargo, en ese duro momento de resentimiento y de humillación, considera como primera opción el retornar a Rusia. Más que a Rusia, al regazo protector de la generosa e ilustrada emperatriz; esa emperatriz que ahora debe estar triste, pues quien fuese su amante, el más amado entre todos, el príncipe Potemkin, ha muerto recientemente, muerte que también significa duro golpe a las ilusiones y a los planes de Miranda.

Le escribe cartas a Catalina. Cartas de saludo y de exagerado tono laudatorio.

Estoy más y más penetrado de los sentimientos de reconocimiento y admiración que las virtudes sublimes que Vuestra Majestad imperial me inspira, cuando considero las cualidades de superstición, indolencia o idiotismo, que más o menos degradan a los potentados vivientes del mundo civilizado. No puedo impedir de envidiar a la Rusia de tener el único soberano que existe capaz de llenar su puesto de gobernar un gran imperio y de hacer felices a todos los individuos que lo componen... ¡Que el mundo oprimido no sea bastante afortunado para gozar de semejante dicha!

La sintaxis de esta carta, y de casi todas las que escribe, es algo trágica. La emoción y los elogios bordean una empalagosa desmesura. Pero es que se ha tornado tan frágil y tan dura la situación de Miranda, que debió haber pensado: 'Rusia bien vale una carta'. Pero no demoró mucho tiempo en descartar los planes de aquel regreso a Rusia. ¿Sería el intenso frío? ¿La muerte de Potemkin? ¿La incierta y voluble capacidad de amar de aquella veleidosa emperatriz?

Con las insolentes cartas que le ha escrito a Pitt, por momentos imagina que ha quemado todas sus naves. Con las noticias convulsionantes que llegan del otro lado del Canal de La Mancha, se le antoja pensar que esa Francia efervescente puede ser un buen lugar para reiniciar el hilo trunco de sus planes. Tiempo después escribirá: "Supe por uno de nuestros compatriotas que se hallaba en París, que aquel nuevo Gobierno se ocupaba ya de extender sus principios hacia la América española y proteger la Independencia. Por este motivo pasé a París".

Sin embargo, hay que recordar que los párrafos anteriores de esta carta los escribió algunos años después de los acontecimientos, y que en el momento de su decisión de partir hacia París, se refería al Gobierno de Francia como algo "detestable". Y había manifestado en reiteradas ocasiones una abierta antipatía por todo lo que podría considerarse como el espíritu y el estilo francés. Contradicciones de la condición humana y mucho más de la voluble y cambiante personalidad del en ese momento angustiado y desesperado Miranda, ese Miranda que muchas veces, muchísimas veces, sabía rendirles más culto a ciertos intereses prácticos que a los abstractos y grandes ideales. El hecho concreto es que, dando un salto por todos sus prejuicios y todas sus muchas prevenciones sobre lo que acontecía en la Francia alborotada, una vez que se sintió defraudado por el proceder de Pitt, se embarca para Francia buscando y creyendo encontrar allá una nueva oportunidad para su vida.

Pero al abandonar Inglaterra lo hace con el alma maltrecha y resentida. Se va odiando a Pitt y creyéndolo poseído de "miras siniestras" contra él. Acusándolo de querer robarle sus documentos para utilizarlos con quién sabe qué objetivos y también oscuras y siniestras pretensiones. En su última carta al primer ministro, y al muy español estilo del conde que ha querido ser y cuyo título ha utilizado para realzar su prestigio, le dice con equívoco desparpajo:

El dinero no fue jamás el objeto de mis perseguimientos, como Vuecencia debe estar convencido por el rechazo que he hecho de los empleos y dignidades que el soberano más magnánimo y más grande del mundo ha tenido la bondad de ofrecerme.

Y así, otra vez atravesado y devorado por el rencor, abandona la ciudad de Londres un 20 de marzo de 1792. Faltaba un día para comenzar la primavera, pero en su alma llevaba un dolor frío y oscuro como el más insoportable invierno. Se va convencido de que Pitt es un monstruo, que solo tiene como guía a Maquiavelo; creyendo que por su culpa sus sueños han sido cambiados por un tratado de comercio con España. Sin embargo, nunca utiliza el adjetivo "detestable" para referirse al Gobierno que orienta ese ministro; ese adjetivo es exclusivamente para Francia, la nación a donde ahora se dirige y en la que encontrará acogida, donde cosechará algo de gloria, de dinero y también mucho de sufrimiento y grandes amarguras.

28

No había demostrado en los años anteriores mucha simpatía o una especial predilección por los postulados y las consignas de la prédica democrática, aquellas que la Revolución francesa acabaría convirtiendo en relativa realidad política. Si bien es cierto que Miranda conocía y había estudiado con pasión y entusiasmo juvenil el pensamiento de aquellos hombres que —agrupados en la Enciclopedia y reconocidos como los miembros de la Ilustración— formularon el derrotero ideológico de la Revolución burguesa y liberal, Miranda estaba muy lejos de comulgar en un todo con el republicanismo democrático que acogía la igualdad, la solidaridad y la libertad para todos los hombres. Podía aceptar la libertad, pero a manera de consigna abstracta, como sonora y aceptable consigna que poco o nada puede alterar la vida concreta de los hombres. Pero la igualdad le hacía fruncir el ceño. Se le antojaba absurda, imposible y del todo inaceptable. Eso repugnaba a su manifiesta visión, equívocamente aristocratizante. Le parecía un imposible casi "metafísico" imponer la igualdad en el trato de los hombres con los hombres.

Mucho de *parvenu*, mucho de ambición desaforada por alcanzar figuración, reconocimiento y trato diferenciado fundado en privilegios y rangos artificiosos, era la nota distintiva de esa personalidad resentida de Miranda. Muy poco de democrático había en su gesto, en su cotidiana y despreciativa actitud en relación con las gentes del pueblo, en este consuetudinario apaleador de criados, en este buscador y a veces ridículo y codicioso perseguidor de ornamentos aristocratizantes, en los que creía descansaba la dignidad humana. República tal vez pero democracia jamás, pretendió Miranda. Si acaso un día fuese posible la Independencia de su patria, allí debía configurarse una república aristocrática. Eso sí cabía en su cabeza, en su cabeza de irredimible cortesano. Nada de revolucionario —entendido el concepto bajo los elementos de la nueva gramática política— había en Miranda. En su incoherente, ecléctico y artificial proyecto político diseñado para una posible América independiente, el pueblo era visto como sujeto pasivo de dominio, como agente colectivo encadenado a los deberes de la obediencia y del trabajo, y nunca considerado como sujeto de derecho, de derechos que hicieran posible convertir la libertad abstracta en realidad concreta.

Miranda pertenecía —en términos políticos y en buena parte de toda su concepción ideológica— al antiguo régimen. La democracia popular resultábale incomprensible. Se le antojaba "detestable", le repugnaba a su sensibilidad de falso señorito y de alienado buscador de privilegios cortesanos. Si acaso puede considerarse revolucionario, lo era en el intento de buscar para los pueblos una nueva redefinición de las relaciones de poder entre esos pueblos con las otras naciones. Nunca se detuvo a cuestionar la esencia de ese dominio universal que garantizaba el poder de los imperios. Nunca encontró críticas para mirar con ojos acusadores o cuestionadores la vigencia brutal del despotismo. Para él, Catalina de Rusia era sublime, virtuosa, casi angelical, ejerciendo con maravillosa y dulce sabiduría ese poder alimentado con sangre e innombrable sufrimiento sobre su humillado pueblo. Miranda acariciaba, y sin duda luchó con admirable persistencia, por arrancarle dominios solo a un imperio: al de España. Pero nunca luchó, ni lucharía, por condenar la naturaleza misma que posibilita la existencia de aquellos imperios que sometían y se repartían el mundo. Es más, imaginaba que lograr la Independencia de la América acarrearía el fortalecimiento inglés, y a él lo entusiasmaba que eso aconteciera, pues en su mente envenenada y perseguida eso significaba golpear y debilitar a España.

Por todo esto estaba en contravía con lo que se expresa y se encarna en la Revolución de los franceses. Esa Revolución no era de Francia. Ella pretendía —al menos en sus presupuestos ideales— ser conquista universal, conquista para todos los hombres de este mundo. Quería ser esperanza reivindicativa de derechos para todos y cada uno de los hombres de esta tierra. En Miranda no podía caber, porque era absolutamente inaceptable para su distorsionada pretensión de aristócrata forzado, aquella tentativa libertaria que redefinía desde su base toda la estructura excluyente del poder político. Miranda —y utilizando una conceptualización un poco más moderna— era en estricto sentido un republicano de derecha extrema. Era un hombre abiertamente impugnador de la posibilidad de que el pueblo bajo, el vulgo, la insolente plebe, fuese portador de derechos en la historia. Para él, el poder precisamente era la forma de mantener sumiso y sometido a callada obediencia a dicho pueblo; obediente y sometido a los designios de los ufanos señoritos, de los veleidosos aristócratas.

Al llegar a Francia, llega en barco equivocado. Llegaba no para ayudar a llevar la paz a las cabañas, sino para evitar que el fuego derrumbara los castillos. Para él, ese pueblo donde se reclutan los pajes y los criados, es pueblo que puede ser apaleado impunemente. ¿Acaso él no vive apaleando con frecuencia? ¿Cómo podía ser compatible el ambiente revolucionario, que pronto tomaría sangriento e incontenible impulso, con este Miranda que pensaba —y pronto escribiría— que se le antojaba execrable que el interés individual tuviese que ser sacrificado al interés público? Su narcisismo individualista jamás podría aceptar el predominio o prevalencia de esas nuevas formas de entender el proceso que impulsa la política. No podría aceptar el predominio de lo colectivo sobre lo individual. Posición sin duda respetable, pero en todo contraria al impulso que por lo general mueve el espíritu de las revoluciones. Y a una Revolución era a lo que él estaba llegando. No se trataba de una fiesta o un festín de egos engalanados.

Miranda, fiel a su estilo de relacionarse con los personajes notables de este mundo, arribó a la Francia enardecida cargado de sus famosas e imprescindibles cartas de presentación, que para él eran como la llave maestra que le abriría las puertas que requería para sus planes. Y eran cartas de amplio espectro, parecían abarcar de una manera absolutista todos los matices del universo social. Había cartas para condesas y para revolucionarios, para militares y sacerdotes, para hombres de negocios y para intelectuales. En eso de las relaciones sociales era un auténtico e irrenunciable virtuoso. Por otra parte, al llegar a Francia abrigaba todavía muchos temores, pues Francia y España estaban ligadas por el pacto de familia de los Borbones. El rey francés aún no había caído y cabía dentro de lo posible que España solicitara su deportación para someterlo a juicio. Esas cartas ayudarían a protegerlo. Y no fue sino bajarse de la lenta diligencia que lo depositó en París, para que él se pusiese, con su avidez característica, a valerse de sus cartas para relacionarse en ese momento con los hombres que iban a volverse notables o que ya eran notables dentro del violento flujo de los acontecimientos revolucionarios.

En esta coyuntura privilegia dos personajes que serán claves y decisivos en su aventura francesa: Monsieur Brissot, hombre de destacada influencia en el partido girondino, y Monsieur Pethion, que ejerce como alcalde de París, hombres ambos de poder y de influencia, quienes acogen con amable complacencia al no del todo desconocido recién llegado.

Inicialmente ha tomado alojamiento en un hotel en la calle de Du Four, pero pronto se traslada a la casa del señor Tissot, comerciante en paños, que habita en los arcos del Palais Royal. Para este señor trae una carta de un amigo londinense. En este comienzo, todas sus amistades parecen pertenecer al moderado Partido de La Gironda. Los primeros días encuentra mucha satisfacción recorriendo y explorando la ciudad, los diversos sitios de interés de aquella ciudad convulsionada que parece vivir en la incertidumbre y a la expectativa de nuevos y grandes acontecimientos. Las cartas que traía de Jeremías Bentham le fueron de enorme utilidad para ganar simpatías entre los políticos de La Gironda. Por intermedio de ellas se pone en contacto con el señor Roland, que es Ministro del Interior. A su vez, este lo relaciona con el general Dumouriez, que pronto lo vinculará al ejército y le posibilitará ejecutar papel destacadísimo en las próximas y azarosas turbulencias de esa Revolución que a él le resulta desconcertante en tantos aspectos. Por esos mismos días se encuentra en París con el ya famoso Thomas Paine, amigo suyo de los tiempos en que permaneció en los Estados Unidos. Por Paine entra en contacto con el marqués de Condorcet y asiste con frecuencia a los salones donde solían reunirse los miembros de La Gironda. En esos festivos salones conocerá a Madame Roland, a la poetisa inglesa Mary Williams, a André Chenier, a Bernardino de Saint Pierre, a Chanfort, a Joseph Servan, militar destacadísimo que pronto será el ministro de la guerra. La gran política, aún en esos días, continuaba siendo una especie de juego de salón. Sentíase bien Miranda en ese ambiente. Pronto irá también al salón de Talma, tal vez el más famoso salón de aquellos días. Los jacobinos no eran adictos a ese esplendor de los salones. Parece que era solo privilegio de los girondinos. En un salón de aquellos, un día Miranda será presentado a Napoleón Bonaparte.

No lleva dos meses en el revuelto país y ya ha sido visitante de todos esos salones, aquellos donde la política se teje a base de intrigas, de murmuraciones y de chismes y, por supuesto, a base de alegres componendas. Anda tan ocupado y absorbido en estas ceremonias de la liturgia social, que hasta olvida escribir en su diario. Son días de pura agitación, días de infatigable tratar de conocer nuevos personajes, que pronto formarán parte del trágico decorado que asumirá la Revolución francesa.

Pero mientras haya Borbones en el trono habrá peligro para él. No puede olvidarse que es un prófugo, un hombre acusado de delitos varios, entre los que se cuenta la traición. Por eso mismo, y mientras se aclara el panorama y logra consolidar su posición en ese gran desorden que precede al definitivo estallido revolucionario, Miranda cautamente prefiere instalarse en Rouen, en donde podrá mirar con menos riesgo el fluir de los acontecimientos. Una familia de aquella ciudad, para quien obviamente traía carta de presentación, lo acoge con beneplácito y permanecerá allí cerca de cuatro meses, relativamente tranquilo y relajado, pensando en su futuro y esperando a que lleguen oportunidades que le sean más propicias. Mientras la Revolución avance, la monarquía progresivamente irá perdiendo su poder. Y este es el indicador que le señala a Miranda cuándo debe y cuándo puede regresar de nuevo a la revuelta capital.

Mientras espera, reflexiona. Reexamina sus vínculos con ese magno e inédito proceso revolucionario que se está produciendo ante sus propios ojos, y esos pensamientos a veces le inducen al desconcierto, al mismísimo estupor, pues las dinámicas de aquella gran Revolución parecen ser impredecibles, parecen tener y obedecer a sus propias y dramáticas leyes que no fueron previstas por nadie, que tal vez carecen de teoría y que seguramente en algún momento carecerán de todo control posible. La historia se está desbordando y los hombres que racionalmente han tenido la vana y hasta ingenua pretensión de dirigir sus fuerzas parecen ahora solo títeres o fantasmas ilusorios, que terminarán devorados por esas fuerzas que en todo se muestran superiores a la razón que ellos creyeron estaba detrás de ellas para poderlas impulsar y manejar. 'El hombre es cosa vana, tal vez una ilusión, un sueño', debió pensar Miranda ante el furor incontenible de esa Revolución que no tenía antecedentes y que carecía de modelos en la pasada historia.

29

Miranda está muy lejos de poder ser considerado un verdadero pensador político. Sus ideas sobre muchos aspectos son coyunturales y acomodaticias. Si alguna vez tuvo eso que suele denominarse una visión del mundo, esta estaría atravesada por una especie de ambigüedad caótica. No fue nunca un revolucionario capaz de integrar el proyecto de su vida a la realización de unos ideales que supondrían la transformación de la historia y de la vida misma. Esa vida suya nunca se corresponde por entero a ese desinterés romántico y heroico de sacrificarlo todo por el triunfo de una causa sobre la que se fundan las verdaderas certidumbres existenciales. Un hedonista empecinado como él no se deja seducir por la tentación del martirio ni del sacrificio, para que por medio de este triunfen o se purifiquen los ideales. Es un ecléctico y un pragmático. No puede negarse que fue alguien que sin duda tuvo una causa por la que trabajó y luchó con persistencia admirable, pero una causa que no comprometía la totalidad de su proyecto vital. Más que abrazar con pasión y entrega un ideal, es un hombre que diseña y lucha por un proyecto, que así como puede triunfar también puede fracasar sin que ello signifique el colapso de su propia existencia. Él se mueve al ritmo de las circunstancias, por eso no es ajeno al oportunismo ni a las complacencias con ciertas manifestaciones del cinismo político. A veces en él pueden conjugarse las contradictorias características que identifican tanto al profeta como al mercader. Sus ideas políticas son inconsistentes y arbitrarias, nunca alcanzan a convertirse en convicciones profundas, aquellas que engendran los verdaderos destellos que iluminan y alientan el auténtico heroísmo. Parece tener solo un vínculo epidérmico con las cambiantes ideas que suele profesar. Como supuesto hombre de acción, Miranda no se siente ligado ni condicionado a la realización de un ideal teórico. No tiene el entusiasmo de creer que sus ideas puedan servir para fundar la sociedad sobre supuestas bases racionales. Carece por completo de esa forma de pasión mística e irrenunciable que compromete la totalidad de la vida a la realización de un ideal.

Su proyecto, más que su pretendido ideal, no genera en su espíritu la fuerza de un imperativo moral que se lo haga irrenunciable. No manifiesta nunca un reconocible encadenamiento ético con los propósitos anudados a su proyecto político. Lo hubiese podido alterar o cambiar —como muchas veces estuvo tentado a hacerlo— por otro tipo de proyectos o por simples planes personales. Sus ideas no están atravesadas ni fortalecidas por una profunda carga emocional. No está ni ebrio ni embelesado por sus propias ideas, estas son apenas elementos y ornamentos instrumentales que pueden servirle para alcanzar algunos objetivos.

Es difícil suponer en Francisco de Miranda a un verdadero hombre de principios. Su gloria —su destacado y estelar papel en un proceso que terminó por convertirse en un hecho histórico de señalada importancia— no está dada ni fundamentada en los atributos de lo heroico. Miranda carece de verdadera fortaleza y de verdadera transparencia moral. Sin duda que es una leyenda, una sugestiva y sugerente leyenda que acaba irradiando fascinación, una leyenda que convierte su propia existencia en un espectáculo asombroso de múltiples y delirantes peripecias. Y es la exteriorización de esa vida lo que resulta y resultará siempre deslumbrante, atractivo y provocador, y no lo es propiamente su alma, que a veces solo se manifiesta como opereta cortesana escenificada por una vanidad narcisista, iluminada solo por fuegos fatuos que pudieron disolverse en la nada o en los anodinos artificios de una fiesta que divierte.

Sin embargo, el trágico peso del infortunio, su estremecedor naufragio de hombre y de ambiguo soñador de algo que pudo casi tener la posibilidad de un absoluto, terminó purificando esa alma y esa vida suya y convirtiéndola en una sola e indivisible leyenda, que la historia reclama para que nunca sobre ella fructifiquen las indiferencias del olvido.

30

Todos los anteriores elementos entrarán en turbulento juego cuando Miranda se vincule de manera tan notoria y visceral a los inéditos episodios con los cuales la gran Revolución francesa inicia su despliegue de hechos y de actos que alterarán de manera tan profunda la nueva gramática política del mundo.

Ha abandonado a Inglaterra, nación a la que admira, para instalarse en Francia, nación a la que detesta. Nuevamente un profundo resentimiento impulsa sus naves y sus proyectos de aventurero incierto. Ha llegado a Francia, no como enamorado ni como fervoroso partidario de aquellos arrebatadores principios libertarios o igualitaristas que impulsan la incontenible necesidad de grandes cambios políticos y sociales, que redefinirán para los hombres una nueva relación con los procesos del poder y con las formas de participación en el —hasta entonces— asimétrico y discriminante modo de ser y de existir la sociedad. Ha venido solo para buscar una nueva oportunidad que le permita que su proyecto de golpear a España fomentando la liberación de sus colonias sea tomado en cuenta y considerado factible de financiarse y realizarse por parte de quienes reemplazarán a la agonizante monarquía de los Borbones. La libertad con la que sueña Miranda es un concepto muy distinto y diferenciado a esa libertad que proclama la tumultuosa Revolución de los franceses. Parece que don Francisco anhela "libertar" naciones sin que poco le interese la suerte que depare esa libertad abstracta a la vida concreta de los hombres, de ese pueblo que habita y existe en aquellas naciones. Su república, si es que acaso alguna vez acoge un verdadero ideal republicano, se refiere a formas de organización política de grandes entidades nacionales, que poco tienen que ver con las formas de la organización social que deben prevalecer en ella. Su sensibilidad no se conmueve con las formas sociales que la Revolución francesa pretende instaurar en su república. Esa es música ajena y peligrosa a su curiosa visión aristocratizante, esa visión donde el pueblo será siempre agente pasivo en el proceso discriminante de la historia política.

Miranda tiene ideología de cortesano. Para él el poder siempre estará vestido de encajes y bordados y siempre ese poder exhibirá sus galas entre las luces y los grandes decorados que ornamentan los palacios. Es ingenuo por eso —y además burda y alegre falsificación— imaginar a Miranda como protagonista entusiasta de un gran proceso revolucionario, que precisamente se estaba dando y se estaba escribiendo con sangre derramada de aristócratas para liquidar en forma definitiva el antiguo régimen. No es extraño por eso que los primeros cuatro meses de su permanencia en Francia los viva cómoda y placenteramente siendo huésped de una familia fanática y enfermizamente monarquista. Para él eso no significa una contradicción, pues sencillamente esa contradicción no existe dentro de su alma ni la está afectando. Desde Rouen observa con distancia —con esa calculada y fría indiferencia que se aviene perfectamente con su oportunismo de aventurero político— el desarrollo vertiginoso de los acontecimientos. Es tan poco su entusiasmo con los escandalosos y sangrientos episodios de aquella Revolución transformadora, que su mayor preocupación era tratar de regresar nuevamente a Londres. Pero lo imprevisto del azar y de sus cambiantes circunstancias decidirá otra cosa y pronto habrá de convertirlo en flamante y engalanado general de esa Revolución, que a lo mejor contrariaba sus más íntimos deseos y sus más caros pensamientos. Esas intenciones están claramente consignadas en su diario:

Yo me preparaba a partir de París para restituirme a Londres, y en el intermedio ir a Petersburgo a visitar y tributar todo mi reconocimiento a la emperatriz, mi protectora, la gran Catalina; cuando, presto a partir, con mi plaza ya pagada en la diligencia de Londres, el 12 de agosto se cierran las fronteras y ya nadie puede salir.

No era pues que estuviese animado por el deseo de participar y de integrarse a la gran Revolución. Lo fortuito fue lo que le impuso la posibilidad de quedarse, y así agregarle a su vida ese capítulo excitante de comandar ejércitos y de intervenir con cierta notoriedad en aquellos eventos que estaban destinados a cambiar el rumbo de la historia.

La Revolución que se está desarrollando no tiene partitura previa. Nadie ha diseñado, ni nadie es capaz de orientar ni precisar el rumbo que deben seguir los acontecimientos. Ellos mismos imponen su dinámica. El caos inicial en algún momento tratará de convertirse en cosmos, querrá devenir en orden. Se decantará y se consolidará y solo en ese instante podrá valorarse el verdadero contenido y el verdadero significado que estaba palpitante en ese inmenso estallido que impulsó al pueblo francés a romper con su pasado de humillante injusticia y opresión.

En su prólogo, las revoluciones son anárquicas y con muchos destellos espontáneos. Su acontecer desborda y hasta aniquila los presupuestos de la lógica política que pretende conducirlas. Son orgiásticas, convulsivas y volcánicas. Su frenesí irracional se comporta al conjuro de fuerzas y pulsiones que son incontrolables. Es el río revuelto donde pueden pescar los más audaces y los más feroces. Esa "lógica" del tumulto niega la supuesta lógica con la cual sueñan los posibles dirigentes. El impulso y el entusiasmo primario de los procesos revolucionarios fracturan la supuesta normalidad que rige y regulariza los comportamientos cotidianos. Como la fiesta, o como la arbitraria orgía, la Revolución rompe las reglas y se deja seducir por la dialéctica de lo desconocido. De alguna manera es salto hacia el abismo y hacia la fatal incertidumbre, pero nada ni nadie pueden permanecer por una larga temporada en las fauces del infierno. Después de la ebriedad, necesaria e inexorablemente la vida reclamará un orden y exigirá de manera perentoria la restauración de una forma cualquiera de equilibrio.

Y así sucederá en Francia. Al principio, una tormenta desquiciada, exorcizando en sus sangrientos rituales de venganza un pasado de dominación y de oprobio que había convertido a la inmensa mayoría de los franceses en un sujeto pasivo y condenado por los siglos a sostener el privilegio de una minoría aristocrática, que había perdido y envilecido el sentido de la responsabilidad y de la historia. La revuelta estalla con su fuerza intimidante y, cabalgando en ese secular y ya insostenible descontento, anhela reivindicar con sangre esa sed aplazada de justicia. Y no se le pueden exigir buenos y amables modales a la brutalidad de la venganza. Las picas, los cuchillos, la siniestra luz que refulge en el terror de la señora guillotina, serán momentos y procesos de esa marea revolucionaria que acabará instaurando la precaria estabilidad alimentada en los supuestos de la razón moderna, como si el triunfo de la razón tuviese que atravesar un horripilante prólogo de sinrazón sangrienta. Vendrá una vertiginosa secuencia de trágicos momentos. Algunas veces, y al comando de los exaltados jacobinos, es asaltado el Palacio de la Tullerías, allí donde estaban el rey estupefacto y la hermosa reina peinando su cabellos, aquellos cabellos rubios que pronto despeinará la guillotina.

La Asamblea Nacional de 1789 había sido reemplazada por la Asamblea Legislativa. Pero como los miembros de la Asamblea Nacional se niegan a formar parte de la Asamblea Legislativa, sus más connotados dirigentes creen que pueden continuar influenciando la Revolución y la política desde los clubes, y allí se instalan para impedir que sea socavado su papel de dirigentes. En este justo momento, por obra de azarosas circunstancias, Miranda arriba a ese París despedazado y expectante.

En apariencia, el poder legal está en manos de la Asamblea. Pero no siempre la apariencia es la expresión de lo real. Hay ya otros núcleos que también son focos de poder y saben y quieren ejercerlo. Quieren influir con verborrea incendiaria en el control de las turbas que creen amar la libertad, mientras practican con desenfreno el crimen y el incendio. Entre ellos están la Comuna y sus innumerables secciones, cuyo ímpetu y poder parecen acrecentarse progresivamente en esos primeros tiempos del tumultuoso estallido. El otro poder, que no es ningún poder legal pero es poder real, está asociado a la existencia de los clubes. Desde allí se impondrán las figuras —para unos inmortales, para otros siniestras— de Robespierre, de Dantón y del sifilítico Marat. Ellos serán los voceros inflamados, los vehementes y fanáticos impulsadores de ese pueblo enardecido que, al menos por esos días, ellos reverencian; ese pueblo que ya los aristócratas acobardados y vencidos llamarán siempre la canalla.

El rey, más que una sombra, es un fantasma amedrentado. Su fallida fuga de París en el 91 lo ha convertido en infame sospechoso de todas las traiciones. Y más odian a la reina, que manipula al rey como a un juguete inerte. Pero en ese momento, la monarquía todavía es un símbolo sagrado frente al cual aún titubea el ímpetu destructor de las enardecidas muchedumbres. Hasta Robespierre tiene gestos de respeto y reverencia ante ese antiguo y venerado símbolo. Por el momento, los miembros de La Gironda mantienen el control del confuso poder ejecutivo.

Cuando Miranda irrumpe en París, los miembros de La Gironda están como en un momento de éxtasis y de plenitud. Su voz se escucha y a veces se respeta, a veces se acoge con ambiguo acatamiento. Cuentan en sus filas con gente valiosa y preparada, con dirigentes que al parecer estaban jugándose la vida en esos arrebatadores instantes donde todo era caótico y amenazante. Roland ejerce como Ministro del Interior. Él y su esposa son figurones de señalada importancia en el atormentado y cambiante paisaje de emociones y sucesos. El general Dumouriez figura como Ministro de Relaciones Interiores. Es habilidoso, valiente y osado sin duda; tiene prestigio de buen militar pero pocos escrúpulos, veleidoso y proclive a la traición. Sus principios son tan volubles como su propia alma. Pronto será amigo íntimo de Miranda y su superior militar en el ejército. Pethion continúa como alcalde de París, hipócrita e intrigante, casi un simulador profesional. Sin embargo, y tal vez por la confusión que prevalece en esos tiempos, los tres son considerados como hombres capaces y bastante cultos. Inspiran seguridad y saben irradiar sentido de la autoridad. Casi todos son oradores de talento, fogosos, argumentadores dialécticos, que igualmente hacen valer las argucias de la sofística. Lamartine ha contribuido de manera notable —aunque desmesurada y equívoca— a convertir La Gironda en leyenda heroica, leyenda casi sublime donde el supuesto idealismo de sus miembros alcanza destellos de honradez y de un valor heroico que por momentos enceguece. Pero el más destacado de sus miembros quizá sea en ese errático momento Jacques Brissot. Se le reconoce como el cerebro de La Gironda. Es y ha sido escritor y periodista, se ha engolosinado con la filosofía política y con los temas sociales, sobre los que ha escrito varios libros. En la tribuna tiene gesto arrogante y habla fogosa y atrayentemente. No cabe duda de que es una fauna política que no carece de virtudes atractivas. También del grupo forma parte Gensonné, que es hijo de españoles y que en el pasado reciente ha sido paje de María Antonieta. Tiene gracia y desparpajo, tal vez algo de ese garbo español navega entre su sangre. Muchos no ponen en duda ni su valor ni su brillante ingenio. Son muchísimos más los miembros de este grupo, pero los citados parecen ser la cúspide arrogante de este partido, que a veces gobierna y a veces vocifera. A Madame Roland, la embrolladora, se la reconoce y se la llama con frecuencia el verdadero hombre de La Gironda. Muchos la califican como a mujer extraordinaria.

Todos ellos, en un brevísimo periodo de pocos días, serán amigos íntimos y contertulios alegres de Miranda. En ese tiempo todo es vertiginoso: la amistad, el amor, la traición, la fortuna y, por supuesto, la señora muerte. Con Brissot hablará de temas coloniales; con Gensonné recordará a España; con Madame Roland hablará de placeres, de modas, de escándalos y amores. Miranda entre ese grupo se encuentra en su elemento. Los salones, con sus luces y con sus damas de presuntuoso atuendo, las deliciosas intrigas, los placeres y los comentarios de la alcoba, todo eso tiene un sitio grande en los espacios de su alma sibarita. Sus pretensiones de político y su insaciable sed de aventurero encuentran allí atmósfera que le agrada y satisface. Se vincula al grupo y su figura impacta. En su reciente pretérito ya refulge con luz incandescente el rumor de su leyenda. Su labia veloz y atropellada sabe acariciar los temas con fluida magia diletante.

Pero mientras en los espléndidos salones la alegría se desborda en los placeres, en las cercanas fronteras se alza intimidante el rostro carnicero de la guerra. Y hay muchos señoritos y muy pocos buenos generales. La Europa monárquica — scandalizada con esa orgía trastocadora que pide derechos para ella imposibles de existir sobre la tierra— se prepara con solidario y combativo espíritu a terminar con ese desorden sangriento y repugnante que amenaza y ultraja las coronas.

La Gironda suele reunirse con harta frecuencia, cuando no en el salón de Madame Roland, en el de la poetisa Williams. Esta es inglesa, apasionada de la causa revolucionaria; goza de prestigio; se excede en prodigar sus lujurias marchitas. Se dice de ella que fue quien escribió la popular consigna de "paz en las cabañas, guerra en los castillos". En uno de esos salones, donde acudía con puntualidad Miranda para hablar, intrigar o enamorar, fue presentado a Servan, Ministro de la Guerra. Este, preocupado por la tensa y amenazante situación que entrañaba la inminente invasión de los austriacos, no lo pensó mucho y supuso que un militar con algo de prestigio y con tantas y notables relaciones en el mundo entero, bien podía ser una valiosa ayuda en esos momentos de angustia y de vacilación, y de inmediato le ofrece nombrarlo mariscal de campo. Miranda, tomado en apariencia por sorpresa, pero fuertemente halagado por tan honrosa decisión, vacila unos instantes, se toma unos breves momentos para aceptar o no aceptar el inesperado ofrecimiento, que sin duda cambiará de nuevo el rumbo siempre incierto de su vida.

En su diario él relatará a su manera aquellos episodios. Contará que Pethion, cuando lo vio decidido a marcharse para Londres, le había preguntado si aceptaría un grado en el ejército para defender la causa de la libertad "que tanto ama"; que se le otorgaría una posición ventajosa donde podría prestar servicios esenciales; y que él, Miranda, le había puesto de presente el inconveniente que suponía que él fuese un extranjero y que además, aceptando dicho cargo, tendría dificultades con Rusia, que perdería el apoyo de la emperatriz —su hada protectora— y que también se le verían perjudicadas sus relaciones con América. Sus dudas y vacilaciones fueron varias. Le escribió larga carta a Turnbull solicitando su opinión sobre si veía o no conveniente que él aceptase tan obligante compromiso. Pero sobre sus dudas acabaron imponiéndose las indudables ventajas que podrían derivarse de tan atractiva oportunidad. Cree que la coyuntura le facilita pactar y asegurar ventajosas condiciones, y así se lo plantea al ministro Servan. Lo que exige para merecer tan alto honor que le permitirá luchar por la libertad es que le prometan que después de la guerra, el Gobierno le garantice un alto cargo civil o militar que le permita vivir con decencia en Francia. Que se le dé una suma anual de 25.000 libras y que se le ayude con el compromiso de liberar las colonias hispanas. Estas condiciones las ha discutido previamente con Pethion que, tal vez escandalizado y en extremo sorprendido por este curioso modo mediante el cual un revolucionario negocia su compromiso para luchar por la libertad, le responde que no es nada fácil que el poder ejecutivo pueda firmar esas codiciosas ambiciones. Pero Miranda le dice que entonces volverá a pensar sobre el asunto y consigna que le dan muchos deseos de ir a buscar su pasaporte para regresarse a Londres.

Se reúne nuevamente con Servan y con Pethion. Comen juntos. Escribirá en su diario, que ahora está redactado en francés, lo siguiente:

Los tres juntos nos comprometimos, yo a servir la causa de la libertad, y ellos, en nombre de la nación francesa, a ayudarme a emplearme, aun después de la guerra, de preferencia a los oficiales franceses, pues como extranjero, y en las circunstancias actuales, mi adhesión era más meritoria.

El hecho concreto es que, independientemente de lo que hubiesen podido pensar en su intimidad tanto Pethion como Servan por tan inaudito negocio, Miranda fue nombrado mariscal de campo. Se abrazaron. Se congratularon como masones y como caballeros extraños de la libertad. Miranda se dirige a las Tullerías después de estipulado el pacto, pues debe reflexionar en silencio sobre lo que implica ese "cambio de patria, de situación".

Después de firmado el singular convenio, sabe que será destinado al frente de batalla. Redacta entonces el que será su primer testamento. Turnbull y Smith son designados en él como las personas que conservarán sus cuadros, sus papeles, sus documentos y sus más valiosos objetos y pertenencias. Ellos preservarán sus muchos y valiosos libros.

Lo que es evidente en este instante, en caso de que la Revolución salga adelante en la consolidación de sus propósitos, es que Miranda aspiraba a continuar viviendo en Francia con "decencia", disfrutando de opulenta renta, gozando de prestigio, disfrutando de la vanidosa gloria que seguramente iban a proporcionarle los heroicos desvelos por haber luchado a favor de la inefable libertad. La causa americana parece haber entrado en un eclipse melancólico en el mundo convulsionado y errático en el que vivían embriagados sus sueños de audaz aventurero.

Nombrado ya general, se le asigna un edecán y procede de inmediato a que le hagan flamante y vistoso uniforme. Para él la gloria es elegante.

Se le envía al frente. Parte engalanado y satisfecho. Tendrá que ponerse a órdenes del general Dumouriez, a quien ya conoce. Le lleva de regalo un libro de Plutarco.

Antes de su partida, le ha tocado presenciar en París rituales de una crueldad suprema. Incitadas por Marat, las turbas enardecidas han asaltado las cárceles donde están hacinados y escarnecidos los monarquistas y los realistas. Los han asesinado a mansalva. Los han degollado y apaleado. La sangre ha manchado los encajes. Se cuenta que un negro, Delormé, él solo degolló a más de doscientos prisioneros. Miranda, que ya está vestido de su imponente uniforme, vio todo esto pero cerró los ojos. Quiso imaginar que todo no era más que una repugnante y maldita pesadilla. ¿Cómo podría ser que a nombre de la libertad se profanaran los modales y sobre todo se echaran a perder los finos bordados y los inmaculados encajes?

31

Al llegar al frente, la situación no se presenta nada venturosa. Hay indisciplina y desconcierto. Hay temor por la supuesta superioridad de la técnica y el accionar militar que se les atribuye a los prusianos. Se encuentra con su amigo Dumouriez. Lo halaga con frases entusiastas. Le dice que ha venido a renovar y a profundizar su tierna e inquebrantable amistad y a luchar con valor y arrojo por la causa de esa divinidad adorable llamada libertad. Dumouriez es también todo un personaje, no le faltan talentos ni le sobran escrúpulos. Es valeroso y vanidoso consumado. Su capacidad de intriga lo ha convertido en un virtuoso de la diplomacia. Napoleón, tiempo después, hará su elogio. Pero la libertad que proclama la impetuosa Revolución de los franceses no es para él su deidad favorita. Los hechos posteriores vendrán a confirmarlo.

Al principio, las relaciones de Dumouriez y Miranda fluyen sin inconveniente alguno. Están escritas dentro del código de una amistad que en apariencia se manifiesta sincera y efusiva. El bautismo de fuego para el general extranjero —a quien la tropa ya designa como al general español— no demorará en llegar. El 12 de septiembre, después de un reconocimiento al campo enemigo, Miranda, que está al mando de unos 2.000 hombres, debe enfrentar a unos 6.000 prusianos. Es el combate de Briquenay. Él y sus tropas pelean con ardor, con valor y entusiasmo manifiesto. Varias horas dura la contienda, desde el mediodía hasta el caer de la noche. Los hados de la guerra protegen los esfuerzos de aquellos soldados de la Francia y obtienen la victoria. Se ha resaltado siempre que es la primera vez que las armas de la Revolución obtienen una victoria sobre los enemigos de la misma. Comienza bajo buenos y grandes augurios la nueva carrera militar de Francisco de Miranda. Tiene pleno derecho a sentirse orgulloso y satisfecho. Hace muchos años que no pisaba los campos de batalla, hace muchos años que no probaba sus habilidades militares, pero al hacerlo nuevamente ha demostrado que conoce las artes y las argucias de la guerra. Dumouriez, al igual que lo hace todo el resto del ejército, le expresa a Miranda enorme complacencia por el triunfo, que sin duda augura muchos y más sonoros triunfos en la perspectiva todavía incierta del futuro.

Solo pocos días después de Briquenay tiene Miranda la oportunidad afortunada de volver a hacer gala de sus arreos y su capacidad de mostrarse como militar que sabe ejercer el mando e imponer la necesaria y férrea disciplina entre sus tropas. Una columna francesa se desbanda en un incontenible desorden ante una carga imprevista de prusianos. Su huida puede significar un desastre enorme y una desmoralización inminente del ejército. Pero Miranda, espada en mano, logra con osadía detener la fuga e imponer el orden. Su acción le gana respeto entre la tropa.

Poco falta para que los inflamados ejércitos de la Revolución francesa procuren a su causa una victoria que tendrá honda repercusión en los destinos verdaderos de esa gesta que, a veces y como a pesar de sí misma, acabará influyendo de manera muy significativa en la redefinición del nuevo orden político del mundo. Sería la batalla de Valmy, aquella que le hizo exclamar a esa especie de Júpiter soberbio llamado Goethe, que allí, en esa hora y en ese sitio, comenzaba una nueva época para la humanidad. Y sin duda no se equivocó al señalar así lo que conocemos con el nombre problemático de nuestra modernidad. Y allí estaría Miranda, participando y recibiendo algo de la gloria que prodigó aquel suceso que salvó a la Revolución y permitió que su influjo se irradiase por el universo.

Los prusianos, después de haber cruzado el desfiladero de Croix—aux—bois, situado al norte de Verdún, proyectaban continuar su marcha arrollante y presuntamente victoriosa sobre la capital francesa. Pero todo indica que Brunswick equivocó sus cálculos y cometió fatal error al decidir seguir al sur para eliminar al ejército francés. Allí aguarda Dumouriez, al que ya se le había incorporado Kellerman y está también con él el ejército que comanda el mariscal de campo Francisco de Miranda. Al encontrarse los ejércitos, comienza la batalla, que se prolongará no muchas horas. Contra lo que esperaba el general prusiano, los franceses resisten y pelean temerariamente, provocando la desbandada de los invasores, que abandonan el campo de batalla. Paralelamente se estimula el fervor de los franceses, que dan vivas a su nación y constatan que esa huida del enemigo liquida, al menos por ahora, la posibilidad de que esa poderosa invasión de los ejércitos enemigos pretenda liquidar el auge y el avance de esa Revolución que prometía cambiar desde sus propias raíces la existencia del antiguo régimen.

La batalla, en términos militares, careció de grandeza y de fulgor épico, pero paradójicamente acabó teniendo una enorme y hasta desmesurada trascendencia política y simbólica. Le dio arrogancia y fortaleza a la Revolución y convenció a los poderosos monarquistas de toda Europa de que lo que estaba sucediendo en Francia era un hecho más trascendente y colosal de lo que habían imaginado. Supieron que no se trataba de un evento transitorio y susceptible de ser fácilmente controlado. La Revolución había llegado para quedarse. Y su existencia y permanencia ponía en verdadero peligros la supervivencia de esos regímenes monárquicos que ellos creían eran entidades eternas por la gracia de Dios. Federico, rey de Prusia, ideólogo y dirigente de la reacción monárquica, ofrece retirar y cancelar la pretensión invasora si a cambio de eso Luis XVI es puesto en libertad. Pero ya es demasiado tarde y la exigencia demasiado pretenciosa. Dumouriez, en gesto y frase que lo enaltece, le responde que el rey no existe, que ha sido destronado, y que quien gobierna a partir de ahora es la Convención y que esa Convención es la expresión de la voluntad de todo un pueblo. Sin duda se sancionaba el comienzo de una nueva época. La supuesta libertad, enarbolada en la esperanza de un pueblo que se había integrado al ejército, empezó con pies descalzos a partir de Valmy a caminar por los caminos tortuosos y empedrados de la incierta y convulsionada historia. Para los franceses todo fue alegría. Vocinglera y confundidora alegría, que no les permitió por el momento perseguir y aplastar al ejército enemigo. En sus manos estuvo la cabeza de otro rey, pero la oportunidad pasó y lo que pudo ser nunca fue, pero todos creyeron con fe sincera y entusiasta que la Revolución, gracias a esa batalla, estaba a salvo.

Después del triunfo, de las largas y sonoras congratulaciones y festejos, para Miranda llegan los ascensos: casi en el campo de batalla es promovido al grado de teniente general. Le sonríe con amplia y generosa sonrisa la fortuna. La Revolución entrará en una nueva fase. También, y casi de inmediato, surgirá Napoleón, el "albacea de la Revolución". Se encargará de demostrarle al mundo que la rueda de la historia, por lo general, siempre avanza hacia adelante, pues delante está el futuro y atrás solo queda el reino irrecuperable de la nostalgia.

Pethion, que en el momento ejercía como presidente de la Convención Nacional, le escribe a Miranda halagadora carta:

Se ha portado usted como oficial de experiencia y excelente ciudadano que sabe cómo merecer la confianza de los soldados que están bajo su mando. No se trata solamente de asegurar el triunfo de la libertad en Francia, sino de la libertad en el mundo entero, nunca lucharemos por una causa más grande o más noble.

Es carta con aliento visionario, con proyección universalista, que pone bien de manifiesto que las pretensiones de los dirigentes franceses intuían las grandes significaciones implícitas y manifiestas de su arrolladora Revolución. Por su parte, Dumouriez, pletórico de entusiasmo y de alegría, le escribe a Miranda diciéndole que su amistad es su verdadera recompensa.

Al otro día de la batalla de Valmy, la recién inaugurada Convención decreta la abolición de la monarquía. De esta Convención nacerá una nueva nomenclatura para designar de manera casi imperecedera la orientación de los nuevos partidos políticos que en adelante se ocuparán de las faenas ideológicas que impulsarán el carro de la historia. Los que ocupan la extrema izquierda, y que en ese momento se llaman La Montaña, por situarse en la parte más alta de la Convención, serán reconocidos como la izquierda. Allí estaban los dirigentes jacobinos, los más exaltados y frenéticos, los intransigentes y radicales. Los girondinos ahora se sientan y forman la derecha. En el centro se ubican los del Llano. Izquierda, centro y derecha. Estaba bautizada y adquiría carta de secular ciudadanía política la santísima trinidad de las designaciones partidistas. Tres nominaciones distintas pero un solo objetivo verdadero: el poder.

Los más sobresalientes y sonoros dirigentes de esta espectacular asamblea fueron los jefes de La Montaña, los que serían la izquierda de ahora en adelante. Ahí estaban Marat y Robespierre.

El 26 de septiembre, el consejo ejecutivo de la Asamblea insinúa que el general Miranda abandone el ejército del norte y se incorpore al ejército del interior. Dumouriez interviene ante el ministro Servan y comenta que no es ni sabio ni es prudente que un general "extranjero" vaya al interior, donde quede expuesto a combatir contra los propios franceses. Que Miranda, "su amigo íntimo", no debe ser expuesto al tumulto, entre otras cosas porque no conoce perfectamente la lengua que habla el pueblo. Se descarta la propuesta y a Miranda, ya en ejercicio de su nuevo rango, se lo reasigna al ejército del norte y se le ordena que marche en dirección a Bélgica.

La gloria a veces trae y acarrea preocupaciones muy diversas. Por esos días tenía el general Miranda la cabeza —y tal vez también el corazón—

atravesados con explicables angustias que le procuraban insomnios y desvelos. ¿Qué estarían pensando su protectora, Catalina, y sus amigos rusos de verlo ahora convertido en general de una Revolución que pretende, a nombre de la libertad y de los derechos del ciudadano, guillotinar las testas coronadas? Lo angustia esa situación equívoca, pero su disyuntiva es enfrentarla. Le escribe en primera instancia al conde Woronzoff, que es el embajador de Rusia en Inglaterra:

En el momento en que esperaba tener el placer de verlo y conversar con usted, heme aquí general del ejército francés, del ejército de la libertad, y a punto de partir para tomar el mando de una división en la frontera. Que yo me haya unido a los defensores de la libertad no debe asombrarle, ya que usted sabe es mi divinidad favorita, y que yo me he consagrado a su servicio mucho antes de que Francia pensara en ocuparse de ella. Pero lo que más fuertemente me ha inducido es la esperanza de poder ser un día útil a mi pobre patria, a la que ya no puedo abandonar.

Se mostraba sutil e inteligente para justificar lo que necesariamente tenía que resultar incomprensible a los ojos de la emperatriz Catalina, que estaba envenenada y enfurecida contra los desmanes y sacrilegios políticos que, a su juicio, estaba cometiendo esta Revolución arrasadora y despiadada. Y por supuesto mostrábase la gran zarina en extremo decepcionada y dolida por aquel ambiguo y curioso conde de Miranda, sobre el cual había ejercido su protección y mostrado inusual generosidad. Para ella, Miranda se había se había convertido en un traidor y ordenó perentoriamente a sus embajadores cortar con él toda relación y toda correspondencia. Abrió su corazón al olvido y se lo ganó la violencia y el rencor por aquel sujeto que una vez había amado con la crepuscular lujuria de sus ternuras. Uno de los embajadores de Catalina escribiría al respecto:

Grande ha sido el enojo de la emperatriz por el comportamiento de ese hombre que, de no ser por su amparo, ya haría tiempo que estaría pudriéndose en las mazmorras de la Inquisición.

Extraña y estremecedora premonición de lo que sería el futuro del fugaz y encantador amante de esa emperatriz que una vez escuchó el sonido de su flauta en los cálidos ambientes de su alcoba imperial.

32

El transitorio optimismo que vivía la Revolución por causa de la primera y fallida tentativa invasora de los monárquicos coaligados no fue suficiente para detener los impulsos saturnales y carnívoros que por momentos llegaron a caracterizar los críticos y dramáticos eventos que continuaba produciendo la dinámica revolucionaria. Muchas fuerzas sociales se disputaban en sangrientas y radicales confrontaciones el predominio de sus intereses. Caos y anarquía, violencia y venganza, intrigas y envidias, sospechas y traiciones eran elementos cotidianos con los cuales el magno evento buscaba a tientas y entre dolorosas confusiones configurar su nuevo orden político. Una frase de Pethion expresa con terrible claridad aquel momento angustioso: "La existencia misma se ha convertido en un azar". Pero a pesar de esto, el impulso libertario continuaba vigente y deseoso de dilatar su influencia más allá de las fronteras de la propia Francia. La razón revolucionaria tenía espíritu y aliento universal y no quería —o talvez ya no podía— conformarse con existir en los estrechos límites de solo una nación. Por eso, y pese al apremiante y caótico desorden, algunos de aquellos dirigentes pugnaban con ebria visión universalista propagar la fuerza desatada de esa Revolución hacia todos los confines del universo. Por eso, en esa atmósfera y en ese contexto, se entiende que para salvar la Revolución de los franceses se hacía necesario, y tal vez inexorable, revolucionar al mundo entero. Entonces aquí es donde se discute y se proyecta la necesidad de integrar la Independencia y la Revolución de las colonias españolas al proyecto universalista que han iniciado los franceses, que en ese momento se sienten y se instituyen, con indiscutidos méritos, como voceros de la razón y de la libertad universal.

Brissot, con su exaltada elocuencia, escribía que estaba convencido de la urgente necesidad de asestar golpes a España en todos los puntos vulnerables de su dilatado imperio. Lo inspiraba el fervor doctrinario más que una visión mezquina y recortada de amparar y proteger los intereses nacionales de la Francia republicana. Al contrario del ministro Pitt, que vio en la Independencia de las colonias americanas solo una oportunidad preciosa para hacer buenos negocios y fortalecer el poderío comercial de su imperio, Brissot vio —como muchos otros dirigentes de la Francia revolucionaria— la Independencia de la América meridional como un instrumento y como un proyecto que facilitaría la irradiación de su credo doctrinario. Las revoluciones, al menos en su fase inicial, están imbuidas y se abrazan con fe sincera e idealista al valor exaltante de sus grandes principios doctrinarios.

En esta perspectiva se propone y se diseña el gran proyecto de organizar una expedición político—militar que asuma la estratégica tarea de fomentar el levantamiento de las colonias españolas. Es a nombre de la libertad y a nombre de sus fueros trastocadores que se asume aquella aventura libertaria, y no es a nombre de los negocios ni de los privilegios comerciales que los franceses se comprometieron en ese heroico empeño. Es la diferencia entre un dirigente con mentalidad de tendero y la de un revolucionario apasionado por el triunfo de sus principios. Es lo que diferencia a Pitt de Brissot. Pero qué paradoja, el hombre que los franceses habían imaginado que sería la pieza clave y el eslabón fundamental para dar comienzo a esta sinfonía libertaria en el nuevo mundo, el general Francisco de Miranda, será el que más objeciones y negativas encontrará para oponerse a la realización de esa nueva y grandiosa epopeya.

Brissot sostenía que para provocar la Revolución en Hispanoamérica, el hombre más a propósito para ello era Miranda. "Su valentía y talento, su propio nombre, todo ello permitirá sin trabajo romper las cadenas forjadas por los Pizarros y los Cortés". Ese mismo Brissot, en carta escrita al general Dumouriez, consignaba las siguientes apreciaciones:

Hay que provocar la Revolución, de golpe, en España y sus posesiones americanas. El triunfo de esta Revolución depende de un hombre que usted conoce, respeta y estima: ¡Miranda! Con qué facilidad podría él, al frente de los 12.000 soldados regulares que actualmente se encuentran en Santo Domingo, y los 10.000 o 15.000 mulatos, hombres valientes, que le proporcionarán nuestras colonias, disponiendo además de una escuadra, penetrar en las posesiones hispanas, ya que los españoles no tienen con qué ofrecerle resistencia. ¡El solo nombre de Miranda vale por un ejército! ¡Su capacidad, su arrojo y su genio son garantía de nuestra victoria! Mas para alcanzarla no hay que perder tiempo. Es preciso que Miranda parta en el Capricieuse, nave que va a zarpar para Santo Domingo. Es preciso que salga antes de que España se dé cuenta de nuestros propósitos. Sé perfectamente que su nombramiento llenará de espanto a España y causará el desconcierto de Pitt, con su mezquina y lenta política. Pero España no podrá e Inglaterra no querrá moverse.

Eran claros, rotundos y precisos los puntos de vista de Brissot. No era delirio, ni ebriedad idealista o libertaria. Era un proyecto realista, que consideraba los fundamentos esenciales y aportaba los recursos necesarios para ver desatado el turbión revolucionario en la América colonizada. Pero el único que resultó verdaderamente "caprichoso", el único que no pudo o no quiso comprenderlo, fue el propio y desconcertante general Miranda, el mismo general que, sin embargo, pocos años después intentaría una excursión casi de filibustero y con el apoyo de oscuros mercenarios para pretender liberar la América. Pero en esta ocasión, que todo lo tuvo servido en bandeja dorada, se negó a hacerlo. Cuando Francia puso todo a su disposición para iniciar el proceso revolucionario y libertario de su patria, dejó pasar sin pena y sin gloria aquella única y maravillosa oportunidad.

Y lo impresionante —y lo que será siempre incomprensible—es que las objeciones de Miranda son anodinas, ridículas y acomodaticias. Simplemente se negó a comandar aquella expedición que habría podido cambiar el curso futuro de la historia y que habría también podido cambiar el curso errático y trágico de su propia existencia aventurera, aquella que acabó coronada con el triste laurel del martirio y del fracaso.

La propuesta dejó sumergido a Miranda en una especie de estupor y de incertidumbres interrogativas. Nunca hubiese podido imaginar que los revolucionarios franceses —a quienes no había comunicado todos los pormenores de su supuesto proyecto libertario y a quienes no había facilitado toda la documentación que poseía sobre la situación de las colonias— se le adelantasen para ofrecerle, casi hechos, la realización y los recursos de su presumible y obsesivo sueño. ¿Pero cómo irse a Santo Domingo, si el convenio que lo ha convertido en mariscal de campo en Francia le garantiza un futuro asegurado, con renta, prestigio y gloria, después de que concluya la guerra? Aquella propuesta, que también incluía su nombramiento como gobernador de Santo Domingo, le rompería, en caso de aceptarla, sus halagadores planes de futuro. Y algo iba de vivir con esplendor en París a vivir en una isla perdida en el océano y habitada predominantemente por negros y por esclavos. Además, ¿sería sensato llevar eso que él denominaba el contagio revolucionario, proclamado por los franceses, a las regiones de la católica América? Él, así estuviese participando activamente como militar en el ejército de la libertad, tenía una visión muy diferente de ese concepto republicano, al cual se abrazaba y por el cual luchaba con tanto fervor y tanto sacrificio el pueblo de los franceses. Odiaba la anarquía y el desorden. Creía que esa libertad revolucionaria era engendradora y facilitadora de ambos. No creía, antes por el contrario abominaba con manifiesto y aristocratizante desprecio, las virtudes de la democracia popular. El pueblo para él también era la canalla, y la Revolución estaba prometiendo a ese pueblo derechos que nunca podría ni debía ejercer. La Revolución francesa para Miranda no era ni podía ser nunca el modelo ideal o el modelo a seguir para orientar y consolidar el futuro político de las colonias españolas. Él —lo tenía claro desde siempre y para siempre— no era un revolucionario al estilo francés. Él respetaba, acataba y a veces hasta soñaba con las instituciones inglesas, y esas serían las que un día podían ser imitadas y adecuadas para darle forma a la realidad política que se instauraría en la América meridional, una vez se hubiese roto el lazo de la dominación colonial.

Esos eran sus pensamientos íntimos, los pensamientos que había consignado en sus diarios. Por eso mismo, la insólita e imprevista propuesta de los franceses lo conmocionaba y hasta le producía un terror paralizante. Su compromiso con la Revolución en Francia no era, ni fue nunca, un compromiso ideológico fundado en sus más caras certidumbres emocionales y existenciales. Era, por así decirlo, un convenio de prestación de servicios como militar. Un compromiso de coyuntura y de circunstancia, que había aceptado y estaba asumiendo como una forma de vida, que en algún momento podría facilitarle la oportunidad de intervenir en América, pero con los criterios que él creía eran los adecuados y los convenientes, y no con los criterios que pudieran imponerle los franceses.

Por eso se llenó de objeciones apasionadas y destacó inconvenientes baladíes para hacerle ver a Brissot y a los promotores de aquel proyecto que aquello era más o menos un despropósito, una improvisación, una aventura sin fundamentos que podría llevar al fracaso. Que ese era un remedio más fatal y peligroso que la propia enfermedad. Alegó además que él desconocía por completo la verdadera situación que prevalecía en las colonias francesas, y que no le parecía nada prudente iniciar la liberación de la América hispana partiendo de una de las colonias de los franceses; que eso sería precisamente fortalecer y estimular una profunda reacción, tanto española como americana, contra los presupuestos libertarios y doctrinarios favorecidos por la Revolución francesa.

Sin embargo, la propuesta le ha convertido en verdadera tormenta su cabeza. Sus emociones también están revueltas. ¿Pero abandonar Francia —donde justo en ese momento ha conquistado gloria, prestigio y significación— no es acaso una insensatez que pone en riesgo los logros de su vanidad? Por otra parte, si bien él odia con toda la fuerza de su alma lo que encarna el Gobierno español y sobre todo lo que significa esa institución diabólica y perversa de la Inquisición —que siempre lo ha perseguido— eso no significa nunca que rechace o que odie lo que a veces presiente es el verdadero espíritu y la verdadera esencia de lo que encarna España. Es más, se siente español hasta los tuétanos. Hay algo que le resulta indefinible e incomprensible racionalmente sobre lo que es esa esencia, pero la lleva en su corazón. Es como una vibración íntima del alma, algo que le hace sentir que él pertenece, por poderosos e invisibles lazos, a esa sustancia y a esa certidumbre humana que le comunica ser español. Recuerda que una vez en Rusia estuvo a punto de matar a alguien por el simple hecho de que ese sujeto se había expresado con irrespeto acerca de la virtud y de la dignidad de la mujer española. Ser español es una pasión y una pulsión. No es una idea, es un sentimiento carnívoro y abrasador que está escrito en los espacios del corazón. Es algo irrenunciable, pertenece a la más íntima y profunda realidad del ser. Y él sabe que tal vez ese poderoso vínculo es lo que más ama, aunque no pueda entenderlo. Y por eso supone —y también con esa "lógica" irracional y apasionada pero cierta— que su América participa, vibra y se confunde con ese espíritu español y que por lo tanto propiciar una desespañolización de su mundo es equivalente a propiciar un genocidio espiritual que arrasaría o envilecería la más verdadera identidad de ese mundo. Sería cambiarle y adulterarle la vida y lo que él quiere es solo cambiarle la forma. Pero sabe que la Revolución de los franceses va más allá de la forma, que tal vez a lo que aspira es también a cambiar de raíz la sustancia de la vida. Y eso lo intimida, lo atemoriza, lo escandaliza. Por eso, y aun cuando no pueda comunicárselo a nadie, no puede ni quiere ser vehículo de ese contagio francés que puede llegar a enfermar el espíritu de América, de esa América que es y será, y tendrá que serlo siempre, encarnación ultramarina del alma maravillosa de esa España que se ilumina y vive enamorada del ideal de don Quijote. "¡Viva España!" parece y quiere gritar desde el fondo de su corazón enamorado, aunque algunas veces confundido por el destello de otras falsas luces.

A lo largo de su errante y caprichosa vida permanecería atrapado en ese conflicto, al parecer inexorable y desgarrador, entre sus creencias y sus ideas. Sus creencias —en las que permanece anclado y que le aportan algunos de los elementos permanentes y configurantes de su extraña personalidad, elementos que le atraviesan y le identifican su alma, que le empapan su ser de ese rumor español— son algo que por supuesto él no puede cambiar ni a lo que puede renunciar. Pero en cambio es solo un transeúnte ocasional de ciertas ideas, que siempre tendrán en él matiz de coyuntura y de pasajera circunstancia. Tal vez por eso sus ideas resultan acomodaticias e instrumentales, elementos con los cuales puede definir o ajustar objetivos externos, elementos que puede cambiar o alterar según el ritmo y la urgencia de sus necesidades externas, y por los cuales le es posible y con frecuencia irritante exhibir su oportunismo político. Pero eso no puede acontecerle en sus creencias. Estas le definen lo esencial y lo íntimo de ese ser español, al que estará "condenado" hasta el trágico final de sus días azarosos.

Ese momento lo vivió como un intenso desgarramiento, como contradicción violenta entre sus auténticos valores personales y el pretendido influjo de esas ideas cambiantes, con las cuales creía él confusamente llevar a cabo la realización de sus proyectos casi delirantes. Consultó con Dumouriez —que en aquel instante no solamente era su superior militar en el ejército sino también su cercano amigo y confidente— y este se mostró en pleno acuerdo con sus objeciones y ayudó a convencerlo de que rechazar semejantes proposiciones era lo sensato y lo prudente en aquellas circunstancias.

Mientras tanto, la dinámica atormentada de la Revolución y de la guerra continuaba desplegando su espectáculo de hechos impredecibles y escandalosos. Al comenzar el año de 1793, la Revolución corona sus propósitos vengativos y reivindicatorios colocando bajo la guillotina la cabeza y la corona de ese rey aturdido y vacilante que fue Luis XVI. El día 23 de ese mes y de ese año se escenifica ese macabro ritual que nadie hubiese podido imaginar como parte de la liturgia política: la decapitación del rey. Fue un acto de estremecimiento y de trágica notificación para las monarquías europeas. Ahora estas sabían a qué atenerse sobre los propósitos y las furias "sacrílegas" e incontrolables que andaban desencadenadas en los gritos de un pueblo que tenía una noción sangrienta tanto de la justicia como de la venganza. Este acto polarizaba y convertía en un hecho absolutamente irreconciliable el lenguaje de la Revolución con el lenguaje que hasta ese momento había hablado el antiguo régimen. La guerra total se cernía ineluctable entre el estupor de la Europa monárquica.

33

Dumouriez, como comandante en jefe de ese ejército de la libertad, atrapado también entre muchas contradicciones y vacilaciones, tenía sus propios y secretos planes. Al romperse las relaciones entre Francia e Inglaterra, y sabiendo que la confrontación total entre las dos naciones se convertiría en el corto plazo en algo inevitable, precipita su decisión de invadir a Holanda. Y ordena entonces al general Miranda que se ponga en pie de guerra y se apreste a colaborarle en sus arrebatos bélicos. Lo impulsa la precipitación, el deseo trepidante de adelantarse a los acontecimientos. Supone que aplastando a Holanda y apoderándose de su flota le quedará el camino expedito para posteriormente proceder a aplastar a Inglaterra. En sus planes también figura comprometer a los Estados Unidos y a otras naciones, y después tal vez apoyar la ejecución del plan de Miranda de golpear a España en sus colonias.

Pero antes de Holanda había que consolidar el dominio y el control de Bélgica. Dumouriez le ha confiado a Miranda el mando del ejército del norte, determinación que, por supuesto, suscita no pocos inconvenientes, envidias y recelos entre los otros generales franceses, que no entienden y que no quieren aceptar que un general "español", que no habla correctamente la lengua exaltada de la Francia, que un extranjero que ellos a veces creen que es peruano y otras veces mexicano, pueda ostentar ese privilegio y esa enorme y delicada responsabilidad.

Pero tomada la determinación contra viento y marea, se le ordena a Miranda el sitio y la toma de Amberes. Y las tropas del cuestionado general someten la ciudad a un intenso y despiadado bombardeo, que en poco tiempo provoca la capitulación de los sitiados. Fue férreo y duro en esta empresa. Con amenazas y con bombas logró pronto su objetivo. Intervino activa y valerosamente en todos los eventos militares que condujeron al triunfo. Después de la victoria, él mismo elaboró las condiciones de la capitulación. Enorme y significativo fue el botín de guerra que deparó esa victoria. Entra en la ciudad montado en encabritado corcel. Destruye algunos símbolos y algunas placas que ornamentan la ciudad y que le rinden homenaje a la memoria de figuras del pretérito español, y los sustituye con nuevas placas en memoria y homenaje tanto a Dumouriez como a Pethion. Agradecido y festejador sabe ser Miranda cuando las circunstancias lo aconsejan. Hizo flamear la bandera de Francia en la torre más alta y procedió al inventario del botín: 130 cañones, 3.270 fusiles, 170.000 kilos de pólvora, 52.000 bombas, 1.500 obuses, un cuarto de millón de cartuchos. Además, grandes cantidades de alimentos, representados en carnes y en harinas. Nada mal y qué oportuna esa cosecha de elementos, para un ejército que, como el ejército francés del norte, a veces pasaba hambre y soportaba frío; un ejército que a juicio de un contemporáneo a veces solo era una turba de descamisados hambrientos, reclutados y dirigidos por los abogados parisinos de la Revolución.

Ufano, inflamado su pecho con nuevas y merecidas condecoraciones, el general criollo establece su cuartel general en Tongres, lugar ubicado entre Lieja y Maastricht. Desde allí, y ya dueño de cierta breve perspectiva temporal, escribe respetuosa y prudente epístola a su protector Brissot, para comunicarle con toda cortesía que los planes para conquistar o liberar la América deben esperar. ¡Sí, la América espera!

Estando en Amberes, había aprovechado con manifiesto regocijo la ocasión de conseguir valiosos y maravillosos nuevos libros, esos libros que le provocan una especie de lujuriante sensación táctil y visual, como las que igualmente le provocan algunas damas inglesas que viven en la ciudad y que tienen la piel suave y delicada. Mujeres que amó con sus presurosos ímpetus de guerrero vencedor, aun cuando él no llama amor a esos exaltados divertimentos; usa siempre otro verbo para designar aquellos desahogos de la carne cansada: "Chapé con una inglesa". Cuando regresaba al campamento después de conseguir libros y de chapear a la inglesa, era en extremo severo e intransigente en la imposición de disciplina. Eso le había ganado algo de respeto, pero le había perdido el amor y la simpatía de sus tropas, que odiaban su soberbia y su irritante arrogancia.

Entretanto, su jefe Dumouriez se resentía con desesperación y manifiesta cólera contra los políticos que en París descuidaban irresponsablemente la asignación de recursos para el ejército, ese ejército que recientemente había procedido a reclutar 300.000 nuevos hombres para oponérselos a la nueva e inevitable invasión monárquica que se veía venir.

A Miranda le escribía:

El ministro de guerra y sus criminales oficinas me ponen en tal apuro que no puedo seguir adelante careciendo de zapatos, de uniformes, de víveres y de forraje. . . Además he perdido 10.000 hombres por la deserción. . . Hay en todo esto un tejido de maldad por una parte y un tejido de ignorancia por la otra. Nadie está seguro de su estado. Es un tiempo de proscripción, de locura, de maldad, que no puede compararse sino con los siglos de Tiberio y de Nerón. Y con un ejército así quieren que me tome Luxemburgo.

Terrible y violenta acusación. Sombrío y preocupante diagnóstico este que hace el jefe del ejército acerca de los hechos de la Revolución, esa Revolución que a Dumouriez ya comienza a desilusionarlo y que comienza a insinuarle los oscuros y próximos procederes de la deserción y la traición.

Pero a pesar de sus ácidas críticas y de su creciente desilusión con las cosas que están aconteciendo, Dumouriez no paraliza sus proyectos militares. Ordena a Miranda que consiga de inmediato recursos monetarios. Que les imponga a los comerciantes de Amberes un empréstito de ocho millones de florines. Le dice que una tercera parte de esos recursos serán destinados a las propias fuerzas que comanda Miranda. Presuroso, el "altivo general español" procede a cumplir aquellas órdenes, no solo con eficiencia sino con manifiesta crueldad y con censurables atropellos hacia los comerciantes belgas. El manejo de esos dineros sería bastante equívoco, y daría pie a murmuraciones y habladurías venenosas que rescatarían las viejas y nada transparentes relaciones que solía mantener Miranda con el demonio del dinero, que sin duda fue a lo largo de su vida estrafalaria una de sus "deidades favoritas".

En su objetivo de conquistar Holanda, Dumouriez igualmente ordena a Miranda atacar Maastricht, mientras él mismo se propone tomar Brenda. Imagina que después podrá reunir ambos ejércitos y unidos procederán a tomar Rotterdam. Dumouriez, pensando solo con sus deseos, creía que Maastricht caería al tercer cañonazo. Pero al parecer todo indica que la cosa no era así de fácil. En primer lugar, por ser muy amplia la extensión que un ejército mal armado y carente de recursos debía mantener en control; y en segundo lugar, por ser muy insuficiente el número de soldados debidamente entrenados el que debía de acometer aquella empresa. Pero Dumouriez exigía y urgía el comienzo de aquella acción militar y le advertía a Miranda que de ese triunfo dependía no solo la suerte de Holanda sino el futuro mismo de la república francesa y de su desafiante Revolución. "Estamos en la empresa; no miremos hacia atrás. No es ya tiempo de prudencia ni de método y cada día que se pierde es del mayor peligro".

Finalizando febrero de ese año sombrío de 1793, Miranda inicia el asedio de la ciudad, cuya fortaleza principal se la concede la cercanía del río Mosa. Las duras condiciones del clima no favorecen para nada el ataque. Terrenos inundados en todas partes, ventiscas, barro, caminos desbaratados, desánimo en la tropa, exigencia de aguardiente y de otros recursos, deserciones. En fin, la calamidad muestra múltiples rostros y sobre todo la presión del general en jefe actúa como heraldo del fracaso. Pero Miranda persiste. Escribe amenazas terribles para forzar la capitulación de los sitiados. Pero nada de eso funciona. Maastricht no se rinde, por el contrario combate con furor y con denuedo. Y entonces Miranda ordena el incendio de la ciudad, que se dispare bala roja, imagina que el incendio determinará la pronta rendición. Pero no hay mucho fuego ni mucha leña para calentar las balas. Se dirige a las tropas en proclamas sonoras y enardecidas para estimular su valor en el combate. Pero ya nada funciona; y pasan las horas y empiezan a pasar los días y no hay asomos de victoria y el ejército continúa desalentado y resentido. Cunde la desmoralización y se dilata el agotamiento. Vuelve Miranda a escribir cartas amenazantes a los sitiados, pero los sitiados hacen caso omiso de las amenazas de un general desesperado. Ordena entonces cien cargas simultáneas, después otras cien más y Maastricht continúa allí, impertérrita, orgullosa, peleando sin rendirse.

Varios días después de este asedio infernal pero fallido, Miranda se entera de que las tropas del general Valencé, que están cubriendo los flancos de su retaguardia, han sido sorprendidas por un aplastante y despiadado ataque por parte del ejército austriaco, y que además los austriacos movilizan y se aproximan con un ejército de 35.000 hombres, es decir, un ejército tres veces más numeroso que el ejército francés que él comanda y con el cual no ha podido someter a la ciudad de Maastricht. Sin pensarlo dos veces, sin esperar órdenes, apelando solo a la sensatez y al sentido común y sin recurrir al falso o inútil heroísmo, Miranda entiende que debe ordenar la retirada y se repliega hasta Tongeren. Desde allí escribe a Dumouriez para darle cuenta de sus movimientos. No ha tenido muchas bajas, es cierto, y ha podido salvar los recursos bélicos; pero Dumouriez está un poco atemorizado y descompuesto y le escribe lleno de angustia:

Sostenga la posición... De aquí a entonces el ejército de Bélgica habrá sido reforzado y con esto todo cambiará. No puedo renunciar a esta ventaja, no podré salvar a Bélgica en la primavera, en tanto que si triunfo los salvaré a todos ustedes y podré coger al enemigo por la retaguardia.

Pero otra vez el general Dumouriez caía en la tentación de pensar con el deseo. Otra vez quería escamotear la realidad. Valencé ya le había escrito que el sueño de Holanda se había evaporado, que era necesario y urgente cambiar de plan, sobre todo urgente, ya que de no hacerlo muy rápido los minutos se convertirían en siglos.

Miranda estaba entonces metido en una encrucijada dolorosa, también sus sueños se estaban desmoronando apresuradamente. El olor del fracaso le marchitaba sus recientes alegrías. Su permanencia en Tongeren será breve y peligrosa. Se ve forzado a retirarse a Lieja, donde tampoco podrá mantener por mucho tiempo aquella nueva posición de retirada. Aquí sufre un descalabro marginal, pero de intensa y cruda significación para los recuerdos y las evocaciones de su galante pretérito. Se le extravía, por aquello de los trajines y los afanes de la guerra, el "tesoro púbico", tan amorosa y delicadamente conquistado en el cálido imperio de las muchas alcobas que recorrió al impulso de esas lujurias suyas, casi siempre incontroladas. Uno de sus baúles secretos, donde guardaba libros y los pequeños cofres que contenían los delicados frutos del árbol del placer y de su paraíso encantado, simplemente se perdió. Lo estremece ese extravío. ¿En manos de quién habrán ido a parar los íntimos "cabellos" de la crepuscular Catalina, de la sensual Geneviève, y de tantas otras de esas mujeres fugaces que acompañaron su presuroso peregrinaje por el reino del amor? No se enfurece con nadie, pero tal vez llore en silencio una lágrima tierna en homenaje de ese jardín que cultivó con esmero para conservar en la memoria de su cuerpo la presencia de aquellas mujeres que pusieron un poco de bálsamo en su herida y en su naufragio de hombre.

Estando en esta situación, atribulado por la pesadumbre de su secreta pérdida, recibe la orden de partir y de tomar posiciones en un lugar próximo a Neerwinden. Allí se oficiará una batalla decisiva y trascendental entre las tropas de la causa monárquica acaudillada por los austro—prusianos y las tropas desaliñadas de los franceses, que pretendían universalizar el inédito ímpetu de su trastocadora Revolución.

Dumouriez, Valencé y Miranda, comandando este 15.000 hombres del ala izquierda, se aprestan con vacilación y desconcierto para la gran batalla. Es a mediados de marzo de ese año de 1793, un día que sería de dura fatalidad para Miranda, que comenzaba como a perderlo todo. ¿No sería un mal augurio eso de haber perdido su tesoro púbico?

Una carga impresionante e imprevista de la arrogante y vistosa caballería de los austro—prusianos quiebra y desordena la línea de Miranda, cuando este se dirigía al lugar del combate. Sus soldados se desbandan en un instante, en un trágico y efímero parpadeo de fatalidad. Logra replegar lo que queda de sus desorientadas tropas, soportando cruel persecución de sus enemigos, pero consigue llegar hasta Lovaina. En el combate han muerto sus edecanes. Él mismo estuvo muy próximo a que la metralla les pidiera pasaporte para el gran silencio del otro mundo. Es la derrota total y absoluta. Es la desolación del alma, la herida sangrienta que ensucia y lastima cualquier destello de vanidad. Es la amargura del vencido.

Sobrecogido aún por el peso de la catástrofe, le escribe a Pethion. En esa epístola elude cualquier responsabilidad suya en el desastre. Por lo general el fracaso no reclama dueño. La culpa es siempre de los otros, y en este caso, y según Miranda, la culpa es exclusiva de Dumouriez. En esta carta le insinúa a Pethion que es urgente que puedan reunirse personalmente, pues tiene cosas estremecedoras y en extremo preocupantes que comunicarle.

La fatalidad y la vergüenza habían llegado de improviso para fracturar el esplendor meteórico de su ascendente carrera de militar. Y él se dispone a defenderse y a justificarse.

El fracaso de la derrota de Neerwinden fue un estremecedor y duro golpe para el reciente optimismo al que se había abrazado la Revolución. Esta nuevamente se sintió vulnerable. Y presintió que muy pronto las monarquías coaligadas de Europa procederían a unir sus fuerzas para asestarle un golpe demoledor y definitivo a los propósitos de Francia. Cundió el pánico y apareció casi de inmediato la necesidad de buscar culpables para afrontar el inmenso impacto político que dicha derrota significaba para sus pretensiones revolucionarias. Todo desastre militar encuentra siempre una oportunidad para cobrar dividendos políticos, y lo sucedido en Neerwinden no iba a ser la excepción a esta regla casi inexorable.

Los generales comprometidos en la derrota serían llamados a París. Tendrían que responder por su comportamiento. Fueron llamados casi en calidad de acusados. Y cada uno de ellos trataría de evadir culpas y responsabilidades y pretendería colaborar en identificar y señalar al verdadero culpable. Miranda fue acusado por los comisarios, como sucedió con el propio y abatido Dumouriez. Pero Dumouriez, como recurso extremo en su defensa, parecía andar transitando los caminos de la traición —o tal vez para él solo los caminos de la rectificación— con lo que se proponía redefinir el rumbo criminal y escandaloso que a su juicio había tomado el ímpetu revolucionario. Su plan era valerse del ejército, retornar a París, someterla y restaurar la monarquía en la figura del duque de Chartres y así poner fin a esos desmanes que escandalizaban su sensibilidad y su verdadero pensamiento político. Dentro de esos presupuestos, imaginaba que Francia podía salvarse de la guerra aniquiladora, a la que sería necesariamente sometida por las monarquías reinantes y coaligadas para ese propósito restaurador.

Aun antes de la derrota, Dumouriez ya no ocultaba sus planes. Ha escrito un desafiante mensaje a la Convención. Ha jugado su suerte. Preparando ese terreno y avanzando en esa temeraria estrategia, parece que ha conversado con Miranda, para pedir y sopesar la presunta respuesta de este a favor o en contra de sus planes. Le ha preguntado a Miranda que si recibiese una orden de detenerlo, cómo procedería. Se supone que Miranda, entre ambigüedades y vacilaciones, ha respondido que cumpliría con esa orden. Es de suponer que fue una conversación espinosa, tensa y complicada. Cuando Dumouriez le comenta que es preciso ir a París a restablecer la libertad, Miranda le ha preguntado de qué modo sería eso. "Con el ejército", ha respondido el general en jefe, pues él está decidido a cruzar el Rubicón. Miranda le anota que el remedio sería peor que la enfermedad y que en ese caso él se opondría, trataría de evitar esa demencial insensatez. Y además le ha recordado que Dumouriez no es César y que el ejército francés no se puede comparar con las legiones vencedoras de Roma. "¿Entonces te batirías contra mí?" le indaga Dumouriez. Y Miranda ha respondido afirmativamente, agregando que siempre estará del lado de la libertad.

¿Es posible aceptar que alguna vez haya existido este diálogo? Algunos dicen que sí, y que se llevó a cabo entre el 12 y el 15 de marzo, cuando ya Dumouriez estaba embarcado en la realización de sus planes, cuando meditaba su golpe no solo contra el Gobierno sino contra la propia república. Sin embargo, como se trataba de una conversación sobre hechos posibles e imaginarios, Dumouriez acaba por sostener que todo se trató de una broma. Pero en sus memorias, y ya hablando en serio, escribe: "Yo estaba abiertamente reñido con la Convención, proscrito y necesariamente obligado a derrumbarla o a perecer".

Antes de la batalla de Neerwinden, Dumouriez ha entregado a Miranda un pliego cerrado con presuntas instrucciones para la batalla. El general criollo se sorprende y se conturba en extremo al corroborar que no se ha efectuado previamente ningún reconocimiento del campo enemigo. Que no se ha tomado en consideración que el enemigo cuente con 52.000 hombres y que ellos solo dispongan de 35.000. ¿Cómo podría intentarse una victoria?

Pero el hecho concreto es que la derrota estuvo esencialmente asociada a la fuga de los soldados que comandaba Miranda. En estas circunstancias —y será la percepción de Miranda— Dumouriez aparecerá como el único y verdadero responsable del fracaso. Sin embargo, y también como hecho rotundo, Dumouriez acaba acusando a Miranda ante los comisarios de la Convención en el ejército, uno de los cuales es Danton, y así logrará que esos comisarios expidan un decreto por el cual se envía a Miranda hacia París para que dé cuenta sobre su conducta.

Pero si hay maniobras y procederes turbios y envenenados por parte de Dumouriez en contra de Miranda, este por su parte no baja la guardia ni se queda corto en preparar un arsenal de argucias y también de maniobras turbias contra el que hasta ahora ha sido su cálido amigo y su generoso protector. Es cuando le escribe a Pethion la famosa carta que envenenará y convertirá en enrarecida atmósfera la situación que se está viviendo, y que él cree podrá protegerlo en su inmediato futuro:

Hay otras cosas muy importantes que me encantaría poder comunicaros y que no puedo confiar al papel. Cuando leí vuestra carta en la que me comunicábais que la ramificación del complot últimamente descubierto contra nuestra querida libertad se extendía hacia el ejército, os creí exagerado, y demasiado tímido. Hoy estoy convencido de que hay motivo fundado para creerlo y de quien más sospecho es de un individuo, agente principal de nuestros reveses actuales. Os diré más, mi amigo: he oído a estas mismas personas hacer proposiciones indirectas, que han alarmado mi patriotismo y mi amor íntegro a la libertad. En fin, veo que somos agitados por intrigantes infames que han hecho ya mucho mal y que pueden acabar por perdernos y arruinar la libertad. Si fuera factible convenir una entrevista, sea viniendo vos mismo al ejército (lo que creo de la más alta importancia en este momento), sea haciéndome permitir que vaya a encontraros a alguna parte, podría comunicaros cosas que creo del más grande interés para la salvación de la república, y no hay sino vos, de quien yo conozca la integridad de los principios y el amor más puro de la libertad, con el que pueda franca y abiertamente comunicarme. Hasta creo que hay una cábala para deshacerse de mí, como se quería deshacerse de vos antes del 10 de agosto. No escribo una palabra ni al ministro ni a nadie.

Al concluir la carta, le ruega encarecidamente que haga un uso muy juicioso de ella y que le responda de inmediato con el mismo correo con el cual se la está enviando.

34

Francisco de Miranda llega a París para afrontar el juicio. No se siente demasiado intimidado. Supone que con el apoyo de sus notables amigos políticos podrá salir adelante y que, mediante sus alegatos y sus no pocas habilidades y argucias, logrará que sus acusadores acaben aceptando que el único culpable y el único responsable del sonoro fracaso militar es el insolente Dumouriez. Al llegar a París no es arrestado. Y él no pierde el tiempo en activar sus contactos y en asegurar el apoyo requerido. Afortunadamente para él, sus amigos y protectores de La Gironda aún son gobierno y aún detentan considerable poder e influencia, aun cuando ya están próximos a perderlo, ante el auge de los jacobinos, acaudillados por el frenético Robespierre.

Cuando debe presentarse ante los comités de guerra y seguridad, se lo somete a un fatigante e implacable interrogatorio de sesenta y tres preguntas, a las cuales responde con tranquilidad, agudeza y aparente seguridad. Varios días dura el interrogatorio. En sus respuestas sostiene siempre que la responsabilidad y la culpa pertenecen por entero a Dumouriez. Que sus órdenes precipitadas y erráticas fueron las que determinaron la derrota. Quiere demostrar, o al menos insinuar, que en forma venenosa y deliberada, Dumouriez había procurado que el peso de la batalla recayese sobre el ala izquierda del ejército, comandada por Miranda, que era inferior numéricamente y carente de recursos fundamentales para el combate, con lo cual se estaba asegurando que no podía resistir el embate de los austriacos.

Pero las acusaciones contra Miranda no solamente harán referencia al terreno de las presumibles fallas y debilidades militares. Hay otros asuntos oscuros y delicados, que despiertan un interés morboso entre el público y que excitan a sus enemigos. Marat se encargará de sacar a relucir la historia de un gran tesoro que había sido encontrado en una aldea de Bélgica e insinúa que posiblemente ese tesoro ha ido a parar a manos de Miranda. Se dice que se trata de un fabuloso tesoro conformado por objetos de culto, por valiosas joyas, por cajas repletas de ducados de oro y monedas de plata. Se dice que ese botín de guerra no fue comunicado ni enviado por Miranda a París. Que parece se ha esfumado y que ni siquiera una mínima parte del mismo fue repartida entre los soldados del propio general acusado. Sobre Miranda, a quien se le recuerdan y se le reviven actuaciones poco claras en su pretérito aventurero, se hacen caer sospechas y murmuraciones. Marat no se da tregua en eso de atizar las suspicacias. De ese asunto se vale eficazmente para atacar con ferocidad a los amigos girondinos de Miranda, a "la pandilla brissontina" que tiene a Miranda como su protegido. Miranda se defiende, acepta la existencia y el encuentro del legendario tesoro, dice que lo hizo avaluar y que solo valía entre 12.000 y 15.000 libras, y que no lo envió a París porque nunca recibió órdenes de nadie para hacer tal cosa.

Al comienzo del juicio formal, los amigos del general en desgracia le han buscado un defensor. Encuentran a Chauveau–Lagarde, a quien la defensa de Miranda le ayudará a consolidar prestigio, tanto que posteriormente será el defensor de la propia reina María Antonieta y de la señorita Corday, la victimaria de Marat.

En el juicio actúa como acusador Fouquier–Tinville, quien ya tiene fama de sanguinario y de apasionado practicante de ejecuciones. Son poderosos e implacables sus enemigos. Sin duda que logra salvar su cabeza, por el hecho de que Dumouriez ha consumado su traición. Mientras se realiza el juicio, el general Dumouriez se ha pasado al campo enemigo; y este hecho altera la percepción que todos tienen sobre las acusaciones que se ciernen sobre la cabeza de Miranda, a quien también en esos críticos momentos se lo hacía ver y se lo acusaba como espía subvencionado de Pitt.

El 10 de mayo, Fouquier–Tinville concreta su alegato. En él consigna y acusa a Miranda de solo haber simulado un bombardeo sobre Maastricht; de haber huido con precipitación y sin valor alguno del lugar de los acontecimientos, para refugiarse en Lieja; de ser el culpable directo de la derrota en Neerwinden, y de haber sido activo cooperador de la traición cometida por Dumouriez, así como de haber facilitado la invasión enemiga, "teniendo los medios suficientes para haberla impedido".

En el juicio desfilan muchos testigos, tanto por parte de la defensa como por parte del acusador, testigos de todas las condiciones. Desfilan veintisiete por parte de Miranda, otros tantos por parte de quienes lo acusan. Todos hablan, unos brevemente, otros de manera extenuante. Elogios y diatribas. Defensas y requisitorias. Apologías del acusado por parte de los mismos y ofensas y ultrajes contra el mismo.

La defensa de Chauveau–Legarde acabará vertida en un folleto de sesenta y cuatro páginas. Allí se cuenta la vida de Miranda. Se hace una pintura halagadora y heroica de esa misma vida. Cuenta lo que supuestamente ha hecho por la Independencia de los Estados Unidos. Se habla de sus viajes, de su amistad con Federico de Prusia. Habla de las cartas de la emperatriz Catalina. Se relatan las persecuciones que ha sufrido por parte de la corte de Madrid y de las acechanzas que ha padecido por parte de la Inquisición. Habla de cómo Miranda ha intervenido con sus notables y poderosos amigos del Gobierno norteamericano, para que estos reconozcan y favorezcan la república francesa. Su defensor considera que es inverosímil que se le acuse de traición. Sostiene que el general Miranda no puede tener la menor complicidad con la traición de Dumouriez.

El jurado delibera. Por unanimidad, declara absuelto al general Miranda y ordena su libertad inmediata. Es el 16 de mayo de 1793. Se oyen algunos aplausos. Se ve en el rostro de Miranda una especie de sonrisa triunfante. Algunos relatan que hasta su terrible acusador también aplaude la absolución que se le concede a Miranda.

34

A pesar de su absolución, Miranda sale de este trance algo aturdido y desconcertado. ¿Qué viene para él ahora? De alguna manera ha sido nuevamente arrojado a la incertidumbre. El ejército ya no será su refugio. Ni Francia ni su Revolución significan para él una nueva patria emocional. Por otro lado, en esa realidad permanentemente convulsionada y cambiante, la situación de sus poderosos y notables amigos políticos se caracteriza por todo, menos por la estabilidad o la permanencia. Y ya están próximos los días en que serán desalojados violentamente del poder para ser conducidos, entre los beneplácitos y las ovaciones de la muchedumbre, a transitar el oscuro e ignominioso camino del patíbulo. La Revolución se alimenta de sangre y de venganza mientras esclarece su futuro. Y Miranda presiente que todo aquello es como un encadenamiento inexorable. Se siente amedrentado e inseguro, a la espera de algo que también a él puede sucederle. Entonces, por ahora, lo mejor y lo prudente es permanecer al margen de ese turbión arrasador, donde la vida continúa siendo solo un azar. Abandonando los estrados donde ha sido acusado y milagrosamente absuelto, opta por instalarse en el hotel de Saxe, donde vivió alguna temporada en ocasión pasada, y desea —tal vez lo necesita— pasar desapercibido, quizá meditando sobre los aconteceres siempre imprevistos de esa vida suya que estará también siempre atravesada por los hados impredecibles de la aventura; esa vida suya que parece carecer de puertos de llegada y que solo quiere prodigarle nuevos rumbos para continuar siendo aventura.

Pero no se siente bien en dicho hotel, algo lo inquieta. A los pocos días, el 21 de mayo, se trasladará a la casa de Tissot, situada en lo que en ese tiempo era la aldea de Ménilmonant, en la Comuna de Belleville. Allí permanecerá otro tiempo, como invisible, como agazapado, viendo acontecer esos días de convulsiones y de descalabros, viendo correr esa vida de agitaciones que a veces es como un río de papeles sucios que nadie sabe a dónde irá a desembocar. Desde allí puede percibir la arrasadora tormenta política que aplastará a La Gironda, y que volverá a convertir su vida en un alocado proceso de vicisitudes y sobresaltos.

Se ha desatado y fluye incontenible y devastadora una especie de guerra a muerte entre La Montaña y La Gironda. Marat es acusado ante el tribunal de crímenes de la Revolución, pero rápida y hábilmente sale avante y absuelto, y es conducido en clamoroso triunfo ante la Convención, donde se lo corona con ostentosos y altivos laureles. Son los días donde los llamados enragés, los furiosos, los enardecidos, los exaltados, actúan unidos y comprometidos con los de La Montaña, conformando su más radical ala izquierda. Son los días en que los miembros de La Gironda, que aún conservan la mayoría en la Convención, proceden a nombrar una comisión que desea investigar ciertas cosas ilegales sucedidas en la Comuna. Esto excita aun más a los miembros de La Montaña, y los obliga a irrumpir con vocinglera violencia en la Convención, para poner en libertad a todos los acusados y a todos los prisioneros y, a su vez, a proceder a poner prisioneros a los girondinos. Todos estos temerán por sus vidas. Entre estos prisioneros están Pethion, Brissot y Gensonné, la cúpula de La Gironda, los amigos y protectores de Miranda. Él tendrá también que temer de nuevo por su vida. No ha podido conquistar el derecho de vivir al margen de lo que está sucediendo. Su domicilio es sometido a requisa. Se buscan papeles que lo comprometan. No encuentran nada. Se marchan, pero volverán. Alguien lo ha denunciado de seguir comprometido con los planes de La Gironda; pero Miranda, en aquellas horas de amenazante agitación, solo estaba deseando sustraerse de esa historia, donde soplaba con fuerza el viento del odio y la venganza política.

La Montaña continúa ganando poder y consecuentemente La Gironda continúa perdiéndolo. Robespierre es cada vez más dueño de la sangrienta batuta que dirigirá la sinfonía de sangre y que pronto interpretará el gran concierto del terror. Han decidido aplastar a La Gironda. Ordenan la detención de los ministros, el asalto a la Convención.

Roland huye. No así su famosa mujer, que es encarcelada. Casi 80.000 hombres rodean con sus armas y sus cañones el edificio donde se reúnen los convencionistas. Exigen la entrega de todos los diputados girondinos. Los que no logran escapar serán golpeados y reducidos a culatazos. Treinta girondinos de la Convención son apresados. Pethion y Brissot logran escaparse. Hacia el 6 de junio habrá ya más de 1.300 presos políticos y su número se irá acrecentando.

Miranda debió sentirse totalmente amedrentado e inseguro. Todos sus amigos eran ahora habitantes de la cárcel y candidatos al patíbulo. La Gironda estaba ultrajada y derrotada. Ahora gobernaban con insolencia temeraria los jacobinos. Se erguía La Montaña. La voz imperiosa de Marat se dejaba oír en todos los rincones. Muchos temblaban y seguramente rezaban, clamando por el regreso de su majestad el orden.

De nuevo vuelven las autoridades a la casa del sobrecogido Miranda. Quieren revisar papeles y sellar cajones. ¿Estarán buscando restos del esfumado tesoro belga? De nuevo se van, pero volverán el 9 de julio, escoltados por un destacamento de la Gendarmería Nacional, que trae una orden impartida por el Comité de Salud Pública, que determina que Miranda debe ser apresado y conducido a la prisión de La Force. Sus papeles y su casa quedan sometidos a rigurosa custodia.

Miranda dice ignorar por qué está preso y las autoridades no tienen prisa en querer decírselo. Durante algunos días estará incomunicado. Después sabrá que ha sido denunciado por su sirviente. Se lo acusa de haberse reunido con los de La Gironda y de pretender incorporarse a la conspiración de los Vendeanos.

Siniestro y sombrío será el paisaje de la cárcel. Hacinamiento y suciedad. Carceleros feroces, acompañados de perros sanguinarios, siempre dispuestos y entrenados para romperle los huesos y la carne a quien ordenen sus amos. Olores nauseabundos. Desaseo. Oscuridad. Rejas torturando la luz y la ansiedad de las pupilas. Sometimiento continuo a la grosera arbitrariedad de aquellos carceleros orgullosos de su oficio de verdugos. Sin embargo, Miranda, con esa fabulosa habilidad que lo caracteriza para acomodarse a las peores situaciones, logra mitigar la opresión del oscuro ambiente que reina en el lugar. Hace amigos. Con halagos y regalos, hace soportables las penosas condiciones. Por esos días muchos presos tenían el privilegio de recibir visitas y recibir comidas de sus familias. Su vecino de celda es Champegneau, grande e íntimo amigo de Madame Roland y antiguo e importante funcionario del Ministerio del Interior. Los dejan reunirse y conversar y hacer largas caminatas por un patio enorme y desolado. Y mientras pueda conversar, Miranda es algo feliz y conversa endemoniadamente. A la cárcel cada vez llegarán más amigos y conocidos: Verginaud, Valazé, Montané.

Al día siguiente de haber sido hecho prisionero, conoce en la cárcel la noticia del asesinato de Marat a manos de la joven realista Carlota Corday. También algunas mujeres van de visita a la cárcel. Y Miranda, seductor irredimible, sabe hacer valer sus encantos y su embrujadora flauta para lograr los ardientes favores de aquellas damas, aun en la incomodidad de la cárcel, donde las mujeres parecen más sensibles a los ruegos del amor que padece prisión y sufrimiento. Pronto Miranda estará convertido en gran personaje en ese mundo de privaciones y de sombras. Todos buscan su conversación. Se embelesan oyéndolo contar sus pasadas y extraordinarias aventuras.

Pero mientras Miranda está en la cárcel, en el mundo de afuera, donde supuestamente la libertad pasea oronda por las calles de París, comienza a orquestarse y a sonar con atropellada fuerza la sinfonía escalofriante del terror. Robespierre dirige la macabra orquesta. El 16 es guillotinada la rubia y hermosa cabeza de la reina, cuyos cabellos despeinados caen revueltos entre la sangre, como anunciando una nueva aurora, una nueva y muy curiosa luz para inaugurar una nueva época. ¿Por qué será que las grandes avenidas de la historia a veces se iluminan con patíbulos y nunca con faroles? Después serán cortadas las cabezas de amigos muy cercanos de Miranda: Brissot, Verginaud y Gensonné. Poco después, soberbia y desafiante de estoicismo, rodará llena de silencio la cabeza de Madame Roland.

Hacia noviembre, la prisión de La Force ya acoge entre sus vísceras de náusea a más de 3.500 presos políticos. Crece la audiencia. El terror dilata sus dominios. Cambian drásticamente las condiciones de la cárcel. Allí también el severo rigor que impone la época del Terror deja sentir sus caprichos y designios. La casa de Miranda y sus objetos son ahora de nuevo revisados y confiscados. Encuentran muchos objetos de culto religioso: sotanas, misales, copones, estolas. ¿El botín de guerra de Miranda? Esos objetos son llevados a la Convención. También hay un Cristo de marfil y un Evangelio de San Juan. ¿Será el Apocalipsis?

Así termina para Francisco de Miranda aquel año de reveses y sinsabores, año que podría calificarse con el adjetivo de trágico. Pero lo peor de todo es que el nuevo año que pronto comenzará traerá más tragedia y más sufrimientos para este hombre festivo, que por momentos hasta llegó a creer que la fortuna lo había dejado de su lado; y tal vez por eso, en los instantes de la oscura e implacable depresión, por su mente ha cruzado la tentación sombría del suicidio. Para tal eventualidad, tiene entre sus pertenencias una pócima de letal veneno, por si esa tentación llega a seducirlo. Su amigo, el doctor Cabani, se la ha facilitado. Es un preparado a base de opio y estramonio, que provoca la muerte en forma rápida e indolora. Pero no parece creíble que el ser de Miranda sea proclive a la posibilidad del suicidio. Lo curioso es que esa opción suicida está al alcance de muchos prisioneros. También dispone de ella el joven general Chatelet, que padece fiebre intensa por sus pasadas heridas de guerra, que tiene inmovilizado su brazo derecho, que no puede caminar sino con la ayuda de sus amigos. Él sí, y en acto de callada desesperación, pone voluntariamente fin a sus días valiéndose del veneno. Chatelet había establecido tierna y entrañable amistad con Miranda. Al arrancarse de la vida, deja como legado a Miranda todas sus pertenencias de prisionero, entre las que hay muchos y valiosos libros. Miranda se afectó intensamente con la fatal determinación de su acongojado amigo. Lo consideraba "adornado de todos los conocimientos y de todas las flores de la literatura".

Mientras estuvo preso, algunos de sus amigos movieron sus influencias y realizaron múltiples gestiones para procurar su liberación. Entre ellos, James Monroe, que se hallaba de embajador de los Estados Unidos en Francia y que sería famoso en 1823 por su conocida doctrina. Hizo gestiones para liberar a Miranda, pero resultaron fallidas. Las intenciones de Robespierre eran someter al molesto y controvertido general al suplicio de la guillotina. Al menos lo colocó en la "lista del 12 Termidor", que era la que aseguraba aquel singular privilegio de ascender al patíbulo.

35

Fuera de los muros de la cárcel continuaba el turbulento flujo de la Revolución, como también continuaban el acoso y la amenaza de la intervención exterior, así como las confabulaciones conspirativas contra el gobierno de la Convención; en especial, la de la Vendé, de abierta y fanática orientación monárquica. Pero la Revolución parecía resistir y superar todas las crisis —las sociales, las políticas y las financieras— como si la historia profunda se encargase de preservar para la posteridad aquel legado suyo, conseguido con tan impresionantes eventos de toda clase.

El Régimen del Terror acabará sepultando en sangre al anterior régimen de la república burguesa, que inicialmente pretendió instaurar la tranquilidad republicana. El terror, en apariencia, controla la perturbadora presencia de muchas crisis. Algunos sostienen con todo fundamento que sólo en seis meses fueron ajusticiadas más de 12.000 personas consideradas contrarrevolucionarias. El tribunal revolucionario se convirtió en maquinaria infernal e incontenible para provocar condenas ejecutorias, tanto en París como en las diversas provincias de Francia. Quizá la diosa razón, ahora instalada y ejerciendo sus poderes protectores en la catedral de Notre Dame, sabía hacer bien su oficio, pues la Revolución continuaba y las fuerzas exteriores e interiores que procuraban su aplastamiento no lograban nunca aquel objetivo. Su dinámica carnívora parecía conducirla a que fuesen los mismos revolucionarios los que se devorasen entre sí.

Cuando Robespierre, apelando a su insaciable dictadura, logró someter los partidos contrarios, surge un nuevo grupo que lideran tanto

Danton como Desmoulin. Estos quieren cancelar el terror. Suponen que una vez vencidos los enemigos externos y aplacadas las conspiraciones internas, el gran terror pierde sentido y su razón de ser, y que se hace entonces necesario retornar al imperio de la ley y buscar la justicia para todos. Robespierre reacciona entonces contra Danton, lo declara enemigo de la patria y del pueblo. Por su parte, Desmoulin es acusado por Saint–Juste de complicidad con Dumouriez y el duque de Orléans. Morirá el 5 de abril, en compañía de Danton y de muchos otros.

En las cárceles de París hay más de 7.000 prisioneros y en el conjunto de toda la Francia esa suma se aproxima a 400.000. Entre el 22 y el 27 de abril se guillotina a trescientos ciudadanos, entre ellos al poeta André Chenier. Algunos refieren que, entre el 6 de abril y el 21 de septiembre de ese año turbio y sangriento de 1793, han sido arrancadas 1.376 cabezas. Desde que Robespierre preside el poder han sucumbido en la guillotina 2.596 cabezas. Entre estas ha caído la de Armando de Custine, el esposo de la hermosa e inquieta delfina de Sabrán, considerada bella entre las bellas, y que figurará con notorio esplendor en las pasiones de muchos hombres, entre estas la de Francisco de Miranda, el que no se suicida, el que siempre sabrá gozar y probar las delicias del amor.

En algunas cartas de tono desafiante, Miranda solicita ingenuamente a las autoridades se le respeten sus derechos y se le conceda la libertad. Nadie le presta atención, pero lo trasladan de cárcel y su situación personal sufre preocupante deterioro. Pero de pronto sucede lo que ninguno de aquellos prisioneros hubiese podido imaginar. El 9 del Termidor son puestos fuera de la ley Robespierre y Saint—Juste, y muchos otros de aquellos virtuosos oficiantes del terror. Robespierre intenta suicidarse, pero parece que no tenía talento para matarse a sí mismo, sino para matar a los demás. El disparo que se propina le fractura la mandíbula, y así será guillotinado al otro día con veintiún más de sus fanáticos partidarios. Mala debió ser la última noche del "incorruptible". Una quijada fracturada duele mucho más que el resplandor de una afilada cuchilla.

Caído Robespierre, viene la libertad para muchos, pero Miranda no está incluido en esa venturosa lista. Vuelve a escribir a los que ahora mandan, pero tampoco le hacen caso. Al menos se lo traslada de nuevo a la prisión de La Force donde, a pesar de todo, había vivido gratos y exaltados momentos. Allí había conocido y deseado a la singular y hermosa marquesa de Custine, cuando esta visitaba a su esposo prisionero.

Desde la cárcel continúa reclamando su preciosa libertad; expresando argumentos contundentes y lúcidos; cuestionando valerosamente las formas persistentes de la tiranía, que se sigue ejerciendo aun cuando ya hubiese muerto el gran tirano. "Reclamo justicia, tanto para mí como para los que han osado, por atentado semejante, comprometer la dignidad del pueblo francés y envilecido la representación nacional". Muchos amigos se unen a él en el desesperado esfuerzo de conseguir su libertad. Suaulx, Serré, Mericer, Montané. Pero esa libertad se pospone en la misma medida en que su angustia se dilata. Pero un día acontece el milagro, lento y extenuante milagro, pues ha estado preso desde el 9 de julio de 1793 hasta el 17 de enero de 1795. Milagro al fin y al cabo, menesteroso y lento. Pero con él retorna a la amada y deseada libertad, donde volverá a instalar su vida aventurera, que había estado como congelada, y había sido ultrajada muchas veces en ese largo tiempo.

36

Una vez recobrada su preciosa libertad, se reanudan para Miranda las exigencias de la vida cotidiana. Primero que todo debe instalarse. Desea un lugar que sea amable, donde pueda reivindicarse de las penurias y privaciones que necesariamente debió padecer en los espacios opresivos de la cárcel, aun cuando a decir verdad, él, con sus características habilidades para acomodarse a las situaciones, había podido mitigar muchas de las restricciones que impone la condición de prisionero. La cárcel fue para él mucho más martirio moral que padecimiento físico.

Después de habitar por algunas semanas en algunos lugares que no satisfacían sus gustos y sus aspiraciones, logra encontrar y arrendar un espacioso y elegante piso donde vivirá con lujo y podrá disfrutar a sus anchas de su irrenunciable vocación de sibarita. Él, que alegaba que Francia no le reconocía su sueldo, que pasaba continuamente memoriales y peticiones reclamando esos salarios y otras indemnizaciones que se le adeudaban por sus muchos servicios a favor de la causa de la libertad, sin embargo y sin saberse nunca de dónde provenían sus caudales, alquila ese elegante espacio en la calle de San Florentín, que le demanda 2.400 libras por año. El piso, muy cerca de la calle de Saint Honoré, se lo alquila un tal Guillermo Legrand. Además de las habitaciones, tiene despensa, cocina, cuarto para servidumbre y cuartos para depósitos, cuadra para cuatro caballos, cochera doble, granero y dos bodegas, y derecho para alquilar otras dos piezas del entresuelo, si acaso el ruido de la calle llega a mortificarlo. Y allí se instala, disponiendo de generoso espacio. El contrato que firma es por tres años, y puede renovarse hasta por nueve años. Nada indica que el flamante general expresidiario quiera alejarse de Francia, esa Francia revolucionaria que, según escribe, tanto lo ha maltratado; que lo vigila; que no le paga; y que permanentemente le revisa sus papeles, pertenencias y documentos. Su supuesto afán de liberar el mundo de las colonias hispanas tiene por esa época todo, menos afán. Por ahora su preocupación es volver al grato torbellino de la vida social, al lujo y a la ostentación de los salones, donde seguramente podrá volver a disfrutar de muchas gracias y de muchas musas.

Sin embargo, una larga temporada en el infierno como la que él ha acabado de padecer, no deja de provocar grandes estremecimientos en la conciencia, así como de suscitar nuevas y profundas reflexiones que atañen directamente a la más secreta intimidad del ser. Y Miranda no puede escapar al acoso y a la presencia de muchos interrogantes.

Después del impacto inicial que le provocó el contacto con la luz enceguecedora de la libertad recobrada, tuvo días de abatimiento, de intensa soledad, que lo obligaron como a auscultarse y a indagar nuevamente sobre los verdaderos propósitos que estaban impulsando los anhelos de su vida, vida que sin duda él mismo debía de considerar errática y aventurera en muchos aspectos. Antes de entregarse al vendaval del mundo, que se lo exigía su naturaleza a la manera de una pulsión incontrolable, vivió breves momentos de intensa confrontación consigo mismo y comprobó con estupor que sus proyectos de futuro parecían siempre encadenados a una gran incertidumbre.

Fue para él una especie de catástrofe devastadora comprobar algo que al principio no quiso aceptar: que estaba envejeciendo, que tal vez ya había envejecido. Cuando el inapelable espejo le devolvió una imagen suya bastante deteriorada por el paso de los años, tuvo un fugaz estremecimiento; como si ese rostro, más que un rostro verdadero, fuese una simple máscara también ya sometida al deterioro, tal vez por un uso falso, pues con ella había querido ocultarse de sí mismo. Él, que por lo general eludía lo trascendente, que no gustaba —porque no lo entendía bien del todo— el rumor de los aleteos metafísicos, tuvo un poco de miedo y un poco de vergüenza. ¿Qué era su vida? ¿Farsa o apariencia? ¿Más querer parecer que tentativa de ser? ¿Largo y vanidoso viaje que a lo mejor solo conduciría a la muerte o al olvido? Sin duda que el rigor de la cárcel y la ineludible cuota de sufrimiento que estar allí le había implicado, había horadado en algo la epidermis narcisista de esa vida suya, donde tantas veces, donde casi siempre, había salido triunfante la frivolidad mezquina e inconsistente de la simple apariencia. Mucho de ese siglo rococó, tan atravesado de falsos ornamentos, había terminado por convertirlo también en perpetuo prisionero de las formas. Fue tan intenso y sincero este fugaz ataque de inquietante trascendencia y de despiadada confrontación con su verdadero rostro y el verdadero sentido de su vida, que se sintió conmocionado y aturdido. Tanto así, que optó por aplazar por un breve tiempo su reinserción en el alegre y bullicioso carnaval del mundo, donde siempre había sabido sentirse a sus anchas y donde lograba por momentos dar satisfacción a esa poderosa vanidad suya, que en el fondo fue por él mal comprendida, pues fue solo forma falsa y compensatoria de reivindicar un oscuro y antiguo resentimiento, que estaba en la raíz misma de su desesperada búsqueda de reconocimiento y de prestigio social. Pero frente a la inescrutable observación del espejo, no podía mentir. Y esa tarde, recién salido de la prisión real, tuvo que aceptar en la intimidad de su silencio que tal vez hasta ahora solo había representado un papel que podía ser bastante falso; un papel que igualmente podría condenarlo a una pena perpetua, construida por él mismo y que no estaba soportado en una verdadera dignidad para afrontar los retos de la vida.

Quiso hacer una pausa reflexiva. La fuerza de aquellos pensamientos que acabaron confundidos con profundos sentimientos, le aconsejó que era prudente y necesario —al menos por unos pocos días— permanecer al margen de ese mundo al que quería volver. Que era sensato sumergirse por un tiempo en la movediza realidad de sus mundos interiores. Afortunadamente, en esta ocasión tenía un motivo perfecto y adecuado para regalarse esa tregua y no atragantarse de inmediato con la libertad recién recuperada: el arreglo de su magnífica casa, la organización de sus muchas pertenencias, donde existían de manera exuberante muchos libros y pinturas, objetos de arte, finos muebles y vajillas. En fin, todo el decorado que rodea y que había rodeado el curso casi siempre placentero, el ritmo de su móvil vida.

Fue igualmente por esas horas cuando le acontece un hecho que tendrá significación muy especial en los anales de su vida privada. Consigue un ama de llaves para que le colabore en la construcción de su no muy pequeño universo privado; para que le colabore en los rituales de su supuesta y precaria felicidad doméstica, aquella que no es muy absorbente en las preocupaciones de su agitada vida de relacionista social. La persona que se presenta para esas funciones resulta ser una joven, inteligente y hasta atractiva mujer que, a partir de ahora y durante un largo periodo posterior, se convertirá en la mano derecha del infatigable y festivo general Miranda. Llámase Francisca. Establece de inmediato una relación cercana con Miranda. Más que ama de llaves propiamente dicha, acabará desempeñando las tareas de una diligente y eficaz secretaria, pues es algo culta y reflexiva, dotada de sensatez y de un sentido grande de la solidaridad y la lealtad con aquel nuevo "patrón" suyo, a quien acaba admirando y queriendo y de muchas maneras protegiendo en los a veces enmarañados tejidos de su vida cotidiana. Miranda, por su parte, se sentirá atraído por ella. Compartirá los no pocos momentos de soledad que por aquellas épocas le sobrevienen. Compartirá también su lecho y sus encantos. Vivirán relativamente una curiosa vida de pareja, pues él —tan amante y defensor de las jerarquías sociales y de las arduas apariencias— no se siente con valor de formalizar esa relación con un ama de llaves, que pertenece a esferas sociales muy diferentes a las que él ha querido pertenecer siempre. Y además, porque en esos mismos días es la marquesa de Custine quien acapara sus preocupaciones de general galante y casi enamorado. Esa hermosa marquesa, con sus múltiples gracias y atributos, se ajusta mucho más a sus expectativas y pretensiones narcisistas, ancladas en sus sueños de aristócrata. Pero en los críticos y angustiosos momentos que aún le aguardan a su vida en ese París atormentado y transfigurado por el ímpetu aún inconcluso de su turbulenta Revolución, Francisca será para Miranda ayuda valiosísima para resolver muchos de los azarosos asuntos a los que se ve enfrentado.

Instalado en su nueva vivienda, y apoyándose en la eficaz colaboración de ella, Miranda emprende la nada fácil y tediosa tarea de reclamar del Gobierno del momento sus famosos sueldos atrasados, correspondientes a sus pretéritos servicios de general con suerte. Y hará otro tipo de reclamaciones, una de 300 luises de oro que él alega invirtió de su bolsillo cuando Valencé y Dumouriez estuvieron ausentes. Reclamará también el pago de cinco caballos, la ropa y otras pertenencias que quedaron selladas y bajo custodia de las autoridades que lo llevaron a la cárcel. El monto de las reclamaciones, según sus cuentas, alcanzaría la suma de 42.000 libras. Es posible que no tuviese éxito en esas demandas, pero todo indica que el que no le pagasen esa cantidad no afectó ni el ritmo de su vida ni de sus ostentosos gastos, pues por esa época compra cuadros y esculturas que en mucho sobrepasan el valor del dinero reclamado.

Pocos talentos tenía Miranda para pretender ser un ermitaño, aunque fuese por una breve temporada. Lo esencial en su mundo era vivir hacia "afuera". Sentirse visto y reconocido por los otros era el resorte básico que ponía en movimiento sus impulsos vitales. Vivir la vida como en vitrina. Exhibirse era una pasión que lo gobernaba y que orientaba el sentido y la dirección de sus pasos por este mundo. "Ser mirado" por los otros lo hacía propiamente existir. Rococó era su espíritu. 'Me ven, luego existo' podría haber sido su gran axioma filosófico. De manera que, recién instalado y seguro de que su mundo privado quedaba protegido por la vigilancia severa y diligente de Francisca Potier, se lanzó de nuevo a la calle, o más propiamente a los salones, que en París existirán siempre, como emblema distintivo de su ciudad y de su cultura, esa cultura que gusta de hablar, a veces de pensar, y que sobre todo ha gustado siempre de divertirse. París, aun en el tiempo de la trastocadora Revolución, era una fiesta. Por eso quizá la comedia haya sido el género literario que entre los franceses alcanzaría su mayor plenitud. Más que de Voltaire, París es hija de Moliere.

Los salones, por pura lógica de la obviedad, están asociados a ciertos destellos aristocratizantes. Allí se luce y se muestra la gente bella y la ingeniosa, la que pone a circular los chismes y la que se embelesa con la intriga. Cada salón pretende ser el remedo o la caricatura patética de una pequeña corte. Atmósfera de cortesanos engalanados y vanidosos hacen allí alarde tanto de sus gracias como de sus miserias. Allí la apariencia es un éxtasis. Las mujeres, con sus joyas falsas o verdaderas, con sus atractivos vibrantes o ya otoñales, son el verdadero trofeo con el cual sueñan y se estremecen las curiosas vanidades masculinas. Por eso la buena política, o la más mediocre literatura —que en el fondo son lo mismo— encuentran en el salón el perfecto escenario para lucir con complacencia sus pequeñas y ridículas hazañas.

Y a esos salones iba con bastante frecuencia nuestro festivo general. Allí lucía sus plumas y sus penachos, aun cuando ya en la Francia republicana no podía ni usar ni lucir su falsificado e ilusorio título de conde, pues la república había suprimido de un plumazo estas sonoras designaciones, tan caras al antiguo régimen. Pero aun así, la pretensión a ese título ponía en evidencia sus españolísimas fascinaciones con las viejas jerarquías. Miranda era fervoroso devoto de esa atmósfera y de ese ambiente salonero; ambiente que en ese momento adquiría de nuevo

—en el perturbado y electrizado clima de París— características de centros de conspiración y de abierta y agresiva discusión sobre los eventos, a veces catastróficos y hasta enloquecidos, que iba escribiendo con sangre y con terror la insolente Revolución que desde Francia irradiaba una inédita transformación del mundo y del poder.

Los girondinos, y los nostálgicos realistas de manera especial, habían convertido nuevamente los salones en sitio predilecto de sus encuentros y sus intrigas. Era el lugar adecuado para reformular sus tentativas, si no de detener los impulsos carnívoros de la Revolución, al menos de reincorporarse a ella para tratar de orientarla de acuerdo sus propios intereses políticos y sociales. Para Miranda, su nueva reinserción en aquel festivo y bullicioso ambiente tenía ahora un atrayente y adicional motivo para halagar sus vanidades. Ese era también el nicho en que solía lucir sus galas y sus notables encantos la inquieta marquesa de Custine, a quien él pretendía con todas sus argucias de virtuoso e infatigable seductor, oficio en el que tendría más fortuna y muchos y mejores logros que los que había podido obtener en su ambigua carrera de militar teórico. Para esto lo ayudaba su singular figura. Por aquellos días, la duquesa de Abrantes trazaba esta imagen del recién liberado personaje:

Miranda era de facciones y de figura poco comunes, más bien por su originalidad que por su belleza; tenía el ojo de fuego de los españoles, la piel bronceada y labios finos y espirituales, aun en el silencio; su rostro se iluminaba en cuanto empezaba a hablar, cosa que hacía con inconcebible rapidez. En las profundidades de su alma debe anidar la llama de un fuego sagrado.

El general Miranda tenía conciencia de sus atributos de macho atractivo; y él, atrapado en las redes de su vanidad y de su narcisismo manifiesto, contribuía en lo posible para que esos atractivos fuesen más evidentes y reconocidos. Por eso cuidaba con esmero de engalanar su figura. Gustaba siempre de los vistosos uniformes. Tenía relación fetichista y equívoca con los ornamentos y las insignias que podían colocarse sobre el uniforme, sobre el cual hacía recaer algunos destellos de su supuesta importancia personal. Y así le había acontecido cuando lució el uniforme de teniente coronel del ejército español, e igualmente cuando la generosa y protectora Catalina le permitió lucir el uniforme —también de teniente coronel— de su imperial ejército. Y aunque no fuese del todo reglamentario, se permitía agregarle a aquella indumentaria algún elemento distintivo, con el que pretendía expresar que él no soportaba del todo la uniformidad, y que siempre habría que rescatar un elemento individualizante. Y como toda comunión hace común, el ego vibrante y narcisista de Miranda se permitía esa pequeña nota de diferenciación. Tal vez por eso usaba un pendiente, que a veces era de reluciente oro o de reluciente plata, para hacer más llamativo aquel rostro "original", antes que para mostrar que ese era un símbolo grato de los luchadores por la libertad. Y también por esto lucía con garbo y presunción la larga y ya plateada cabellera, que trenzaba y recogía sobre su nuca. Tal vez este era el toque "singular" que rescató la duquesa de Abrantes cuando trazó en penetrante observación la imagen de este general vistoso que llegó del trópico. Y sin duda fue un cosechador de triunfos en las sutiles y frívolas escaramuzas con las cuales se combate en las guerras de salón. Y así, flamante y siempre parlanchín, hablando de esa manera inconcebiblemente rápida y atropellada, estuvo por esos días posteriores a la cárcel participando con alegre frenesí en la vida galante de ese París que, pese al desorden de la Revolución sangrienta, continuaba bailando e intrigando, tal vez porque había descubierto que a la vida no la detiene ni la propia muerte.

Fue este el tiempo en que parecía embelesado contemplando y deseando la grácil y provocadora imagen de Delfina Custine, que era sin discusión alguna doncella muy fermosa y placentera. Blanca de tez, notable su blancura; ojos acostumbrados a convertir cierto rumor de melancolía en punzante arma para fortalecer la coquetería; carnes vibrantes que sabían atizar y provocar los deseos; inteligencia aguda; comentarios elegantes, que sin renunciar del todo a la ironía, nunca provocan heridas que conlleven algún riesgo. Delfina era toda llena de gracia, pero no como el Ave María, sino como una nueva musa republicana, surgida en esas épocas donde ningún ideal político es capaz de oponerse al sensitivo ideal de la belleza que una mujer con gracia logra exhibir frente a la frigidez antierótica de las ideas. Su inquieto y voluble ser coqueto era en ella parte de su belleza desafiante. Tenía ya vivido un pretérito interesante y sobre él se apoyaba para construir un presente aún más interesante y sugestivo. Amantes diversos y simultáneos, al principio seguramente elegidos por las argucias de la galantería, después solo escogidos por la presunción de sus fortunas. Auténtica joya de salón, Delfina —como muchas mujeres de aquel tiempo voluble que a veces era despreocupado y otras solía ser sangriento y trascendente— parecía poder imaginar que siendo joven era una fortuna ser bella, pero que siendo vieja era una tragedia no tener fortuna. Y esta Custine estaba edificando su pequeña historia, no por obra de un especial talento sino por la generosidad de sus encantos, que en el universo femenino por lo general suele ser la más refinada forma de talento.

Su lista de amantes incorpora una amplia gama de personajes y figurones. Por allí han desfilado o desfilarán Alejandro de Beauharnais, el marido de la otra muy famosa criolla, la desparpajada y desafiante emperatriz Josefina; don Luis de Segur, arquetipo del gran diplomático por sus virtudes de hipócrita y sus zalamerías de afeminado; Fouché, con su cinismo en éxtasis perpetuo; Chateaubriand, con sus desequilibrios de romántico atormentado, que lo hacen casi un histriónico. Estos son los amantes visibles con los que se puede exhibir y bailar en los salones. Pero seguro hubo otros más, aunque con ellos no se puede exhibir o bailar en los salones, pero se puede dormir plácida y ardorosamente en la intimidad de las alcobas, aunque debe anotarse que Madame Custine gustaba de entregarse a sus liturgias amatorias en un canapé azul, que no estaba precisamente en la intimidad de su tibia alcoba. Al intrépido y pequeño gran corso llamado Napoleón algunos le dan cabida también en el menú amatorio de la inquieta y hermosa condesa.

Bocato di cardenale debió ser para Miranda y su trepidante arribismo tropical esta condesa, que a veces parecía triste cuando escribía sus cartas y a veces parecía muy alegre cuando dispensaba sus gracias. Y a Miranda le escribió muchas cartas; cartas bien escritas, con estilo y con sintaxis, muy al contrario de las que solía escribir el políglota general que, por conocer muchas gramáticas extranjeras, acabó atropellándolas todas cuando le daba por escribir, que por cierto lo hacía, como cuando hablaba, rapidísimamente.

Pero si esa relación fue una "conquista", nunca tuvo ni la fuerza ni la plenitud de un gran amor. Todo indica que el general no se enamora, solo gusta de "chapear" con frecuencia inusitada. Curiosamente, si alguna vez tuvo amores verdaderos en su vida embaucadora, esos amores nunca fueron de vitrina ni se oficiaron bajo el esplendor de los salones. Fueron con sus dos amas de llaves, con las sirvientas, se diría en América; con Francisca Potier y con Sarah Andrews, que será esta la madre de sus dos hijos en los años posteriores. Es presumible imaginar que el general de la mujer espera que esta sea rutilante joya que pueda ser lucida cuando está de bailes. El amor no está nunca dentro de sus preocupaciones. En él es asunto marginal, liturgia clandestina, que si alguna vez fue sentimiento real y verdadero, lo vivió y lo compartió entre las humildes penumbras de una alcoba, donde dormían sus dos amas de llaves, que tal vez sí llegaron a amarlo, sin que él se diese cuenta. Pero Miranda era así: general de vitrina, general de penacho, general festivo, general que nació para ser mirado; general rococó, como su siglo; y además, general del trópico.

Parece que la relación entre Miranda y la ardorosa condesa de Custine no fluyó entre canales de serena armonía. A él lo irritaban esas veleidades de ella con la coquetería y hasta con la promiscuidad. Producíale escándalo esa libertad, que él solo entendía y practicaba como exclusivo privilegio masculino. Y lo que pudo ser un buen amor se transmutó en pocas semanas en una amistad lejana, en la que sin embargo se podían escribir cartas y se podían oficiar ciertas cortesías, como aquella de que Delfina lo acompañase poco tiempo después a despedirlo, cuando fue expulsado de Francia. Y hubo de irse con peluca, anteojos verdes y pasaporte por él falsificado con ácido muriático oxigenado y con el nombre sonoro y muy francés de Gabriel-Edouard Leroux d'Helander. Es decir, hubo de irse como lo hacen los clásicos espías.

Sin embargo, antes de ser expatriado de esa transitoria patria que fue Francia, el general ha vivido buenos y gozosos tiempos. Ha asistido a bailes magníficos en el Hotel de Richelieu, que era lugar donde solo asistían personas de mucho desahogo, dice uno de sus biógrafos. Se lo ha visto en Vaudeville y Bagatela, lugares donde se dan cita los caballeros brillantes y las lindas mujeres, anota el mismo biógrafo. Y agrega que comía en Velloni, "donde concurren quienes, como Talleyrand, saben comer, o en Meot, del palacio real, a quien se le considera el mejor fondista de París y cuyo establecimiento frecuenta una clientela elegante y realista".

Y es apenas obvio que nuestro general vaya a esos lugares donde chismosean, comen, bailan y conspiran los realistas, pues él en la cárcel ha exorcizado sus recientes complacencias con el fervor republicano. Ha salido odiando todo lo que tenga olor a jacobino. Suena como música sacrílega en su alma aquella demagogia igualitaria, a cuyo conjuro y consignas se ha fundado la siniestra república, esa macabra república que ha convertido la guillotina en su flamante bandera. Ahora para Miranda la izquierda es el camino más corto para llegar al horror de los infiernos y solo la derecha es la majestuosa avenida para acceder al soñado y deslumbrante paraíso. Miranda entonces parece haber cambiado. Quizá por el influjo de la edad, a lo mejor por el padecimiento de la cárcel, quizá por la frágil consistencia que lo caracteriza en todos sus principios, o quién sabe si ha podido ser por el hechizo de la aristocrática condesa, tiene nostalgia verdadera de la opulencia refinada con la que se podía existir en el antiguo régimen.

37

Y por supuesto, viviendo en ese ambiente, no demorará mucho tiempo en enredarse en los planes conspirativos que esas gentes nostálgicas del esplendor pasado traman para oponerse a la caótica marcha de esa Revolución que les ha socavado su opulento mundo. Sin duda que la Revolución se ha excedido. Su marcha turbulenta, tantas veces carnívora y despiadada, ha traspasado muchos límites y ha sacrificado muchos símbolos. La supuesta e impoluta libertad ha teñido su túnica con sangre, y en más de una ocasión ha envilecido los derechos que pretendió instaurar para darle dignidad a la vida de los hombres. La reciente época del macabro terror ha polarizado y radicalizado al máximo el espíritu desconcertado de las gentes, y no solo de las de Francia. El mundo entero se encuentra estremecido por aquel espectáculo que amenaza con su fuerza popular continuar avanzando en su proyecto de edificar una nueva forma de entender las relaciones de poder entre los hombres. Hay temor y susto y un deseo explicable de detener y oponerse a esas pretensiones trastocadoras de todo el pasado orden existente. Muchos consideran que la Revolución debe concluirse. Se clama de nuevo por el orden, se exige la venturosa paz. La tranquilidad se convierte en poderoso anhelo colectivo, no se desea seguir viviendo al borde del abismo. Se considera que vivir en el peligro es la manera más antagónica de ese aún difuso sueño de burgueses, que quiere calma para gozar de los frutos de la vida.

El ambiente es entonces propicio para imaginar las formas y los modos con que pueda detenerse ese desorden magno e impetuoso que la Revolución ha introducido en la vida cotidiana. Las fuerzas más reaccionarias y conservadoras, los nostálgicos atemorizados del antiguo régimen, imaginan con evidente estupidez e incomprensión de los resortes de la historia que hay que volver atrás, como si no hubiese pasado nada. Claman por el retorno de la derruida monarquía. Otros, un poco más inteligentes, ambiguamente moderados, piensan que la Revolución ya ha hecho lo suyo y que hay entonces que salvaguardar lo positivo que su furor dejó para el inventario de la historia. Y que, eso sí bajo la tutela de su majestad el orden, habrá que seguir hacia delante. Estos ya no creen que la vieja monarquía pueda ser resucitada; aceptan que es cadáver, que es tiempo que ya no volverá jamás. Su nostalgia no es tan antigua, es más reciente. Con solo volver a la idea republicana que se proclamó en el año del 92, es suficiente. Si a la Revolución se le exorcizan sus sangrientos demonios, si se le elimina su intimidante guillotina, si se le cercenan sus desmedidas pretensiones de igualitarismo demagógico, tal vez esa Revolución será un gran activo para empezar a vivir la nueva historia, para que Francia y la Europa toda puedan montarse en el carruaje no muy elegante de la modernidad que llega.

En medio de esa gran incertidumbre se creó el clima adecuado para las conspiraciones y las suposiciones políticas de todo orden. Las ensoñaciones eran más escasas, casi no existían. Pero nadie pudo percibir con nitidez que de cuando en cuando aparecía en esos mismos salones la figura no muy llamativa, no muy mirandina ni muy atractiva de un general sin penachos y sin ostentaciones de pavo real, al menos por esos días, que les demostraría en muy poco tiempo que podía resolverles a todos aquellas angustiosas preocupaciones para crear otras, a lo mejor más profundas y desgarradoras. Se trataba de Napoleón Bonaparte.

Hay muchas crónicas, muchos y diversos comentarios que se consignan en memorias acerca del encuentro entre Miranda y el flamante corso. Se cuenta que alguien hubo de presentarlos en el salón de Talma. Encuentro un tanto asimétrico, entre el un poco regordete y un mucho de deshilachado de Napoleón Bonaparte con el emplumado y seductor general del trópico. Miranda al parecer lo miró con displicencia, tal vez consideró que no estaba a su altura. Consideró que ese pequeño hombre era impertinente al querer entablar con él, en medio de un baile, una conversación solemne sobre temas militares. No le dio importancia alguna y prefirió seguir bailando o conversando con otros personajes, que por su llamativa y elegante apariencia se le antojaron importantes. Eran los buenos tiempos de Miranda, aquellos sobre los cuales otro de sus biógrafos trae estas líneas:

Fresco, elegante, sereno, se instala con gran lujo en el corazón de París. Vuelven para él los alegres días mundanos que conociera en la corte de Rusia. . . Los luises de oro se ven salir a torrentes de sus manos, no se ve el canal por donde entran. ¿Botín de Bélgica? ¿Rollos macizos de asignados que alguien le confiara en depósito? ¿Afecto o previsión del banquero Turnbull, que juega su carta al porvenir político del extraordinario personaje?. . . Su tren de vida no hace sino acomodarse a la resonancia de su nombre, que se acrecienta cada día. Valmy, derrotas, traiciones, Tribunal del Terror, Inquisición española, tesoros ocultos, amores resonantes... Se comprende muy bien que todo esto daba tema al público de arrabal y al del bulevar para soltar la lengua y la imaginación. . . Y esto impulsa a Miranda a abrillantar su vida más y más. Ya no ocupa un solo departamento. Ha montado otro, al lado de los museos y de las Tullerías...

Las crónicas de ese "desencuentro" nos han llegado a través de terceros. El más exaltado, tal vez el más literariamente condimentado comentario con las dotes de su propia imaginación, corre por cuenta de la ya mencionada duquesa de Abrantes. Se ha citado hasta la fatiga —y aquí lo citaremos de nuevo para dilatar esa fatiga— el comentario de ella:

Un día nos dijo Napoleón: Comí hoy en la casa de un hombre notable. Creo que es un espía de Inglaterra y de España a la vez. Vive en un tercer piso que está amoblado como la residencia de un sátrapa. En medio de su lujo, se queja de su pobreza, y luego nos ofrece una comida preparada por Keo y servida en platos de plata. Es esta una circunstancia extraña que me gustaría que me explicasen. Comí allí con personas de la mayor importancia. Me gustaría volver a encontrarme con una de ellas: es un Quijote, con la diferencia de que no está loco. Cuando mi madre preguntó su nombre, contestó: ¡Es el general Miranda; ese hombre tiene fuego sagrado en las venas!

Hay que recordar que la inflamada expresión de "tener fuego sagrado" ya la había utilizado en otra ocasión la ardiente duquesa. Al parecer, su volcánico deseo descriptivo le pertenece más a ella que al parco y conciso general de Córcega.

Otro comentario que no se suele citar con tanta frecuencia, tal vez para no manchar con molesta sombra la transparencia del héroe venezolano, dice que Bonaparte creía que Miranda era mexicano y que "lo encontró muy torvo y reservado, gastándose una aparente simplicidad". Y agrega el comentario que Napoleón lo consideró como al pícaro más grande que se haya desprendido de España. La expresión "pícaro", relata el cronista, la utilizó Bonaparte en idioma español.

También se han recogido comentarios diversos donde se consigna que Napoleón, al encontrarse con este personaje que vivía como un sátrapa, solía decir que estaba muy lejos de ser un republicano, que lo que era, era solamente un demagogo. Curiosas paradojas de la vida y la biografía. Miranda, que era un hombre que parecía haber nacido para ser "mirado", así fue "mirado" por un hombre que tenía penetrante y sagaz mirada de águila.

La vida ostentosa y lujuriante de don Francisco de Miranda no dejaba de provocar suspicacias y de alimentar malévolos rumores. Tenía enemigos diversos. Antiguos y convencidos revolucionarios radicales, que aún podían influir en las esferas del Gobierno, lo miraban con sospecha y con recelo. En muchos círculos se lo consideraba abiertamente un espía inglés. Napoleón, por su parte, suponía que era un doble espía, tanto de los ingleses como de los españoles. Su condición de extranjero tampoco lo hacía grato a ese espíritu francés, tan poderosamente nacionalista desde siempre. Dumouriez —para complicarle aun más la vida y hacerle aún más incierta su permanencia en la alborotada Francia— pronto divulgaría un escrito donde afirma que Miranda efectivamente es un funcionario a sueldo del Gobierno inglés. Simple y llanamente lo acusa de ejercer esa inquietante profesión de espía. La imagen de Miranda estaba peligrosamente socavada y él ya podía intuir que sus días de permanencia en Francia estaban seriamente amenazados. Sin embargo persistía en su vida opulenta y desafiante, que era a los ojos de muchos lo que más sospechas y suspicacias suscitaba. Pero Miranda, además, no abandonaba su empeño de continuar mostrándose visible y haciéndose notorio, en medio de ese paisaje enrarecido por las discordias políticas. Eran tiempos amargos y violentamente turbulentos. La Revolución padecía desprestigio y era cuestionada desde muchos ángulos, pero pese a todo continuaba viva y se había convertido en hecho irreversible: era historia. El filósofo Kant, con su deslumbrante prestigio de sólido y complejo pensador, lo consignaba en forma concisa y contundente: "Esta Revolución es un progreso irreversible". De manera que a tientas, con sobresaltos, saltando de incertidumbre en incertidumbre, la Revolución había sido hecha para quedarse, para redefinir el nuevo rumbo de la historia. Y las fuerzas de sus enemigos no prevalecerán contra ella. Pero

Miranda, que ya era un enemigo de esa Revolución, creía otra cosa: que la Revolución podía ser detenida o liquidada. Y por eso conspiraba abiertamente con sus elegantes amigos realistas y condenaba con vehemencia esos excesos y esos supuestos descalabros con los cuales la Revolución estaba envileciendo y degradando el ideal de la libertad que había animado sus esperanzadores comienzos.

Sin duda que por aquellos días las dificultades del Gobierno revolucionario eran descomunales. La pobreza y la miseria parecían haberse agigantado. La inflación golpeaba con dureza a los sectores populares. Las amenazas de la guerra exterior permanecían latentes. La intranquilidad y el desorden eran el amenazante clima cotidiano. Las medidas que se tomaban a veces eran erráticas o mal comprendidas, otras veces su efecto solo podría ser valorado a largo plazo. Pero el descontento siempre es inmediato, siempre tiene afán y nunca acepta treguas. Todo esto necesariamente estimula el clima conspirativo, la simplificadora y demagógica creencia de que todo tiempo pasado fue mejor y que por lo tanto resulta imperativo volver a ese pasado. Pero se equivocan los nostálgicos reaccionarios: la rueda de la historia gira hacia adelante. Al no comprenderlo y al no querer aceptarlo, se embelesan atizando el descontento, ese que puede ayudarles en sus ilusorias pretensiones.

Por esos días, Miranda, que tiene impulsos ocasionales de estadista y de recomponedor de mundos derruidos, publica un folleto donde cristaliza su personal y fallida prepotencia. Lo titula: *Opinión del general Miranda sobre la situación actual de Francia y los remedios convenientes a sus males*. Mucha fraseología vacua, mucho lugar común en éxtasis, que pone en evidencia que a lo sumo Miranda era solo un especialista en ideas generales. Comienza por anunciar la fórmula para encontrar la salvación: "La unión íntima de los hombres virtuosos e ilustrados, únicos que por sus luces y su energía pueden lograrla". Solicita el dulce olvido de los pasados ultrajes y el sacrificio de los intereses individuales al interés general. Recuérdese que ya antes había sostenido que se le antojaba sacrílego que el interés individual se sacrificara al interés general, o a los intereses colectivos que encarna el Estado.

Clama para que se restituya la sagrada división de los poderes. Dice que la confusión de los mismos ha sido el alimento y el sostén de la repugnante tiranía que representó Robespierre. "Si la tiranía se arrogó todos los poderes, es menester que la libertad los divida escrupulosamente y haga desde ahora imposible que se vuelva a dar esa monstruosa confusión".

También tiene arrebatos internacionalistas. "La gloria de las conquistas no es digna de una república fundada en el respeto debido a los derechos del hombre y a las sublimes máximas de la filosofía". Sostiene además que para que ninguna potencia se inmiscuya en los asuntos de Francia, Francia no debe mezclarse en la política de los otros pueblos. Aconseja cambiar con España su posesión de Santo Domingo y Puerto Rico por otras islas menos relevantes. Recuerda y exalta la sabiduría de la Constitución en los Estados Unidos. Elogia y recupera a Montesquieu como el supremo artífice de la armonía política que debe prevalecer entre los ciudadanos de toda nación. Sus remedios y recomendaciones económicas para tan crítica y casi trágica situación que se está viviendo, no pasan de señalar que:

El retorno de la paz, el establecimiento de un Gobierno libre y vigoroso y del crédito público reabrirán las puertas de la felicidad de nuestro país; y Francia bendecirá a los hombres que, después de tantos crímenes y desgracias, hayan encontrado la solución de este problema difícil: aliar la libertad de un pueblo con la calma y la tranquilidad.

Su documento es más que todo un pronunciamiento de odio visceral y de rechazo a todo lo que significó Robespierre.

Cuando hablo de libertad, no es esa especie de libertad que Robespierre, Sieyes y Fouché pretendieron establecer; sino el tipo de libertad que Montesquieu y Locke han explicado muy claramente. Y cuando hablo de justicia, no me refiero al género de justicia que Danton y otros nos dieron en Francia.

Manifiesto moderado en todos sus puntos. Pretendidamente pacifista, tranquilizante, sin duda inspirado en un curioso sentido de la concordia y de la reconciliación entre puntos extremos. Pero precisamente esas son las voces y los llamados que nadie quiere ni puede escuchar cuando la política alcanza clímax de éxtasis polarizantes.

En una carta que escribe al inglés que lo financia, el comerciante Turnbull, está delineado de manera más clara el pensamiento de Miranda, de nuestro general a quien alguien una vez llamó el Sócrates. "Deseo un plan sabio y liberal, como el que formó la Francia de 1792 y que estábamos a punto de realizar, cuando el genio infernal de Robespierre lo echó todo a perder".

Es decir, nuestro general se inscribía entre los nostálgicos recientes. Su nostalgia es sobre la época y la Constitución del 92; no alcanza para pretender la plena restauración de la monarquía. Ya su liberalismo aristocratizante parece aceptar que la Revolución puede ser un hecho irreversible. Pero de todas maneras, continúa conspirando con sus amigos monarquistas.

Y esas veleidades conspirativas de Miranda, así como la poco favorable impresión que produjo entre los miembros de la Convención su curioso folleto sobre lo que debía hacerse en Francia para solucionar sus profundos males, no demoró en producir sus amargos y negativos frutos contra el general convertido de improviso en estadista y en orientador de los futuros pasos que debían dar la Revolución y su Gobierno. Pronto se libraría una orden de arresto contra él. Pero antes, y ya casi al terminar el año —más concretamente en el mes de octubre— se produjo el estallido de una bulliciosa revuelta, cuando se pretendió elegir a los nuevos miembros de la Convención, revuelta acaudillada por los monarquistas, siempre empecinados en ese deseo de restaurar el antiguo régimen. Los disturbios tomaron fuerza, pero fueron aplastados en forma severa e intimidante por un joven y decidido general que ya había comenzado una carrera meteórica y casi incontenible, que terminaría llenando de estupor tanto a Francia como a toda la desconcertada Europa. Se trataba de Napoleón Bonaparte que, empujado y protegido por el vizconde Barrás, se introducía con gesto autoritario y arrogante por las puertas más amplias de la nueva y trepidante historia.

Miranda, como era obvio, fue implicado en el complot fallido. Se ordena su detención y otra vez, con sus ínfulas y sus encajes, vuelve al lóbrego y sombrío espacio de una cárcel, aunque antes de que se hiciera efectivo su arresto, logra evadir la captura y pasa escondido algunas semanas, al parecer en las afueras de París. Finalmente es detenido y conducido a la cárcel de Plessis. Sometido a interrogatorio, en breve se ordena su libertad, pues no son muy contundentes las pruebas que lo acusan, solo indicios, rumores y sospechas; y porque además Miranda es hombre de grandes habilidades para batirse con éxito y extrema sagacidad contra los enredos de la justicia. Pero es evidente que los miembros del Gobierno se sienten incómodos con la presencia de Miranda y existe el deseo manifiesto de deshacerse de él, al amparo de cualquier pretexto o de cualquier recurso. Es entonces cuando el Ministro de Policía, Merlín de Douai, amparado en un pasado decreto que había sido expedido en la época del Terror sobre el manejo y control de extranjeros, dispone que Miranda sea definitivamente expulsado de la Francia. Frente a estos nuevos hechos, Miranda tiene ya la certidumbre de que irse de ese país que lo ha hecho general, es un destino inexorable. Apela entonces a todas sus influencias y a todos sus amigos. Logra que la orden de expulsión se aplace en su ejecución por algún tiempo. Conseguido esto, se le asigna un funcionario policial para que vigile sus andanzas sospechosas por París. Son difíciles y angustiosos aquellos días para el general Miranda. Tiene muchos asuntos privados que debe resolver. Debe ocuparse de sus muchas pertenencias, de sus deudas; y también debe ocuparse de sus antiguos amores, del amor aristocrático con la Custine y del amor plebeyo y clandestino con Francisca Potier.

38

Antes de partir, vive días de angustia. Vive como en peligro, como desesperado. La verdad es que no quiere irse, eso le significará algo así como caer en el vacío, como volver a inventar y a diseñar un futuro del que por ahora carece, pues toda su vida reciente la ha tejido y construido imaginando que continuaría viviendo y gozando en Francia. Lo embarga la amargura, siente hundirse en ese mar de sombras en el que a veces se convierte la tristeza. Una vez que va de visita donde la poetisa Williams —que parece haber sido también su ocasional amante— escapa la vigilancia de su guardián y se refugia en un lugar que nunca se ha podido precisar. Y escondido, posiblemente en el mismo París, decide que debe luchar por ese derecho que él cree tener de vivir en Francia.

Empieza su vida azarosa de prófugo, vida de perseguido es la que lleva en esas semanas extenuantes. La condesa de Custine también padece y comparte algo de aquella desesperación. La separación de los amantes acaba dilatando los deseos y acrecentando las dulces penas y los lenguajes del amor. Ella le escribe muchas cartas, cartas que firma como de "una pobre y triste amiga". Le dice que anhela verlo, pues ese simple y harapiento milagro le daría a ella "el deseo y el valor de soportar la vida". Sin embargo, Miranda no responde a esos reclamos afligidos y melancólicos. Está herido e irritado con ella. Lo consumen y lo calcinan sus españolísimos celos. Se ha enterado de que la hermosa y voluble condesa, mientras le escribe las llorosas cartas de amor, coquetea —fiel a su naturaleza— con el general Duhamel. Y por eso Miranda no quiere volver pronto a la tibieza de su lecho, como ella se lo reclama con curiosa y cambiante ternura. Miranda no quiere escuchar esa voz que, aunque armoniosa y deseada, le provoca escalofríos de terror y de incontrolable furia. No quiere creer en aquello de que "la melancolía más profunda devora mi corazón y cada día hace progresos espantosos". ¡No! Miranda ya no puede creer que la duquesa está triste, ni quiere conmoverse con que los suspiros se escapan de su boca de fresa. Para colmo de sus desdichas de fugitivo, de amante condenado al escondite, Miranda también habrá de enterarse de que los celos que lo devoran por creer que el general Duhamel comparte el lecho de la duquesa, los debe extender también a otros rivales: Boissy d'Anglas, Tallien y Fouché. Ellos son los nuevos ingredientes del menú carnívoro y amatorio de la duquesa melancólica a insaciable.

Pero mientras él huye o se esconde, la policía no se fatiga de buscarlo. Inspecciona con regularidad su casa. Revisa sus papeles, revuelve sus objetos. Francisca Potier, que también sufre por la ausencia y los sinsabores de su quisquilloso amante, es la que debe afrontar esas irritantes visitas policiales. Pero Miranda desde su escondite continúa escribiendo reclamaciones, alegando inocencia, exponiendo argumentos sólidos y sutiles para defender sus derechos. "Para pagar impuestos soy francés, pero para que me echen soy extranjero", les recuerda a sus perseguidores. Y por supuesto persiste en reclamar los sueldos y los varios dineros que él asegura se le adeudan. Y hasta se embarca en una polémica estética. Denuncia el saqueo de obras de arte que el ejército francés, al mando de Napoleón, está llevando a cabo sobre el maravilloso tesoro artístico de los italianos. Escribe también cartas defendiéndose de la acusación de Dumouriez, que públicamente lo ha denunciado como funcionario a sueldo de los ingleses. Dice que eso es una calumnia grosera, que él continúa siendo fiel a los compromisos contraídos con la República, los que ha sellado combatiendo por ella. Y que se siente orgulloso de su título de ciudadano francés.

También en estas horas de vida clandestina intenta resolver un espinoso y mortificante problema de dinero con su buen amigo Stone, el que será después el esposo de la poetisa Williams. En el pasado, Stone le ha prestado un dinero, que Miranda nunca le ha devuelto. Se lo ha prestado dándole algo de los famosos "asignados". Miranda quiere devolverle la misma suma que le fue prestada en asignados del 93, con lo que valen los asignados del 96, es decir, con asignados que no valen virtualmente nada. En sus enmarañadas cuentas, acaba sosteniendo y concluyendo que más bien es Stone quien le está debiendo a él, pues al inglés le han robado una suma que dice haber enviado el deudor.

Pero quizá lo más sugestivo de su vida de perseguido son las múltiples gestiones y esfuerzos que realiza para reactivar su viejo y transitoriamente olvidado delirio de revolucionar las colonias hispanas. Entiende que después de salir de Francia, ese proyecto como fabuloso y alucinado puede ser de nuevo su salvación, su tabla de salvación a la que debe aferrarse para no disolverse en el naufragio absoluto. Pensando en ello, vuelve a escribir a sus antiguos amigos norteamericanos. James Monroe, que está ahora de ministro en París, recibe una carta donde Miranda insinúa que tiene intenciones de entregar papeles que pueden ser muy valiosos y útiles a su Gobierno. Pero nada se concreta al respecto, todo queda en intenciones.

Simultáneamente le escribe también a Hamilton: "Después de cuatro años tomo la pluma para deciros que soy todavía del número de los vivientes que quedan en Francia después de la tiranía". En dicha carta, habla mal de Monroe. Se refiere a él como a una persona extravagante y muy poco instruida. Dice que ha sido un lamentable error de Washington haberlo enviado como embajador a Francia. También dispara dardos y destila veneno contra Paine, de quien dice se ha convertido en un auténtico Marat; que es hombre que puede llegar a hacer en América lo que hizo el infame de Marat en Francia.

Y no solamente quiere "aceitar" sus oxidadas relaciones con los amigos norteamericanos, sino que ahora que sabe o intuye que el proyecto de emancipación de las colonias españolas puede volverse vital para su propio futuro, activa igualmente las relaciones con algunos sudamericanos que trabajan en Europa por esa misma causa. Algunos de ellos son auténticos y románticos enamorados de aquel colosal y revolucionario proyecto. Varios son solamente simples vividores, pescadores en río revuelto.

Al finalizar diciembre, y cuando ya está muy próxima su partida, en una reunión que debió tener atmósfera fantasmal y alucinante, se reúne en París un minúsculo cónclave de desesperanzados, y redactan con solemnidad y prosopopeya un documento llamado el Acta de París. Todo allí es homenaje a la fantasía y a la desmesura. Destilan un curioso producto de imaginación desbordada que escribe sus sueños y sus deseos, mientras están acorralados por sus perseguidores. Los firmantes son el peruano José del Pozo y Sucre y el chileno Manuel José de Salas. Poco se conoce de estas gentes, se ha supuesto que son jesuitas expulsados. Hay otras pocas firmas borrosas de otros grandiosos desconocidos. En el documento también se hace figurar al renombrado y singular Olavide. Pero esta treta o esta farsa, este festín de alquimistas políticos orientados por un brujo desde la sombra, fabrica en ese diciembre parisino el primer documento donde se consigna el propósito de liberación de todo un continente. Con osadía y desparpajo absolutos

—y esto es lo maravilloso— los fantasmales signatarios se arrogan el derecho de convertirse en los legítimos representantes de la liberación de todo un mundo. Sin duda que eran bien realistas, se comprometían con lo imposible.

A Miranda, por supuesto, se le otorga la calidad de "principal agente" de esta entusiasta y desaforada representación. El documento recoge y repite las pasadas propuestas que Miranda le había formulado a Pitt. Habla de los préstamos que Inglaterra dará a la revolución americana, de las tropas y los recursos que tiene que facilitarle. Consigna los privilegios y las ventajas comerciales que obtendrán los ingleses por la ayuda. Se anuncia que se hará el Canal de Panamá, para que Inglaterra multiplique sus negocios y sus ganancias. Se anuncia que a los Estados Unidos se le reconocerán las dos Floridas y también la Luisiana. Así, a punta de plumazos, se reparte generosamente un mundo. Se consigna que Miranda tendrá el mando absoluto de todas las tropas. Que él y Olavide quedan investidos de todo el poder para nombrar agentes civiles y militares que colaborarán en la empresa. Pobre Olavide, tantas responsabilidades que se le asignan, cuando en ese momento él tal vez ya esté agonizando y cuando en ese sublime momento nadie siquiera sabe dónde vive, qué hace o qué piensa.

Pero a pesar de ser un virtuoso en construir castillos en el aire, Miranda también sabe ponerle unos cuantos granos de arena a sus aéreas construcciones. Ya antes de ese 22 de diciembre —día en que firma el acta delirante de París— había entrado en contacto con el cubano Pedro José Caro, singular sujeto de la picaresca revolucionaria, picaresca que no solo fue un género literario sino también un género político. Lo había conocido hace poco, pero lo creyó el sujeto adecuado para que, ejerciendo como su Juan Bautista, se adelantase hacia Inglaterra y fuese anunciando la próxima e iluminante llegada del redentor, el anunciador de la liberación del nuevo mundo. Miranda relaciona a Caro con sus influyentes y ricos amigos, los mercaderes ingleses, para que estos su vez le permitan a Caro una aproximación a Pitt y quede este bien informado de los grandes acontecimientos que están a punto de producirse.

Caro será entonces el pregonero de la buena nueva, aquella que proclama que el general Francisco de Miranda está presto a retornar a Londres, pues está a punto de estallar una generalizada revuelta en todas las colonias hispanas. Y Miranda, como comandante en jefe y con la generosa ayuda de Inglaterra y de los Estados Unidos, orientará aquella revolución para evitar que ella se contagie con los infernales y repugnantes principios que ha propagado la Revolución de los franceses. Miranda hará que esas repúblicas que van a fundarse acojan la sabia institucionalidad que practican los virtuosos ingleses. Caro, pues, haría la introducción y la presentación ante Inglaterra de estos grandes anuncios y promesas que los representantes de toda la América habían acordado en el sublime cónclave de París, en esa acta en la que igualmente había sido consignado que a Inglaterra, por su supuesta y desinteresada ayuda, se le devolverían treinta millones de libras y todos los privilegios que ni el más ambicioso comerciante hubiese podido imaginar para el aumento de sus caudales y sus ganancias. Y dicha acta por supuesto suscribía párrafos como este:

Se podría aun decir, con confianza, que es la única esperanza que queda a la libertad, ultrajada por las máximas detestables confesadas por la Revolución francesa. Es también el único medio de formar una balanza de poder, capaz de contener la ambición destructora y devastadora del sistema francés.

¿Sería por todo esto que Barrás se refería a Miranda como el mayor intrigante de Europa? El hecho es que el acta sublime de París, con la cual Pitt quedaría hechizado, era el más grandioso y casi cósmico regalo de navidad que alguien alguna vez haya concebido para ofrecer como presente a un gobierno, pues la revolución de América meridional se haría para contener "el mal francés" y, de paso, para pagarle a Inglaterra treinta millones de libras por un supuesto préstamo que, exagerando, tal vez solo alcanzaría el millón de libras. ¿Generosidad o delirio? ¿Farsa ingenua o ingeniosa? ¿Será esto ser Quijote y tener fuego en el alma? ¿Será esta la fusión explosiva entre el mercader y el profeta? ¿O será esto simplemente el capítulo más exaltado que escribió la picaresca revolucionaria para notificarle a Europa que el delirio y su realismo mágico son tan antiguos como el sol del trópico, ese sol ardiente que nuestra razón enloquece?

Sea lo que fuere, con esas instrucciones fue despachado a Londres el cubano Caro. Muy torpe y muy corto de visión tendría que ser el pretencioso de Pitt si no sabía escuchar estos halagadores cantos de sirena que, con música de flauta, producía un caballero ebrio de libertad. Un Quijote que, con rutilante mancha, en breves días estaría cruzando el también turbulento Canal de la Mancha, para iniciar una incierta revolución que debería hacerse para que la libertad de los franceses no continuara atragantando al mundo.

Pero además del cubano Caro, que bien caro le saldría a Miranda, nuestro general había contratado en París y en calidad de secretario a un enigmático bribón llamado Duperón, quien ejercía de espía profesional, para que con sus muchas habilidades le ayudase a refinar sus sueños y sus planes sombríos de absoluto. Pero Duperón, lejos de colaborarle en deshacer entuertos, lo metería en muchos otros cuando Miranda no le cubriera sus sueldos. Pues el singular y exótico personaje acabará traicionándolo y le ayudará a escribir otro sorprendente capítulo del libro europeo que vivió Miranda antes de iniciar el último gran capítulo del libro americano.

Así llega el 11 de enero de 1798. Hace frío, un frío intenso, tanto en el alma de Miranda como en el silencioso y monótono paisaje de Calais, donde se embarcará para ir a venderles su revolución a los que supone incautos ingleses. Ha llegado a Calais vestido de mercader o disfrazado de espía: gruesos anteojos verdes, peluca blanca pero nada elegante, pasaporte falsificado con ácido muriático oxigenado, con nombre sonoramente afrancesado. Aquel curioso personaje que huye no es ya el conde de Miranda, no es el general victorioso que cosechó algo de gloria en la batalla de Valmy. Es casi un entumecido viajero que dice llamarse Gabriel Eduard Leroux d'Helander, que pretendidamente se dirige a la ciudad de Hamburgo en plan de negocios. Y en Calais está esperándolo un pequeño barco danés, que debe alejarlo de esa Francia pestilente donde la libertad la han envilecido.

Pero hay algo enternecedoramente romántico en esta despedida del mercader Leroux. Se ha hecho acompañar por sus dos últimos amores: su amor aristocrático y su sencillo amor plebeyo. En el mismo coche han viajado con él la hermosa duquesa de Custine y su inteligente ama de llaves Francisca Potier. En el coche él se ha ubicado en el centro, la condesa a la derecha y Francisca a la izquierda; puro azar, nada de simbologías políticas. Pero parece sugestivo y sugerente que sea el general quien sirva de puente, de inquietante punto de encuentro para esa singular aproximación entre la dama de la derecha y la dama de la izquierda. ¿Será que el amor, la pasión o la simple y humana expresión de la lujuria sean las que aproximen las miserias que las ideologías políticas separan?

Todos están tristes en ese viaje en el que pronto se agitarán los pañuelos del adiós. Hace tiempo la Custine y Francisca se conocen. Francisca conoce y ha escuchado con tembloroso oído los suspiros, los lánguidos gemidos que escapan de las vísceras ardientes de la amorosa condesita cuando ella suele "chapear" con el impetuoso general en su alcoba, en la calle de Saint Honoré. Francisca ha sabido y ha aceptado que es su amante, mas ella —que también es amante clandestina, pero que no es condesa sino sencilla muchacha campesina y además ama de llaves del majestuoso seductor— acabó aceptando sus veleidades amatorias. Al principio debió de haber derramado algunas lágrimas, pero acabó resignándose y tal vez hasta acabó comprendiendo que una condesa tiene, aun en esos tiempos, más privilegios hasta para los goces del amor que una humilde campesina de aquella Francia que casualmente andaba de revolución para tratar de desmantelar los muchos privilegios. En cambio, la Custine desconoce los amores de Francisca con su voluble y apasionado general. Por eso nunca ha oído sus suspiros, ni se ha podido imaginar cómo pueden ser los lánguidos lamentos de una mujer que es campesina. Tal vez, si los hubiese conocido, habría podido imaginar que en el lecho del amor campesina y condesa son iguales, que nada hay más democrático y nada hay más poderosamente igualitario que el lenguaje compulsivo y efusivo de un orgasmo, pues el amor es como la muerte: iguala.

Ambas lloran cuando el general se embarca. Ambas agitan los pañuelos. La Custine le ha regalado, a la manera de tierna despedida, un pequeño cofre que contiene un corazón y no veneno. El general, al ver el cofre, resucita una viva nostalgia de su extraviado tesoro púbico. Ya no colecciona esos tesoros, pero en ese momento cómo le hubiese gustado poseer otro cofrecito para depositar en él, con ternura cierta y delicada, un recuerdo púbico de esas dos mujeres que lo aman. Pero ya no hay tiempo ni para las ensoñaciones. El barco ha llegado. Y el general, el seductor general aventurero, está dejando atrás la libertad comprometida y está dejando aquel amor de doble faz. Qué se le va a hacer, pues si el amor huyó, pues si el amor se fue, de pronto solo queda llorar por aquellas mujeres tan buenas, de manos y de carnes de azucena. Pero el general nunca llora. La fascinación que lo embarga por el futuro, que está de nuevo comenzando, le cercena las lágrimas, lo exime de la nostalgia. Esa emoción solo le regala descabellados sueños, con los cuales debe alimentar su delirante cabeza de tropical quijote; quijote que, al contrario de lo que supuso Napoleón Bonaparte, es posible que sí esté loco; o si no, al menos lo parece.

39

Superadas algunas pequeñas dificultades con los aduaneros, el flamante y disfrazado mercader Leroux se encuentra de nuevo en Inglaterra con sus baúles de doble fondo, con sus nostalgias, con sus adulterados papeles, con su deseo trepidante de comenzar un nuevo capítulo para su vida fabulosa y aventurera. Casi de inmediato es recibido en audiencia por el flemático y perspicaz ministro Pitt, como si el habilidoso político inglés tuviese urgencia manifiesta de recibir los informes de este exgeneral de la Francia revolucionaria, que ahora viene envenenado y resentido contra los supuestos abusos de esa libertad gálica que ha entrado en una nueva fase para continuar trastocando el orden político del mundo, pues Napoleón —ya eufórico y vencedor en las brillantes campañas de

Italia— empieza a mostrar muy claramente quién será el nuevo director de la orquesta política que va a seguir interpretando la gran sinfonía que tanta sangre y tanta anarquía ha gestado en las entrañas de la nación francesa. Para Napoleón, el Directorio y su política son ya pasados y pequeños estorbos de los que pronto debe deshacerse, para dar comienzo al ciclo consolidador y sorprendente de su propio poder, obtenido con las armas y con sus brillantes capacidades no solo de guerrero sino también de gran estadista.

Para Pitt, inteligente y calculador como pocos y dotado de indiscutible visión política, debe resultarle muy interesante oír de viva voz lo que pude comunicarle este general renegado, que retorna ahora para reincorporarse al servicio activo de la imperialista y colonialista ambición de los ingleses. Lo recibe con simpática curiosidad. Hasta lo abraza. Pitt, en confianza y en privado, suele ser descomplicado y amable, sabe pasar por alto las solemnes y ridículas miserias del acartonado protocolo. Y además, la entrevista se efectúa en su casa de campo y hace ya ocho años que no ha visto al singular personaje que ahora viene y que, a pesar de que ya no es el comerciante Leroux, llega para proponerle un espectacular negocio: venderle a muy bajo precio la supuesta libertad de un mundo. Miranda, quien previamente le ha enviado a su San Juan Bautista, al inefable bribón de Caro, para anunciar su llegada y promover su espectacular proyecto, debió imaginar que después de la entrevista con Pitt, saldría con documento firmado, con libras esterlinas aseguradas, y que a partir de allí la liberación de América sería solo un paseo, un festivo paseo, donde él como comandante en jefe y como supremo representante de todas las provincias de América, llegaría muy pronto al cenit de su gloria. Pues audaz e incorregiblemente "soñador" sí era el más universal de los americanos que hasta ese momento había parido la marginal historia de la América colonizada por los inquisidores españoles.

Pitt, que por supuesto es educado y fiel a esa vieja y muy usada cortesía inglesa, lo escucha con atención. Soporta por varias horas la parla atropellada, entusiasta y rapidísima, con la cual se expresa el "espía que llegó del trópico". Lo oye hablar con arrobamiento y casi con énfasis declamatorio de los gobiernos que se van a establecer en la martirizada América, una vez que los ingleses hayan aflojado la bolsa para el susodicho negocio. Miranda le comunica que se fundarán gobiernos que, en lo esencial, reproducirán la sabia institucionalidad que caracteriza y orienta la política inglesa. Cuando le habla de un inca, que será como una especie de emperador que presidirá la nueva y extraordinaria república, Pitt debió hacerle caer en cuenta que aquello no era muy inglés, pues en estricto sentido él desconocía por completo qué era exactamente un inca. Pero Miranda, que por el momento no quiere enredarse ni perder tiempo en los detalles, pasó por alto el comentario y para halagar mucho más al ministro que presumiblemente iba a financiarle su proyecto, se apresuró a resaltar que lo esencial era que aquellas repúblicas se alzarían como un muro de contención contra la peligrosa enfermedad francesa:

Es precisamente para evitar un contagio semejante, y precavernos con tiempo del influjo gálico, que he pensado en emanciparnos inmediatamente, y formar alianza con los Estados Unidos, para que en compañía con Inglaterra, combatamos unánimemente contra los monstruosos y abominables principios de la pretendida libertad francesa.

Cuando terminó tan exaltada parrafada, creyó que había dado en el clavo, pues Pitt le comentó que eso sí le agradaba, pues en caso de que se llegase a introducir un sistema parecido o imitando al de Francia, él preferiría mil veces que América continuase por los siglos de los siglos sometida al Gobierno del rey de España. Miranda le reafirma que eso no será posible nunca, que ni siquiera podría imaginarse, que todo en esos nuevos gobiernos sería "muy semejante a lo que hay en la Gran Bretaña". Le insiste de nuevo en que habrá dos cámaras, una de los comunes y otra para los nobles, y que el inca soberano será hereditario. ¿Qué habrá podido pensar Pitt en sus adentros de este singular proyecto de liberación que se hacía para luchar contra la libertad?

La conversación se prolongaba, pues un ministro inglés, así esté en su casa de campo, es y será siempre un personaje muy ocupado. Sin embargo, Miranda no pareció percatarse de esta descomunal sutileza y continuó hablando larga y atropelladamente. Habló de cosas más puntuales, de los barcos, del número de tropas requeridas, del aprovisionamiento, en fin, de todo aquello que se encierra en el moderno concepto de "logística". Y por supuesto no olvidó de mencionar que él como supremo director y orquestador del gran proyecto requería de algún estipendio monetario mientras ejecutaba su grandiosa tarea, esa tarea que le daría a Inglaterra el estatus de país más favorecido en el comercio del nuevo mundo liberado. Dijo que esa ayuda monetaria le era indispensable, pues de Francia no había traído nada, solo amargos recuerdos, sufrimiento, cárcel, amargura y una aversión profunda por esa manera en la que ahora los franceses entendían su libertad. Miranda entonces tuvo derecho a imaginar que después de aquella larga exposición de sus argumentos y sus motivos, saldría firmando el "Acta de Londres". Con esta nueva acta, sumada al "Acta de París", habría comenzado de una vez y para siempre un nuevo ciclo histórico, y él sería su profeta. Era un momento como para tocar la flauta.

Pero por lo general incurre en equivocación quien sustituye la solidez del pensamiento por la frágil realidad de sus deseos. Pitt, por ahora, no estaba en nada interesado en promover enigmáticos incanatos ni en instaurar en países aéreos, que difícilmente podía imaginar cómo eran, la sabiduría política profesada por los ingleses. Él, en ese momento, solo estaba interesado en Francia, en saber qué podía decirle un exgeneral francés de lo que podía suceder en el inmediato futuro. En la cabeza de Pitt solo cabía, a la manera de una amenazante pesadilla, la pequeña figura de Napoleón Bonaparte que iba creciendo y creciendo, que se le iba agigantando, que se le iba convirtiendo en la más grande amenaza que se cernía sobre Inglaterra. Lo que le expresó Miranda sobre dichos asuntos e inquietudes pertenece a lo obvio. Que era posible que Bonaparte pretendiese en algún momento diseñar un proyecto de invasión sobre Inglaterra. Como si a Pitt no se le hubiera podido ocurrir semejante idea.

Termina la entrevista. No hay acta. Por el momento no hay libras. En últimas, no hay nada. Queda solo flotando una promesa gaseosa en ese ambiente frío. Pitt le comunica que posteriormente volverán a entrevistarse. Se despiden, debe ir a trabajar, debe atender asuntos importantes.

Miranda, desconcertado, solo se da cuenta de que empieza a anochecer y de que hace un frío endemoniado. En su diario escribirá que se habían despedido "con mucha amistad y mucha satisfacción".

40

Pero Miranda sabe mentirse a sí mismo para en ocasiones poderse creer. Eso de la "mucha amistad y mucha satisfacción", con las cuales supuestamente se habían despedido, no significaba absolutamente nada. En el fondo de su corazón solo salió convencido de que aquella entrevista no había producido por ahora nada concreto, o que tal vez solo corrió el riesgo de que Pitt lo considerase como a un incorregible charlatán, siempre en plan de conseguir algunas cuantas libras que lo ayudasen para sobrevivir y continuar ejerciendo su inquietante profesión de vendedor de ilusiones. Y no es que Pitt fuese el Sancho, encargado de proteger la bolsa, y que él fuese el Quijote, encargado de blandir la lanza para iniciar grandiosas aventuras. Lo que ocurre es que la política y los procesos de la historia no suceden al conjuro imaginario de alguien que tiene mentalidad de jugador de casino, sino que por lo general está concatenada a un proceso de engranajes y secuencias que a veces determinan su ritmo, así en ocasiones el azar y la suerte jueguen sus cartas para también producir resultados.

Pero Miranda persistiría, y en esto son admirables su capacidad y su tenacidad para aferrarse a su supuesto proyecto libertario, que en él nunca fue pasión de ideales, o íntimo e irrenunciable convencimiento de que hay que jugarse la vida para lograr que esos ideales logren convertirse en fuerza transformadora de la historia y de la vida misma. Para Miranda se trata de su proyecto personal, de una forma de vivir y, en lo posible, de vivir bien; de vivir como sibarita, que es la manera como él gusta de estar en la vida y eso lo había convertido en una profesión. Se había hecho virtuoso de la intriga y de la argucia para lograr recabar recursos que le ayudasen a coronar ese objetivo. No había de manera perceptible un rumor heroico, ni de grandeza, ni de sacrificio; nada de entrega romántica, era simplemente su negocio. Se había convertido en mercader de una ilusión grandiosa que, a pesar de todo, era posible de llegar a cristalizar, pues la Independencia de las colonias era ya una latencia colectiva, una especie de necesidad histórica, una forma de expresión de aquello que un gran filósofo habría llamado las argucias de la razón histórica. Eran entonces la razón y la necesidad de la historia las que estaban escribiendo y que de alguna manera acabarían produciendo los hombres que tocarían esa partitura que haría posible que esa música de libertad se convirtiese en algo tangible y real.

Por supuesto que Miranda percibió el despliegue de aquellos elementos, la manera en la que ya estaban actuando. Y por eso mismo su imaginación embaucadora no estaba alimentada solo de vacíos, estaba alimentada de esa confusa posibilidad que ya estaba en gestación. Ese sin duda es su mérito. En torno a ello se teje la extraordinaria leyenda de su vida, mucho más que fabulosa, pues independientemente de los ingredientes morales que soportan y orientan sus acciones, esas acciones suyas, esas peripecias de su vida extraordinaria, colaboran de manera más que eficaz en la maduración y en el impulso que posibilitó concretar la liberación política de la América meridional. En este sentido, el alma de Miranda es como un escenario de enigmas, donde la picardía tiene un papel privilegiado y asombroso. Pero su vida, considerada como exterioridad, como gesto, como realización de actos externos, es asombrosa y hasta estrafalaria. Y fue con esa vida y con esos gestos con los que estimuló el proceso y el despliegue y la realización posterior de la Independencia. Es decir, fue su vida, casi nunca su alma, lo que colaboró con la grandiosa empresa. Con esa vida se ha ganado el título y su condición indiscutida de precursor o de animador de aquella epopeya que nos dio vida política relativamente propia. Nadie le negará su gloria. Y su estatua inconmovible estará para siempre anclada y aureolada por el rumor de esa épica leyenda.

Pero acontece también que los personajes históricos tienen una moralidad profunda y enaltecedora, pues la historia es además escenario donde fulguran de manera ejemplarizante la virtud y la grandeza de aquellas acciones humanas que solo acaban realizando los auténticos héroes. Y al héroe no lo mueve el lucro, ni la efímera vanidad de unos laureles que pronto se marchitan con el corrosivo óxido del tiempo. Al héroe lo motiva, lo lleva hasta el sacrificio, la entrega o hasta el enamoramiento por un ideal que él mismo juzga como fuerza capaz de mejorar y dignificar la historia y la vida misma. En el alma del héroe no comulga ni se fusiona el espíritu del mercader con el espíritu del profeta. Él es, si no el anunciador, el realizador de la profecía; y la profecía es anuncio de salvación y de superación de las miserias que aplastan la condición humana.

En Miranda, el mercader derrota al profeta, al contrario de lo que sucederá con Bolívar, donde el mercader nunca existió, pues su propio destino pareció desde el comienzo haberle permitido echar a latigazos de los templos de su alma a los mercaderes que lo envilecían. Nadie le negará estatua ni leyenda a Miranda. Su vida, ese exquisito y apasionante festín literario que es esa vida, bien se la merece; pero su alma, la intimidad y el verdadero valor y significado de su ser ético, difícilmente puede aspirar al homenaje perpetuador del bronce.

Cuando el azar y el enigma, a veces fatal y a veces venturoso en la historia, propiciaron el encuentro entre Bolívar y Miranda, parecía ya estar escrito "en el libro del universo" que ese encuentro estaba ya signado por lo trágico, era ya encuentro fallido entre dos elementos irreconciliables. Era el encuentro entre un hombre enamorado apasionadamente del ideal, con otro hombre abrazado a un proyecto alucinante, donde no fulguraban los ideales.

La variación anterior nos permite volver a las infatigables andanzas de ese Miranda que no se dará tregua en su esfuerzo de seguir promoviendo un audaz proyecto, donde él imagina que la liberación de las colonias hispanas, en lo esencial, debe correr por cuenta y riesgo de poderes extranjeros; un proyecto donde se considera, con ingenuidad y estupidez manifiesta, que los latinoamericanos serán los sujetos pasivos de dicho proceso, casi elementos inertes que viven a la espera de que esos poderes foráneos, en un singular y extraño acto de "compasión" histórica, se decidan a inventarles y a construirles una libertad que en sentido estricto ellos en ese momento no andan buscando.

Pero para la paradójica fortuna de Miranda, precisamente cuando las fuerzas externas que debían estimular la liberación del continente parecen del todo reacias a darle apoyo a esa incierta aventura, comienzan a surgir y a agitarse con fuerza movimientos políticos en el seno de la América meridional, movimientos si no orientados del todo a la búsqueda de la Independencia, al menos empeñados en redefinir en forma bien significativa los vínculos de la relación colonial. El pueblo de la América colonial —el mayoritario conjunto de esos hombres de carne, hueso y sueños que conforman la sustancia viva y humana de una nación— no andaba ni embelesado ni verdaderamente interesado con el sueño precario, hasta ese momento mal soñado, de crear artificiosas repúblicas que fracturaran la continuidad y la identidad de esa herencia y de esa tradición que el espíritu español había integrado como nuevo elemento configurante de su verdadero ser histórico.

Pero se estaba iniciando un inmenso y apasionante nuevo capítulo de confusión social y política que —para bien o para mal, para fortuna o fatalidad de nuestra historia— culminaría con la Independencia política de nuestras naciones y nos arrojaría al turbulento e imprevisto océano de una supuesta modernidad que, más que un sueño de redención y liberación, ha sido las más de las veces un errático transitar por las opresivas formas de una todavía vigente e infernal pesadilla, la que sin embargo es la forma real de nuestro estar y de nuestro ser en la historia.

A Miranda alguien alguna vez le había aconsejado, o le aconsejará, que cerrase el libro europeo y que empezara a escribir los capítulos del libro americano. Después de la fallida entrevista con Pitt, sin duda que comienzan el ciclo y el tiempo en que escribirá, con equívoca y tortuosa caligrafía, los nuevos capítulos de ese libro, que para él no tendrá final feliz, y que para América solo será señalamiento de un derrotero incierto, tránsito por un laberinto oscuro, donde aún permanecemos extraviados.

SEGUNDA PARTE

1

El comienzo del "libro americano" tuvo para Miranda un prólogo sembrado de incertidumbres, de cavilaciones amargas y de muchas dudas que le ensombrecieron el ánimo. Después de la entrevista con Pitt, fluyeron lentas las semanas y este no volvió a manifestar ningún interés en comunicarse con él para poner en marcha el supuesto y grandioso proyecto de liberar un mundo. Ese silencio lo precipitó en la angustia. Pero aun sobrecogido por esa angustia y acosado por muchos interrogantes, no se debilitó su capacidad de continuar siendo persistente en la búsqueda de sus objetivos, pues lograrlos era tal vez la única manera que él poseía para poder sobrevivir; para disponer de recursos que le permitiesen llevar una existencia acorde con sus propias y grandes expectativas; expectativas que implicaban la relevancia, un tren opulento de vida y una necesidad irrenunciable de sentir y creer que él era un personaje nacido para participar en los grandes rituales y en las grandes ceremonias de la historia. Suponía que ese era su destino manifiesto y renunciar a él sería equivalente a hundirse en el gris e insoportable anonimato.

Por eso reinició con brío sus funciones de infatigable intrigante, mientras continuaba bombardeando a Pitt con epístolas repetitivas, que cada vez parecían reducir el tamaño de sus iniciales peticiones. Se puso entonces en contacto con varios e influyentes miembros del Gobierno norteamericano. Viejos amigos, conocidos en su antiguo periplo por esas tierras del país donde se ejercía la "libertad racional". Le escribió al presidente Adams; a Hamilton, que ahora andaba de ministro de relaciones exteriores; y por supuesto le escribió al general Knox. En todas las cartas repite sin mayores variaciones lo que ya le ha planteado a Pitt. A veces, y con la intención de asustarlos un poco, exagera el peligro que puede suponer que, en el caso de que Francia invada a España, se puedan producir en la América meridional revoluciones anárquicas que podrían sentirse complacidas con eso de adquirir el contagio de la enfermedad francesa; lo que obviamente hacia el futuro podría no ser muy conveniente para los intereses del Gobierno norteamericano. En todas esas cartas insiste en la urgente necesidad de combinar esfuerzos entre ingleses y norteamericanos para proceder a la inmediata liberación de las colonias. En aquellas cartas fulguran con exuberancia los elogios para sus amigos. Al presidente Adams lo halaga con párrafos como este: le dice que lo admira por su valor, "que ha hecho a su país independiente"; por su sabiduría, "que ha permitido un gobierno bien ponderado que ha salvado así la libertad y ha evitado las consecuencias fatales del sistema franco republicano, que no es más que la terrible libertad extrema".

Al cubano Caro, que fue el portador y el emisario de aquellas cartas, por este motivo lo había despachado a los Estados Unidos. Sin embargo, su San Juan Bautista no sería muy afortunado en el cumplimiento de su misión anunciadora. Parece que la fatalidad lo perseguía y siempre quedaba aplastado y frustrado por una mala ventura, que parecía haberlo predestinado al fracaso.

Poco caso le hicieron los norteamericanos al delirio libertario de Miranda. Hamilton, a quien Miranda creía un gran amigo, había escrito al margen de su primera carta: "No contestaré porque lo creo un aventurero". Mala imagen tenía nuestro precursor en muchas latitudes, pero él parecía no percibirlo. Por el contrario, creyó siempre imaginar que él era considerado un valioso hombre al que le esperaba un grandioso destino.

Sin embargo, Hamilton, contrariando su intención inicial, terminó por escribirle una carta donde, a grandes trazos, se muestra favorable con el proyecto que debe emprenderse como si se tratase de un acuerdo entre los Estados Unidos e Inglaterra, y un acuerdo que debe culminar formando gobiernos que "sean agradables a ambos cooperadores".

Lo que nunca dice es cuándo y en qué circunstancias se le puede dar inicio al complicado plan. Le aconseja, eso sí, que lo mejor sería que la Gran Bretaña nombre a un representante ante su Gobierno para seguir analizando y discutiendo el proyecto. Miranda imagina que detrás de la vaga promesa pueden desencadenarse hechos concretos. Y se entrega con mayor fervor a elaborar lo que propiamente sería el preciso plan militar al que se ajustaría el proyecto político, pues él está convencido de que justo en ese momento están dadas las circunstancias más propicias para entrar en acción. Y entonces todo tiene carácter de imperiosa urgencia, pues los puertos de España y los puertos de Francia, que ahora son naciones aliadas, se encuentran bloqueados.

Por otra parte, Miranda considera que el potencial militar de España en las colonias raya en lo ridículo. Entonces hay que empezar por amenazar a Cuba y luego apoderarse de Panamá. Las fuerzas inglesas y norteamericanas se reunirán posteriormente en Granada y en Trinidad. Los 5.000 soldados norteamericanos y los 2.000 ingleses de caballería, en los diez barcos de guerra, engañarán a los españoles y, haciéndoles creer que pretenden ir a Venezuela para tomarse Caracas, se apoderarán de Santafé de Bogotá y posteriormente de Cartagena y Santa Marta. Después de tomada Cartagena, se enviarán tres barcos a Buenos Aires y desde allí, se pasará luego a Chile y al Perú. México vendrá después, pues los Estados Unidos serán los encargados de hacerle ese regalo de la libertad a los soñolientos mexicanos. ¿Delirio, ficción, quimera, demencia, pura y maravillosa imaginación exaltada? Quizá todo eso esté arbitrariamente combinado en la ardiente cabeza de don Francisco de Miranda y Rodríguez. Como comentario puro preñado de realidad, hay que suponer que Miranda, tal vez por su exaltación, confundía a Santafé con Cartagena, pues desembarcar en la fría capital era sin duda una odisea inconcebible. Pero Miranda era así: exaltado, locuaz; hablaba y pensaba rapidísimo. Era quijote, tenía fuego sagrado, pero no estaba loco... solo entusiasmado y urgido de liberar un mundo. Por eso se daba el extraño lujo de convertir la libertad de América en una especie de acto de ilusionismo. Solo era sacar la varita mágica y, con dos o tres movimientos, la libertad sublime que entre cadenas gime saldría de un cubilete para atragantar a los expectantes sudamericanos.

Otro de los norteamericanos a quien trató con alguna frecuencia en estos tiempos de angustioso delirio y de dolorosa espera, fue Rufus King, quien ejercía como ministro del Gobierno norteamericano en Londres. Este parecía el que más complacencia y entusiasmo mostraba por sus planes, pues estaba convencido de que el destino de la América española era un asunto que esencialmente pertenecía a la órbita de los intereses norteamericanos.

Pero si en lo imaginario todo este fue un tiempo de excitación para Miranda, en lo real fue un tiempo de duras y concretas calamidades. El cubano Caro —ese enviado suyo al que trataba en su correspondencia con una amorosa cordialidad bastante inusual y extraña en él— acabó fracasando en todas las gestiones que le asignó. Y para colmo de su infortunio, terminó traicionándole. Qué doloroso tuvo que ser para Miranda que su San Juan Bautista acabase transmutado en Judas. La enemistad entre los dos surgió por asuntos de dinero. Miranda, no pudiendo o no queriendo pagarle sus honorarios, lo convirtió en su enemigo. El final del deleznable cubano es bastante triste. Termina suplicando el perdón de rey español Carlos IV, por medio de un documento que es humillante y donde además denuncia a Miranda de valerse de credenciales falsas.

Por su parte, su secretario francés Duperon, también por asuntos de dinero y por deudas que no le fueron canceladas por Miranda, resuelve vender los documentos secretos del general al embajador de España. Todo es escándalo, todo se convierte en otro sombrío y oscuro capítulo de aquella picaresca. Todo es traición, anónimos, rumores envenenados. La imagen de Miranda, de por sí poco favorecida en ciertos círculos, acaba acrecentando suspicacias y queda terriblemente socavada. Y como para hacer leña del árbol caído, su amigo y mecenas, el curioso negociante Turnbull deja de mostrarse tan generoso, como habitualmente lo ha sido durante tantos años, en la financiación de las lúcidas aventuras de nuestro vanidoso don Quijote.

Por otro lado, el Gobierno inglés procede de alguna manera a mantenerlo en una especie de prisión sin rejas. Se le niega en forma consecutiva el pasaporte con el que puede abandonar el país. Miranda, con cualquiera de los nombres que solía usar, está virtualmente prisionero en Inglaterra y sobre él se ejerce vigilancia. No le concederán el pasaporte que empieza a reclamar para viajar hacia otras tierras y a otros mares, pero curiosamente le asignan una pensión para que pueda vivir decorosamente en Inglaterra. La pensión es de trescientas libras, el sueldo que corresponde a un teniente coronel. Es la época en que decide irse a vivir a New Road, en las afueras de Londres. "Con mis libros soportaré el exilio y todas estas nuevas persecuciones", escribe con resignada amargura en su enmarañado diario. Pero poco tiempo permanecerá en este lugar. No gusta de las "afueras", ni de las melancolías del paisaje rural.

Regresa a Londres. Allí, como efímero consuelo, vuelve a recibir cartas amorosas de la inquieta y voluble condesa de Custine. "He sufrido por estar lejos de vos, pero mi corazón no ha cambiado y no cambiará jamás a este respecto. Seré vuestra amiga con o contra todos, a pesar de vos mismo, si es menester". Pero Miranda permanece receloso y en silencio, ella le ha lastimado muy profundamente su vanidad. Su coquetería, casi su promiscuidad, la han arrancado de su corazón. Además, su resentimiento ha crecido casi hasta el odio, pues la señora Dupont, que ha sido la cocinera de Delfina, le ha escrito a Miranda comunicándole muchas de las gracias y de las piruetas amatorias que la señora condesa suele practicar en su canapé azul con varios de sus amantes. En otra carta, Delfina pregunta: "¿Durará siempre este silencio?". Y el lastimado general le responde con todo su silencio.

Con Francisca Potier también mantiene correspondencia. Ella —el amor plebeyo, al contrario del amor aristocrático— cree y practica las ceremonias de la fidelidad, que no ha sido virtud muy valorada en Francia. Ella cuida sus muchas pertenencias, las que dejó Miranda al abandonar la Francia; y permanece viviendo en la casa que habitara el general, pues su contrato de arriendo aún está vigente. Ella le comunica noticias diversas de ese París, siempre festivo y siempre cambiante.

Ella sin duda lo ama y presumiblemente sueña con el retorno de aquel amante enigmático, con el que fue feliz en muchas noches pretéritas.

De nuevo en Londres, y a pesar de los descalabros, Miranda persiste en sus planes. Esos planes son ahora toda su vida. Se pone en contacto con muchos sudamericanos. Más bien ellos lo buscan, él es una leyenda. Nadie que esté interesado en revolucionar las colonias hispanas puede prescindir del complejo general Miranda ni dejar de reconocer su importancia y su influencia en ese proyecto que, pese a todo, parece signado por lo inexorable. Seguramente es parte de la necesidad histórica y, si esta de verdad existe, acabará imponiéndose.

2

La larga y casi perpetua indecisión de los gobernantes ingleses para extenderle carta blanca a ese proyecto que tenía tantos elementos alucinantes y alucinados, debió influir en el ánimo de Miranda para obligarlo a recapacitar con mayor serenidad y con mayor realismo en algunos aspectos concretos de su persistente aventura. Empezó a entender que sin la participación activa de los americanos, la supuesta conquista de la Independencia quedaría reducida a un simple acto de piratería internacional, que podría realizar cualquiera de las potencias que se apresurasen a comprar o a financiar el estrambótico proyecto. Inglaterra, los Estados Unidos o Francia —según las circunstancias de su política interna y según el peso de sus intereses— podrían ser, a juicio de Miranda, las naciones susceptibles de encargarse de la insólita aventura. En sí mismo, y en la perspectiva de lo real, el proyecto mirandino no era más que un espejismo inconsistente y también incoherente; un deseo inflamado y errático antes que un pensamiento orgánico. Poco o nada había considerado la participación que tendrían los propios americanos meridionales en esta aventura desquiciada e ilusoria, pretendidamente destinada a obsequiarles o a imponerles una libertad que ellos mismos desconocían en qué consistía y hacia dónde habría de conducirlos.

Miranda era el más desarraigado de los americanos, el que menos sentimiento y menos relación vinculante y vivencial mantenía con esa realidad llamada patria. Su América era apenas una noción, una abstracción lejana en la que a veces podía filtrarse alguna que otra gota de nostalgia; pero no era y nunca fue en él un poderoso sentimiento, un irracional y afectivo núcleo de elementos que les transmitiesen "fuego sagrado" a las motivaciones que lo impulsarían a una empresa libertaria y liberadora. Más que sentimiento, más que necesidad de patria, a Miranda lo obsesionó siempre un oscuro y poderoso resentimiento de venganza contra España, contra lo más "genuinamente" español, que acabó cristalizando, como falsificación de la cultura española, en las élites americanas: la férrea internalización de valores jerarquizados y aristocratizantes que condicionaban el valor, el prestigio y la significación de las personas. En el fondo de su ser, Miranda acabó confundiendo la arrogante prepotencia de los mantuanos con la propia España. La terrible y desgarradora herida que significó en su alma joven y vibrante el haber sido humillado, el no haber sido considerado digno de lucir las insignias y los ornamentos que hacen supuestamente reconocible el valor de una persona, envenenó su existencia y la encadenó a un resentimiento cuyo verdadero significado nunca pudo esclarecer.

Ese resentimiento, con el transcurso de los años, asimila y adquiere otros contenidos, pero mantiene su vigencia, alimenta su rencor, se dilata y se matiza con apariencias y primitivos pensamientos políticos. Miranda aparencialmente odia, con odio visceral y existencial, una expresión muy limitada y transitoria de esas formas en las que cristaliza lo que él cree es el espíritu español: el privilegio de la sangre, del nacimiento. Pero lo odia, no tanto por lo que encarna y significa, sino porque a él y a su padre se les hizo entender y sentir de manera más que humillante que ellos —y por supuesto todas las generaciones venideras ligadas a su sangre— no pertenecían a ese privilegio. Se les hizo sentir en carne y sueño propio que nunca alcanzarían reconocimiento ni valor como personas, pues ellos pertenecían a los humillados y ofendidos de este mundo. Miranda creyó que mientras existiera España, los miles de Mirandas que habitan este mundo no tendrían posibilidad real de alcanzar la dignidad y la categoría de ser reconocidos como sujetos portadores de un auténtico valor humano.

Esto convierte a Miranda en un enfermizo buscador de reconocimiento. Su ego, sin duda narcisista y poderoso, sin embargo queda atrapado en el propio tejido que provoca y agiganta su resentimiento, pues parece que efectivamente suelen los hombres matar lo que más aman. Por eso Miranda, como pensador y como luchador político, nunca orienta esa supuesta acción revolucionaria a la destrucción de las formas culturales transitorias que permiten y alimentan la supervivencia de aquellas jerarquías, sino que pretende incorporarse a ellas. ¿No nace de allí esa frenética y desesperada ambición de sentirse y nombrarse como conde? ¿No se pronuncia acaso innumerables veces como un acérrimo partidario de las formas aristocratizantes? ¿No es acaso en los hechos concretos y cotidianos un apaleador de criados y un despreciador de esa masa gris, turbia y sucia que se denomina pueblo? ¿No es acaso un permanente y feroz cuestionador de esa libertad que concede derechos a la plebe? ¿No es acaso un declarado y abierto opositor de eso que llama con desprecio "el contagio francés", es decir, de esos derechos que proclaman la igualdad y la fraternidad entre los hombres?

Si alguien está bien lejos de poder ser considerado un revolucionario en los contenidos esenciales que incorpora el concepto, es precisamente el falsificado conde de Miranda. Sin embargo, en la cultura de falsificaciones y de ingenuas confusiones que ha caracterizado el devenir precario del análisis político latinoamericano, prevalece y se defiende la imagen de Miranda como la de un héroe libertario. Nada más falso y nada más insostenible. Se trata de una perversa y acomodaticia interpretación. Independencia y libertad son dos categorías bien diferentes. La Independencia, como proyecto y como proceso político, en la que Miranda tiene un indiscutido y valioso papel de animador, donde se merece sin discusión alguna el sonoro título de precursor, es algo bien diferenciado de un proyecto que incorpore la dimensión existencial y cultural de la libertad, aquella de cuyos contenidos reales Miranda fue un enemigo declarado e intransigente. Ese concepto de libertad está borrado de su curiosa gramática existencial y política.

Por supuesto que pertenece mucho más a la novela que a la denominada historia valorar y explorar lo que es propiamente la significación y el aporte de la dimensión existencial en la configuración del hecho histórico. La historia la podemos convertir —y cuántas veces se ha hecho— en una especie de despliegue de una supuesta racionalidad que acaba expresando el armonioso y límpido transcurrir de algunas ideas, que previamente ha establecido la misma teoría histórica. Y allí se excluye (porque se lo considera irrelevante) el elemento caótico, emotivo, impredecible e irracional que aporta y constituye la vida; en una palabra, de la historia alegremente se elimina al hombre. Convertida la historia en una especie de aséptica ecuación matemática, tendremos como resultado seguramente un producto limpio, pero muerto y necesariamente falso. Así la historia deja de ser aventura, deja de ser literatura en el mejor sentido, para convertirse en helado cadáver, tan frío que ni las moscas de la putrefacción asisten a su banquete.

3

El contacto directo y personal de Francisco de Miranda con varios de los latinoamericanos que desde Europa trabajaban por la causa de la Independencia debió producir en él un cambio significativo en la percepción que tenía sobre esa vasta y casi inconmensurable realidad política, cultural y humana que configuraba la América meridional. Hacía muchos años que Miranda había abandonado el cálido paisaje de su nativa Venezuela. Salvo su corto y tormentoso periodo en Cuba, su vida había transcurrido por entero en Europa. Su formación, sus gustos, sus vivencias humanas más profundas, pertenecían a la realidad cultural e histórica del mundo europeo. Su desarraigo era manifiesto, y esa permanente y prolongada lejanía necesariamente debió provocarle una distorsión en la comprensión de ese mundo remoto donde hubo de nacer en el año de 1750.

Pero ahora, aproximándose el año de 1800, con sus cinco décadas tan intensa y vertiginosamente vividas, restablecía un contacto con los hombres de aquellas diversas y marginales tierras, hombres que habían venido a Europa para tratar de luchar y redefinir las relaciones políticas que ligaban a la colonizada América con las metrópolis europeas. Esa lucha y ese objetivo flotaban ya en el aire y en el tiempo. Poco a poco se había ido convirtiendo en un propósito que, si bien inicialmente fue preocupación de algunos pocos miembros de las élites cultas e ilustradas, progresivamente se fue decantando y adquiría las dimensiones de un proyecto relativamente colectivo. La búsqueda de la libertad no era, entonces, la invención y el deseo de una sola mente iluminada. No era una revelación personal que hubiese encontrado en un solo personaje —con perfil y con pretensiones de profeta— una forma y un lenguaje para darle curso a la pretendida necesidad histórica. Era un proceso histórico que lenta pero progresivamente iba escribiendo y encadenando a su escritura una aspiración colectiva. Tampoco esa Independencia era una fría y calculada partida de ajedrez, donde un solo jugador, apoltronado en una sala en Londres, moviese las fichas y, al cabo de unos pocos y hábiles movimientos, produjese un rápido y contundente jaque mate a otro rey enemigo. ¡No! El rey enemigo no era de palo ni de rígido marfil; era un rey vivo que encarnaba el inmenso poder del más grande imperio colonial, que se proyectaba desafiante sobre la vasta extensión del mundo conocido. Pero Miranda, las más de las veces, acabó imaginando o soñando que él era uno de esos jugadores, prepotente y solitario, jugando esa partida que determinaría la suerte toda de un mundo que en estricto sentido él desconocía, o conocía muy precariamente.

Tuvo que ser estimulante y esclarecedor para él ese contacto vivo y directo con aquellos personajes latinoamericanos, comprometidos también en esa incierta y grandiosa odisea que estaba ya gestándose y que empezaba a fluir incontenible por los mares turbulentos y las mentes agitadas de todos aquellos personajes que asumían la aventura pagando con sufrimiento, persecución, exilio y presidio, el delito dignificante de soñar un horizonte de nuevas esperanzas para el porvenir político de sus patrias.

Por esos días, Miranda conoció en Londres la famosísima carta que el jesuita peruano, Juan Pablo Vizcardo y Guzmán, había escrito tiempo atrás: "Carta a los españoles americanos". Su sensibilidad y su pretendida pasión libertadora debieron enfrentar un sobresalto y un estimulante estremecimiento al conocerla. Con lenguaje inflamado, pero preñado de una sencillez contundente, se describen allí los supuestos y los verdaderos agravios que el nuevo mundo ha padecido por cuenta del poder arrogante y discriminante de la metrópoli española. Es una eficaz y ardiente proclama publicitaria que toca la sensibilidad, el orgullo y la dignidad de los hombres que, nacidos en esas tierras, han padecido humillación, discriminación y desprecio; hombres que han sido considerados de inferior categoría.

Talento demagógico e incendiario poseía el apasionado jesuita. Su diatriba contra España apuntaba directamente a estremecer la sensibilidad y la dignidad de los sudamericanos. No quería enredarse en conceptos fríos ni en análisis abstractos sobre lo político. Quería calcinar con palabras ardientes y trepidantes, en un juego devorador y libertario, a quienes lo leyeran. Seguramente intuyó que más que las ideas, lo que atiza y mueve las revoluciones son la exasperación de los instintos y la combustión de los sentimientos. Los hombres son algo así como "máquinas" sufrientes que arrastran el carruaje frenético de las grandes revueltas. No son máquinas pensantes que esperan ver el resultado de sus acciones como el producto de una operación puramente lógica. Vizcardo de Guzmán sabía mucho más que Miranda cómo funciona el corazón del hombre. Él era un apasionado, un romántico, no un frío y distante jugador de ajedrez sobre un hipotético tablero hecho con pintura lógica. La fuerza de su carta era evidente, tan evidente que sedujo y llenó de entusiasmo verdaderamente libertario el pensamiento de Miranda, tanto así que aquella carta, que permanecía inédita, la hizo editar y se propuso divulgarla profusamente para que sirviese de palanca y de elemento incendiario y convocador de todos aquellos hombres y pueblos que estuviesen predispuestos a romper la opresión colonialista.

Extraño y azaroso es a veces el comportamiento de ciertos hechos en la historia. Miranda no conoció personalmente al jesuita Vizcardo de Guzmán. Este acababa de morir en Londres, en 1798. Sus papeles, y especialmente su provocadora e incitante carta a los hispanoamericanos, quién sabe por qué conjuro enigmático habían llegado a parar a las manos de Rufus King, el embajador estadounidense en Londres, el amigo y contertulio de Miranda. Este fue quien se la dio a conocer, permitiendo así que la carta tuviese existencia verdadera al ser publicada y facilitó que se convirtiese en el primer gran manifiesto donde se anuncian y proclaman los objetivos de la Independencia hispanoamericana. Y Miranda supo hacer un valiosísimo uso de ella para continuar promoviendo aquella causa, acosada y debilitada a veces por muchas y variadas circunstancias. Entre los elementos contenidos en ese vehemente documento, Vizcardo de Guzmán denuncia que en tres siglos los hispanoamericanos no han conocido sino ingratitud, esclavitud y desolación. Que España es para los hispanoamericanos un país extraño al que nada deben. Que sacrificarse por ella ofreciendo sus riquezas, su trabajo y su sangre constituye una terrible traición a la propia América. Que Hispanoamérica le ha entregado a España un inmenso imperio, tesoros que sobrepasan toda la imaginación y una gloria y un poder superiores a todo cuanto la antigüedad pudo conocer. Y como recompensa solo ha recibido aislamiento del mundo y rapiña de sus bienes. Denuncia que los hispanoamericanos han sido privados siempre de las ventajas de un gobierno propio. Que nunca se ha recibido ni protección ni justicia. Que mientras la corte española prodiga honores y riquezas a los extranjeros, a los hispanoamericanos se los declara indignos e incapaces de ejercer en su patria empleos que en riguroso derecho les corresponden. "Y así la gloria, que costó tantos padecimientos a nuestros padres, ha llegado a ser para nosotros una herencia de ignominia, y con nuestros tesoros inmensos no hemos comprado sino miseria y esclavitud". Habla también de las torturas que le fueron infligidas a Tupac Amarú. Se refiere al virrey del Perú como a un hipócrita feroz y sanguinario. Protesta, por supuesto airadamente, por la expulsión de los jesuitas y termina incitando a romper ese yugo de oprobio, de sometimiento y de insoportable injusticia que ejerce España sobre América. Con este documento "su majestad el panfleto político" ha entrado por la puerta grande de la hasta ahora marginal historia de la sojuzgada América.

Sin que Miranda se lo hubiese propuesto, "el libro americano" que empieza a escribir y a vivir se va llenando de rumor, sudor y realidad latinoamericana. Es libro que empieza a escribirse a muchas manos. Esta es también la época en que el azar lo pone en contacto con otro joven y futuro entusiasta patriota de la causa latinoamericana, alguien que tendrá muy pronto destacada actuación y notable presencia en las faenas de la posterior guerra liberadora. Se trata de Bernardo Riquelme, quien en el futuro será reconocido como Bernardo O'Higgins. Riquelme era hijo natural del general irlandés Ambrosio O'Higgins quien, estando al servicio de España, llegó a ser nombrado virrey del Perú. Enviado por su padre a Londres en plan de ampliar y perfeccionar sus estudios, Riquelme conoce a Miranda y pretende que este sea su profesor de matemáticas. Se establece entre ambos una mutua y cálida relación de amistad, que en Miranda adquiere algunas manifestaciones de relación casi paternal. Pronto su pupilo será el receptor de todas sus preocupaciones políticas y el entusiasta y animoso colaborador en sus proyectos y aventuras libertarias. Miranda es su consejero y su tutor. Le consigna por escrito consejos y máximas morales que deben orientar sus pasos en la lucha y en la conquista de la libertad de su patria. Sin duda fue poderosa y ejemplar la influencia pedagógica del ya maduro general de cincuenta años sobre el joven discípulo de veinte, pues con el correr de pocos años se convertiría en el héroe nacional de Chile.

Además de Vizcardo de Guzmán y de Riquelme, poco antes de salir de Francia Miranda se había relacionado indirectamente con Olavide. Más que relación personal, relación con la obra y el pensamiento de uno de los sudamericanos más notables y prestigiosos en aquellas épocas que anteceden a la Guerra de Independencia. Pablo de Olavide aparece firmando la fantasiosa y artificial "Acta de París". Si alguna vez firmó esa acta, Olavide tendría setenta y dos años y estaba gravemente deteriorado en su salud. Era Olavide personaje de notable importancia en España durante el Gobierno de Carlos III. En Madrid, después de un matrimonio con dama de fortuna, tuvo y orientó un salón literario que irradió reconocible influencia en los círculos más avanzados del pensamiento español. Era un "afrancesado", simpatizaba abiertamente con los enciclopedistas y fue un abanderado fervoroso del pensamiento de la Ilustración. Por esta causa fue perseguido y condenado por la lúgubre Inquisición a purgar ocho años de presidio, en una de sus terribles prisiones, es decir, en uno de sus conventos. Logró huir a París. Diderot escribirá su biografía. El Gobierno de la Convención le rendirá homenaje y en su honor le concederá una corona cívica. Con la llegada del Régimen del Terror, acaudillado por el "incorruptible" de Robespierre, será encarcelado. En prisión escribirá el más notable de sus libros, libro que consolidó su prestigio y le mereció el respeto de los más notables y prestigiosos pensadores de la época.

Son muchísimas más las aproximaciones y los diversos contactos que activa Miranda en el tiempo de esa larga espera que caracteriza el proceder de los ingleses sobre si deciden o no darle su decisivo apoyo a la empresa de la Independencia. Allí también figuran los granadinos Nariño y Pedro Fermín de Vargas. Pedro Fermín de Vargas —en muchos aspectos hombre cuya vida guarda singular semejanza con la vida del general venezolano— mantendrá larga y estrecha amistad. Compartirán viajes, preocupaciones y andanzas, que duraron varios años.

Con los latinoamericanos, con los cuales se reúne con frecuencia en Londres, adquiere vida y notable animación una especie de logia masónica y política, conocida como la Logia Lautaro, de indiscutida y notable importancia en muchos de los eventos que antecedieron e impulsaron el proceso independentista en América. Habitualmente se suele atribuir a Miranda la fundación de aquella logia, y se ha sostenido que ella funcionaba en la propia casa del general, en Grafton Street 27. El hecho cierto es que allí se reunieron, en tiempos y en circunstancias diferentes, todos los hispanoamericanos comprometidos en la lucha por la Independencia.

Es también este el tiempo en el cual Miranda sostiene correspondencia con Manuel Gual, el rebelde venezolano que había encabezado una revuelta armada contra España, revuelta que fue pronto aplastada con sanguinaria brutalidad y cuyos promotores pagaron con el martirio la osadía de su sueño libertario.

4

Todo indica que mientras se debilitan las esperanzas de Miranda en las vagas y aplazadas promesas que le han hecho los ingleses para apoyarlo en su aventura, en este se fortalece la necesidad de aproximarse más a los sudamericanos en busca de lograr su apoyo. Igualmente parece constatarse que cuando el Miranda "histórico" entra en tregua o en transitorio eclipse, se reverdece el Miranda doméstico o privado. Así, por ejemplo, por estas épocas en las que se encuentra a la espera de una respuesta afirmativa de Pitt, le ocurren hechos de significativa importancia en la órbita de sus realidades privadas y personales. Conoce a Sarah Andrews, la mujer que será la madre de sus dos hijos; la mujer con la que por primera vez ensayará a acomodarse a un tipo de vida sencillo, apacible y hogareño, un tipo de vida que en apariencia niega su arraigada predilección por la vida móvil y aventurera, que en últimas es la que esencializa su verdadero carácter.

Conoció a Sarah cuando pretendía realizar un breve viaje por las tierras de Escocia. No están muy claramente establecidas las circunstancias de ese primer encuentro. Los padres de Sarah eran los propietarios de una nada opulenta pensión, donde se hospedó el general cuando se propuso explorar las tierras escocesas. Eran gentes de origen judío, virtuosas y amantes del trabajo. Corría el año de 1799. Sarah, de veintisiete años, debió de causarle grata y grande impresión a este perpetuo viajero, próximo a cumplir cincuenta años, que solía de cuando en vez anhelar los goces sencillos de la vida tranquila y sosegada. No era ella mujer de belleza extraordinaria, ni de agresivos atributos físicos que pusieran en tensión y en alerta los apetitos nunca fatigados de esta especie de seductor profesional que era, había sido y continuará siendo el impetuoso general Miranda, quien perfectamente podría haber imaginado que si no es posible acostarse con todas las mujeres del mundo, al menos era legítimo intentarlo. Pero los veintisiete años de Sarah le conceden esa gracia vibrante de los cuerpos jóvenes, que incitan y provocan el deseo y la lujuria en alguien que considera el placer como derecho y reclamo esencial en los fueros de la vida.

Ella era algo tímida y algo recatada. Su sonrisa amable y generosa transmitía ternura y una cálida sensación de confianza. Seguramente su mayor ornamento era la carencia de esos artificios con los cuales la coquetería suele convertir a la mujer en llamativo objeto del deseo. Eso debió de impresionar a Miranda, aficionado como el más y adicto al estilo francés, que ya en esa época había hecho prevalecer en la gramática del amor el equívoco esplendor de la apariencia. Su belleza era sencilla, con rumor campesino o algo pastoril, belleza atravesada con algunos lunares y una constelación de calladas y pequeñas "pecas", que para el escrutador de Miranda tenían un encanto inexplicable. Pero su gracia, o tal vez su virtud más reconocible, debió ser para Miranda en aquellos momentos la eficiente dedicación y el silencioso entusiasmo que ella ponía en la realización de su trabajo. Ella era el alma y la vida del pequeño negocio que mantenían sus padres. El orden, la pulcritud y la reluciente limpieza que imperaba en el pequeño hospedaje traducían y hacían visibles aquellos atributos que sin duda pertenecían al espíritu de Sally.

Miranda, a quien su existir de solterón irredimible en ocasiones lo aplastaba con las pequeñas y enmarañadas complicaciones que demanda la vida cotidiana, se le ocurrió comentar durante la comida lo urgido y necesitado que andaba de una persona que le ayudase a controlar el caos de su universo privado, ese que tantas veces lo fastidiaba en Londres. Al percibir que Sally recibía con beneplácito la posibilidad de que ella fuese esa persona, se atrevió a concretar su propuesta de ofrecerle aquel trabajo de *housekeeper*. Lo hizo sin mucha convicción, sin imaginar que esto provocaría una importante redefinición de su vida personal. Reunido el cónclave familiar, entre argumentos, suspiros y lamentaciones y ante la manifiesta alegría de Sally de suponer que ir a vivir y a trabajar en Londres era sin duda una manera de ampliar y enriquecer los horizontes limitados de su vida opaca y rutinaria, se acordó que dentro de unas pocas semanas posteriores ella iría a Londres para asumir las funciones de ama de llaves en la casa del respetable general Miranda. Los padres de ella se sintieron confiados y seguros con el destino que se abría para su hija. Trabajaría para un hombre que para ellos resultaba respetable en todos los sentidos. Elegante, culto y refinado, la encarnación viva de todo un mundo que ellos siempre habían considerado lejano, inaccesible y por supuesto maravilloso.

La llegada de Sarah, a quien Miranda cariñosamente empezaría a llamar Sally, significó casi de inmediato una trastocadora y positiva transformación de su antiguo caos doméstico. Las comidas adquirieron puntualidad, los muchos y bellos objetos se tornaron relucientes, los papeles encontraron acomodo. La limpieza impuso su exaltante dictadura. Conjuntamente con ella acometió la organización de su avasallante archivo y de sus muchos libros. La enorme y silenciosa casa, que antes parecía imperio sombrío de escandalosas y desordenadas brujas, adquirió sobriedad, solemnidad, simetría. El caos fue transmutado en cosmos. Y Miranda parecía fascinado por el poder de esa alquimia sin pretensiones, que fundamentalmente le liberó y le prodigó tiempo, en el que pudo dedicarse con mayor concentración al estudio del griego y al placer, bastante relegado, de volver a tocar su melodiosa flauta. Su simpatía por Sarah, ahora fortalecida por el agradecimiento que él sentía por haberle ella "descaotizado" su espacio y algunos aspectos de su propia vida, fue transformándose de manera casi imperceptible en una especie de amor silencioso y clandestino, que pobló las noches de ambos de una tibia ternura que resultó restauradora para muchos de sus sueños quebrantados.

Pero para don Francisco de Miranda no había fuerza posible en el mundo que lograse aniquilarle su arraigada y equívoca costumbre de mantener y creer en las relaciones jerarquizantes. Logró imponerle a

Sarah la aceptación de que aquella relación — que la desnudez de sus cuerpos convertía en igualitaria en las noches de ese supuesto amor prohibido — tenía que asumirse como relación secreta, como asunto estrictamente privado entre ambos amantes. De día, y ante la presencia de extraños, ella continuaría siendo su empleada, su fiel y diligente ama de llaves. Y él continuaría siendo el presuntuoso general, cuya imagen podría sufrir menoscabo si se ponía en evidencia que su "ser histórico" tenía esas condescendencias y esas debilidades con el amor plebeyo. Y como Sarah lo amaba, y como de muchas maneras la intimidaba la prestigiosa arrogancia que rodeaba la vida de su general del trópico, aceptó sin complicación ninguna esta curiosa relación de amor, que se vería consolidada, aunque no santificada sacramentalmente, con su primer embarazo.

La futura preñez de Sally necesariamente tocaría fibras muy profundas en la sensibilidad un tanto trastocada y arbitraria de Miranda. Algún destello de inefable y desconocida felicidad tendría que brotarle en su corazón cuando llegara a enterarse de que sería por primera vez padre a esa edad, donde tal vez hubiera sido esperado ser abuelo. Permanecía mucho más en casa, estudiaba con más pasión su griego, tocaba su flauta con mucha más frecuencia así como con más intenso sentimiento. Seguramente acabó comprendiendo y aceptando que amaba con amor sincero y verdadero a esa muchacha amable y bondadosa, que tanto había hecho por hacerle más fácil y confortable su agitada vida.

Pero el amor nunca fue en él fuerza más poderosa que la que tenían sus prejuicios falsamente aristocratizantes. Y estaba escrito en el libro de su destino que el infatigable e intrigante general Miranda no cambiaría nunca el rumbo de su vida aventurera por los goces poco halagadores de la felicidad doméstica. Mientras continuaba en el oculto amancebamiento con Sarah, continuaba igualmente insistiendo con tenacidad y constancia verdaderamente admirables en la futura e incierta preparación de sus proyectos. Desilusionado y resentido por el silencio de Pitt, empezó a madurar la idea de que tal vez en ese momento le resultase conveniente regresar a Francia. Allí tenía asuntos pendientes, así como también riesgos y peligros. También allá lo aguardaba otra fiel y diligente ama de llaves, Francisca Potier, que cuidaba de su casa parisina y continuaba amándolo y continuaba esperándolo. París —lo creía él— era un capítulo inconcluso en el mundo de sus recuerdos y de sus alborotadas nostalgias.

Después de innumerables y tediosas gestiones tratando de que el Gobierno inglés le conceda pasaporte para poder viajar, logra conseguirlo. Antes del viaje ha escrito una carta al que siempre ha llamado el infame de Napoleón, solicitando sus favores. Y le ha pedido al neogranadino Pedro Fermín de Vargas que sea él quien lleve esa carta al "ciudadano primer cónsul" y que en lo posible busque la manera de que esa carta le sea entregada personalmente a ese cónsul que ya ha empezado a asombrar y a conmocionar el mundo. Ese deseo no se le cumplirá.

Lleno de malos presentimientos y receloso acerca de lo que pueda acontecerle en Francia, se instala primero en Amberes para esperar allí la autorización que le permita entrar a París. Sus amigos trabajan en ese objetivo. La viuda de Pethion, con la que ha tenido íntimas relaciones, es la que más eficazmente procura conseguirle esa autorización que le permita su retorno. También lo hace, con persistencia e insistencia, el senador Lanjuinais, que ocasionalmente puede aproximarse al prepotente primer cónsul. Miranda, por su parte, le escribe a Fouché, que ahora es el activo y sagaz director de la policía, y por otro lado es también algo así como el vistoso amante oficial de la inquieta y nunca satisfecha condesa de Custine. Duro trance para Miranda debió ser escribirle a este personaje, que tenía su suerte entre sus manos y que también con esas mismas manos acariciaba la que fue su bella e impredecible amante.

Un día parece que Napoleón acepta concederle un permiso breve y tácito, para que Miranda permanezca en París y lleve a cabo las gestiones que dice viene a realizar. Dichas gestiones están dirigidas a reclamar unos supuestos sueldos atrasados y unas indemnizaciones que a su juicio le adeuda el Gobierno francés, así como a recuperar muchos de sus papeles y diversas pertenencias que Miranda ha dejado en su casa de París a cargo de Francisca Potier, que también es amante y ama de llaves. Después de atender esos asuntos, por escrito el propio Miranda se ha comprometido a abandonar para siempre esa Francia que una vez lo hizo general. No estuvo nunca en este proyecto de retorno a París pretender que Napoleón o el Gobierno de los franceses le concediesen apoyo a su confuso plan de liberar las colonias hispanas. Tal vez pudo pensarlo y acariciar como un íntimo e incomunicable deseo esa pretensión, o considerarla como una remota e improbable posibilidad, ya que en los enredos de la política a veces es posible imaginar hasta lo imposible. Pero él más que nadie sabe que en Francia se le considera un espía profesional, un traidor, un demagogo y hasta un mercenario. Él más que nadie sabe que el propio Napoleón lo considera, cuando está generoso en sus consideraciones, un simple demagogo, pues usualmente lo percibe como un pícaro.

En el breve tiempo que permanecerá en Francia, y fiel y visceralmente condicionado por su temperamento festivo, pretende rescatar su antiguo y opulento estilo de vida. Asiste a reuniones, comidas, almuerzos, paseos. Visita antiguos amigos. Se divierte, se entretiene y conjuga en algunas noches tristes el curioso verbo "chapear", que es propio y exclusivo de su gramática erótica. Quiere seguir imaginando que París continúa siendo una fiesta. Pero la policía lo vigila. Fouché no le quita los ojos de encima a este, a quien considera un intrigante espía político, que también puede volverse a convertir en peligroso rival en el dominio de sus amores con la voluble e imaginativa condesa de Custine.

Un día la policía somete su casa a un riguroso registro. Le confiscan muchos de sus papeles y de su correspondencia, donde encuentran cartas que comprometen la seguridad del Estado. Se libra orden de arresto contra Miranda y se lo conduce a la prisión del Temple. Se lo somete a varios interrogatorios, de los que más o menos sale bien librado con su habitual sagacidad; pero se establece que efectivamente Miranda mantiene activa correspondencia con personas que conspiran contra el Gobierno de Francia. Después de seis días de detención, y en calidad de acusado de espionaje, de extranjero comprometido "en maniobras e intrigas contrarias a los intereses del Gobierno francés y de sus aliados", se ordena que sea extrañado para siempre del territorio de la república. El senador Linjuinais intercede por el reo, pero no hay nada qué hacer: la orden es inapelable. Sin embargo se le conceden cuatro días, teniendo como garante a Linjuinais para que termine de arreglar sus papeles y sus asuntos pendientes.

El 22 de marzo de ese año de 1801 abandonará Francia para siempre, esa Francia a la que nunca ha amado, ese pueblo que es "pueblo detestable", esa Francia que le ha obsequiado algo de gloria y mucho de acosadora pesadilla. Vía Amberes se dirige a Holanda. Allí cae enfermo, tal vez de tristeza, tal vez de vergüenza, tal vez de fatiga. Por su cuerpo y por su mente acongojada cruzan infinidad de imágenes, algunas festivas y galantes, otras sombrías y torturantes. Cruza su pretérito. El tiempo donde fue. Evoca el tiempo que pudo haber sido. Tiene un poco de fiebre. Sueña, suda, recuerda, maldice. Se le antoja que todo es espejismo. Ilusión efímera, desfile atormentado de fantasmas. Pasará un mes en Holanda. Se despierta restablecido un poco y quiere irse de nuevo a Inglaterra, pues la vida y el mar siempre recomienzan.

5

De nuevo está en Londres el general errante. Atrás, y para siempre, quedará la Francia turbulenta que ya consolidó su Revolución y que se dispone a vivir un nuevo ciclo histórico, donde llegará al cenit de su grandeza bajo la audaz dirección de un hombre extraordinario que redefinirá el orden geopolítico del mundo: Napoleón Bonaparte.

Miranda, amedrentado y abatido, debe entrar como por la puerta de atrás a esa Inglaterra, que ahora vive expectante y en la incertidumbre de adivinar qué podrá hacer el nuevo director de orquesta que dirigirá por varios años la revuelta sinfonía de la política europea. Napoleón será ahora su nueva e impredecible pesadilla.

El Gobierno inglés, que nunca ha dejado de abrigar suspicacias sobre las equívocas convicciones políticas de Miranda, le aconseja que para vivir de nuevo en Inglaterra lo debe hacer de manera discreta y bajo otro nombre. Y así tiene que hacerlo, será ahora el súbdito Francis Martin. A él eso no lo afecta, está tan acostumbrado a cambiar de identidades, pues aquello es como condición esencial e inherente a su existir, casi siempre considerado bajo la sospecha de espionaje. A Sarah Andrews es a quien debe causarle extraña impresión esa mutación de su enigmático amante. Se fue como general de Francia y ahora retorna como un anónimo ciudadano que ella desconoce a qué oficio o profesión dedica su vida. Pero ella lo ama con respeto y enigma; y verlo y sentirlo de nuevo entre sus brazos es casi toda su felicidad. En su semioculta vida de pareja han vivido en diferentes sitios. Ahora habrá otra mudanza. Grafton Street 27 se convertirá en su residencia permanente. Allí, en tiempo futuro y próximo, nacerá su primer hijo, Leandro. Allí, en esa amplia casa, el errante general de los alucinados proyectos sabrá por pequeños intervalos saborear las mieles de la vida tranquila que depara el hogar.

Durante su ausencia han ocurrido en Inglaterra cambios políticos que tienen influencia directa en sus proyectos. El más notorio es que el vacilante Pitt ya no es el primer ministro. En su reemplazo ha sido nombrado el sosegado y nada espectacular señor Henry Addington. Miranda explora el nuevo terreno y analiza las nuevas circunstancias, donde le resultará imperativo volver a promover sus planes. Él ya no puede renunciar a eso, es su manera de vivir y la garantía de su propia supervivencia, que ahora ya incluye una familia. Afortunadamente cuenta con el apoyo de Turnbull y su grupo de influyentes comerciantes, que al parecer nunca han perdido la fe en la aventura mirandina, que para ellos es inversión y proyecto a largo plazo, que algún día terminará premiando sus esfuerzos y devolviéndoles más que multiplicadas las inversiones que permanentemente han realizado durante tantos años. Y en efecto, a través de Turnbull restablece sus relaciones con los nuevos miembros del gabinete inglés. El nuevo primer ministro muéstrase interesado en aquellos planes y delega en Nicolás Vansittart, canciller del tesoro, y en John Jervis, primer lord del almirantazgo, las conversaciones con Miranda y su siempre sugerente proyecto en torno a la promoción de la insurrección en las colonias españolas de la América meridional.

Vansittart se reúne clandestinamente con Miranda para conferenciar a mediados del mes de mayo sobre aquellos asuntos. A la cita acude el esperanzado general con su aplastante documentación: un baúl entero ocupan sus papeles. El inglés escucha con gran paciencia la locuaz exposición que Miranda hace de su proyecto. Formula preguntas de toda clase, pues en lo esencial desconoce las intimidades del proyecto e ignora en casi todos sus detalles la configuración de ese vasto universo que será "liberado" para acrecentar los negocios y el poderío del imperio británico. A dicha reunión también ha sido invitado John Jervis, ministro de la marina, que es prestigioso hombre de mar, hombre que intimida a los marinos españoles, pues en el pasado reciente les ha infligido una contundente derrota a las escuadras españolas. Entre sus hazañas se cuenta el haber hundido el navío llamado La Santísima Trinidad, de cuatro puentes y ciento cuarenta cañones, que era el emblema y el gran orgullo del poderío naval de la flota de Carlos IV. Miranda tuvo que hablarles no solo de la supuesta estrategia militar, sino de los proyectos y las formas políticas que se instaurarían una vez lograda la pretendida Independencia. A todas sus preguntas respondió Miranda en forma más o menos minuciosa y prometió enviarles muy pronto una síntesis de ese enmarañado plan, en la que se incluirían gastos precisos, número de tropas y hasta el diseño de la bandera que acogerían las nuevas repúblicas. En los detalles Miranda siempre es exuberante. Los ingleses escuchan con su tradicional e inconmovible cortesía, pero no deciden nada. Ignora Miranda en ese momento que el Gobierno inglés se dispone a firmar un tratado de paz duradera con Francia, lo que de hecho incluye a España, que es su aliada.

Todo esto significa ni más ni menos que la pretendida acción sobre las colonias se convierte simplemente en un imposible. Vuelve Miranda a quedar sumergido en la desolación. Se desmorona otra vez su castillo de naipes. Sin embargo, y tal vez conscientes los ingleses de que en política hasta lo eterno está tocado por la transitoriedad y todo es susceptible de cambios imprevistos, le ofrecen al defraudado general que le otorgarán un pago anual que le permita seguir viviendo con decoro en la ciudad de Londres. Y de nuevo le formulan la perpetua y gaseosa promesa de que si llegaran a cambiar las circunstancias, Inglaterra volvería a considerar el darle apoyo a su fermentado proyecto. Miranda —cincuentón y desilusionado, y en trance de ejercer una paternidad tardía— consideró que para la órbita de sus asuntos personales la propuesta era ventajosa. La acepta y queda convertido, ya no en un alfil a la espera de que alguien lo ponga en movimiento en esa atormentada partida política, sino en un peón acongojado e irrelevante en ese juego perverso donde se decidirá la suerte de todo un continente. Se retirará a seguir soñando en lo que pudo ser y nunca ha sido. Continuará, por su cuenta y riesgo, promoviendo contactos distintos, alimentando sin mayores pretensiones las posibilidades de realización de su proyecto, que por momentos debió antojársele como algo que nunca iba a sucederle.

Vuelve a casa a contemplar el progresivo ensanchamiento del vientre de Sally, que pronto dará a luz al hijo de ambos, a Leandro Miranda. Vuelve a casa a seguir contemplando sus esculturas y su hermosa colección de objetos de arte; a continuar estudiando el griego con poca regularidad y poca disciplina; a continuar soñando; y a continuar, también con poca frecuencia, a tocar la melodiosa flauta con la cual soporta mejor el paso del tiempo y el desfile solitario de sus melancolías. Leandro, el vástago y el heredero de su tragedia o de su gloria, abrirá sus ojos a las complicaciones de este mundo al parecer un 6 de octubre de ese año de aplazadas decisiones, como el que ha sido el de 1803. Muy a la española, Miranda lo hará bautizar por el rito católico. Debió ser intensa, para este general envejeciendo, la emoción que le prodigó que su especie, su nombre, su sangre, sus sueños rotos y sus esperanzas cambiantes tuviesen la oportunidad de perpetuarse. No es muy generoso describiendo o transcribiendo en su diario lo que significa en su corazón esta emoción. En breve tiempo estará de nuevo imbuido y embebido en reactivar sus planes. Y porque además, le llegan noticias que ponen en tensión y en alerta máxima todos sus nervios y todas sus expectativas.

6

En esos largos meses de la irritante espera, comienza a deteriorarse la precaria y artificiosa paz que había sido convenida en Amiens, y con esto se oxigena y se renuevan las esperanzas truncadas de Miranda. Por otro lado, llegan al general noticias un poco infladas, que le envía don Pedro Fermín de Vargas desde Trinidad, haciéndole creer que miles de personas en América están ya persuadidas y convencidas de que está llegando —de que tal vez ya ha llegado— el momento más propicio para dar inicio a las acciones bélicas que desatarán el proceso revolucionario. Pedro Fermín, como el propio Miranda, era casi siempre víctima de sus falsos optimismos. Y Pedro Fermín sabe trabajar con mucho tino sobre el ego inflamado de Miranda. Le dice que América toda lo está considerando como un redentor de pueblos. Y sin duda, cuando había presagios de guerra con Francia o con España, los ingleses solían acordarse con mayor frecuencia de Miranda y tomar con mayor consideración sus alambicados planes. En mayo hay de nuevo guerra, momento fecundo y estimulante para que Miranda vuelva a la intriga y a la carga. Le propone un singular negocio a Vansinttart: que a cambio de sus 500 libras mensuales que le proporciona el Gobierno, se le den de un solo golpe 1.500 y se le mantenga una ayuda mensual de 200 libras para el mantenimiento de su casa, que ahora incluye a Sarah y a su hijo. Se le ha ocurrido al general que él mismo organizará, con ese dinero y con el que le faciliten sus amigos comerciantes, la expedición liberadora; que no continuará esperando a que se cumpla la siempre fallida promesa del Gobierno inglés.

Parece haber tomado la audaz decisión de abandonar Inglaterra y embarcarse con rumbo a Trinidad. Allí conseguirá barcos, hombres y armas; y, por un acto de maravilloso ilusionismo, habrá dado comienzo a la liberación de un continente. Para eso está creyendo lo que le ha comunicado su amigo, el neogranadino Pedro Fermín de Vargas: que los sudamericanos lo esperan como a todo un redentor. Pero todo se reduce a un febril impulso y no abandona Londres. Acontece que se le ha atravesado otra atractiva propuesta. Otro comerciante y contratista, un tal Alexander Davidson, le ha ofrecido cuatro barcos, condicionándole la promesa a que Miranda logre conseguir del Gobierno inglés solo un buque de guerra y que se le reconozca una indemnización en caso de que la aventura fracase. La contraprestación del romántico colaborador será que Miranda le asegure grandes privilegios comerciales en aquellas regiones que piensa convertir en repúblicas.

Igualmente por estos días Miranda entra en relación con otro personaje que tendrá obsesión con Sudamérica: el capitán Popham. Este no tenía veleidades de libertador, sino de dominador imperialista. Había preparado un plan de invasión para el virreinato del Río de la Plata. En el futuro lo cumplirá. El plan lo envía al Ministerio del Interior, donde fue considerado con bastante interés. Años después, cuando acaba materializando su rapaz proyecto, solo logra cosechar un vergonzoso y merecido fracaso. Curiosa esta amistad de Miranda: él, redentor de pueblos, aliado con el impetuoso y pretendido sojuzgador de pueblos. Pero son amigos. Intercambian información y hasta se reúnen con frecuencia para perfeccionar sus planes. Cierta vez se reúnen Popham, Miranda y el ministro del Interior. En esa reunión se le sugiere a Miranda que acepte el cargo de teniente coronel del ejército inglés, para que ejerza mando en la América Latina. ¿Por qué no aceptaría la oferta? ¿Tal vez porque ya había sido general de la Francia revolucionaria y esto le sonaba a degradación?

Todo este inmenso cúmulo de gestiones, de propuestas y contrapropuestas, de tire y de afloje, de regateo, de idas y venidas, de cartas y peticiones, nunca terminará en nada. Nunca se toma la gran decisión. Todo se disuelve en la movediza incertidumbre de una promesa que nunca se concreta y que acaba pareciéndose más a una escandalosa mentira. Pero el tiempo pasa y con él vienen los acontecimientos que nuevamente inciden para redefinir la situación. Entre esos acontecimientos está la caída del gobierno de Addington y el nuevo retorno al poder del ministro Pitt. Pero lo increíble es que Miranda está allí y continúa insistiendo en sus intrigas, perfeccionando —o al menos adicionando— sus fantásticos planes con nuevos elementos, e insistiendo con terquedad sobre la urgencia de darle pronto comienzo a la descabellada y fabulosa invasión. Está allí, sufriendo verdaderas pesadillas al imaginar que el aplazamiento de las acciones acabe por derrumbar esa inmensa cantidad de esfuerzos que durante tantos años se han realizado para darle alguna forma a su caótico sueño.

Pero un día se produce la noticia que para Miranda tiene destellos de un promisorio milagro: Inglaterra y España se declaran en guerra. Es el 12 de diciembre de 1804. Miranda cree que eso significa que ahora sí de verdad se abren las puertas que deben conducirlo a la tierra que ha prometido liberar. Le escribe a Pitt, con cierto tono de insolencia, recordándole la urgencia de atacar a la América española desde las Antillas inglesas. Le reclama los documentos que le ha enviado en el pasado. Pitt no le responde. Frente a ese silencio, vuelve a escribirle para solicitarle de manera escueta que le permita embarcarse hacia Trinidad, donde él debe reunirse con los ansiosos compatriotas que lo esperan, para iniciar de una vez y para siempre la aplazada gesta liberadora. Quiere tener prisa, teme que "el moderno Atila" precipite revoluciones en Sudamérica.

Por esos días se ha desatado contra Miranda en varios círculos ingleses una violenta campaña de desprestigio que resucita sus antiguas andanzas de contrabandista en Cuba, donde se le acusa de embaucador y de farsante. Él teme que esas acusaciones lo estén demeritando frente a Pitt, pero el primer ministro da a entender que no presta atención a esos rumores. Y Miranda continúa insistiendo en los preparativos. Entre esos preparativos elabora un segundo testamento. Los supuestos y fantasmales bienes que dice tener en Venezuela se los asigna a sus hermanas y a sus sobrinos. Las pinturas y los objetos de arte que mantiene en París los deja al cuidado del arquitecto Le Grand. Consigna que en Francia le deben 10.000 luises. La mayor parte de su selecta y valiosa biblioteca se la transfiere a la Universidad de Caracas. Un dinero en efectivo y el producto de varias cosas que deben venderse los destina a la educación de su hijo y a su "fiel ama de llaves", Sarah Andrews; así la llama en el testamento. También a esta le deja los muebles, la plata, la loza de la misma casa. Se acuerda también de la otra ama de llaves, la francesa Francisca

Potier, a quien le asigna cien luises de oro. Para Turnbull, que le ha prestado generosamente dinero durante largos y sucesivos años, serán dos grabados y dos cuadros que él elegirá según su gusto.

Entretanto, Napoleón, que en diciembre de 1804 se ha hecho coronar emperador, le ofrece la paz a Inglaterra, mientras por debajo de la mesa prepara la guerra. Esta circunstancia, intuida y avizorada por Pitt, permite que el primer ministro inglés vuelva a acordarse de Miranda, de su acongojado y deshilachado alfil de madera. Conviene dirigirlo para que se mueva a los Estados Unidos, para que inicie su empresa con la ayuda de ese Gobierno norteamericano. Si esa nación se compromete en esta aventura contra España —y en consecuencia contra Francia que es su aliada— la guerra entre ellas será inevitable y entonces Inglaterra forzará una coalición con los Estados Unidos.

Pitt, por intermedio de Nepeam, le promete a Miranda 16.000 libras esterlinas de ayuda, para que se vaya pronto a liberar países con la ayuda de los Estados Unidos y para que en lo posible le cause los mayores problemas a España. Le asegura que cuando retorne podrá seguir disfrutando de las 500 libras que se le conceden anualmente.

7

Y Miranda se embarca. Lo acompaña un nuevo secretario, el señor Molini. El 9 de noviembre de 1805, tras un largo y fatigante viaje, llega a Nueva York. Y no es sino tocar tierra para que inicie sus numerosas gestiones y contactos, que le permitirán concluir su viejo y siempre aplazado proyecto de poner en marcha la insurrección de las colonias hispanas. Busca a su viejo amigo, el coronel Smith, con el que en el pasado viajó por Europa y que ahora se desempeña como inspector del puerto de Nueva York. Se pone también en contacto con Rufus King, con el comodoro Lewis y con el comerciante Samuel Ogden, que se ocupa de asuntos y negocios marítimos. Le escribe nuevamente a su fiel y antiguo amigo, Henry Knox, que ha sido ministro de guerra de

Washington. Son muchas e influyentes las personas con las que logra relacionarse. Son relaciones consecuenciales y encadenantes, que progresivamente van llevando a otras.

Pronto se trasladará a Washington y también muy pronto estará entrevistándose con el propio presidente, Thomas Jefferson. Lo conoce desde los tiempos de París, cuando Jefferson fue ministro plenipotenciario. Este es masón y abiertamente simpatizante de lo francés; él fue quien realizó la negociación para comprarle la Luisiana a los franceses. Gobierna desde 1801 y será reelegido para otro periodo. También se entrevista y conferencia con Madison, le expone sus planes y solicita su ayuda. Dícele que se trata de una empresa muy sencilla, pero de grandes beneficios para quienes lo ayuden. Los norteamericanos solo escuchan. Más bien parecen indiferentes. Son poco dados, en esa época, a comprometerse en aventuras inciertas; su espíritu rapaz e imperialista apenas está fermentándose. Pocos días después, Madison le hace saber a Miranda que no lo apoyarán abiertamente, pero que se harán "los de la vista gorda" acerca de los preparativos y las gestiones que este realice en Estados Unidos para dar comienzo a su empresa supuestamente liberadora y revolucionaria. No es todo lo que esperaba Miranda, pero es bastante ese apoyo para sus temerarios planes. Permanece unos días más en Washington; goza del beneplácito y la acogida del presidente, que lo invita a comer en familia.

Al terminar diciembre, decide regresar a Nueva York. Imagina que tiene el tácito consentimiento del Gobierno para continuar adelante con sus planes. Así lo proclama frente a sus amigos y colaboradores y de inmediato se entrega con pasión a los detalles y a lograr que se ponga en marcha su empresa. Ha gastado buena parte del dinero que le dieron en Inglaterra. Solicita préstamos. Ogden le facilita 20.000 dólares. Con eso compra un barco, que bautiza el Leander, en homenaje a su primer hijo; inusual detalle de paternidad responsable en este hombre agitado y poco doméstico. Más que un gran barco, es solo un barquito de 185 toneladas. Conseguido el barco, debe conseguir tripulación: soldados para la libertad, hubiese querido llamarlos, pero son solo y llanamente mercenarios. Por unos dólares más sacrificarán hasta la vida y la madre y se comprometerán con cualquier cosa, sin ni siquiera averiguar de qué se trata. En el mercado contrata veinte carniceros, detalle macabro y simbólico. ¿Es que acaso se embarcan para una masacre?

Curiosa y extraña es la composición de esa tripulación que se recluta velozmente para dar comienzo a una insólita aventura, que ellos mismos desconocen qué se propone y hacia dónde lleva, pues el objetivo final debe ser guardado celosamente. Hay hombres de todas las clases y todas las calañas, desde expresidiarios con pasado turbulento y asesino y rostro surcado de cicatrices y de heridas, hasta el nieto de un expresidente norteamericano; William Steube Smith es ese nieto. La mayoría son hombres de fortuna descarriada, casi todos aventureros ávidos de buena paga; alguno que otro hasta con veleidades narrativas y literarias, que posteriormente escribirán memorias y recuerdos de aquella loca aventura, que para muchos de ellos resultará un oscuro viaje hacia la fatalidad y hacia la muerte. Es el señor Lewis quien en lo fundamental se encarga de reclutar y seleccionar esa carga humana, a la que no le interesa preguntar qué es lo que pretenden realizar sino cuánto es la paga que van a recibir. Y buena paga se les promete y por eso mismo abundan los ofrecimientos para alistarse en esa empresa de filibusteros.

En los primeros días de enero parece que todo está listo para empezar el viaje. Sin embargo, nunca faltan los pequeños detalles de última hora, que suponen otro aplazamiento. El acomodo de las armas presenta algunos inconvenientes. Se le han adicionado diecinueve cañones al barco. Se han cargado seiscientos quince fusiles, trabucos, sables, municiones, balas y repuestos de fusil. El pequeño barco parece que va a reventar y la tripulación queda en estado de incómodo e irritante hacinamiento.

Pero un día, que para Miranda pudo ser de aquellos días increíbles y memorables, el Leander se hace a la mar. Es el 2 de febrero de 1806. Ese día cristaliza un empeño de largos y extenuantes años, en los que el general ha luchado con tesón para tratar de armar esa flota, que bajo su mando dará comienzo a su fermentada venganza contra España. No es precisamente una flota lo que ha logrado equipar con tantos y sucesivos esfuerzos. Es solamente un barco y es solamente una excursión con todos los ornamentos y todas las características de una excursión pirata. Pero sea lo que sea, para Miranda ese comienzo tendrá la significación de lo maravilloso y casi de lo imposible. Puede reclamar el derecho a sentirse ufano, está frente a su obra. Sin embargo, no está ni ufano ni alegre. La tensión le crispa los nervios, le frunce el ceño. Los detalles inconclusos del último momento lo agitan y le descomponen su arrogante semblante. También la fatiga de aquellos últimos días, donde el duro trabajo y las gestiones han sido múltiples, no se lo convierten en el mejor de los días. Al partir el barco, se encierra en su diminuto camarote y no desea hablar con nadie.

Su pequeño y heterodoxo ejército difícilmente puede explicarse la actitud hermética y desdeñosa de este personaje que inicia un viaje bajo las insignias del enigma. Y la verdad es que aquella tripulación —aquella empresa en la que ahora están comprometidos— ha estado rodeada de inquietantes y extraños misterios. Nadie les ha dicho cuál es el objetivo. Ignoran por qué se ha embarcado aquella cantidad de armas. Ignoran quién podrá usarlas, pues ellos en su totalidad carecen de experiencia militar. Ignoran bajo qué bandera o a qué gobierno le están prestando sus servicios. Solo saben que se les pagará con alguna generosidad. Ante aquellas preguntas sin respuesta, empezaron a fabricarse y a circular las más descabelladas leyendas. A muchos debió antojárseles que ese era un barco ebrio con un cargamento de locos. A los pocos que pudieron averiguar que ese era un viaje en busca de la libertad de un mundo, se les debió pasar por la mente que una libertad así era solo una apoteósica locura y un inconcebible desorden. Todo era extraño, demasiado extraño. Y la mayor extrañeza parecía anudarse en torno a la figura de ese fantasmal comandante, que permanecía encerrado en un camarote padeciendo calor y de seguro muchas pesadillas.

Un día lo vieron salir de su pequeña jaula de madera y frente a ellos creció el asombro y se dilató el estupor: vestía una larga bata de color rojo. Llevaba trenza, ya canosa, recogida sobre la nuca; arete grande y de oro reluciente en el lóbulo de la oreja izquierda; mirada profunda y errática. Caminaba envuelto en un silencio agresivo y distante, especie de Hamlet extraviado en sus sueños y en pleno mediodía, y meditando con trabajo bajo esa luminosidad del sol. El que lo hubiesen visto aumentó el misterio y puso a cabalgar la confusión. ¿Adónde podría ir este barco comandado por un fantasma vestido de rojo? Nadie aún lo sabía. La incertidumbre se volvió el destino de ese viaje preñado de secretos. Pero navegan, y la imaginación de todos se va poblando de elementos dudosos y extraordinarios.

Ignora el grupo de codiciosos mercenarios que la atmósfera clandestina que envuelve su aventura se debe a que ella ha sido organizada sin autorización formal del Gobierno de los Estados Unidos. Que si bien los preparativos se han realizado bajo la mirada indiferente y hasta relativamente complaciente de las autoridades de Nueva York, eso nunca ha significado que haya autorización legal; de allí el secreto y el sigilo. Pero en cambio sí ha existido atenta vigilancia y minucioso escudriñamiento por parte de los diplomáticos españoles, que desde siempre han tenido conocimiento de las andanzas conspirativas del impetuoso e intrigante general Miranda. La embajada de España ha puesto a su servicio a un espía profesional que le suministre información detallada acerca de aquellos preparativos que se están realizando en Nueva York, dizque para formar un ejército que debe atacar las colonias de la América meridional. Es el embajador de España ante el Gobierno norteamericano, el avezado y elegante señor Martínez de Yrujo, hombre imaginativo, celoso y estricto con sus responsabilidades, apasionado defensor y creyente de los fueros de su amadísima España; casado, además, con una hija del gobernador de Pensilvana, hombre de sólidas y cercanas relaciones con los exponentes del poder en los Estados Unidos. Cuando Miranda arriba a Nueva York, pretendiendo desde allí organizar su expedición punitiva contra las colonias, hace ya diez años que Martínez de Yrujo reside en el país y conoce todos los vericuetos y los personajes que hacen la política. Se entera el embajador de la empresa y se dispone por su parte a llevar a cabo las gestiones que sean necesarias para sabotearla o impedirla. Se indigna y posteriormente protestará airadamente por esa complaciente indiferencia que muestra el Gobierno ante ese acto bélico y delictivo que se está organizando contra España.

Pero por más influencias y más gestiones que pudo realizar el inquieto embajador, no pudo concretar nada efectivo para detener el viaje libertario del Leander. Tuvieron que conformarse los diligentes españoles con contratar una goleta que, navegando velozmente, pudiese llegar a Venezuela antes que los filibusteros, para dar aviso a las autoridades acerca de esta bélica e insurreccional pretensión del que consideraban el traidor Miranda. Y así sucedió. Cuando Miranda llegó a las costas venezolanas, el capitán general de Venezuela, don Manuel Guerra Vasconcelos, hacía ya días conocía la noticia y dispuso del tiempo necesario para preparar la defensa y alistar la bienvenida que le daría al general invasor.

Entretanto, Miranda continuaba su viaje. Había decidido que la primera escala se hiciese en el puerto haitiano de Jacmel. A veces hay buen tiempo y buen viento y el saturado y pequeño barco navega plácidamente. Esos suelen ser los momentos en que uno de aquellos aventureros, el señor Biggs, aprovecha para escribir sus memorias y los muchos y sugerentes recuerdos que le va deparando aquel viaje estrafalario. Es hombre que sabe redactar; lo hace con agudeza y penetración. Sus apuntes son un valioso y singular documento de aquella travesía, que en ocasiones sabe alborotar la imaginación.

Empieza por contar que tiene solo diecinueve años y que se llama James Biggs; que su espíritu es aventurero y por eso ha tomado puesto en esa que parece ser una gran aventura; que antes de embarcarse estudiaba leyes, pero que convertirse en filibustero o en bucanero le resultó algo más atractivo que continuar con el Derecho.

Voy en busca de fortuna porque el comandante supremo de esta expedición es el general Miranda —de quien se dice luchó en Europa como general de la Revolución— y ahora quiere emancipar su país. Me siento atraído por el riesgo, como si el riesgo fuese un fatal imán. Cuando esto concluya, es posible que opte por quedarme en un país de habla española... Somos casi doscientas personas, demasiada tripulación para tan poco espacio. El capitán del barco llámase Thomas Lewis; es intrépido, conoce el mar y navega con seguridad. Desconocemos a dónde vamos y qué nos proponemos. Se nos ha dicho que en algún momento recibiremos las explicaciones pertinentes... Se nos ha dicho que las gentes que habitan las regiones adonde llegaremos nos aguardan con ansiedad... Se ciernen muchos peligros sobre nuestras cabezas, pero pensamos que nuestro conductor sabe lo que está haciendo y queremos creer que nos dirigimos hacia grandes hechos y nos encontraremos con espléndida fortuna... Solo al séptimo día hemos visto al general en jefe paseando por la cubierta del barco. Es alto, de buen porte, dientes perfectos, con pelo blanco empolvado, acabado en coleta; arete en el lóbulo de su oreja izquierda; una marca en la mejilla. Debe tener más de cincuenta años. Gran memoria y buena dicción. Gusta de explicar la historia hasta hacerla instructiva y divertida. Cuenta con frecuencia muchos fragmentos de su propia existencia. El general viaja con un secretario, que toma constantes notas sobre todo lo que va aconteciendo.

También dentro de la confundida y mezclada tripulación del Leander hay otro personaje que se ocupa de escribir sus memorias y de consignar sus recuerdos acerca de aquella extraordinaria aventura, pues seguramente juzga que aquellos escritos algún día podrán ser magnífico y halagador regalo para sus nietos. Este es Moses Smith, quien dedica muchos e interesantes párrafos a describir la impresión que en él provoca la aureola de misterio y de extrañeza que parece acompañar al general Miranda, ese general de quien ahora depende el curso de sus vidas. Es un retrato cargado de interés y lleno de detalles personales, muy significativos sobre Miranda:

Tiene Miranda 5 pies y 10 pulgadas de altura; miembros proporcionados y, en conjunto, lo distingue un aspecto recio y dinámico. Su cutis tiene un tinte moreno, brillante, respira buena salud. Sus ojos son del color de la avellana, son enérgicos, vivos e inteligentes y expresan sentimientos profundos antes que superficiales. Su nariz es grande y hermosa, más de tipo anglosajón que de raza latina. Los cabellos ya son grises y largos, los recoge sobre la nuca. Las patillas son largas y también son grises.

En conjunto es un hombre bello, aunque no pueda decirse que plenamente elegante. Tiene el hábito de mondarse los dientes. Nunca se está quieto, aun estando sentado mueve los pies y las manos. Duerme un poco después de comer. Gusta de pasear y de acostarse hacia la medianoche. No bebe licores fuertes, frecuentemente toma agua azucarada. Es reservado y receloso de contar cosas sobre su vida. Se envuelve en el misterio y parece complacerse con que la gente haga conjeturas y ficciones sobre su existencia. En sus juicios prevalecen la imaginación y el sentimiento. Es audaz y ambicioso en los proyectos, pero poco hábil para sortear las dificultades concretas. No permite que los escrúpulos morales se le interpongan con los medios que deben ser utilizados para alcanzar sus propósitos. Es cortesano y caballero. Cuando se encoleriza pierde toda discreción. Le enfurece que lo contradigan. Por lo general, en su conducta se manifiestan la altivez y la distancia. Sabe exponer con lógica sus pensamientos. Aparece como dominador de idiomas, de ciencias y de literatura; pero tiene más conocimientos que sabiduría. Es temerario y terco.

Sin duda que es un notable retrato que reproduce con minucioso acierto las más sobresalientes y reconocibles características de Miranda. Todo lo que dice su ocasional biógrafo se cristaliza ampliamente en las conductas, el gesto y la actitud que identifican a Miranda, como si esos contactos, breves pero intensos en los días de ese viaje, le hubiesen permitido al memorialista penetrar y explorar a fondo el alma curiosa y cambiante de este personaje, nacido y como predestinado a convertirse en leyenda.

Miranda progresivamente va abandonando su encierro y su hermetismo. Se deja ver con más frecuencia de sus hombres y conversa con ellos. Pero por lo general mantiene su altivez y su distancia. Pareciera que necesita de su silencio para enfrentarse al tumultuoso caos de sus pensamientos; también de sus amargos e inquietantes presentimientos que lo vienen acosando, aun antes de haber iniciado su incierta y temeraria travesía. Es un momento de extrema tensión para su espíritu. Tiene muchas dudas. Angustiosos interrogantes le surgen a cada momento y lo desconciertan. Sabe que está en juego su vida. No se le ha escapado en ningún momento imaginar que todo puede terminar en el más sonoro y doloroso fracaso. Sabe que él mismo ha tenido que recurrir a fabricarse espejismos y a inventarse un artificial optimismo para que la sombra y el rumor de ese fracaso no acabe por anonadarlo y aplastarlo.

Muchas de esas primeras noches de navegación las ha dedicado a interrogarse con desgarramiento sobre los verdaderos y profundos motivos que lo impulsan a esta aventura, que él mismo entiende que es esencial y definitiva en muchos aspectos. Se ha preguntado si verdaderamente él ama y anhela esa supuesta libertad, con la que a veces cubre y justifica su audaz y temerario empeño. ¿Es él verdaderamente un enamorado, un convencido y un decidido luchador por esa supuesta libertad que puede dignificar y alterar la vida de los pueblos y los hombres? ¿O es simplemente un aventurero, codicioso y ambicioso, que está anudando su destino a una aventura incierta que, de culminar con éxito, le prodigará gloria y fortuna y colmará su nunca domesticada vanidad con el prestigio y el reconocimiento? También se ha preguntado en esos escasos trances de sinceridad existencial que suelen surgir en su conciencia poco metafísica, si en su vida tiene verdaderamente cabida el aliento romántico y heroico que obliga a los compromisos con los grandes ideales, o es simplemente un embaucador que, apropiado de un "negocio" que interesa a muchas gentes, lucha y se esfuerza por sacarlo adelante como un asunto puramente personal. ¿Acaso siente y vibra su alma con la necesidad de conquistar una no muy definida idea de libertad para un mundo? ¿Será él un mercader o un profeta? ¿Será que todo su esfuerzo y toda su lucha es la expresión torturante de un resentimiento contra una España que lo ha considerado traidor, contrabandista o un simple mercenario? ¿Será que ese antiguo y doloroso resentimiento que los excluyó a él y a su familia de participar del reconocimiento social, ha envenenado su alma y lo ha obligado a esa lucha persistente por alcanzar por sus propios méritos y virtudes el reconocimiento y el privilegio que le negaron su sangre y su nacimiento?

Pero lo que más lacerante resulta para su espíritu es la carencia de respuestas nítidas y esclarecedoras sobre esos angustiosos interrogantes. Lo lastima esa ausencia de certidumbre, eso que en últimas equivale a ignorar quién es y qué es lo que busca. ¿Tal vez por eso mismo no será que la errancia y la aventura se le han convertido en la condición natural y permanente de su vida? Es como si intuyese que cuando no se sabe ser tampoco se sabe estar. ¿Será que por eso lo atraviesa y lo posee esa sensación de ser alguien siempre móvil y cambiante, alguien que carece de raíces, alguien que no pertenece a ninguna parte, alguien que solo siente que es un perpetuo transeúnte que desconoce su puerto de llegada?

No son frecuentes en él —nunca lo han sido— este afán y esta compulsión por explorar el propio enigma que significa su vida. Pero es que ahora está viviendo un instante dramático, esencial y definitivo, en el ya largo y azaroso curso de su existencia. Tal vez por eso aquellas preguntas surgen y lo torturan, se levantan como un hecho definitivo ante su propio asombro; y entonces su angustia se dilata, se crispan sus nervios y llega casi a sentirse que es un náufrago entre sus propios y turbulentos mares interiores. Pero en esos momentos, paradójicamente recupera como débiles nostalgias las vivencias hogareñas; esas sensaciones fugaces que lo obligan a recordar y a evocar con cierto sentimentalismo los momentos de una vida que solo en apariencia tiene una vaga semejanza con lo que pudo ser un hogar para él, como si la verdadera nostalgia la convocase lo que nunca se ha tenido. Tal vez por eso, y mientras el Leander navega un poco hacia lo desconocido, ha releído varias veces las cartas que le ha enviado Sally y que él hubo de responderle antes de embarcarse para su extraordinaria aventura.

Las cartas de Sally respiran una emoción sencilla y amable, la emoción de una madre que goza con el ejercicio de su maternidad. Habla de que su niño está más hermoso, sano y gracioso cada día, y que para ella es todo mientras regrese "su querido señor", cuya ausencia siente más que nunca. Se ha emocionado recibiendo esas cartas. Le tocan fibras clandestinas y como poco estimuladas en esa vida suya, siempre trashumante y agitada. Le emociona intensamente saber de su hijo. ¿Qué destino le aguardará a su hijo? Al responderle la carta a Sally, tuvo por un instante la amable tentación de ser tierno, amoroso y expresivo en su respuesta; volcarse en los sentimientos; decirle que la ama, tanto a ella como a su pequeño Leandro, y que en ese momento lo único que verdaderamente precisa su corazón es estar con ellos en Londres, estar reunidos frente a la tranquilidad de su chimenea y no viviendo la angustiosa e inquietante aventura que hasta de pronto no tenga retorno. Pero se contiene. Nunca pudo ser expresivo con sus sentimientos. Siente que hacerlo le transmitiría debilidad. Y por otra parte, su enfermizo y hasta ridículo sentido de las falsas jerarquías no le permite hablar de amor a la que continúa en lo fundamental considerando su ama de llaves.

8

Y mientras el general Miranda sigue errando por sus enmarañados laberintos interiores, el Leander continúa navegando, a veces entre turbulencias, por momentos con tranquila majestad sobre la inmensa mar azul. En la despejada mañana del doce de febrero advierten que un gran barco los persigue. Estallan tumultuosos la inquietud y el sobresalto en la improvisada e inexperta tripulación del Leander. A pesar del desconcierto y del temor que el barco les provoca, el capitán Lewis permite que el navío se aproxime. Se trata de un barco inglés llamado Cleopatra, de cuarenta cañones. Su capitán llámase John Wig, quien ordena un registro minucioso del Leander y procede a detenerlo. Miranda va de parlamento a la nave inglesa. Permanece muchas horas en dicho barco, pasa la noche en él. Regresa al otro día y todo indica que fue exitosa su gestión, pues el capitán de dicho barco le ha expedido una especie de certificación para que ningún otro barco inglés les ponga dificultades o los someta a nuevos registros. Superado el escollo, el Leander continúa su rumbo. Pero no demora mucho tiempo en enfrentar otro incidente. Han avistado una goleta española, y Miranda ordena que se le dispare. Captura a la goleta y obliga al capitán a subir al Leander. Le hace creer que se trata de un barco y de una tripulación franceses. Lo que desea es tener noticias sobre las noticias que pudiesen tener los españoles acerca de su expedición. O tal vez solo quería demostrar y demostrarse que tenía condiciones y capacidad para dirigir algo parecido a un combate naval y para exhibir sus dotes de autoridad frente a la ya inquieta tripulación del Leander.

Dos semanas después de iniciado el viaje, al general Miranda se le ocurre oficiar uno de sus extraños e insólitos rituales. Reúne a toda la tripulación sobre cubierta. Vestido con el vistoso y desafiante uniforme de general francés, donde sus insignias y ornamentos de oro refulgen estimulados por el ardiente sol del mediodía, les dirige a aquellos hombres algunas palabras enmarañadas pero emocionadas, y les anuncia, por primera vez, que el objetivo de ese viaje secreto se orienta a libertar naciones. Les dice que todos ellos pertenecen al ejército de la libertad y que, en consecuencia, procederá a nombrar y a organizar el cuadro de oficiales que debe comandar ese ejército que sin duda será glorioso.

Los marineros se miran atónitos. Les parece más una alucinación o una opereta aquella ceremonia. Pero Miranda, impávido y solemne, poseído y convencido de que es parte de su misión profética y liberadora, primero se autodesigna y se proclama comandante en jefe y después procede a repartir grados militares entre algunos miembros de esa tripulación absorta y desconcertada. Lewis y Armstrong recibieron títulos de coronel. Stuben Smith fue nombrado como edecán personal del comandante en jefe. Creó además cargos de oficiales para el cuerpo de ingenieros, para el de dragones y para el de infantería. Muchos años después, un biógrafo de Miranda, valido de una comprensión compasiva, encontrará semejanzas entre esta escena y los procederes de Tartarín de Tarascón, cuando este nombra y dispensa títulos y honores pomposos para un país ilusorio que solo existe en su inspiración exaltada. E imaginación y exaltación es lo que caracteriza a Miranda en ese mágico instante donde, bajo la poderosa y trastocadora luz del mediodía, está creyendo fundar, no una república aérea sino una república acuática, que pronto habrá de naufragar en la profundidad de sus disparatados sueños.

Y el barco continúa navegando. El 18 de febrero divisan en la lejanía el paupérrimo y polvoriento puerto de Jacmel, en la república de Haití, república recientemente constituida a través de una revolución sangrienta, racista y despiadada.

Todo indica que las tensiones provocadas por el largo viaje y por los incidentes acontecidos en él han llegado a un punto máximo y explotan como un polvorín cuando están a punto de llegar a tierra. Se produce un violento altercado entre Lewis y Armstrong. Se insultan con auténticas expresiones de perdularios y poco falta para que se vayan a las manos o a las armas para resolver el conflicto de autoridad que los enfrenta. Miranda interviene. También insulta y vocifera y toma partido por Armstrong. Les dice que él es el único dueño del barco y que por lo tanto son solo sus órdenes las que deben cumplirse. "Ambiente más digno de manicomio que para el comando de un ejército", escribe el cronista que presencia y relata los hechos, e inserta en su crónica comentarios corrosivos y condenatorios sobre el comportamiento del general Miranda.

Como consecuencia del feroz altercado, se cancela el permiso de bajar a tierra. La tripulación, enfurecida y ansiosa de placeres terrestres, acepta de muy mala gana aquella determinación y se envenena peligrosamente el ambiente en esa pequeña y frágil prisión de madera. Miranda permanece en el barco. Ahora trata de ser más comunicativo con la tripulación. Cuenta historias sobre su vida y aprovecha la oportunidad para ocasionalmente transmitir algunos conocimientos sobre la ciencia militar. El comentarista escribe en su cuaderno que ve a Miranda "teñido de pedantería". Y lo acusa igualmente de vanidad y de egoísmo. La actividad del barco es febril y constante. Se hacen uniformes, se arregla el calzado, se reparan las armas averiadas.

Los únicos marineros que han ido a tierra son Lewis y Smith. Se demoran muchos días. El 12 de marzo Miranda ordena enarbolar por primera vez la bandera que él ha diseñado, la bandera que será la futura bandera de la todavía imaginaria gran república de Colombia. Él mismo la ha creado en tiempos pasados. Lo emocionan sus tres ostentosos y llamativos colores: el amarillo, el azul y el rojo. Siente una gran fascinación por aquella creación suya. Ese día se declara fiesta en el Leander. Momento de euforia y regocijo. El general se toma un solo trago de licor, después vuelve a su agua azucarada. Su ejército se emborracha.

Los emisarios que fueron a tierra retornan con buenas noticias. Han fletado una nueva goleta, ligera y ágil como su nombre: The Bee, la abeja. Carece de armamento, pero tiene espacio que mucho servirá para combatir el incómodo hacinamiento que se padece en el Leander. También Miranda fletará después la goleta Bacchus. Con esto la expedición, si al menos no configura una verdadera flota, es ya una flotilla. Así llega el 24 de marzo. Este día Miranda se compromete con otro de sus rituales; le toma juramento a su tripulación.

Ser leal y fiel al pueblo de América del Sur, independiente de España, y servirlo honrada y lealmente contra los enemigos y oponentes, cualesquiera que sean, y acatar y obedecer las órdenes del Gobierno supremo de aquel país, legalmente nombrado, y las órdenes del general y oficiales puestos sobre mí por ellos.

Extraña y complicada sintaxis para un juramento que nadie pudo entender, pues entre esa tripulación nadie conocía el español.

El ambiente en los barcos no es nada cordial. Los marineros se agreden y se insultan. Miranda hace lo mismo, su pelea con Lewis sigue vigente. Sin embargo, y a pesar de las continuas reyertas, a veces hay tiempo para dedicarlo a la instrucción militar. Kirklan es el encargado de esto y hace valer su autoridad como oficial.

Después de algunos días de navegación, se aproximan a Curazao y pretenden llegar pronto al puerto de Bonaire. Pero por inexperiencia y desconocimiento de las rutas, el piloto del barco se equivoca y acaba navegando hacia el golfo de Venezuela, situado a sesenta millas de Bonaire. Miranda se enfurece, pero termina aceptando y resignado a la situación, pues nada puede hacer al respecto. Regresan y el día 11 se encuentran en Aruba. Dos barcos dedicados al contrabando, creyendo que ellos son españoles, les disparan varios cañonazos, afortunadamente sin consecuencia ninguna. Aclarada la situación, Miranda y algunos de sus oficiales desembarcan y buscan alojamiento.

El 16 se reinicia de nuevo la navegación. Estando otra vez próximos a Bonaire, los sorprende una poderosa tormenta. Nuevo y violento incidente de Miranda con Lewis, tan violento como la tormenta. Se gritan y se insultan. Lewis dice que renunciará a su cargo. El cronista que nuevamente relata los sucesos afirma que Miranda se cree tan nauta como general y filósofo y parece pensar que un barco puede ser forzado a adelantar camino en la calma o ganar a barlovento, con la mayor facilidad, contra corrientes fuertes y vientos suaves. Y como el Leander no puede realizar estas maniobras, rezonga y vocifera contra los navegantes por su negligencia y su desatención.

A todas estas, la tripulación continúa inquieta e insolente, casi en plan de asonada. Miranda les promete más dinero; el problema es que carece de ese dinero para lograr su apaciguamiento.

El 27 están solo a seis millas de la costa de Ocumare. Se aprestan a desembarcar. Miranda, con sus falsos y artificiales optimismos, imagina que miles y miles de hombres saldrán a recibirlo y a aclamarlo como a su libertador. Está a punto de cumplir su sueño. Treinta y seis años lleva ya tratando de darle algo de realidad a esa quimera, que tal vez sí le ha trastocado su lucidez y lo ha precipitado a los movedizos territorios del delirio y seguramente a los de la falsificadora demencia.

A las seis de la mañana, cuando se cree que es la hora apropiada para el desembarco en tierra firme, la expedición divisa dos barcos españoles que recorren y vigilan la costa. Miranda ordena perseguirlos y capturarlos. Los barcos huyen velozmente. En la persecución, el Leander ha llegado a veinte millas de Puerto Cabello. De nuevo Miranda ordena los preparativos para efectuar el desembarco. Se escoge el lugar, pero después de un largo tiempo descubren con consternación que el piloto —tal vez por la oscuridad, tal vez por su inexperiencia— se ha equivocado. Se ordena entonces que la goleta Bacchus haga un nuevo reconocimiento de la costa. Pero los barcos españoles, que han regresado y permanecen vigilantes y a la espera, atacan y capturan la goleta. Interviene el Leander. Dispara sus cañones. Efímero combate naval sin consecuencias. El Leander se aleja simulando huir, pero acaban huyendo y, según se decide en consejo de guerra, lo hacen hacia Trinidad. Resultado: pérdida de dos goletas, la Bee y la Bacchus, con sus sesenta hombres y gran cantidad de armas y municiones.

La expedición liberadora se ha inaugurado con un asombroso y doloroso fracaso. Miranda, de inflamado y optimista liberador de mundos, se ha convertido en pocas horas en desolado y amargado fugitivo. Se refugia otra vez en el hermetismo. Permanece absorto. La mirada perdida. Los sueños despedazados. Pero intentará otro plan, ahora que solo tiene un barco y solo lo acompañan ciento veinte hombres, para volver a intentar la libertad de un continente.

9

Miranda ha llegado a Bonaire rumiando su fracaso y su agigantada desilusión frente a los hechos. La tripulación está totalmente desconcertada, como perdida y furiosa en medio de esa locura y de esa magna improvisación. Están exasperados. Hablan de destituir de la jefatura al general. Nadie sabe qué hacer ahora. Las tensiones y los conflictos estallan. Se producc otro violento incidente entre Miranda y el oficial de ingenieros. Miranda lo golpea. Le da un puñetazo en la nariz y le lastima los labios, que sangran profusamente. Biggs, en sus comentarios, juzga con severidad este comportamiento errático y colérico del general:

¿Qué seguridad tiene ninguno de nosotros bajo el comando de un hombre que puede dejarse llevar de la furia vital? Si este es un espécimen de su administración entre el pueblo de Colombia, creo que tendremos derechos en el papel y muchos agravios en los hechos.

Todo parece tornarse sombrío. El calor es intenso. Se ordena el racionamiento del agua. Solo tres pintas diarias por persona. Escasean el pan y la carne. Por las noches, las moscas y las cucarachas —en compañía de las ratas— entran en concierto. Tanta plaga y tanta mortificación y sin embargo, por muchos momentos, Miranda aparece imperturbable frente aquella infernal situación. Su serenidad produce asombro entre aquellos hombres exasperados.

Un día divisan un barco grande. Se intimidan. Es la goleta de guerra Lilly. Los barcos se aproximan, el capitán de la goleta inglesa sube al Leander. Parlamenta con Miranda. Entre otras cosas, le comunica la noticia sobre la muerte del ministro Pitt. Miranda parece no reaccionar. En el fondo no sabe si ha muerto un amigo o un enemigo. Los dos barcos reinician juntos la navegación. Llegan a la isla de Granada, que es posesión inglesa. El gobernador de la isla recibe amablemente a Miranda. Le sugiere y lo anima para que intente una segunda expedición sobre tierra firme. Le promete ayuda. Le dice que espere en Granada hasta que los ingleses se resuelvan a facilitarle también más ayuda. Esto anima a Miranda e igualmente a su resentida y desencantada tripulación. Después de unos días de reposo, se dirigen a Bridgetown, capital de Barbados. Es el 6 de junio. Allí se contacta con Alexander Cochrane, jefe de la marina, y quien posteriormente tendrá significativa participación en la Independencia de la América meridional. Le ofrece generosa ayuda a Miranda y hasta firman un convenio a ese respecto. Pero los conflictos con la tripulación lejos de extinguirse, se han seguido acrecentando. Otra pelea entre Lewis y Miranda. Lewis renuncia y se marcha con cuarenta tripulantes. Golpe fatal para la posible segunda expedición. Se lo reemplaza por un piloto inexperto, que requiere un asesor permanente.

El 24 de junio se encuentran en la capital de Trinidad. Los tratan con consideración y cortesía. Miranda hasta es alojado en la casa de Gobierno. Allí permanecerá a la espera de la posible ayuda inglesa, que siempre considerará insegura. Permanecen un mes en ese lugar, demasiado tiempo para una tripulación que hace gastos y no recibe pagos. El resentimiento y el rencor contra ese jefe que consideran insensible siempre están *in crescendo*. Pero han reclutado nuevos hombres que, seducidos por una futura buena paga, se comprometen con la loca e incierta aventura.

A estas alturas es posible que Miranda ignore cosas con las que está directamente comprometido: el gran escándalo internacional que ha desatado su temeraria excursión. España y Francia han protestado vigorosamente, si no por la complicidad, al menos por la indiferencia con la cual el Gobierno norteamericano aceptó que esa expedición pirata se armase en su territorio y que sus integrantes fuesen en su mayoría ciudadanos de esa nación. El Gobierno español exigió al Gobierno de los Estados Unidos que enviase fragatas de guerra a perseguir a los expedicionarios; y exigió a su representante en París que denunciara en Francia la conducta poco amistosa del Gobierno del señor Jefferson. La respuesta del Gobierno norteamericano frente a estas airadas protestas fue suprimirle el empleo a Smith y comprometerse a que se adelantaría un proceso contra el señor Ogden. Y persistió en negar que hubiese habido alguna complicidad o algún compromiso oficial con los aventureros. La prensa, sin embargo, parecía complacida con la aventura. Le había deseado éxito y algunos anhelaron que Miranda llegase a convertirse en el Washington de la América del Sur. No obstante, las informaciones que circularon en Estados Unidos sobre la expedición de Miranda fueron siempre disparatadas e inexactas.

Por otro lado, los prisioneros capturados por los españoles sufren todo el rigor de las duras leyes que existían en la época para sancionar esta clase de delitos. Se los mantuvo con hierros en los tobillos. Se los obligaba continuamente a arrodillarse mientras se les apuntaba con los fusiles. Les leían la sentencia en español y luego se las traducía un intérprete. Se los hacía acompañar de oscuros sacerdotes, que hacían más macabra y más española la terrible ceremonia. Por fin un día les leen la sentencia definitiva: diez han sido condenados a muerte. Se les anuncia que serán colgados del pescuezo, para que mueran más lentamente. Que les serán cortadas las cabezas y colocadas en picas y luego distribuidas en las diferentes regiones del país. Algunos, y a pesar de su condición de mercenarios, subieron con altivez y dignidad al patíbulo. Un polaco de apellido Begur, antes de ser ahorcado, les grita a sus victimarios que el general Miranda sabrá vengar sus muertes. Otro dice con voz fuerte y firme que "los sanguinarios perros españoles pronto pagarán su infamia". El ritual de la ejecución se satura de sevicia y de crueldad. Las cabezas sangrantes le son mostradas a la multitud. Y la multitud española aplaude con frenesí, como si se tratase de una corrida de toros, que tanto deleita a sus pupilas.

Los que no fueron ejecutados fueron condenados a más de diez años de presidio. Se despacharon a las varias y hostiles prisiones que había edificado España en América. A Cartagena fueron remitidos algunos. Otros pocos tuvieron la fortuna de escapar y presentaron un memorial al Gobierno norteamericano, donde denuncian que fueron engañados por Miranda.

Miranda posiblemente ignore esos hechos, pues ahora está de nuevo intentando otro desembarco en tierra firme; desembarco que falla, ya que el inexperto y nuevo piloto se equivoca y lanza las anclas a nueve millas del puerto de La Vela, en la bahía de Coro. Tienen inmensas dificultades, deben tomar los botes para aproximarse a la costa y el mar está agitado. Todo el día lo consumen en esta desesperada tentativa. Desde la costa les hacen fuego, pero los cañones de los nuevos barcos ingleses que ha conseguido y que acompañan a Miranda, neutralizan el fuego de los españoles. Más de noventa hombres logran desembarcar y como pueden se apoderan de la batería enemiga. Huyen los españoles, aunque tienen más hombres y disponen de suficiente artillería. Todo esto está sucediendo en la mañana del 3 de agosto. Miranda, sin embargo, no ha podido presenciar este combate que está teniendo todos los elementos de un triunfo, un primer triunfo después de tantos fracasos. Pero desde el barco y en pleno mediodía, observa con maravillosa y exaltada alegría flamear la bandera de Colombia, reemplazando la arriada y humillada bandera española. Se le escapa una lágrima, que nadie vio, pero que él sintió como una lágrima vivificante donde pudo por un instante colocar sus destrozadas esperanzas. Su optimismo se multiplica como un incendio que lo abrasa y lo calcina; para él debe ser algo semejante a la felicidad. No han tenido ninguna baja, solo tres heridos a cambio de lo que él considera una espléndida victoria. En ese instante no le cabe la menor duda de que podrá liberar a toda la América del Sur. Ha dejado de ser un soñador, pues el sueño acaba de devorarlo a él.

Pero solo es desembarcar y tocar la tierra firme para que comiencen a transformarse todas sus expectativas. El fuerte está totalmente vacío. Ha llegado a un lugar de fantasmas. Solo una mujer paralítica que no ha podido huir está allí aterrorizada, reemplazando a esos miles y miles de venezolanos que supuestamente saldrían a recibir y aclamar a su libertador. Para Miranda esto es aterrador y desconcertante, es un hecho aplastante y abrumador que debió convencerlo de que él simplemente es un ingenuo fabricante de falsos espejismos. Nadie lo ha esperado y a lo mejor nadie sabe quién es él y qué es lo que pretende con ese ejército mercenario. Sus compatriotas no solamente no han querido esa libertad que él les está ofreciendo, sino que por el contrario huyen despavoridos de ella como si se tratase de una nueva y devastadora peste. ¿Quién habrá leído sus proclamas? ¿Cómo es que en verdad funciona la realidad? ¿Cuál es en última instancia esa realidad que él cree haber imaginado para estimular y darles fuerza a sus propios delirios?

Confundido y extraviado por lo que está viendo y tocando con sus estremecidos sentidos, avanza con su pequeño ejército hacia la ciudad de Coro. Son solo doce kilómetros de esta otra marcha fantasmal. Cuando llegan, el mismo opresivo silencio y el mismo aterrador vacío. Ninguna alma viviente, es como si hubiesen conquistado un lugar muerto. Y esa conquista dilata su soledad y amplifica todos sus asombros. Solo en la cárcel encuentra a unos hombres, condenados por delitos diversos. Solo cuando los libera de sus grillos, uno de ellos grita: "¡Viva el general Miranda!". Y sin embargo, para seguirse engañando o para tratar de no soportar la desnuda verdad que le imponen esos hechos, ordena cargas de fusilería dizque para celebrar el triunfo. Y sucede algo aun mucho más increíble: como sus hombres no entienden el español, malinterpretan sus órdenes y las dos divisiones de su alucinado ejército se disparan entre sí. Cuando se percatan del error, descubren que han dado muerte al cocinero del Leander y que además tienen cinco heridos graves, entre ellos el secretario de Miranda. ¿Puede pedírsele algo más a la demencia o a la fatalidad?

En Coro, las autoridades españolas sí han alcanzado a instruir a la población de que aquellos invasores son simplemente unos herejes despiadados, unos enemigos de Dios, unos aliados del demonio; y todos han huido. Miranda hace circular proclamas donde anuncia sus pretensiones libertadoras; donde dice que trae la libertad bajo los auspicios de la protección de la marina británica. ¿Sería capaz de imaginar que alguien le creyese?

Después de cuatro días, ordena Miranda el retorno a La Vela. Absolutamente nadie de la población se la ha incorporado a ese ejército. Su desilusión debió llegar al éxtasis. Con sus doscientos hombres y en ese universo no solamente indiferente sino hostil a su confusa causa, ¿cómo podría seguir intentando otro desembarco por esa patria suya? Además los españoles y sus compatriotas, con delirante entusiasmo, pronto reunirán una considerable suma de dinero para quien entregue la cabeza del hereje, del masón y del traidor llamado Francisco de Miranda Rodríguez. ¿Cómo podía interpretar Miranda el verdadero significado de estos hechos? ¿Tendría la lucidez o la serenidad necesarias para comprender la fragilidad de su proyecto político?

El regreso a La Vela es otra abominable pesadilla. El traslado de los heridos —careciendo de caballos— se convierte en dolorosa e irritante faena. El general se enerva, se exaspera y aflora algo de su crueldad. En un momento de confundidora rabia hasta llega a ordenar que se les atraviese a los heridos el cuerpo con un balazo. ¿Será que la voz del fracaso lo está enloqueciendo? Biggs, el memorialista, sintetiza la situación de manera elocuente: "El ensueño llamado expedición se ha desvanecido... Las expectativas y las esperanzas se han despedazado en el suelo... Y ahora vamos andando, pero no sabemos para dónde".

Por su parte, el comandante español, un oficial de apellido Salas, en su parte militar escribirá:

Miranda lo ha perdido todo, pues la quimera de un partido en estas provincias, con que se engañó y con que ha procurado engañar a sus satélites, quedó derruida en la expedición a Coro. . . Todos allí le voltearon la espalda, no haciendo nadie caso de sus proclamas y sus demás artificios. Miranda ha probado que es un colaborador contra su patria y un impostor para los extranjeros que se han mezclado en una empresa aérea.

Miranda torna a encerrarse en su hermetismo. Por un tiempo sólo se alimenta de su desilusión y de su fracaso. ¿Conocerá o ignorará en esos momentos lo sucedido en el virreinato de La Plata, como consecuencia de las acciones de rapiña imperialista que llevó a cabo su gran amigo Sir Home Popham? Popham había sido enviado por su Gobierno para que se apoderase del Cabo de la Buena Esperanza, lo que hizo en forma rápida y contundente. Logrado lo anterior, tomó —en apariencia por propia iniciativa— la decisión de avanzar con su ejército con destino al lejano virreinato del Río de La Plata. Quería apoderarse de él y obsequiárselo como ofrenda de fidelísimo súbdito a su graciosa Majestad británica. Y por supuesto que don Francisco de Miranda algo o mucho debía de saber de estos aviesos planes, pues Sir Popham, muy amable y cumplidamente, le envía una carta donde le escribe:

Estamos aquí en posesión de Buenos Aires, el más bello país del mundo, y por lo que yo veo de la disposición de sus habitantes, no tengo dudas de que si los ministros accedieran a sus proposiciones y lo enviaran a usted aquí, el plan suyo arrancaría también de este lado como del otro; trate, mi amigo, de venirse. Me gustan prodigiosamente los sudamericanos.

¿De qué se trata y cómo debe interpretarse esta alegre combinación? Por un lado, Miranda, protegido por la armada británica, dizque tratando de liberar un mundo; y por otro lado, Sir Popham, protegido y navegando en los barcos de la armada inglesa, tratando de sojuzgar un mundo, un mundo que resulta ser el mismo: la América meridional. Esto sucedía el 27 de junio de 1806.

Sin embargo, la fortuna de este raponazo imperialista propinado por Popham sobre el virreinato del Río de la Plata no duraría mucho tiempo. Un levantamiento popular, orientado por Santiago Liniers, forzará la derrota y la capitulación de los invasores ingleses. Solo dos meses habían tenido bajo su poder el rico y estratégico virreinato. Ante la derrota, los británicos enviaron un nuevo ejército de doce mil hombres al mando de Whitelock, también amigo de Miranda. Pero este sería derrotado. Es evidente que los americanos no querían nuevos invasores y, si estos llegaban, sabían perfectamente cómo derrotarlos y cómo ponerlos en fuga.

De retorno de su fracaso, Miranda se reubicará en Aruba durante treinta y ocho largos y extenuantes días, tiempo donde debió meditar con amargura sobre su fatalidad y su mala suerte. No era nada despreciable el contingente que había logrado movilizar para esa tentativa fallida. Once buques componían su flota. Su aventura errática le había significado la muerte de sesenta y dos de sus hombres. No podía ser más trágico y más inútil su balance. Su odio y su fermentado y ambiguo resentimiento contra los mantuanos debieron agigantarse tanto como las aguas de esa mar inmensa, pues fueron los mantuanos los que aportaron los 30.000 pesos que se pagarían por su cabeza. Ni el pueblo ni las élites de su patria lo querían o tal vez solo querían verlo muerto. ¿Cómo pudo darse el lujo de imaginar que estaba acaudillando una revolución?

No obstante, su terquedad parece no derrumbarse ante nada, y basado en ella continúa fabricando los falsos y reiterados optimismos. Sueña aún con reiniciar sus desembarcos y sus filibusteras empresas. Ahora piensa en la posibilidad de atacar por el Brasil. Al respecto se había comprometido en un oscuro proyecto con Mr. A. Campbell, donde salen a flote la traición, la intriga, el lucro y otra vez —y ya casi de manera inexorable— el fracaso.

La larga espera en Aruba concluye en la desesperación, o en un tejer con mayor virtuosismo todas las miserias que involucra su descalabro. La tripulación se desbanda, ya que nunca ha recibido su salario. Los dueños de los barcos exigen con cólera y con amenazas el pago de sus alquileres. No hay ropa y hay enfermedad y, sobre todo, ya no hay dinero para nadie. Solo hay odio y resentimiento, deseo de venganza brutal en esos hombres que se sienten engañados. Miranda sigue escribiendo cartas y pidiendo nuevos auxilios. Escribe a Grenville, a Nepean, a Turnbull, a Davidson, a Vansittart. Ahora anda solicitando 4.000 soldados, más dinero, más municiones. Pero sus cartas caen en el vacío, o se leen bajo el lente de la total y burlesca desconfianza.

Un día Miranda no aguanta más, se va para la isla de Trinidad. Se alojará en una hacienda del almirante Cochrane. Allí seguirá esperando lo que no ha de sucederle. Permanecerá cerca de un año, esperando...

tal vez solo enloqueciendo o maldiciendo su mala estrella. Un día recibe carta de Sarah, Sarah Andrews, que en su ausencia ha parido a su otro hijo: "Mis amados hijos mejoran de día en día. . . Yo desearía que estuviese aquí, querido mío, porque sin usted nos sentimos perdidos".

10

Aplastado por la extenuante espera, lo sorprende el año de 1807. Más que espera, ha sido agonía aquel tormentoso tiempo. De pronto logra comprender que es un absurdo y una pura insensatez permanecer en ese doloroso autoexilio tropical. Desde allí no podrá hacer absolutamente nada a favor de sus planes futuros; solo escribir cartas, que a lo mejor nadie lee o que simplemente ya serán consideradas como extravagancias de un desesperado que solo ha logrado acumular fracasos. Por supuesto que no le es fácil regresar a Londres cargado de desprestigio, convertido simplemente en hacedor de un plan que no ha servido sino para desperdiciar recursos y convertir la imagen de Inglaterra en la imagen de una nación que solamente está interesada en favorecer sus negocios comerciales y dispuesta siempre a cambiar el colonialismo de los españoles por el suyo.

Pero a pesar de todo, era preferible afrontar la vergüenza y el desprestigio, y hasta las burlas inglesas, que permanecer como un náufrago en esas tierras donde todas las gentes ya le son hostiles, y donde nadie, absolutamente nadie, quiere saber o patrocinar sus desventuradas andanzas. Afortunadamente logra vender el Leander, otro negocio lastimoso. Tiene que venderlo por menos de la mitad de su costo. Logra pagar algunos salarios y algunas deudas que quedan de su catastrófica aventura, y un día emprende el viaje de regreso en compañía de su secretario Molini. Lo ayuda también a irse el haber conocido ciertos rumores, que él sabe magnificar para apoyar sus artificiales y falsos optimismos: que Lord Castlereagh supuestamente ha declarado que es imperativo para Inglaterra impedir que las colonias españolas caigan en manos de los franceses y que tal vez Miranda pueda ser aún útil para este propósito. También lo animó el haber conocido un folleto publicado por William Burke, *South American Independence*, publicado ese año de 1807, donde se defiende y se propugna por la emancipación de las colonias españolas y donde se pide protección para Miranda.

El 14 de octubre de ese año de 1807, en un navío inglés, el British Queen, se embarca con rumbo a la isla de Tórtola. Permanecerá allí tres semanas. Y el 16 de octubre, en la fragata Alexandria, se dirige por fin a Inglaterra, convencido de que esa nación no le negará su ayuda. El viaje fue tormentoso, vientos huracanados y poderosas lluvias durante todo el largo tiempo que duró esa travesía de treinta y seis días. Pero logra llegar a Portsmouth el 21 de diciembre. Llega con frío en el cuerpo y mucho más frío en el alma. Pero algún calor recibe cuando al arribar se lo saluda con efusión y hasta con repique alborozado de campanas. Ya muchos conocen de sus aventuras y los emociona conocer y saludar al osado y fallido aventurero.

El retorno a su casa de Grafton Street está atravesado y sostenido por grandes y tiernas emociones: conocer a su segundo hijo Francisco y reconocer al primero, que ha crecido y saluda con amorosa complacencia a ese padre suyo, del que tiene una imagen fantástica habitando en su imaginación infantil. El tibio calor de Sally, su devoción por él, todo esto lo recompensa, todo esto es bálsamo restaurador que alivia las múltiples heridas que trae de esa aventura donde solo ha logrado explorar algunos de los suplicios del infierno.

Son pocos los días en los que se deja atrapar y puede disfrutar de los encantos de esa felicidad sencilla y doméstica. Pero está escrito como en la más íntima sustancia de sus células que él no podrá pertenecer a esos universos privados. A los pocos días de llegado, está pidiendo audiencia, tanto con el ministro de colonias Castlereagh, como con el ministro de relaciones exteriores Canning. El ministro Canning le concede la audiencia en forma inmediata. El otro ministro parece muy poco interesado en recibirlo. La reunión termina en pura formalidad. Entonces se pone en contacto con Sir Arthur Wellesley, personalidad que está en ascenso meteórico. Con él se relaciona Miranda y le facilita información, documentos, planos y mapas diversos. La pretensión de Wellesley es conquistar las colonias españolas y, una vez reconquistadas, anexarlas al imperio británico.

Durante largo tiempo continúa Miranda entregado a escribir epístolas y a seguir tejiendo intrigas, todas son como variaciones sobre el mismo tema: hablar del temor de que Francia intervenga en América y resaltar los grandes beneficios que obtendrá Inglaterra procediendo en América. En eso se le va el tiempo, y con el tiempo se le va la vida. También facilita información a Burke, que publica otro folleto: *Razones adicionales para la inmediata emancipación de Hispanoamérica*. En dicho folleto propone que a Miranda se le faciliten ocho mil hombres para "liberar a Venezuela". Algunos periódicos publican de cuando en vez artículos breves, donde se acogen las ideas del general.

Entre epístolas e intrigas, el general reinicia sus viejas y arraigadas costumbres de participar en la vida social. Hace nuevos amigos. Asiste a comidas y a reuniones. Se relaciona con los dos hijos del rey (rey que está medio enloqueciendo, don Jorge III, rey que acabará loco del todo). También hará amistad con el duque de Gloucester, a quien empalaga con sus ilusos planes y divierte con el vívido relato de sus pretéritas aventuras. Así siguen pasando los días. En algunas noches suele visitar un elegante burdel, donde una bella doncella danesa le consuela sus ya seniles lujurias. Parece que Sarah Andrews, absorbida por su obligante maternidad, ya no lo convoca para esas gracias del cuerpo. Parece vivir un tiempo amable y tranquilo, casi despreocupado. Pero a él nunca lo abandonarán las desgracias.

Por esos días aparece en la prensa un artículo de Dumouriez, que ahora vive en Inglaterra y está al servicio de los ingleses. Propone que se establezcan en la América hispana estaciones navales para su vigilancia y habla en el artículo de las nuevas formas políticas que deben imponerse en esa América meridional. Y claro, la emprende contra Miranda. Habla de su torpeza, de su debilidad y sus fracasos y, sobre todo, habla contra sus argucias y sus sofismas, que de tomarse en cuenta solo pueden perjudicar los intereses de Inglaterra. El artículo aumenta el desprestigio de Miranda, y al general le provoca vergüenza y angustia, con la respectiva dosis de cólera e incontenible rabia.

Por otra parte, parece que anda bastante escaso de dinero. Para él esto es una funesta calamidad, pues siempre querrá ser oficiante de la buena vida. Consigue que Davidson le preste unas buenas libras, pues imagina que su antiguo prestamista Turnbull ya no estará en disposición de continuar financiándolo. Para completar este nuevo y sombrío cuadro de calamidades, se enferma. Se desconoce exactamente de qué, pero queda postrado en su lecho casi cerca de dos meses. Afortunadamente, la bondadosa Sarah sabe consentirlo y cuidarlo. Pero aun estando enfermo, continúa compulsivamente escribiendo cartas y acrecentando su archivo. Vuelve a escribirle a Wellesley y a Cochrane. En una de esas noches de enfermo, toca la flauta. Sarah, embelesada, le ofrece como tributo de amor el ardor aplacado de sus silenciosos deseos.

Entretanto se agita y se convulsiona la política externa de Inglaterra. Lo que está sucediendo en España pone en máxima alerta a los ingleses. Napoleón y sus victoriosos ejércitos han invadido la península. En una farsa saturada de vergüenza y de ignominia, los reyes españoles abdican del trono. Solo cosechan una sonrisa y una palmada del emperador francés y el desprecio de su pueblo. Parece que el favorito Godoy —el amante de la desdentada María Luisa de Parma y el amigo íntimo de aquel rey carnud — es el artífice supremo de esta opereta que lastima la dignidad del pueblo español. Se firma el llamado Convenio de Bayona y Napoleón nombra a su hermano José rey de España. Los ingleses temen, con justa razón, que las colonias serán inexorablemente francesas. Se aterrorizan. Si algo le provoca escándalo a Inglaterra es la libertad con receta francesa. Resuelven entonces enviar una escuadra a América. Ante estos insólitos e inéditos sucesos, Miranda imagina que se vuelven a valorizar sus envilecidas acciones.

En efecto, Wellesley espera comunicarse con Miranda para ponerlo al tanto de lo que está ocurriendo, como efectivamente lo hace. Los acontecimientos se tornan vertiginosos. Comenzando junio se tiene ya preparada la expedición bélica. El general Spencer comandará 5.000 hombres que deben dirigirse a las Antillas. Por el momento no han decidido si se atacará por Venezuela o por el virreinato del Río de la Plata. Miranda, entre tanto, se afana por preparar un nuevo proyecto constitucional. Lo que presenta es un plagio simplificado del proyecto que en el pasado le había esbozado al ministro Pitt. Pero anexa nuevas peticiones e introduce nuevas sugerencias: que se estipule que el jefe de la expedición militar debe ayudarle a él a establecer y a definir el gobierno que prevalecerá en esas regiones, una vez la invasión haya concluido con éxito; que se defina de antemano el cargo que Miranda va a desempeñar en el ejército invasor; que se invite en una proclama a que Sudamérica asuma su Independencia. Y también, y por supuesto, incluye y defiende sin rodeos sus propios intereses personales: que se le asignen 5.000 libras para sus gastos, para su séquito y otras cosas; que en caso de que fracase la expedición, se le asigne una sustanciosa pensión; que se le otorgue un empleo público a su secretario Molini, y que además se le ofrezca un vistoso banquete público para resaltar su prestigio. Genio y figura hasta la sepultura.

Pero la fatalidad, el destino, la mala suerte o a lo mejor la sabiduría de la Providencia histórica harán su impredecible presencia para socavar el sueño dorado del general Miranda. Ocurre que el pueblo español, heroica y valerosamente, se pone en pie de lucha contra el invasor francés. Representantes de ese pueblo llegan a Inglaterra a solicitar ayuda contra Napoleón. El Gobierno acepta, y entonces se produce un cambio radical en los planes previstos y preparados. España es ahora aliada y no enemiga de Inglaterra, e Inglaterra luchará a su lado contra Francia. El 4 de julio se firma la paz. Las tropas que irían a las colonias hispanas irán ahora a la península ibérica para oponerse a los ejércitos napoleónicos. Wellesley —que será el duque de Wellington— será su supremo comandante.

De nuevo Miranda es arrojado a la más absoluta y demoledora desilusión, como si fuese un hombre que ha nacido para que sus sueños nunca se realicen. A Wellesley personalmente corresponderá, en escena algo pintoresca, transmitirle a Miranda la noticia, que no será un balde de agua fría sino un mar de agua fría cayendo sobre sus alegres expectativas. Cuando conoce la noticia, anonadado, balbuciente y furioso, solo atina a decir que se le devuelvan sus papeles.

Wellesley, como premio de consolación, le ofrece un puesto en el ejército. Miranda lo rechaza. Ante este rechazo, Wellesley propone que se le den 1.000 libras esterlinas al descorazonado general. Esto no lo rechaza. Días después, el gabinete acordará que se le pague anualmente una pensión de 600 libras por año. Sobreviene un tiempo de oscuridad para su vida. El general ha perdido la risa y ha perdido el color. Deambula por las grises calles de Londres. Cuando en las noches regresa a su casa, continúa escribiendo cartas. Ocasionalmente saca un poco de tiempo para jugar con los niños, para conversar con Sally. Muy de vez en cuando toca la flauta, ya no esas melodías barrocas y armoniosas del pretérito. Ahora lo que toca es triste. Ya no es Bocherini su compositor preferido, son otros. Se entristece su flauta, acaba semejándose al tiempo que está viviendo, acaba naciendo en ella música que tiene la melancolía que se ha acumulado en el fondo de su alma. Así termina para Miranda el año de 1808, el año que podría bautizar como el de la desilusión y el de la desesperanza.

11

Pero el tiempo sigue su marcha y en él fluye la vida. En los comienzos de 1809 recibe noticias que le resultan algo estimulantes. Recibe adhesiones de algunos venezolanos que, según le escriben, lo esperan como los judíos esperan a su Mesías. Hacia los primeros días de febrero se entrevista nuevamente con Wellesley, que le comunica con frialdad y contundencia que el Gobierno inglés desestima y ve como inconveniente cualquier acción que se proyecte sobre la América del Sur; que sólo cuando concluyan la alianza y el asunto con España volverán a considerar esa posibilidad. Pero por debajo de la mesa Miranda sigue cultivando relaciones y asistiendo a reuniones donde se persiste en discutir sobre los asuntos de América. Entre las personas con las cuales se reúne está Whitelock, el jefe de la segunda y derrotada invasión al virreinato del Río de la Plata.

El Gobierno español protesta ante el Gobierno inglés por la tolerancia que se tiene frente a Miranda, de quien sabe continúa intrigando y conspirando. Lo llamarán "aventurero intrigante, oprobio del nombre español". Los ingleses, ante la protesta española, le envían a Miranda una nota amenazante. Lo expulsarán del país si continúa manteniendo correspondencia conspirativa con aquellos latinoamericanos partidarios de la Independencia.

Miranda acepta a regañadientes la imperativa "sugerencia" que le hace el Gobierno inglés. Él no puede olvidar que de la pensión y del generoso mecenazgo que ese Gobierno le ha prodigado depende —y ha dependido por muchísimos años— su propia supervivencia. Gozar de esa pensión de hecho lo ha convertido en una especie de curioso y "clandestino funcionario", obligado a trabajar por los intereses de la monarquía británica.

Sin embargo, encuentra las maneras para continuar en sus labores propagandísticas y conspirativas, para la cuales está dotado de indiscutible talento. Amparado en los derechos que le concede la liberal ley de prensa que está vigente en Inglaterra, funda, en compañía del sudamericano José María Antequera, un pequeño periódico que llaman *El Colombiano*, que servirá de órgano de difusión a las inquietudes independentistas que ya han tomado fuerza a lo largo y ancho del continente. El primer número de este pequeño periódico, que tendrá muy breve vida, aparecerá en Londres el 15 de marzo de 1810. Su tiraje es apenas superior a doscientos ejemplares. En él se consigna y se repite lo que siempre ha expresado Miranda sobre la causa americana. Se comentan los sucesos que se están presentando en España. Se envenena y se indispone a los sudamericanos contra las ideas y las pretensiones de los franceses. Miranda es el editor del periódico y no desperdicia la oportunidad de halagar a los ingleses y de ofender a los franceses, como si Francia fuese el enemigo que hay que combatir con furia y fanatismo; como si ese espíritu francés, que ha destrozado monarquías, fuese lo que hubiera que destruir, y no el imperialismo español o el imperialismo expansivo de los ingleses, que son los que aspiran a perpetuar las monarquías y a convertir el mundo en una factoría que consolide sus negocios y su poder.

Con sofismas y artimañas puramente retóricas tenían los defensores y apologistas del imperio inglés que oponerse y combatir esa fuerza trastocadora que se había engendrado en las entrañas de la Revolución francesa. Pues esas "ideas francesas" eran el motor y el aliento espiritual que en últimas acabaron determinando el impulso revolucionario que transformó la gramática política del mundo. Fue al amparo de ese marco ideológico y político, instaurado por la revolución y el pensamiento franceses, como se pudo quebrantar el opresivo sistema que encarnaban las monarquías y los colonialismos.

Por otra parte, y para estupor de los enemigos de Francia, el 12 de diciembre de 1809, el Gobierno francés hizo pública su posición ante la posible y próxima marea revolucionaria que se venía desarrollando en la América meridional. Esta fue su posición oficial:

Si España pierde sus colonias, ella lo habrá querido. El emperador no se opondrá jamás a la Independencia de las naciones continentales de América; esta Independencia está en el orden necesario de los acontecimientos; está en la justicia, está en el interés bien entendido de todas las potencias.

En esta comunicación se reitera y se recuerda que ha sido Francia la que ha ayudado a establecer la Independencia de los Estados Unidos. Que el poder de Francia no depende del monopolio, que ella no tiene interés contrario a la justicia, y que nada de lo que pueda contribuir a la felicidad de la América se opone a la prosperidad de Francia. Que Francia no se opondrá nunca a que los pueblos americanos quieran seguir unidos a su metrópoli o quieran independizarse de ella.

Esta declaración de principios de los franceses ponía en grave aprieto a los detractores de sus propósitos. Se necesitaba mucha argucia perversa, mucho sofisma barato y muy mala fe política para tratar de desvirtuar su verdadero significado. Pero Miranda y Antequera creen poder arreglárselas para sacar partido hasta de esa declaración. Y por eso Miranda escribe: "El mensaje de Bonaparte obliga, como es natural, a Inglaterra a obrar inmediatamente o jamás". Es decir, obliga a que se pueda evitar el "contagio francés". Obliga a impedir que el proceso revolucionario en América sea influido por el espíritu de la libertad francesa. Ese proceso debe ser tutelado y protegido para que esté siempre al servicio de los intereses del imperio británico.

Pero Miranda, ahora íntimamente asociado con José María Antequera, está embelesado en el proyecto de recomponer su imagen y resaltar su prestigio. Lo requiere porque él considera que puede convertirse en algo así como el único y supremo director de aquella causa de la Independencia americana. Antequera lo acolita con eficiencia en ese propósito. En 1810 publica en Londres un singular y curioso librito, bajo el título *South American Emancipation*, con un subtítulo que expresa, sin rubor y sin rodeos, sus verdaderas pretensiones: "Documentos históricos y explicativos que muestran el desarrollo progresivo de los planes y los esfuerzos hechos por el general Miranda para conseguir este objeto durante los últimos veinticinco años".

En dicho libro, ni el título parece haber sido escrito por el imaginativo guayaquileño. Todos los documentos que contiene, todos los comentarios que inserta, denuncian la enmarañada sintaxis del políglota confundido que es el general Miranda. Y es Miranda quien por supuesto financia la publicación y la circulación del efusivo folleto. Para conseguir el dinero que requiere este proyecto publicitario, Miranda reclama al Gobierno inglés una supuesta cantidad que, según dice, se le adeuda sobre su pensión. Examinados los papeles de la reclamación, se corrobora y se certifica que nada se le adeuda al respecto. Miranda entonces contrae una deuda con una casa bancaria, deuda que nunca terminará de pagar.

El ministro de España en Londres protesta ante el Gobierno inglés por la publicación del periódico *El Colombiano* y por otras publicaciones que ha hecho o se han hecho sobre Miranda. El gobierno inglés se limita a responderle que las leyes de Inglaterra permiten y amparan la publicación de impresos de esa índole.

Además de su intensa actividad propagandística, el infatigable y persistente general Miranda no descuida por aquella época oficiar otras faenas más placenteras y más estimulantes a su vanidad varonil que, a manera de rituales para fortalecer el ego, le ayudarán maravillosamente a combatir las muchas dificultades que casi nunca lo abandonan. Ha sido presentado a una mujer que también parece navegar en los pliegues exaltados de una encantadora leyenda. Se trata de Lady Hester Stanhope, bella entre las bellas, de imaginación exaltada y delirante, millonaria excéntrica, culta, sofisticada, especie de exótica en éxtasis, sobrina de Pitt. "La mujer más deliciosa que yo he conocido", escribirá después con entusiasmo Miranda. Parece que tienen una amistad que se transforma en amor. Mutuo encanto y mutuo placer. Con el correr de pocos años, la singular doncella incluye en su testamento a los hijos de Miranda. Cuando el general abandona Londres para irse a Venezuela, ella asume la protección, tanto de los hijos de él como de Sally, su ama de llaves. Es ella la que protege a los que él abandona. Muchos años después, y ante el opresivo silencio de la cárcel y el martirio, el general Miranda recordará a esa mujer deliciosa, que seguramente amó con un amor efímero y algo fatigado.

12

Pero mientras Miranda volvía a recuperar sus nunca apaciguadas complacencias con las ensoñaciones de los amores vistosos y elegantes, la tumultuosa marea de los grandes acontecimientos políticos sacudía y trastocaba la tranquila y rutinaria calma que había prevalecido, casi sin interrupción y sin grandes sobresaltos, en los trescientos años en que se perpetuó la gigantesca y pesada estructura colonial consolidada en la América por el poder español.

La invasión francesa y la abyecta abdicación de los reyes españoles crean en la América meridional una coyuntura excepcional, que rápidamente favorece los profundos pero confusos deseos del estamento criollo para procurarse autonomía política y proceder, si fuese del caso, a romper en forma definitiva con el vínculo colonial que la unía con la monarquía. En lo fundamental no se trataba de un movimiento popular. No era la nación americana, ni era el pueblo americano, si se lo considera en su conjunto, el que iba a comprometerse en un vasto y generalizado conflicto político—militar que, por medio de la guerra, pone fin a la dominación colonial. La monarquía no era, ni había sido nunca, cuestionada en su legitimidad por la totalidad de ese conglomerado humano que configuraba el pueblo o la nación americana. En su fase inicial, lo que iría a convertirse en la gran y generalizada rebelión de las colonias hispanoamericanas en busca de su pretendida Independencia, fue un conflicto focalizado entre una élite criolla privilegiada, que detentaba todos los resortes del poder económico pero que, careciendo del poder político, entraba en abierta contradicción con los funcionarios reales que ejercían y monopolizaban dicho poder. Los criollos, por lo general de tendencia "afrancesada", como estamento culto de la sociedad, habían alimentado sus anhelos y su visión política asimilando algo del pensamiento de la Ilustración y acogiendo fragmentariamente elementos de la filosofía enciclopedista. Y fueron ellos los que de manera minoritaria impusieron y orientaron las insurrecciones nacionales hacia la búsqueda de esas nuevas formas políticas que negaban la legitimidad d e una monarquía de origen divino. Y fueron ellos los que buscaron en la filosofía política ilustrada, nutrida de racionalismo, el soporte ideológico requerido para instaurar una nueva gramática política en nuestro medio, gramática que solo después de muchas vacilaciones acabó aceptando la forma republicana.

Los estamentos mayoritarios de la sociedad americana, que incluían a los mestizos, a los pardos, a los negros, a los indígenas, a los sectores marginales o desclasados, no fueron reconociblemente hostiles a la dominación monárquica. Por el contrario, en no pocas ocasiones la monarquía encontró en ellos su mayor respaldo político. La lucha que se libraría en América estaría por eso signada por la confusión. Muchas veces adquirió los perfiles de una auténtica y carnicera guerra civil. Los grupos ilustrados criollos tuvieron que padecer muchos reveses y afrontar muchos riesgos para darle base y contenido social a su proyecto político.

El concepto de república fue durante mucho tiempo ajeno y exótico al imaginario cultural de nuestro pueblo; como lo fue el núcleo ideológico básico que logró aglutinar a las élites ilustradas para promocionar y acaudillar un proceso que, en últimas, parecía contradecir sus propios intereses de clase señorial.

Esa ideología revolucionaria y liberal con la cual la burguesía europea logró quebrantar el antiguo y aristocrático régimen, en la América meridional fue acogida por las oligarquías terratenientes y conservadoras de claras pretensiones aristocratizantes para promover la creación de repúblicas que necesariamente terminarían negando la base real y social donde podían sustentarse. Por eso la confusión ideológica y social fue siempre la música de fondo que acompañó ese sangriento y extenuante proceso que, después de su triunfo militar, no sabía exactamente qué dirección tomar. No sabían si apelaban de nuevo a la monarquía, si diseñaban apresuradamente un nuevo imperio, o se acogían a fundar repúblicas precarias y asimétricas. Pero acogida la república, esta acabaría siendo en muchos aspectos más trágica y discriminante que la supuesta y tiránica monarquía que había sido derruida.

Pero sea como fuere, acto afortunado o acto trágico, la lucha por la Independencia despegó como un incendio arrasador y simultáneo en aquel año de 1810. Nadie podía haber previsto en ese comienzo ni la ferocidad, ni las grandezas, ni la miseria de esa confusión heroica e incontenible que acabó por desmantelar la majestuosa y arrogante existencia del más grande imperio colonial del mundo. Pero las revoluciones no son hijas de la lógica, así como tampoco todo lo real es racional ni todo lo racional es real. Las revoluciones las hacen los hombres, atrapados entre emociones y sentimientos, entre anhelos y confusiones; enmarañados y prisioneros entre sus ideas y sus creencias. Son ellos esencialmente los que orientan su curso, los que le imprimen su huella y los que le señalan su ritmo. Y en ese momento estaba surgiendo —y estaba aproximándose a Miranda— uno de aquellos hombres históricos que, de manera a veces incomprensible y a veces irracional, suelen redefinir procesos que en ocasiones tienen casi la forma y el lenguaje de una necesidad histórica. Bolívar estaba aproximándose a Londres y se encontraría con Miranda. Estaba empezando el instante más trágico, más conmovedor y más extraordinario de esa loca epopeya que se abrazaría a una libertad equívoca.

13

Los graves y estremecedores sucesos que acontecen en España son el detonante inmediato que precipita el proceso insurreccional en América. No es el trabajo ideológico previo de los grupos ilustrados. No es la cristalización de los anhelos de una masonería activa y conspirativa lo que ha preparado el terreno. No es el ejemplo contagioso de la Revolución norteamericana lo que produce la marea insurreccional. No es el influjo "perverso" de lo que Miranda llamaba el contagio de las ideas francesas lo que agita la revolución. No es la supuesta necesidad económica, que contraponía los intereses de una supuesta y minoritaria burguesía comercial, consolidada en América, con la incapacidad de la economía española para abastecer el mercado colonial lo que dinamiza este conflicto. No es la supuesta influencia, ni son las débiles tentativas que realiza el capitalismo inglés en su fase expansiva para conquistar mercados lo que determina el estallido revolucionario. No es la pretendida, sobredimensionada y exagerada presencia de un régimen monárquico y tiránico lo que provoca el estallido. No es la prédica virulenta de los jesuitas expulsados por Carlos III lo que impone en la conciencia americana la necesidad política de fraguar la Independencia. Y por supuesto no es Miranda, con sus intrigas de salón y su enfermiza vanidad de cortesano ávido de prestigio, el que inventa y anima un proyecto que vendrá a alterar de manera significativa el reordenamiento geopolítico del mundo. Miranda, como él mismo lo supone, no es ningún titiritero de naciones.

Una revolución la pueden provocar la opresión o la rutina, la belleza de una mujer, la neurosis de un militar o el vuelo de una mariposa que emerge de una crisálida. Desde la teoría, cuyo papel esencial es pretender darle orden y hacer comprensible el desorden del caos, resulta fácil, lógico, casi evidente, proceder a establecer acomodaticiamente un ordenamiento artificial y artificioso de los encadenamientos históricos, para establecer o creer que se fabrica una verdad de laboratorio, una verdad que nos vuelva comprensible y asimilable ese despliegue casi infinito y atormentado que es lo que llamamos historia, y que acaba siendo casi todo lo existente. La historia, en última instancia, es parte esencial del enigma sin respuesta que significa la presencia del hombre y de la vida en el universo. Así como puede ser el resultado de un bostezo de Dios, perfectamente puede ser la narración de un sueño o de una pesadilla contada por un idiota. La historia es el vasto y atormentado escenario donde unas criaturas ejecutan una obra de teatro que carece de libreto. Puede ser una sinfonía sin partitura; un drama y una trama inabarcables, donde lo que termina por ser excitante y desafiante es la interpretación que cada cual puede hacer de lo que supuestamente aconteció o está aconteciendo. Algo así como si la historia a veces solo fuese un prodigioso e inagotable capítulo de la literatura fantástica. Es el más fabuloso reino de lo imaginario, pues sólo en lo imaginario la poesía hace posible lo real. Y solo la poesía —lo ha intuido ya el poeta— es la única prueba concreta de la existencia del hombre. Imaginar que se derrota la confusión es simplemente aceptar que esa confusión existe y nos devora. ¿Acaso no es posible volver a imaginar que los dioses se divierten para que los hombres tengan algo que contar?

En Caracas, en hechos que tenían no poco de opereta, un grupo de acicalados y aburridos señoritos un día, el 19 de abril de 1810, intimidan y reemplazan al gobernador general, señor Vicente Emparán. Lo destituyen entre burlas y aclamaciones, y constituyen una Junta de Gobierno. Imaginan que han conquistado la libertad. Se asumen como Gobierno y como poder. Distribuyen cargos y prestigios. Se aumentan los sueldos. Eliminan algunos impuestos. Crean insignias y condecoraciones, pero gritan: "¡Viva el rey y mueran los franceses!". Proclaman que Napoleón es el Anticristo, que solo la religión católica preservará a los hombres de los fuegos del infierno y de las ideas francesas. Ha nacido la república; república aérea, dirá después Bolívar. La ficción pura ha iniciado su marcha triunfal para inaugurar la mentira y la irrealidad en las repúblicas americanas. Las quimeras presidirán todas sus ceremonias, todos sus rituales y todas sus realizaciones.

Esa misma junta se apresura a nombrar una comisión, que debe buscar ante el Gobierno y ante los mercaderes ingleses, el reconocimiento de esta nueva y fantasmal entidad política. Sin embargo, en esos pocos días, el tesoro público ya ha sido saqueado y agotado. Los nuevos funcionarios de la curiosa libertad saben cobrar muy caro sus servicios. La coyuntura posibilita que un joven e impetuoso hombre histórico, que acabará redefiniendo toda aquella farsa, salte a la palestra. Es Simón Bolívar. Tiene veintisiete años. Es mantuano y rico propietario de tierras, de minas y de esclavos. Pero tiene mala fama entre sus compatriotas.

Pequeño es el grupo que conforma la polvorienta y provinciana aristocracia local; pero es inmensa, como en todo el mundo, la capacidad de practicar el chismorreo y vivir enterada en pormenores de la vida privada de sus miembros. Y del joven Simón se conocen muchas cosas y muchas más se han inventado. Que es viudo y mujeriego. Que es hábil y compulsivo bailarín. Que es derrochador y es generoso. Que ha vivido en Europa y ha visitado cortes y adquirido mañas y costumbres de avezado cortesano. Que ha practicado el juego y el vértigo embriagador que en algunos provoca la ruleta. Que no ha tenido hijos, pero que practica el arte venturoso de seducir doncellas, de cualquier calaña y de cualquier edad. Que en su infancia ha sido díscolo, indisciplinado y caprichoso y poco amante de los libros; pero proclive siempre al ejercicio para el cuerpo, a los caballos y al arte arriesgado de la esgrima. Que tiene ojos negros, cabello enmarañado, mirada penetrante y preñada de fulgores casi demoníacos. Que es furioso y agresivo en no pocas ocasiones. Que se pleitea con los vecinos y monta en cóleras terribles cuando se siente abusado en sus derechos o invadido en tierras. Que no va a misa, pero sí a fiestas donde se ofrenda al placer en los altares de la provocadora Venus. Que es vanidoso hasta más no poder y que gusta de vestir con elegancia, a veces rebuscada, que le ayuda a mitigar la desventaja de ser muy pequeño en estatura. Que es imperativo y es soberbio. Que es irresponsable e incontenible en lo que dice, pero que poco se sabe ahora de lo que en verdad piensa en su silencio. Que en Francia, donde vivió con desenfreno —como también lo hizo en la conventual España— se ha dejado contagiar el espíritu con los filósofos que dudan de Dios y proclaman que la diosa Razón es la nueva deidad que debe gobernar la sinrazón del mundo.

En fin, Simoncito es ya toda una leyenda provinciana. Su viudez excita los sueños de sus primas y de no pocas doncellas, que lo imaginan domesticado y vuelto esposo. Pero Simoncito ya sabe o intuye que su genio no lo ha destinado para convertirse en alcalde de San Mateo, ni en hacendado barrigón y satisfecho, ni en burócrata desteñido. Intuye que en su alma se agitan y braman tempestades.

Hacia 1810, sus ideas son confusas, pero bien firmes sus creencias. Tiene un corazón volcánico, no a punto de explotar; siempre como en erupción perpetua. Como todos los de su clase, ha asistido con cierta curiosidad y un poco de distancia a los confusos eventos que están agitando y revolviendo el siempre alegre pero tranquilo ambiente caraqueño. En estricto sentido, aun en esos días, ni la política, ni el melodioso ruido que produce la historia cuando cabalga en cambio, convocan las poderosas fibras de su alma. Ha estado un poco al margen. Esa por ahora no ni su hora ni su fiesta. Pero será cosa de pocos días ese permanecer al margen de aquella inquietud estremecida que ha convocado a todos los mantuanos. Y él, por muchos títulos, por larga y vieja tradición, es uno de ellos y se hará presente en ese alborozado festín de aconteceres que se está ofreciendo ante sus propios ojos.

Pero una vez se establece la tímida y vacilante Junta de Gobierno en Caracas, Bolívar siente ese impulso y esa poderosa necesidad interior que lo obligan a entrar y a participar en la escena política. Aquellos acontecimientos han creado una atmósfera emocional a la que nadie puede escapar y a la que nadie puede ser indiferente. Cuando se discute la urgencia de enviar una comisión a Londres para solicitar la ayuda de ese Gobierno y explicar los desarrollos de aquellos eventos políticos, Bolívar propone su nombre. Pero su propuesta es considerada, cuando no con hostilidad, con indiferencia y hasta con burla. Su impulsividad y su pequeña leyenda de hombre algo frívolo e irresponsable no son las mejores credenciales para que se lo tome en cuenta. Pero así se le lastime su orgullo, tiene un argumento poderoso y contundente: propone costear con sus propios recursos los gastos que demandará esa comisión. Se acepta su propuesta, pero se nombra igualmente a dos personas que deben acompañarlo, quienes de alguna manera deben ejercer vigilancia, control y orientación sobre el voluntarioso y novel diplomático. Se escoge al señor López Méndez y al señor Andrés Bello. López tiene prestigio de hombre serio y responsable. Bello conoce muy bien el idioma inglés, ha sido profesor de Bolívar. No hay entre ellos mucha empatía —no la habrá nunca— pero se lo nombra en calidad de secretario de esa delegación. Es también joven, pero su pasión de estudioso parece haberlo envejecido y haberle dado una serenidad aparente que no concuerda con sus años. A Bolívar se lo designa en calidad de jefe de la misión. Se le concede el grado de coronel, para resaltar su importancia y consolidar un poco su prestigio.

Emocionado y confundido por esas inéditas responsabilidades, se apresura a iniciar su viaje y prepara un equipaje un tanto llamativo y ostentoso. Hasta dos esclavos incluye a manera de séquito. Tiene una visión algo oriental de la diplomacia; imagina que en ese universo el lujo y la apariencia son también argumentos para la persuasión. Se siente bien y reconocido. Ya no tendrá que envidiarle nada a su hermano mayor, Juan Vicente, que, al contrario de él, tiene buena fama y buena imagen, y también ha sido nombrado en comisión ante el Gobierno de los Estados Unidos para buscar aprobación política y procurar importar armas para los futuros eventos que aguardan a la revolución. Juan Vicente perecerá en un naufragio cuando regrese de cumplir dicha comisión.

El 10 de julio de 1810 llegan los tropicales diplomáticos a Portsmouth. Allí los aguardan funcionarios de no muy alto rango del Foreign Office, que los acogen amablemente. Se les facilita pasaporte para continuar hacia Londres, donde se les ha reservado elegante alojamiento en el Morin's Hotel. Bolívar sigue emocionado y algo confundido. Parece que ni siquiera ha tenido tiempo ni deseos de leer las tediosas instrucciones que ha enviado su Gobierno para modular las conversaciones con los ingleses. López Méndez y don Andrés Bello se harán cargo de eso. Bolívar piensa que podrá actuar a base de sus impulsos y acogerse a su propia espontaneidad retórica. Nunca ha sido, ni en ese momento ni lo será en el futuro, inclinado a proceder de acuerdo a prescripciones dictadas por otros. Por otra parte, en el largo viaje que los ha conducido de Venezuela a Inglaterra, en su cabeza solo ha existido lugar para ocuparse de una gran preocupación que lo embarga, que de alguna manera lo angustia, que lo excita y lo confunde: conocer personalmente a Francisco de Miranda, cuyas imagen y vida flotan en su alma como el rumor de una leyenda extraordinaria.

Ya hace varios años que los mantuanos de Caracas conocen de forma distorsionada, unas veces para bien y otras veces para mal, de don Francisco de Miranda. Nadie nunca se ha tomado el trabajo de corroborar o certificar si las muchas cosas que se cuentan de él tienen algo de verdadero, o se han ido acumulando como elementos de ficción acerca de su persona y de su imagen. Más que imagen, es una auténtica y exaltada leyenda, en la que todos han puesto su granito de arena o sus pequeñas dosis de mentira para convertirlo en algo así como un mito local que, por momentos, les sirve para soportar el agobio que para ellos significa vivir y pertenecer a una historia y a una sociedad que a lo mejor en Europa nadie sabe dónde queda; y, seguramente hasta donde pueden imaginarse, que solo son unos salvajes que aún deben vivir en las cavernas o en los árboles, o caníbales o primitivos que practican la magia y adoran a los ídolos falsos.

Pero Miranda los enorgullece, pues han sabido —y lo creen firmemente— que es amigo de reyes y de duquesas. Que se lo respeta y se lo considera en ese mundo como a un ciudadano refinado, que pertenece a la más sofisticada civilización y no a esa tierra marginal y lejana y olvidada de Dios, como suelen percibir en ocasiones a su natal e inmensa

Venezuela. Distorsiones explicables que, en esa época y durante un largo tiempo posterior, provocaba ese estigma discriminante que había impuesto el eurocentrismo. Los americanos, más que europeos, se consideraban "europoides", que andaban en busca de un reconocimiento cultural que les permitiese participar del festín lejano e inalcanzable de aquella civilización opulenta que existía allende los mares.

En Miranda de alguna manera habían depositado esa anhelada reivindicación colectiva, que les exigía su propia subvaloración cultural. Él era un venezolano, así no fuese un mantuano. Él era como una prueba concreta y viviente de que la geografía no condiciona los atributos del alma. Por eso esa leyenda de Miranda recogía y sublimaba, entre muchos de ellos, esa secreta aspiración de querer ser algún día lo que Miranda ya estaba siendo hace muchos años: un ciudadano del mundo, un personaje universal. Les dolía, sí, que no hubiese nacido entre el selecto y reducido grupo que conformaba su pretendida y polvorienta aristocracia provinciana. Pero su condición de venezolano les permitía saltar por su ridículo prejuicio. Y cuando de valoraciones se trataba, ese hombre legendario se les antojaba un hombre representativo de toda su tierra y de toda su sociedad.

Pero había ambivalencias en esa percepción y en la aceptación de aquel personaje, que tenía tanto de real como de imaginario. Pues una cosa es andar de bailes en los salones con las duquesas y otra muy distinta —y muy grave— es haber sido general de una revolución que cercenó testas coronadas en la guillotina. Una cosa era andar de amores con emperatrices y otra era andar haciéndole traiciones y fraguando conspiraciones a un monarca legítimo, al que se acataba y se le quería como al representante de un poder emanado del mismísimo Dios. Miranda los confundía. Se les enturbiaba el entendimiento cuando trataban de dilucidar cómo un personaje como aquel podía ser masón y posiblemente ateo. Y se confundían aún mucho más cuando se enteraron de que su pequeño mito había sido capaz de organizar una expedición mercenaria y filibustera para atacar a su propia patria y tal vez pretender arrasar con la sacrosanta religión católica.

¿Cómo era posible que este hombre hubiese querido suplantar las venerables y veneradas instituciones españolas, por esas formas políticas nebulosas que gobernaban a los ingleses? Como si Inglaterra y España no fuesen pueblos bien distintos. Como si ese Miranda no hubiese caído en cuenta de que un pueblo de protestantes y luteranos se repele con un pueblo católico. Y esa confusión alimentaba y acrecentaba su extraña y equívoca leyenda. ¿Sería un emisario de los ingleses o simplemente un emisario del demonio? Nadie sabía exactamente a qué atenerse con ese general inaccesible y misterioso, que además tocaba la flauta, y que había dejado de ser el hijo de un tendero canario para convertirse en una especie de príncipe encantado, que andaba intrigando en las cortes y siempre andaba seduciendo doncellas.

Bolívar no era ajeno a los confusos y enmarañados elementos de esa leyenda. Miranda también era un punto de referencia en muchos aspectos de su vida. Mucho más cuando él comenzó a sentir y a compartir las complejas inquietudes que empezaron a vincularlo a los procesos políticos, sobre los cuales aún tampoco tenía una nítida comprensión. Pero lo ligaba una extraña y profunda fascinación por la figura casi mítica del viejo y ausente conspirador. Cuando Miranda llevó a cabo su fallida incursión sobre Venezuela, él había estado en total desacuerdo con esa aventura temeraria. Se encontraba en Europa por esos días y recuerda que escribió una carta a su amigo Alejandro Dellohaine consignando sus temores y expresando su desacuerdo por ese propósito que consideró peligroso y descabellado. Pero eso había sido en 1806, y ahora, en 1810, sus ideas y su visión sobre Miranda se habían modificado sustancialmente. Continuaba intrigado por el singular personaje. Sin embargo prevalecía una imagen positiva y halagadora de él, aun cuando sabía que la misma estaba fundada en suposiciones, conformada por la irradiación sin duda embrujadora de su leyenda. Y deseaba con toda su alma conocerlo, esclarecer realmente quién era ese hombre que tantas veces se había cruzado por los horizontes de su imaginación. Su viaje a Londres —y ese era como su secreto—, más que lucirse en una equívoca faena de improvisado diplomático, estaba condicionado por ese deseo de conocer a Miranda. Quería disipar sus dudas, quería con sus propios y personales criterios establecer la verdadera significación que el viejo general estaba teniendo en su vida, así como establecer la incidencia que él pudiese proyectar sobre los grandes y tormentosos momentos a los que ahora estaban confrontados no solo los venezolanos, sino el vasto y agitado mundo de la América meridional.

Por otra parte, existía un elemento adicional que aumentaba su inquietud y atizaba su curiosidad sobre Miranda: la enorme prevención y el recelo que manifestaban abiertamente algunos miembros muy destacados del notablato mantuano, que ahora precisamente estaban al frente del Gobierno provisorio y vacilante, representado en la junta que presidía los nuevos destinos de Venezuela. Aquellos hombres, justo en este momento, eran sus jefes políticos; tanto así, que en las recomendaciones secretas que debían acoger en su calidad de miembros de una comisión diplomática, existía un párrafo donde claramente y sin rodeos se expresaba ese sentimiento de animadversión y se les recomendaba no entrar en contacto con el legendario y peligroso conspirador. Bolívar, lejos de acoger tan incomprensible y absurda —y por supuesto, para él desobligante y hasta grosera—presunción, sintióse solidario y mucho más interesado en averiguar por su propia cuenta en qué podía sostenerse y alimentarse ese rencoroso sentimiento, que convertía a Miranda en una especie de leproso político que podía amenazar la propia supervivencia de aquella tentativa ligeramente insurreccional que ya estaba en gestación en la sociedad venezolana.

¿Cómo era posible que quien muchos de ellos consideraban un apóstol y un precursor de la verdadera posición que debía asumirse contra España, fuese tratado en esos términos? Sin embargo, también tomaba en consideración que este proceder no podía ser en absoluto gratuito, que algo debía haber en el fondo alimentando esas envenenadas suposiciones. Pero él, por su parte, estaba dispuesto a construirse su propio juicio, a formular sus propios criterios para saber a qué atenerse respecto al general Miranda. Parecíale indecoroso condenar políticamente a un hombre como Miranda basado solo en suposiciones y habladurías, o en base a fermentados prejuicios que venían del pretérito y que a Bolívar ya se le antojaban ridículos y anodinos, pues él conocía el viejo conflicto que enfrentó a los mantuanos, cincuenta años atrás, con el padre de Miranda. Él consideraba con desprecio y con vergüenza esos procederes, los veía como más dignos de un costurero de señoras chismosas que de hombres que parecían ya destinados a orientar la nueva política de su patria. De manera que por todo esto crecía en él la impaciencia de relacionarse con Miranda y aclarar de una vez por todas aquellas inquietudes.

14

Su primer debut como diplomático frente a los representantes del Gobierno inglés significó para Bolívar una experiencia inédita, emocionalmente compleja, personalmente desconcertante. E independientemente de sus resultados, lo llenó de inmensas y vanidosas satisfacciones. Para nada lo intimidaron los acartonados protocolos ni los artificiosos ceremoniales. Para nada le sirvieron las hipócritas y sutiles recomendaciones que supuestamente debía acoger. Pasado el primer momento —y en fluido francés— habló con espontaneidad y arrogancia. Condimentó su retórica con sonoros e impactantes adjetivos. Apeló a su sinceridad juvenil antes que a las mentirosas y encubridoras mañas con las que habla la diplomacia, y mucho más la inglesa. Expuso con ardor y arrobamiento sus puntos de vista. Le importó un comino que se ofendiera o no se ofendiera el señor Wellesley. Lo que le interesaba era que lo entendiese. Se dio el lujo de clavarle una hermosa e irónica banderilla a la española: le dijo a Wellesley que él defendía con mucho más ardor y pasión los intereses de España que los que él, Bolívar, ponía en defender los intereses de su amada patria. Seguramente Wellesley se sonrojó, pero no se indignó con la altivez sincera del joven coronel. Además, la reunión tenía carácter informal, tanto así que se había llevado a cabo en Apsley House, la residencia privada del diplomático británico; tanto así que los invitó para otra próxima reunión. Seguramente un avezado diplomático de carrera como Wellesley debía sentir admiración por esa ausencia de hipocresía con la que habla alguien que no es un verdadero diplomático.

En las reuniones con Wellesley no se llegó a nada concreto, no por culpa de la impetuosidad o la espontaneidad de Bolívar, sino por el juego perverso de las circunstancias políticas que no le permitían a Inglaterra favorecer o reconocer la junta de Venezuela, porque esto lastimaba o deterioraba la relación con España, país que en ese momento era el aliado estratégico de Inglaterra para enfrentar a Napoleón. Los defraudados comisionados supieron que por el momento todo estaba concluido. Y Bolívar supo que había llegado el instante de cumplir con su objetivo principal: contactar y conocer a Miranda. Y así se dispuso a hacerlo, sin tomarse la molestia de comunicarle a sus compañeros de comisión lo que pretendía.

En ese mes de julio de 1810, el día 13 —pretendidamente día de mala suerte, y Bolívar es sensible a los augurios y a los agüeros— y a la hora que comienza la incertidumbre del atardecer, se dirige lleno de vacilaciones y de confusas expectativas a la calle donde vive Miranda. Conoce de antemano las veleidades de sibarita que se propalan de su desconocido amigo. Y está dispuesto a jugar ese juego de ostentaciones y apariencias, que también son lenguaje y que a veces también comunican. Sabe que no es de estricta cortesía no haber anunciado su visita, pero asume al riesgo; las sorpresas por lo general tienen su encanto. Detiene el elegante carruaje que ha alquilado, y en el que va en compañía de sus dos esclavos, en el No. 27 de la Calle Grafton (en la actualidad es el No. 58 de Grafton Way). No es propiamente un palacio ostentoso. Hay algo de deterioro en la fachada. Un vago rumor de soñoliento abandono, que denuncia que allí no vive alguien especialmente preocupado por cultivar los símbolos del hogar.

Antes de tocar el pesado aldabón de bronce, que tiene figura de león, piensa que tal vez a López Méndez también le hubiese complacido acompañarlo a esa visita. Recuerda que le ha oído decir que la única persona que podían consultar con franqueza y de la cual adquirir los conocimientos que requerían para cumplir a cabalidad su misión, era Miranda; pues nadie, ni sus peores enemigos, se habían atrevido a negarle nunca cierta superioridad de luces, de experiencia y de talentos para las faenas de la diplomacia. Pero no lo ha invitado; y la puerta acaba de abrirse. Un pequeño hombrecillo de apariencia mezquina está allí preguntándole qué se le ofrece y a quién solicita. Bolívar, que nunca ha visto a Miranda, sabe de inmediato que aquel hombrecillo que lo está recibiendo no puede ser él. Se hubiese decepcionado de una manera terrible y seguramente dolorosa. Su príncipe se hubiese convertido en sapo. El hombrecillo es Molini, secretario de Miranda. Con cortesía un poco fría, lo invita a seguir y le comunica que avisará de su llegada al general.

Bolívar ha ido a esa visita muy tieso y muy majo, engalanado a la moda francesa; su fina loción impregna todo lo que está a su lado. Es introducido a un salón poco iluminado en ese instante. Se respira un aire solemne. Una especie de presencia antigua y algo misteriosa parece atravesar el espacio y regodearse en los objetos. Tuvo el presentimiento fugaz de que estaba viviendo un día memorable y que lo mismo iba a acontecerle a Miranda. No lo puede negar, está nervioso, mucho más nervioso que lo que estuvo en el encuentro con Wellesley, que en el fondo no era más que un hombre inteligente. Pero es que él venía a conocer a un hombre que era ante todo un misterio. Le pareció extenuante la breve espera.

Por fin lo vio descender por la amplia y oscura escalera de caoba. Y lo curioso es que la figura que descendía con cierta parsimonia y un poco de majestad agotada, era la misma figura que él mentalmente se había construido sobre el general Miranda. Aumentó su emoción al verlo. Pocas veces se entrevista uno en la vida con una leyenda, con alguien que para él —y ya desde el pasado reciente— tenía todos los perfiles y todos los ornamentos de un ser novelesco. Sin embargo, sintió que no era del todo un ser ni desconocido ni distante, ya que en los últimos tiempos se había entretenido ideando conversaciones imaginarias para la hora en que llegase el momento de conocerlo.

Mientras transcurren los tensos minutos en los que está esperándolo, Bolívar observa con atención muchos de los elementos que rodean y sostienen esa atmósfera donde vive Miranda. Profusión de objetos de arte. Bustos diversos, uno de Homero, con esa profundidad de ciego auscultando el fluir del tiempo; otro de Cervantes, algo escuálido y respirando en su quietud el peso y la semejanza de encarnar al Caballero de la Triste Figura. Muchísimos y hermosos libros; libros por todas partes, algunos de desafiante encuadernación; de historia antigua, de literatura clásica; todos sometidos a un orden sombrío. Se delata más el espíritu de un coleccionista que el de un lector o un estudioso apasionado.

Miranda acoge con cordialidad, pero sin mucha efusión, al elegante y sorprendido recién llegado. Sabe quién es, un representante por excelencia de la nueva generación de mantuanos, de aquella casta pequeña y ostentosa, que él siempre ha considerado altanera y presumida. Esa casta que en el pasado les causó humillación discriminante a su padre y a su familia. Esa casta que le inoculó en su alma un rencor que es herida profunda que nunca cierra ni se cura. Por ese rencor abandonó Venezuela en 1771, y por ese rencor su vida acabó transformándose en tantos aspectos. Al verlo, no puede evitar que ese pretérito y esa humillación tornen como un oleaje de imágenes que aún lo lastiman. En ese momento, el joven y elegante Bolívar se le convierte en todos los mantuanos, y eso no le facilita la cordialidad. Lo trata al comienzo con algo de distancia. No puede evitar el frío sentimiento de una indiferencia, con la cual quisiera como decirle que ahora es a él a quien le pertenecen la arrogancia y la superioridad. Son sentimientos que nacen en su alma, no es actitud deliberada. Entre él y los mantuanos se ha cavado un abismo que parece condenado a perpetuarse por los siglos.

Bolívar es ajeno a esos tumultuosos sentimientos, a esos recuerdos dolorosos que su presencia evoca en Miranda. Habla con emoción, con admiración desbordada y evidente sinceridad. Miranda percibe esa emoción y, mientras conversan de asuntos muy diversos, progresivamente se van desvaneciendo sus viejos y fermentados prejuicios. Bolívar ha captado muchas cosas de ese hombre, que ahora ya es una presencia real y ha dejado de ser esa presencia imaginaria. Su imagen, sin duda, es arrogante, poderosamente atractiva e impactante. El tiempo y su azaroso existir en ese tiempo han depositado sobre su figura un hálito como de grandeza ajada. Ha envejecido, pero sin reconocibles deterioros. Irradia fuerza y energía, una serenidad algo pretenciosa. Su voz es fuerte y atropellada, parece consciente y decidido a mantener un cierto aire pedagógico frente a quien lo escucha.

A Bolívar le resulta agradable en todos los sentidos. Solo una cálida simpatía puede sentir en esos momentos iniciales. Le comunica plena confianza y él, emotivo y volcánico siempre, se entrega a esa sensación de confianza y habla con exuberancia, como si se tratase de un confesor laico que sabrá escucharlo con comprensión y quien podrá prodigarle consejos sabios. Se siente poderosamente bien y a medida que transcurren las horas y fluye incontenible la conversación, el recelo y la frialdad parecen haberse calcinado. Se sienten amigos, amigos cercanos que se han encontrado después de una larga y extenuante travesía.

Los pequeños hijos de Miranda, Leandro y Francisco, han hecho su irrupción en el salón; también Sarah Andrews. Sorpresa para Bolívar. Había imaginado que la esposa de un hombre como Miranda necesariamente debía ser una mujer hermosa y rutilante. Pero nada de eso es Sarah. Hay algo de campesina en ella. Amable sí, algo atractiva también, pero es otro tipo de belleza, como belleza descuidada y sencilla; belleza que no se impone sino que debe ser buscada. No habla español, así como Bolívar no habla inglés. Deben comunicarse en los silencios, con la expresión de los gestos y de las miradas. Y se comunican. Bolívar es invitado por ella a comer, lo que por supuesto acepta. En la mesa son familia, amigos que se aproximan por el recuerdo de la patria lejana y compartida. Continúan hablando de muchas cosas. Nada, casi nada de política, ni de los eventos recientes. El general se ha tornado locuaz, casi festivo. Cuenta de sus pasados viajes. Pregunta de los viejos conocidos en Caracas. Bolívar ha tomado algo de vino, vino español, y él —que es igualmente locuaz como su viejo compatriota— también cuenta historias diversas. Está contento, como no lo había estado hace mucho tiempo. Bien entrada la noche, se despiden. Acuerdan volver a reunirse en los días posteriores.

15

Miranda, reinstalado en su silencio y en su biblioteca, reflexiona con calma sobre varios asuntos. Si bien el núcleo de su conversación con el joven Bolívar no ha sido que se le proponga que él retorne a Venezuela para asumir el liderazgo político de aquella incierta revolución que apenas se está fraguando, él ya ha percibido que esa es la intención y la presunción básica que acaricia el joven y fogoso diplomático. Por otra parte, es esa la propuesta que él siempre ha esperado. Esa perspectiva lo inquieta. Ya sobre sus futuras decisiones pesan grandemente ciertos hechos concretos que se anudan a su vida personal. Se sabe un poco envejecido, un poco fatigado y un poco desilusionado por la cantidad de fracasos que ha venido acumulando, en busca de su propósito de quebrantar el dominio colonial de España sobre América. ¿Abandonar a sus hijos y a su esposa y esa vida tranquila y sosegada que ahora lleva en Londres, para embarcarse en un propósito de pura y azarosa incertidumbre? ¿Podrá comprometer de nuevo la decisiva y siempre evasiva ayuda de los ingleses en esta nueva aventura? Estas preguntas desatan nuevamente una tormenta emocional en su alma; tormenta que lo angustia, que le resucita temores y lo llena de vacilaciones. Por otra parte, ¿querrán verdaderamente en el cerrado y poderoso grupo de los mantuanos que él regrese a Venezuela? ¿Acaso no fueron ellos los que solo en 1806 reunieron los 30.000 pesos para ponerle precio a su cabeza? ¿Acaso no han sido ellos los que han propalado a los cuatro vientos que él es solo un hereje, un masón, un espía inglés, a veces un peligroso jacobino, un simple mercenario, un contrabandista, un embaucador de oficio y a veces también un libertino y un sibarita? ¿Cómo podrán esos mantuanos aceptar y propiciar un proceso político acaudillado por un hombre como él? ¿Cómo podrán aceptar que el hijo de un tendero canario sea el jefe de una insolente e insensible aristocracia, que lo único que espera de la política es acrecentar y preservar sus muchos privilegios? Todas estas imágenes y todas estas preocupaciones zumban en su cerebro como un enjambre de ruidosas abejas, y hacen que su posible decisión sea considerada desde muchos ángulos y desde muchos aspectos. Y como si fuese poco, está esa otra inquietud que para él siempre ha tenido singular importancia: ¿le mantendrán los ingleses su jugosa pensión si él se decide a trasladarse a Venezuela? ¿Cómo podrá sostener los gastos de su hogar, los de Sarah y los gastos de los niños?

Sabe que su decisión no puede ser impulsiva ni precipitada, debe esclarecer cada uno de esos interrogantes. Ya no tiene edad para precipitarse a locas aventuras. Pero precipitarse a esa aventura es también música embriagadora que confunde su alma. ¿No es acaso además una posibilidad concreta de coronar con éxito la larga espera y el extenuante esfuerzo que le ha demandado el haber soñado sin fatiga su venganza contra España, y también contra los mantuanos? Él no quiere acabar de envejecer, o no quiere morir consumido por sus rencores, siendo simplemente un fracasado. El nuevo canto de esas turbulentas sirenas prefigura en su espíritu una tentación irresistible. Se desgarra cuando trata de enfrentar esa decisión, que de manera inexorable debe tomar. Aquella noche el insomnio lo tortura.

Pero así tuviese que soportar el acoso de sus dudas y vacilaciones, en el fondo de su ser la decisión de retornar a Venezuela la tenía ya tomada. En el fondo, era la gran decisión de su vida, una decisión que le ayudaría a culminar esa vida suya, que en buena parte había sido vida atravesada por ese objetivo. Juzgó entonces que era imperativo empezar a preparar el terreno para que esa llegada a la tierra natal no fuese tan problemática. Afortunadamente, y como a manera de un presentimiento que le había anticipado los hechos, él había escrito cartas diversas y elogiosas a varios de esos mantuanos que venían impulsando el movimiento político que culminó en la creación de la Junta de Gobierno. Pero estando en Londres esa delegación diplomática, se dispuso a hacer todo lo que estuviese a su alcance para que su regreso fuera considerado como algo positivo. Por eso, y de inmediato, se puso a la completa disposición de los diplomáticos. No se le escapó la importancia que tenía el convertirse en una especie de anfitrión no oficial de aquellos enviados que, por primera vez en la historia, estaban representando a un Gobierno que no era propiamente español sino que tenía ya los claros perfiles de un Gobierno hispanoamericano.

Haciendo uso y despliegue de todas sus enormes capacidades, tanto de publicista como de hombre de mundo, procuró mostrarse en público con los delegados. Asistió a bailes, a comidas, a la ópera, a paseos por los parques. Esto a su vez le permitía intimar y aproximarse a esos tres personajes que habían llegado algo prejuiciados y prevenidos contra él. Y tal fue el grado de confianza alcanzado en esas conversaciones, que terminó invitando a López Méndez y a don Andrés Bello a que abandonaran el hotel y se alojasen en su casa de cuatro pisos, como efectivamente lo hicieron, para participar de la vida de familia del general Miranda. Todo esto contribuiría a mejorar su imagen. Los venezolanos sabrían por las cartas de sus emisarios que el hereje, el masón, el jacobino y el traidor eran más bien una ficción política inventada por sus detractores; que más bien Miranda era un caballero apacible y servicial, que ponía sus talentos y sus influencias al servicio de la futura Venezuela independiente.

Con Bolívar también crecieron la intimidad y la comunicación, aunque esa proximidad y esa comunicación presentaban un espacio de clandestinos interrogantes entre ambos. Miranda se sorprendía y hasta se exasperaba con la exuberante fogosidad y la penetrante y audaz inteligencia de aquel joven coronel, que a veces parecía fusionar en su espíritu fuerzas angelicales con exaltados atributos diabólicos. Su avasallante energía ponía en contraste y en evidencia sus fuerzas declinantes con las fuerzas emergentes de aquel joven y futuro caudillo. Bolívar, por su parte, una vez superado el estado de inicial fascinación que le provocó conocer personalmente a su leyenda juvenil, iba descubriendo debilidades e incoherencias, mañas y caprichos que le humanizaban el mito y se lo iban colocando en dimensiones más terrenales. Sin embargo, continuaba aún sometido al influjo distorsionante y poderoso de su leyenda, y por eso mismo insistíale con exageración en la importancia que para el proceso venezolano tendrían la presencia y la futura jefatura de Miranda para orientar esa revolución vacilante, que Bolívar de manera apasionada creía se había puesto ya en marcha.

Al general lo halagaba, le dilataba su ego, esa cálida y exuberante admiración. Le sonaba como música celestial esa perspectiva de verse acaudillando un proceso que él, en últimas, solo consideraba la materialización de sus propios y pasados esfuerzos. Pero mostraba todavía reticencia. No quería que en Venezuela se creyese que lo carcomía la impaciencia por mostrarse como el supremo orientador de su destino histórico. Sacó entonces a relucir otro argumento de discusión que había usado y seguiría usando con especial virtuosismo a lo largo de su vida: su situación económica. A pesar de la jugosa pensión que le mantenían los ingleses, se mostraba preocupado por la supuesta desprotección en que quedarían Sarah y sus hijos. Bolívar se le anticipó a esas dudas y al poder de ese equívoco argumento. Le dijo que él asumiría sus gastos y que le anticiparía la gruesa suma de 1.000 libras esterlinas. Aquello fue varita mágica para que Miranda tomase la decisión de retornar cuanto antes a su lejana y desconocida Venezuela. Pensó que se estaba cumpliendo su destino mesiánico.

Apresuró los dispendiosos preparativos con gran celeridad. Solicitó permiso y pasaporte al Gobierno inglés. Escribió cartas de despedida a sus diversos amigos. Lo más difícil y más tormentoso fue comunicarle a Sarah aquella nueva e incierta aventura que lo aguardaba. Pero ella parecía ya acostumbrada a los caprichos aventureros de su viejo y amado general. Era como parte de su asimétrica relación de pareja aceptar sumisamente las disposiciones de ese hombre que, además de ser su amante era también su patrón, pues ella nunca dejaría de ser su ama de llaves.

Los días previos a la partida, Miranda, con una eficiencia admirable, procuró que la prensa se ocupara y resaltara la misión diplomática de los venezolanos. Siguió mostrándose con ellos en todas partes. Procuró que se les hiciesen continuos agasajos y se los invitase a bailes y a las casas de connotados personajes. Era una manera impactante de seguir alimentando en Inglaterra un clima propicio para el reconocimiento de la futura Independencia de las colonias, que Miranda ya asumía como algo próximo e inevitable.

Bolívar —dueño también de un ego encabritado y de una vanidad inflamada— se mostraba ufano y plenamente satisfecho con la publicidad y la exhibición. Se engalanaba como una princesa de Versalles. Posó para un pintor que le hizo un cuadro con tintes entre heroicos y románticos. También andaba seducido con los destellos de la importancia. Le parecía el prólogo necesario para la futura gloria, con la que siempre soñaba.

Los ingleses, con cálculo y reticencia, le concedieron el pasaporte a Miranda. Este trató de favorecerse en lo referente a su pensión. Solicitó que le dieran adelantos acumulados y que parte de esa ayuda se le diese a Sarah para su sostenimiento y el de sus hijos. A Bolívar se le facilitó un barco de guerra inglés para que pudiera iniciar el viaje de regreso a su lejana patria. Pero al general Miranda se le aconsejó que no era prudente que hiciera su regreso en el mismo barco, pues eso alimentaría suspicacias y los pondría en problemas con los españoles, que de todas maneras protestarían por ese cinismo entre hipócrita y perverso con el cual los ingleses trataban el asunto de la posible liberación de sus colonias. El ministro español, don Juan Ruiz de Apodaca, ya se había convertido desde tiempo atrás en un celoso defensor de los intereses de su patria, y por lo mismo vigilaba de cerca los pasos de Miranda y también empezó a vigilar los pasos de la exótica delegación que había enviado la junta rebelde de Caracas.

Antes de su partida, Miranda puso a Bolívar y a los otros dos miembros de la comisión en contacto con el pedagogo Lancaster, quien gozaba de reputación y prestigio, pues se le atribuía la "invención" de un método educativo que se calificaba de novedoso y revolucionario. En la propia casa de Miranda, el señor Lancaster hizo una exposición detallada de su método. Bolívar se llenó de entusiasmo y, con el correr de unos pocos años, invitaría al educador a Venezuela. Su método fue aceptado posteriormente en no pocas de las repúblicas liberadas.

16

El 21 de septiembre Bolívar iniciará su retorno. Con él Miranda despachará el más preciado de sus tesoros: su archivo personal. Lo puso a cargo de Bolívar y de Antepara y de un librero de origen francés. Miranda podía desprenderse de todo; de su mujer, de sus hijos, de Londres, pero no de su archivo que era el núcleo de sus mayores afectos. Garantizado el viaje de su archivo, quedaba garantizada de manera más que firme su retorno a la patria. Bolívar regresó en la corbeta Shappire, facilitada por los ingleses. Miranda lo haría días después, el 10 de octubre, en una corbeta cuyo nombre era Avon. En su viaje lo acompañará su secretario Molini. Ese día comienza el último y el más tormentoso ciclo de su fabulosa vida.

Al iniciar la larga y otra vez incierta travesía, su alma estaba sacudida y atravesada por tormentas emocionales que le impedían tener serenidad para comprender y asimilar en todas sus dimensiones y en todos sus significados el nuevo rumbo que adquiría su vida. Algo en su corazón le murmuraba que ese acto de abandonar a Sarah y a sus dos pequeños hijos tenía algo de injusticia y acaso algo de crueldad, pues en esos últimos años —y eso se le convertía en contradicción lacerante— él había logrado recuperar sencillas y amables complacencias con los encantos de la vida doméstica, esa vida que en algo negaba su compulsiva fascinación por la existencia aventurera. Había pensado que el paso de los años lo predisponía a gozar de sus encantos que siempre habían sido tan precarios en esa vida suya, atrapada en el frenesí y en la pasión por involucrarse en los acontecimientos exteriores. Por eso había hasta logrado imaginar que su ciclo de aventurero estaba propiamente cumplido y cancelado, y hasta llegó a sentir embeleso por procurarse una especie de vejez feliz, donde posiblemente se dedicaría a escribir sus memorias, pues si de algo tenía plena conciencia era saber que la vida que había vivido tenía mucho de extraordinario y de excitante.

Pero ahora —y navegando de nuevo hacia el convulsionado y para él desconocido universo que era esa Venezuela que había abandonado hace cuarenta años— comprobaba con perplejidad que esos anhelos y esas fugaces ilusiones solo eran frágiles espejismos, con los cuales falsamente pretendía engañar su verdadera naturaleza. Estar y participar de la aventura se correspondían plenamente con la que era la verdadera e íntima vibración de su alma. A medida que la corbeta avanzaba sobre las aguas cambiantes del mar, el deseo de esa vida apacible se desvanecía en su espíritu, como empezaba a desvanecerse el recuerdo de Sarah y también el de sus hijos. Su mente progresivamente iba siendo invadida de nuevas preocupaciones, proyectadas mucho más al futuro que el pasado. ¿Qué encontraría en el país al cual retornaba? ¿El mismo y antiguo desprecio de los mantuanos? ¿Acogida cálida y respetuosa de hombres que esperaban que él fuese una especie de Mesías y de redentor? ¿Tendría él la capacidad de orientar ese proceso político que se estaba gestando y que parecía vacilante en escoger un rumbo seguro? ¿Su compromiso ético y político era ayudar a una verdadera Independencia de Venezuela, o se dirigía simplemente a favorecer los intereses comerciales de sus mecenas y favorecedores ingleses? ¿Tendría verdaderamente sentido ayudar a romper esa formidable unidad espiritual y cultural creada por España en América y favorecer con la Independencia la integración de ese mundo a un nuevo y distinto sistema de valores y de instituciones políticas? ¿Realmente cuál era el destino posible y factible para esa América meridional? ¿La Independencia sería un salto al vacío o la búsqueda equívoca de una nueva acomodación en los engranajes del rapaz y expansivo colonialismo? ¿Actuaba él como un hombre enamorado y movido por sentimientos de patria, o solo estaba cumpliendo un oscuro y remunerado papel de funcionario al servicio de la Corona inglesa? Todos estos interrogantes eran desgarramientos. Todos ellos dilataban su confusión y la terrible y avasallante sensación de saber que en el fondo solo eran preguntas para las que no tenía una nítida y esclarecedora respuesta.

En esas tardes lentas y grises de la extenuante navegación, solía el general Miranda pasear su confusión por la cubierta del barco. Semejaba un fantasma diurno, agobiado por sus cavilaciones y carcomido por sus angustias. Sentíase atravesando un movedizo territorio de irrealidades, y en ocasiones se le trastocaba el juicio y tropezaba con dificultades para diferenciar cuál era la línea divisoria entre lo imaginario y lo real. Una mañana, luminosa como pocas, en la que pensaba con cierto estupor sobre lo que era esa América adonde se dirigía, creyó padecer el alucinante efecto de una visión que le prodigó en imágenes vívidas y esclarecedoras los elementos de esa historia, que él intuía pero que desconocía en muchos de sus pormenores y de sus secuencias:

Vio la mar océana azul e inmóvil, surcada por las tres carabelas de Colón. Las vio arribar a las costas de la América. Vio descender de sus maltrechas entrañas de madera ese puñado anhelante de aventureros intrépidos que habían venido desde las otras orillas del espacio y del tiempo para conquistar un mundo y fundar sobre él otro mundo nuevo, que tuviese la imagen y la semejanza de su codicia y el tamaño de sus sueños enmarañados. Vio con toda nitidez que ese grupo de seres reclutados en los hospicios, en las cárceles, en los frenocomios y en los burdeles, en los extramuros de la miseria y de la locura, que esos hacedores pero desheredados de la guerra, que esos prófugos de la justicia, que esos hijos del desprecio y del bandidaje, que esos caballeros de la rapiña, ávidos de sangre y aventura, eran los hombres que iniciaban un ciclo atormentado y alucinado para dar forma a nuestra primera historia. Vio y entendió, en imágenes de maravillosa transparencia, que aquel puñado de enloquecidos frenéticos eran en lo fundamental hombres que pertenecían y llegaban de otro tiempo. En sus facciones, en sus armas, en sus trajes y en su lenguaje se ponía en evidencia que procedían de un tiempo cultural y tecnológico que no tenía existencia en el mundo adonde llegaban. En sus formas de pensar, sentir y actuar, se ponía siempre de manifiesto que su tiempo moral y conceptual tenía otros componentes y otros significados. Significados que nuestras inmensas y ensimismadas poblaciones aborígenes ignoraban de forma casi absoluta, pues ese tiempo aborigen, tiempo estúpidamente considerado primitivo, era un tiempo cosmogónico y circular, un tiempo sin lucro, tiempo mágico edificado fuera de toda noción presumidamente racional; un tiempo donde la categoría individual no tenía presencia ni cabida.

Los indígenas existían atados a los eslabones y a los aconteceres de grandes ciclos mitológicos y eran como parte y forma de una inabarcable sustancia colectiva, donde solo a veces sus dioses tenían las difusas formas de algo vagamente semejante a una personalidad individual, pero en extremo distinta y diferenciada de la que poseían aquellos hombres de carne y hueso que llegaban insolentes a su tierra virgen.

Todo esto estaba viendo el general Miranda. Y comprendía —como nunca hasta entonces había logrado comprenderlo— que la América que él había imaginado era una construcción artificial y artificiosa que él había ido fabricando con elementos racionales y teóricos, que poco o nada tenían que ver con ese mundo viviente y caótico, donde la vida no podía ser reducida a la simplificación de unas ideas que carecían de capacidad para interpretar y asimilar la esencial y extraordinaria diferencia que palpitaba en ese mundo, sostenido por el esplendor de una magia que no había sido gestada en los laberintos del cerebro sino en las vibraciones del alma. Se estremecía y se confundía su espíritu tratando de darle forma lógica a esa nueva manera de asomarse al plural laberinto de aquella visión de historia que se estaba desplegando frente a la perplejidad de sus pupilas. ¿Y acaso la historia no era eso: un azar, una orgía y una perpetua confusión en las imágenes y en todos los conceptos?

Y la visión siguió fluyendo. Volvió a ver el arrogante e inverosímil desfile de los intrépidos aventureros. Los vio llegar en sus apocalípticos corceles, que eran también como figuras e intimidantes encarnaciones, que procedían también de un tiempo inimaginable para los estupefactos y abismados aborígenes. Cuando avanzaron montados en esas bestias sudorosas y descomunales, comenzó el destrozo brutal e incontenible de su frágil mundo, un mundo que hasta carecía de palabras para narrar las epopeyas de su desgracia, o para perpetuar la estructura de sus lamentos. Sintió y palpó el olor de la sangre de aquellos crímenes inenarrables, que servían para fabricar sobre la sustancia inocente del tiempo indígena las formas avasallantes y arrasadoras del tiempo y de la vida de ellos. Vio cómo les imponían a sangre y fuego los elementos expoliadores de su tiempo, de ese tiempo instrumental encadenado a la mezquina medición de los relojes. Vio crecer sobre el estupor del mundo indígena la superposición de ese tiempo, de ese tiempo conceptual e "inteligente", como una realidad amarga y torturante que no servía para medirles el tiempo a ellos sino para arrancárselo, como les arrancaba la vida. Vio cómo los arrojaban a patadas y a latigazos o a trueque de espejitos y de espejismos, a un tiempo que no era mágico y que ya nunca más les pertenecería. Vio cómo les destrozaban el alma, cómo torturaban y despedazaban con inaudita y cristiana violencia el tiempo de su continuidad vital y cómo los iban convirtiendo en deshabitados fantasmas que quedaban condenados a deambular a ciegas por un mundo de formas y de realidades que no entendían, pues no habían sido inventadas por ellos sino que eran realidades que les imponían los sanguinarios invasores.

Vio posteriormente a los malolientes aventureros descender de sus bestias infernales y piafantes. Vio cómo ellos, acosados por una larga tregua en sus lujurias insaciadas, se abalanzaban como perros de presa sobre las hembras atónitas e intimidadas del universo indígena. Observó el jadeo apresurado y convulsionado de aquellas cópulas logradas por el asombro y la violencia, de donde nacería una nueva raza que llegaba al mundo herida y lastimada por ese modo abusivo y despiadado de su engendramiento; raza que nacía de un acto de violencia, donde se negaba todo gesto para el amor. El mestizaje fue un desgarramiento, una profunda herida de sangre que fusionó con brutalidad dos universos que se desconocían. Fue un coito entre abismos, donde se negó el placer y se torturó el amor; una fusión fugaz y mezquina que tendió frágiles puentes entre dos mundos que se ignoraban y que carecían de los mínimos elementos para comunicarse.

Al ver eso, comprendió que ese ser mestizo así engendrado era también una confusión en los ritmos del tiempo, que el mestizaje era una cópula triste e inconclusa que nos arrojó a la historia como si esta fuera más un infierno que un imaginado paraíso. Entendió que habíamos nacido desgarrados y estigmatizados por esa herida y por esa doliente fisura en la sustancia del SER y del TIEMPO. Y que ese ser mestizo esencialmente significaba no ser lo uno y no ser lo otro. Que nacíamos para existir y transitar la confusión, despojados de identidad y condenados a buscarla a través de espejismos ilusorios y engañadores; que nacíamos para corroborar que el espejo donde nos mirábamos y nos buscábamos solo podía decirnos que la imagen que nos reproducía no era nunca nuestro rostro verdadero; que esa imagen sería por muchos siglos solo mueca imprecisable que repetiría una ridícula y dolorosa simulación. Entendió que nuestro mundo, para no sucumbir horrorizado frente a aquellos hechos desmesurados, había convertido la historia en carnaval, en fiesta transitoria y disolutiva, en apariencia deleznable, donde siempre las máscaras suplantarían y falsificarían el rostro verdadero. Y esas máscaras se volverían parte integral de nuestra trágica miseria, para ocultar y desorientar por siglos la posibilidad de participar alguna vez en una fiesta de historia verdadera.

El general se estremecía contemplando ese desfile de enigmáticas imágenes, que por momentos parecían revelarle los secretos de un códice que permanecía indescifrado e indescifrable a los intentos comprensivos sobre lo que era ese mundo en el cual había nacido y al que ahora estaba retornando como si se tratase de un viaje errático a la total incertidumbre.

Por momentos creía que estaba siendo víctima de una alucinación perversa y casi demoníaca, donde se le trastocaban todos los pensamientos con los cuales él se había aproximado a entender ese universo. Pero la visión persistía, deslumbrante y aplastante, señalándole nuevas rutas a su confundido entendimiento. Se sentía sobrecogido, sin saber distinguir entre lo real y las ficciones, como si estuviese en un limbo donde el agobio era impuesto por la móvil y cambiante transitoriedad; donde creía percibir que en esa historia solo habíamos sido una especie de sonámbulos erráticos extraviados en un túnel de espejismos, donde sin embargo se buscaba con desesperación el punto de llegada para un sueño que aún no se había soñado.

Cuando cesaron las imágenes de ese ciclo tormentoso que podía corresponderse con la brutal Conquista de la América, vio cómo lenta y progresivamente fue surgiendo un opaco mundo de sosiegos y de calma. Pudo ver entonces cómo las serenísimas majestades de los Reyes Católicos de la poderosa España comenzaron a diseñar las monolíticas e inconmovibles formas de un gran imperio que se manejaba, hasta en sus más mínimos y anodinos procedimientos, solo al conjuro de la delegada voluntad divina que emanaba y resplandecía en la corona de aquellas supuestamente augustas majestades. Y así edificaron el Estado colonial español: monstruosa, gigantesca y alambicada maquinaria de poder que repetía en el escenario de la historia lo que hacía Dios en el escenario enmarañado de la teología: ni una sola hoja se movería sin el deseo o la voluntad de ellos. Y a partir de entonces, se dispuso que las carabelas ya no transportarían a través de la inmensidad de la mar océana solo hordas de aventureros violentos, sino que traerían también grupos de silenciosos e intrigantes abogados, de rábulas y sacristanes, de rufianes de cuello blanco. Vio entonces hordas de hijodalgos empobrecidos y resentidos, los vio desfilar en busca de un ilusorio festín para sus aplazadas esperanzas. Todos los que en la España soberbia y arrogante carecían de un lugar para exhibir su pretendida y negada importancia venían para “hacer la América”, para reconciliarse con sus sueños ambiciosos que su patria les negaba. Los vio descender de las vetustas carabelas abrazados a su resentimiento y reconoció en ellos esa furia y esa impaciencia demencial para convertir en realidad contante y sonante la América que les embrujó sus sueños. Reconoció el ímpetu que traían para construir, fuese como fuese, un poco de grandeza para sus vidas ultrajadas y sin brillo. Follones y malnacidos, solo deseaban comenzar una nueva odisea para sus miserias acumuladas. Fusionados como en una sola tentativa, llegaban los monjes y los rábulas, las monjas esquizofrénicas, las rameras pensionadas por la enfermedad o por la vejez. Vio con asombro y mucho de escándalo cómo esa segunda y delirante masa de seres humanos, que eran otra escoria y otra multitud de desheredados, llegaban enloquecidos por el deseo de levantar sobre la extensión ilimitada de América y sobre la callada sumisión de los indígenas un nuevo imperio donde ellos se convertirían en señores con dominio despiadado sobre indios y donde serían, pocos años después, también dueños absolutos de negros radiantes y de ébano que importarían de la torturada África para que su poder de cristianos evangelizara con sangre y látigo a esas bestias que adoraban falsos dioses.

Los vio desperdigarse por los cuatro puntos cardinales del reino. Algunos se quedaron para fundar su equívoca y nueva aristocracia frente a las aguas azules e hipnóticas de ese mar siempre encantado del Caribe. Y allí construyeron, con piedra, cal y sangre, las formas majestuosas de una ciudad que parecía surgida para perpetuar los deleites de un delirio: era Cartagena. Pero otros tuvieron preferencia por continuar avanzando hacia las tierras interiores, buscando las húmedas y frescas sabanas, donde el frailejón florece ensimismado y donde encontraron indolentes masas de aborígenes que, según ellos, parecían estar esperando el látigo y la fe que los arrancaría para siempre de la profunda animalidad en que vivían. Y fundaron, bajo el esplendor marchito de una luz mezquina, la gris y conventual ciudad de Santafé de Bogotá. Muchos más avanzaron hacia las delicias inconcebibles de un valle hechizado y adormecido en los pliegues de un clima acariciante, y fundaron una ciudad blanca, que viviría enamorada del silencio y ebria de una luz mágica que nacía de sus crepúsculos. Y en esa ciudad de Popayán creyeron imaginar que allí la eternidad nunca sería socavada por el paso corrosivo del tiempo o del olvido.

Después de haber fundado y edificado las muchas villas y ciudades, que de muchas formas mitigaban sus pretéritas nostalgias al evocar con sus nombres sonoros los reinos ya lejanos que abandonaron en España, levantaron infinidad de templos, donde con terca obsesión de creyentes celebraban continuas ceremonias para honrar a ese Dios suyo, que era tan distante como su propio rey y soberano. Después de algunos años, se entregaron con laxitud al letargo, a padecer en cada uno de sus sueños la sucesión de un tiempo gris y monocorde, a vivir calladamente siglos de quietud donde parecían no acontecer sucesos que mortificasen o socavasen su rutina. Y así se construyeron, con virtuosismo minucioso, los encajes de una camisa semifeudal donde el tiempo fue solo lentitud y la vida convirtióse en ciclo repetitivo de bautismos, muertes y agonías. Se acostumbraron al ocio y se les antojaron aborrecibles y poco nobles los dignificantes oficios del trabajo.

Con el sucederse de los lustros se olvidaron y negaron su origen espurio y truculento. Se avergonzaron de sus títulos bastardos y empezaron a creer que eran nobleza; nobleza nacida de manera exclusiva solo para ejercer los oficios sublimes de la guerra y el dominio. Se creyeron y ufanaron de ser herederos de la gloria e insolentes practicantes de los mandos y las órdenes. Ya no obedecían las ordenanzas lejanas, no respetaron más autoridad que las que inventaban ellos mismos a través de sus argucias leguleyas. Continuaron sometiendo a los indios y también a los mestizos y a los nuevos seres que nacieron de ese mestizaje violento que les procuró su lujuria y su deseo insaciable de dilatar dominios. Lo que llamaron plebe, pueblo o vulgo, lo condenaron a no tener posesión material ninguna en la vasta extensión de su discriminante paraíso. Establecieron frente a ellos una distancia social intransitable, que sancionaban y sostenían con las formas artificiosas y ridículas de una nomenclatura señorial y cortesana. Se alimentaban con los ilusorios y falsificados títulos de una nobleza adulterada.

Fueron tres siglos soñolientos, preñados de ocio y de vacío. Edad Media de pura pacotilla, donde solo se dilataron los inconmensurables latifundios y el desprecio sobre aquellos hombres que llamaban del común. Tres siglos de rezos y de oscuras letanías. Tres siglos amenazados por el olor de los infiernos e iluminados por el terror fantasmal de Inquisiciones. Tres siglos de pasiones clandestinas encarceladas en el disfraz de hierro de una piedad cristiana que nunca se cumplía.

Ni siquiera en ese extenuante ocio cultivaron los grandes goces del espíritu. No leían ni practicaban el arte literario que les hubiese permitido construir y deleitarse en un mundo distinto al que habitaban. Todo ese largo trayecto de pesadumbre histórica lo llamaron la Colonia. Enorme tiempo dilatado, que tenía el color de la muerte y del fastidio. Nunca exploraron el prodigio de todos los prodigios, que en medio de la violencia y de la sangre había venido también en las antiguas carabelas: la palabra y el lenguaje. Tuvieron por siglos en sus manos aquel soberbio sortilegio, aquel humano milagro, y jamás se hundieron con pasión y con delirio en el poder de su magia creativa. Solo repetían caducas y momificadas formas rituales para expresar la perpetua, explosiva y maravillosa realidad del mundo en que existían. Sus ojos se cerraron a la poesía del mundo y de la vida. Solo fueron testigos mudos, escribanos sin genio incapaces de narrar o dar testimonio legítimo y verdadero de la perdurable eclosión de aquel sortilegio en que vivían. Y ellos, que obedecían pero no cumplían ninguna de las infinitas leyes —que dizque supuestamente eran dictadas para proteger de sus abusos y sus muchas felonías a los vasallos de las Indias— acabaron acatando, con celoso y exagerado cumplimiento, una real cédula de 1543, firmada por don Felipe II, que con su muy graciosa factura y sintaxis imperial, expresaba textualmente:

> Sabed que de llevarse a las dichas Indias libros de romance y materias profanas y fábulas, así como son los libros de Amadís y otros de esta calidad, de mentirosas historias, se siguen muchos inconvenientes, porque los indios que supieren leer aprenderán en ellos muchas costumbres y vicios. Por tanto, bajo estas consideraciones, yo os mando y ordeno que no consintáis ni deis lugar en ninguna manera pasen a las Indias libros algunos de los susodichos.

Y acataron bovinamente la estupidez real y ello hizo que viviesen excluidos de la belleza y de la fabulación imaginaria que supone narrar un mundo. Por eso, sobre su espíritu y sobre su mentalidad distorsionada pesó como una muerte la ignorancia. Y se quedaron como viviendo en un vasto imperio cercado y torturado por las sombras. Sintieron y profesaron solo alguna veneración por la casuística, por los saberes esterilizantes que vomitaba la retórica congelada en los misales. Solo repetían y simulaban, porque se volvieron ardientes herederos de la parte más oscura y negativa de la rebelde y creativa España. La España verdadera nunca iluminó ni potencializó en sus vidas la fuerza "trastocante" de una imaginación creadora. Nunca pudieron ser contemporáneos del presente. Nunca se regodearon con las otras grandes y hechizantes expresiones del espíritu, que vino agazapado —pero vivo— en las maltrechas carabelas. Aceptaron con rutina que eran una especie de seres marginales, comensales vergonzantes de un festín de vida, de historias y saberes que se oficiaban solo en otras partes. Por eso amaron el poder convertido en ritualismo y burocracia. Fueron grises como las arenas del desierto. En un mundo que era nuevo, fueron viejos; adoradores fetichistas de un pretérito ya carcomido por el tiempo. Esa fue su Colonia, su dolorosa Edad Media; edad mediana, construida a su propia imagen y semejanza; mundo manchado, desigual, herido y vacilante. Allí solo tuvieron grandeza el privilegio, la altanera insolencia de esa nobleza de follones inventada sobre el desprecio del espíritu.

17

Atrapado y confundido en esa especie de embrujo visionario, el general Miranda alcanzó a imaginar que tal vez la incertidumbre y las angustiosas expectativas que le prodigaba ese viaje que ahora estaba realizando era lo que estaba desordenando sus pensamientos y sus percepciones. Se sintió extraño, como si un insólito mal estuviese enfermando su conciencia. No tenía elementos para defenderse o para evadir el impacto un tanto aplastante que aquella como alucinación —que sin embargo tenía la fuerza esclarecedora de una revelación— le estaba provocando, no sabía si en su alma o en su entendimiento. Se refugió en su camarote. Bebió una gran cantidad de agua azucarada, un viejo hábito que tenía desde años atrás, y pensó que el reposo y el silencio lo retornarían de nuevo a la seguridad de pensamientos que tuviesen más consistencia, o al menos apariencia de normalidad. Pero como si la visión hubiese tomado posesión y dominio de su espíritu refugiado en su camarote, continuó sometido al bombardeo de aquellas imágenes, que ahora lo aproximaban a hechos y elementos que se relacionaban con su propia historia personal. Se preguntó si era la locura, si era la angustia del retorno a la patria, o si simplemente era el efecto desquiciante que el cansancio producía en su naturaleza fatigada y en su cuerpo ya en proceso de envejecimiento. Pero fuese lo que fuese, visión o alucinación, o desorden simple y puro de sus propios pensamientos, una vez que se hubo acostado sobre el incómodo lecho volvió a ver, aunque con mucha menos nitidez, el sucesivo despliegue de aquellas imágenes que le estaban narrando la historia.

Vio entonces cómo ese universo, ese tiempo estático y aletargado que llamaron la Colonia, empezó a sufrir los embates progresivos de fuerzas y de eventos que procuraban su desmantelamiento. Vio cómo hombres y hechos diversos se comprometían en el proceso de sacudir el yugo impositivo de aquella rutina que era asfixiante para el despliegue de la vida. Como si la rutina fuese un sistema que pretende ahogar y debilitar las potencias transformadoras de la historia y de la vida misma. Vio que los hombres silenciosos y sumisos que habitaban ese mundo y ese tiempo habían comenzado a comprender que era necesario soñar con nuevos horizontes y con nuevas posibilidades, donde ellos también tuviesen el derecho a soñar un mundo edificado a su propia imagen y a su propia semejanza. Lo estremecedor, y también lo halagador para su perpleja vanidad, fue comprobar que su figura, que él, Francisco de Miranda Rodríguez, caraqueño errante nacido en 1750, estaba ahora incluido en la trama y en el drama de ese ciclo que debería iniciarse. Que él era uno de aquellos personajes que habían ayudado a propalar y a inventar aquel sueño libertario, mediante el cual todo un continente abriría los ojos para emprender una colosal empresa orientada a quebrantar el dominio de España y a buscar para sus patrias una nueva forma y un nuevo lenguaje que les permitiese una manera distinta de SER y ESTAR en la historia. Se vio como masón y como hispanoamericano integrado a ese movimiento, que de manera inexorable tendría que dar comienzo a otro ciclo de acontecimientos transformadores. Él era parte de ese grupo de exaltados personajes que empezaban a creer y a sentir que la España, agotada por sus pretéritas y heroicas hazañas, carecía ya de la fuerza y del impulso necesarios para controlar y dominar un universo que quería asumir su propio destino. Que España ya no era un mundo iluminante. Era mucho más un yugo y una insoportable imposición. Era pétreo impedimento, mundo oscuro y cerrado, poder supersticioso, aberración teológica convertida en poder político que, lejos de ofrecerle futuro al mundo de la América, le ofrecía y le garantizaba encadenamiento a lo caduco y al pasado.

Por eso habían mirado y orientado su esperanza hacia el mundo convulsionado que estaba configurándose en la Francia, donde ideas soberbias y novedosas les permitían a los hombres acoger un pensamiento renovador que redefiniría las relaciones con las cuales podía vivirse una historia inédita que estaba comenzando. En Francia, al impulso trastocador de un pensamiento que se apoyaba y proclamaba la razón como nueva orientación en los destinos de la vida y de la historia, se cuestionaban críticamente todas las herencias del pasado y se volvía imperativo ajustar y someter las viejas formas de comprender el mundo a un nuevo criterio de verdad. Allí se propaló y se levantó en la conciencia de los hombres una visión diferenciada de lo que sería un mundo sometido al imperio de una nueva gramática política. El poder se tornó asunto humano. Ya no sería expresión supersticiosa o emanación de una supuesta voluntad divina. El poder sería norma de derecho, contrato y nuevo acuerdo consensuado por los hombres. Si se habría de conquistar la libertad, esta sería acuerdo racional, convención practicada por ciudadanos libres y asociados.

La religión fue relegada a otros ámbitos. La vida sería edificada y gobernada de acuerdo a otros códigos que no requerían sanción o legitimidad de lo divino, sino aceptación consciente y racional de aquellos que iban a vivirla. El mundo se hizo laico. El hombre asumía el control pleno de su destino en los azarosos caminos de la historia. Se proclamó la dignidad de ese hombre, a la manera de nuevos mandamientos a cuyo amparo y cumplimiento la libertad y la igualdad se convertirían en hechos reales y reconocibles en los afanes de este mundo. Se cuestionó con demoledora inteligencia y corrosiva ironía el fundamento del antiguo régimen. La razón inició su marcha incontenible por los laberintos de este mundo. Y ese pensamiento liberador aportó los elementos para construir también una razón política, que debería transferir al individuo la responsabilidad y el deber de imaginar que los anhelos de supuestos paraísos eran construcción que podía el hombre realizar aquí y ahora, en esta tierra, en este mundo. Se socavó de manera inexorable el consolidado fundamento que hizo posibles el privilegio y la discriminante consideración de los hombres en los rituales opresivos de la historia.

La conciencia humana se embriagó con esta nueva libertad así considerada. Y esa ebriedad se transformó en revolución incontenible que se propuso derribar, piedra por piedra, el vetusto edificio en que supervivía el antiguo y discriminante régimen. Esa revolución encarnó y representó con furia acumulada el colectivo anhelo de hombres que habían padecido por siglos y por siglos la historia como infierno, la historia como absurda negación de los derechos, la historia como negación de solidaridad y libertad para las inmensas mayorías. Esa revolución consideró como insostenible y como irracional todo privilegio. Ebria de ese frenesí libertario, abrazada a ese rencor reivindicativo, se hizo multitud y se hizo ejército y empezó a arrasar con sangre y fuego todos los caducos símbolos de un poder que fue considerado falso. Esa revolución arrancó la corona y la cabeza de los reyes y se lanzó a edificar— iluminada a veces por la luz siniestra del patíbulo —el nuevo orden, que debía ser universal y cobijar en sus consignas libertarias la nueva ordenación del mundo.

Por eso Francia era el nuevo gran punto de iluminación, a partir del cual se emprendería la lucha por desmantelar los fundamentos del pasado. París sería al mundo nuevo lo que fue Roma al mundo antiguo. Y todo ese ímpetu, todo ese fervor inaplazable, todos esos destellos irradiados desde la Francia libertaria, también estaban llegando al lejano mundo de la América. "El contagio francés", tan odiado y rechazado por Miranda, ya no podría ser detenido por muralla alguna. Ninguna Inquisición podría contener ese impetuoso aliento que señalaba a los hombres las nuevas rutas del destino histórico.

El general Miranda, aturdido y adormecido en la móvil penumbra de su pequeño camarote, fue arrancado de su soñolencia por los gritos alborotados de la marinería, que anunciaban que la corbeta estaba a punto de atracar y tocar tierra en el puerto venezolano de La Guaira. Un nuevo estupor se apoderó de su espíritu. Nunca pudo aclarar si todo aquello había sido visión o ensoñación, delirio puro o desarreglo de su entendimiento. Cuando supo que estaba en su desconocida patria, ese lugar que hacía cuarenta años había abandonado cuando apenas era un impetuoso y confundido joven, y al que ahora regresaba convertido en un hombre algo envejecido y cansado, un hombre que había vivido una vida extraordinaria atravesada por toda clase de experiencias de gran intensidad, se sintió anonadado y también otra vez confundido, como si él también fuese un personaje que provenía de las otras orillas del tiempo y del espacio. A duras penas logró sacudirse ese nuevo aturdimiento, pero atinó a comprender que esa llegada a la América era uno de esos hechos decisivos y extraordinarios en su vida. Solo pudo pensar eso: que era un momento decisivo.

Movido por impulsos, mucho más que por deliberados pensamientos, logró con alguna vacilación engalanarse con su vistoso y llamativo uniforme de general de los ejércitos de Francia. Tal vez solo para que sus compatriotas, en especial los mantuanos, se notificasen sin equívocos de que quien regresaba no era ese anónimo hijo de un tendero canario sino un ufano y rutilante general, hijo de una revolución victoriosa destinada a cambiar la faz del mundo. Esa sería su nueva carta de presentación para su entrada triunfal en un mundo que antes lo había discriminado y despreciado. Su antiguo y fermentado resentimiento social se sintió compensado por ese acto desafiante y triunfal. Su vanidad se sintió condecorada. La sensación falsificante de que lucir ese uniforme tenía el rumor maravilloso de una venganza lo llenó de una extraña y desbordante alegría.

18

Sin embargo esa alegría no tuvo toda la plenitud que él hubiese querido. El largo y extenuante viaje, su irritante y permanente incomodidad, ese como acoso diabólico de sus visiones alucinadas, habían deteriorado un tanto su salud. Y en el momento de desembarcar en La Guaira, dolor de muelas y dolor de cabeza conspiraban contra el esplendor de su alegría y de su uniforme. Estaba irritado y contrariado por esas molestias. Su espíritu estaba muy lejos de practicar el a veces hipócrita ritual de la simpatía o de la cortesía. Su mal genio se hizo evidente desde el primer momento en que tocó la tierra casi desconocida de su patria. No mostró mayor complacencia con el recibimiento que se le había preparado y que corrió casi en todos sus detalles a cargo del hasta entonces su ferviente y ardoroso admirador: el coronel Simón Bolívar Palacios. A duras penas logró saludarlo con un abrazo lánguido y como inventado con gran esfuerzo para la ocasión. En ese momento el vistoso general francés, don Francisco de Miranda, no deseaba ruidosos agasajos que juzgaba deshilachados y de pacotilla y tal vez poco dignos y no a la altura de su resonancia y de sus merecimientos. Lo único que anhelaba en el fondo de su alma era descansar y descansar y seguir descansando.

No podía ser simpático y no lo fue para nada. Todos notaron, empezando por Bolívar, esa curiosa indiferencia, altanera y displicente, que el majestuoso general exhibía frente a la emoción de todos los que querían saludarlo. Supusieron que eso era parte de la prepotencia que impone un deslumbrante uniforme de un general que representa una revolución triunfante frente al antiguo y opresivo poderío europeo. Nadie estaba en ese instante para explicarse las causas íntimas y secretas que alimentaban el mal humor del engalanado y anciano personaje que, con su estrafalario bicornio, su espada curva, sus aretes y su cabellera trenzada, semejaba una figura exótica en su sencillo y ardiente paisaje tropical. Los más simples de espíritu solo pudieron imaginar que tal vez las gentes civilizadas —o que venían de esa civilización— eran así: antipáticas y groseras.

Por el momento no le fue posible al general tener tiempo para el balsámico y restaurador descanso. Los homenajes apenas estaban comenzando. Se le había preparado un hermoso y blanco corcel para que hiciera —en compañía de la comitiva designada— el viaje hasta Caracas. El caballo también lucía enjaezado y emplumado como el de un general prusiano. Era brioso y sabía encabritarse. También eso irritó a don Francisco: ni la edad ni la fatiga le permitían ya el lujo de controlar con firmeza bestias irritables. Tampoco le gustó la precariedad de los caminos. Comentó con sorna que si él manejara el Gobierno, esas cosas las arreglaría rápida y eficientemente. Las gentes salieron a los caminos a brindarle su saludo. Muchos no sabían quién era tan ilustre y llamativo personaje. Algunos campesinos supusieron que era un rey europeo al que le habían arrancado la corona y venía tal vez para fundar un nuevo imperio. Y algo de rey destronado tenía, sobre todo en el atuendo. En algunas poblaciones hubo de detenerse la errante caravana; se les ofrecían más agasajos y se les brindaban declamatorios y altisonantes brindis. Él no respondía a esos brindis, seguía cansado. Su imaginación en esos calurosos instantes solo daba para vislumbrar el paraíso de un lecho donde pudiera depositar su cuerpo maltrecho.

Pero llegaron a Caracas; más gente, más tumulto, más intento de homenajes, más desaforada curiosidad por verlo y si fuese posible tocarlo para comprobar que era una persona verdadera. Por fin llegan a la casa de los Bolívar, la han preparado con esmero para tan singular y enaltecedora ocasión. El general sudaba, pero hizo un esfuerzo supremo de simpatía, a pesar del dolor de muela que suele ser corrosivo con tan humana y a veces necesaria virtud. A la familia de Bolívar la saludó con cierto entusiasmo. Y por fin un lecho, blanco y limpio. Por fin el ilustre personaje puede despojarse de sus incómodas galas. Desnudo se tiende sobre su cama, casi no puede creerlo, esa sí es la verdadera alegría. Se duerme profundamente, pero no tiene sueños. Su fatiga es superior al confuso deleite de los sueños.

La sociedad caraqueña en su conjunto se encuentra un poco desconcertada y expectante con la presencia de ese compatriota que en todo y por todo parece mucho más un extranjero. Su presencia entre ellos suscita y alimenta las más diversas y contradictorias percepciones, pero lo único que no provoca es indiferencia. Sin duda que era ya un pequeño mito local en formación, y esto inevitablemente acarrea confusión y engendra muy distintos puntos de vista en la valoración. Por eso no hubo nunca consenso, ni en Caracas ni en Venezuela, acerca de la significación y del papel que debería desempeñar Miranda en esa incipiente y vacilante revolución que apenas estaba comenzando su camino. Muchos, influidos por los hechos pasados, lo consideraban un traidor al rey, un hereje, una especie de jacobino en receso que en cualquier momento podía impulsar hechos sangrientos. Otros no le negaban nunca su condición de agente y de funcionario del Gobierno inglés, dispuesto por dinero a negociar el futuro de la patria. Pero para algunos, entre ellos Bolívar, Miranda era el símbolo y el protagonista iluminado que debía orientar el proyecto de la revolución en cierne. Y no pocos eran los mantuanos que simplemente lo despreciaban por su origen canario y por su desafiante arribismo. En todo caso, no era el general Miranda elemento unificante, su inflamada leyenda era punto de controversia y de discordia, y eso se hizo patente desde el momento mismo en que desembarcó en Venezuela.

Para Miranda era igualmente confuso y problemático interpretar con certeza ese cambiante y contradictorio espíritu colectivo que caracterizaba aquel momento político que estaba atravesando su desconocida patria. Él, más que nadie, sabía que era un desarraigado; un extranjero, en el sentido de ignorar la íntima evolución que habían tenido todos los aconteceres políticos y sociales durante su larga ausencia. Su visión y percepción del mundo estaba configurada por elementos europeos, que pocas correspondencias tenían con los pormenores de esa explosión un tanto "tropical" e ingenua que manifestaba aquel momento de la política. Era desarraigo cultural y mental, y también era desarraigo emocional lo que padecía aquel hombre que había vivido casi la totalidad de su vida en otras dimensiones y en otras latitudes. Sus propias relaciones afectivas y emocionales estaban truncas. Su numerosa familia ya ni siquiera existía. Las supuestas y grandes propiedades de las que se ufanó en Europa eran parte de sus ficciones mentirosas, con las que inventó un prestigio social que no tenía. Su situación era como la de un náufrago arrojado en una tierra extraña. No tenía pues el general Miranda elementos muy sólidos y válidos de juicio para incorporarse y entender esa realidad que se le debió antojar insólita y desconcertante.

Por otra parte, si en algo había confusión era en sus propias ideas políticas. Su pensamiento era inconsistente y hasta incoherente. Era un ecléctico y un escéptico. Profesaba un republicanismo desteñido y aristocratizante. Repelía visceralmente cualquier rumor de revolución a la francesa, y exaltaba en ocasiones la supuesta sabiduría política encarnada en el modelo de las instituciones inglesas, aunque a veces ese fervor se le diluía. Su pensamiento político era ante todo errático; de allí que frecuentemente terminase tratando de ser un pragmático y un abierto y puro oportunista. Había también mucho de español y de españolizante en sus creencias y en sus gestos. Todo esto lo convertía en un hombre que en última instancia no sabía lo que verdaderamente quería como futuro para el proceso que vivía su patria. La confusión era su reino. Y esa confusión, a pesar de él mismo, era reconocible por los otros. ¿Cómo podía interpretarse que llegase engalanado de general francés para presentarse ante una junta que defendía y proclamaba los derechos de Fernando VII? ¿Por qué llegaba luciendo el uniforme de una revolución que él mismo abominaba por predicar la demagogia igualitarista? ¿Cómo quería que los venezolanos interpretasen su papel en una revolución que quería sacudirse el yugo colonialista, si él llegaba cobrando sueldo de otro violento e insaciable sistema colonialista?

Terrible, angustiosa y problemática era la situación del general que llegó del frío europeo en ese comienzo prerrevolucionario. Él mismo ignoraba cómo debía desenvolverse y comportarse en ese mar revuelto. Por otra parte, la desaliñada revolución no era unánime. Muchas fuerzas e intereses muy diversos se movían bajo la superficie. ¿Con cuál de aquellas fuerzas iba a comprometerse el vanidoso y también confundido general? El prólogo de su tragedia estaba escrito antes de comenzar el capítulo final de su "libro americano".

Y hay algo violenta y dolorosamente estúpido en esos comportamientos iniciales de Miranda para integrarse a las realidades culturales de su desconocida y conmovida patria. Su arrogante altanería, su displicencia grosera y despreciativa con las gentes de aquel mundo, tan distinto al mundo cortesano donde ha vivido y se ha exhibido a lo largo de los años, ayudan eficazmente a que se lo considere en algunos círculos un personaje equívoco y detestable. Se siente superior a los otros, y no oculta su presunta capacidad de demostrarlo. Lastima con sus gestos arrogantes y altaneros la sensibilidad colectiva de ese medio, donde en vez de encontrar condesas solo encuentra pardos y zambos, aristócratas de medio pelo y letrados presuntuosos. Le duele la ausencia de refinamiento. Para él ese mundo no tiene las elegancias que anhela y exige para su supuesta sensibilidad de aristócrata falsificado. En Venezuela, por supuesto, donde se le conoce, no puede presumir de conde; pero pretende que su sapiencia y sabiduría, su rica e innegable experiencia de hombre de mundo, refrenden su distancia y su superioridad frente a toda esa caterva de plebeyos. Lo enerva y lo lastima profundamente que ese pueblo de ignorantes no reconozca de inmediato y multitudinariamente sus dotes y sus merecimientos. Mientras está en Caracas añora con nostalgia verdadera el mundo de Londres y las maravillas de París. ¿Cómo podría un mariscal de Francia comandar ejércitos de zarrapastrosos hambrientos y descalzos? ¿Cómo podría aceptar que en esa pobre Venezuela hubiese hombres más capacitados y sabios que él para encargarse de orientar la vida política de la república? Angustioso y terrible laberinto debió transitar el vanidoso general Miranda en medio de esas desgarradoras e irreconciliables contradicciones en que estaba empantanada su conciencia. Todo eso, y muchas otras cosas, lo convertían en el artífice de su propia e inexorable tragedia. Desgraciadamente ya no llevaba diario para consignar la dramática música de esa sinfonía de horror y de desastre. Pero es evidente que no hacía mayores esfuerzos para comprender y asimilar las heterogéneas situaciones que le estaba correspondiendo vivir. Su soledad debía tener la misma desmesura de su confusión y también la misma desmesura de su senil arrogancia.

Con Bolívar, la relación de Miranda adquiría una significación profundamente compleja y hasta enigmática. El joven coronel caraqueño sin duda transfirió al viejo general emociones y afectos que de manera inconsciente lo hacían ver en él a una especie de padre orientador y protector, que en algo lo reconciliaba con esa orfandad, o al menos mitigaba esa absoluta carencia de una figura paterna que él nunca experimentó en su infancia díscola y errática. Lo convirtió, por pura y simple mecánica psicológica, en su figura paterna, en su referente psicológico, emocional e intelectual. Afecto, admiración, respeto, conflicto y algo de sumisión debió de padecer el joven Bolívar por ese hombre maduro, hacedor de una vida que él siempre consideró extraordinaria. Lo empezó a idealizar y hasta mitificar en ese proceso de alquimia emocional, tan explicable por sus personales circunstancias.

Pero el padre, por lo general, siempre será figura impositiva y hasta devoradora. Entidad amenazante, castradora, que así como impulsa puede negar y hasta anular el libre y verdadero desarrollo de la personalidad del hijo. Relación que puede convertirse en impulso decisivo y armonioso, para que la influencia del primero vivifique y potencie el desarrollo vital en la personalidad del segundo; pero que igualmente, cuando esa relación es forzada y artificialmente construida, puede conducir a un conflicto insostenible que tiende a resolverse por la eliminación de uno de los elementos de aquella explosiva ecuación psicológica. Dos personalidades poderosas, diametralmente distintas, artificialmente comprometidas a convivir en un marco afectivo alimentado por necesidades reales, pero falsificadas en su fundamento, necesariamente desembocan en un poderoso conflicto, que por lo común se resuelve en un enfrentamiento arrasador y trágico. El amor se transforma en odio. De los iniciales y positivos sentimientos de identificación y afecto, se pasará a los corrosivos y destructivos sentimientos de odio, rechazo y desprecio.

Esta hipótesis, con lejano o precario rumor psicoanalítico, puede tener alguna validez y alguna legitimidad explicativa cuando se mira aquella tormentosa relación que en tan breve tiempo unió y desunió tanto a Miranda como a Bolívar. La evidente, dramática e inocultable traición que realizó Bolívar frente a Miranda, y que determinó su terrible martirio y su posterior muerte ignominiosa, independiente de las circunstancias externas de tipo político o militar, perfectamente puede interpretarse desde el riesgo de esta perspectiva: el asesinato del padre por parte del hijo. Acto ritual y trágico, que permite al asesino recobrar el control y la construcción de su propio destino. Los clásicos griegos, a lo mejor los propios dioses griegos, o las consideraciones dostoievkianas, resultan más apropiadas como explicación literaria y más convincentes para explorar el abismo de ese horror que se escenificó alrededor de ese drama, que no demoraría mucho tiempo en presentarse, para estupor y confusión de sus propios protagonistas. ¿Acaso los dioses no tejen tragedias para que los hombres tengan algo que narrar?

El hecho cierto es que el impetuoso y explosivo coronel Bolívar, con sus veintisiete años a cuestas, fue quien se jugó la vida, su prestigio y su posibilidad política para lograr que Miranda retornase a Venezuela, en calidad de jefe supremo y orientador de la precaria revolución que empezó a gestarse. Él no creyó en los rumores ni en las maledicencias. Descartó las muchas y terribles habladurías que circulaban entre los miembros de su clase mantuana acerca de la figura del general Miranda. Cerró sus oídos a las posibles verdades o mentiras anudadas a su imagen equívoca y problemática y —creyendo solo en el afecto y en la leyenda que él mismo había construido en su corazón sobre Miranda— se impuso y logró el objetivo de hacer que el viejo general, contra viento y marea, volviese a Venezuela. Por su parte, Miranda también debió manifestar y sentir poderosa fascinación por el espíritu y osadía, por el talento y la decisión de aquel hombre también extraordinario, que en plena y fogosa juventud sabía ya mirar con imaginación portentosa los nublados horizontes del porvenir. Mutuos y sinceros debieron ser en su fase inicial los sentimientos de esa relación afectiva, aunque no exenta también en ese mismo comienzo de elementos de conflicto vanidoso, que de crecer podrían llegar a enfrentarlos y destruirlos.

Y el conflicto y la distancia, la amenaza de una tormenta arrasadora, de manera inexorable comienzan a desplegarse desde los primeros días en que Miranda toca la tierra venezolana. Sutilezas de temperamento, festín de egos contrariados, que así como saben atraerse se repelen, van formando y acumulando rencores, incomprensiones, malentendidos y resentimientos, que no pueden ser manejados y tal vez ni siquiera comprendidos bajo la luz de una supuesta razón esclarecedora.

Inicialmente parecen unidos en los mismos principios políticos, convergentes en las cambiantes coyunturas que va imponiendo el azaroso desarrollo de los hechos. Ambos creen en la necesidad de un gobierno centralizado y fuerte. Ambos repudian el frágil embeleco federalista, pues lo consideran generador de anarquía y promotor de debilidad política y militar, en el cual rápidamente puede sucumbir la frágil y futura república que están dispuestos a impulsar. Ambos empiezan a identificarse con una visión continental en la lucha contra España. Desde el principio Miranda es defensor de esa visión mucho más que Bolívar, esa visión que convertiría la lucha contra España en un acto sin fronteras, donde lo local debería fundirse en lo universal y en lo continental. Al principio es Miranda quien intuye y proclama como posibilidad política y estratégica la necesidad de que la Nueva Granada y Venezuela tiendan a reunirse en una sola nación. Bolívar acata esa, como muchas otras ideas del "padre", y con el correr de pocos años dará materialización a esa idea—sueño. Pero Bolívar, por edad, por temperamento, por pasión pura y por desgarrado y sincero convencimiento, se enamora románticamente de su causa heroica y se compromete visceralmente con ella. No acontece lo mismo con Miranda, a quien los años han vuelto prudente, calculador y sopesador de riesgos, enemigo de las precipitaciones y de los impulsos no reflexivos. El viejo y el joven vivirán progresivamente esa distancia y esa diferencia.

Por otra parte, y es elemento esencial y definitivo, para Bolívar la Independencia y la gloria que aquella pueda depararle es un imperativo ético irrenunciable. Su causa se confunde con su vida. En este convencimiento nacen y se fortalecen tanto su grandeza como su heroísmo. Pero no acontece lo mismo en el alma de Miranda. La Independencia no es tanto para él un imperativo moral. Es más bien un proyecto, una especie de negocio o inversión en el que ha comprometido largos años de esfuerzos, de intrigas y trabajo. Es una ocupación que lo seduce, un proyecto que puede triunfar o fracasar y eso no significará que fracase su vida. Para Bolívar, la revolución y la Independencia de su patria constituyen una especie de relación de amor absoluto y devorador, algo que tiene aliento y fuerza de vínculo religioso. Para Miranda, si acaso un coqueteo que inflama su vanidad y deleita sus veleidades de seductor. El conflicto, el violento y aniquilador conflicto, tenía que darse y se dará. Se irá alimentando de pequeñeces, de anodinos pretextos; pero la fuerza de su drama estaba ya depositada en causas profundas e irreconciliables, pues Bolívar es un héroe y Miranda es solo un prócer. Quizá también habría que decir, con algo de perplejidad y de vacilación, que la historia posiblemente está guiada por una finalidad inteligente, finalidad que sabe poner en ese proceso todos los hechos que acontecen y donde caben las guerras, los crímenes, las traiciones y las equivocaciones. De pronto son parte de ese proceso todos los horrores que conmueven al ser humano. ¿Acaso se podría negar que siempre en la historia se estén escribiendo nuevos capítulos de su universal infamia? Perspectiva de infinito suele requerirse a veces para contemplar el escenario sangriento donde se dan la vida y la historia de los hombres. Vago aliento metafísico y hegeliano a veces es necesario para explorar los enigmas y el silencio de esa misma historia.

19

Por esos días los acontecimientos adquirían un ritmo vertiginoso. Del letargo colonial, de su opresiva rutina, se ha dado salto a una frenética situación. Se aceleran la historia y la vida. Ahora todo parece estar encadenado al frenesí. Miranda no demorará en abandonar la casa de los Bolívar. Buscará casa propia para empezar a vivir su ciclo de vida caraqueña. En dicha casa hay complacencia por la ida del incómodo huésped, que con sus exigencias y sus constantes irritaciones había acabado trastocando el ritmo apacible de la vida cotidiana. Hubo alivio entre los anfitriones y entre la servidumbre. No es nada fácil soportar la tiranía doméstica de un prócer refinado e irritable, que tiene poca consideración por las personas que le sirven.

Miranda al parecer ha decidido tomar partido. Se pone del lado de esa especie de jóvenes impulsivos y presurosos, que proclaman urgencia para precipitar los acontecimientos de la historia. Son los considerados radicales y que se agrupan en torno a la Sociedad Patriótica, institución que tiene algo de club jacobino, donde se discute siempre apasionadamente. Se los considera una forma de congreso paralelo, que vive en plan de aguijonear y cuestionar lo molondra lentitud del otro congreso. Allí se practica la oratoria encendida e inflamada. La demagogia a veces tiene sus voceros y deja oír con mucha frecuencia su voz incitadora. Allí se proclama que lo urgente, lo prioritario y lo decisivo es pronunciarse a favor de la Independencia absoluta frente a España. Se vocifera contra las aguas tibias y mansas. Ha pasado a la historia y a la leyenda el famoso y fogoso discurso de Bolívar, el que inicia su fulminante carrera de tribuno. Su voz electrizada y convincente clama en alguna de aquellas sesiones:

Se discute en el Congreso Nacional lo que debiera estar decidido. ¿Y qué dicen? Que debemos empezar por una confederación como si no estuviésemos confederados contra la tiranía extranjera. Que debemos atender a los resultados de la política de España. ¿Qué nos importa que España venda a Bonaparte sus esclavos o que los conserve, si estamos resueltos a ser libres? Estas dudas son tristes efectos de las antiguas cadenas. ¡Que los grandes proyectos deben prepararse en calma! Trescientos años de calma ¿no bastan? Pongamos sin temor la piedra fundamental de la libertad sudamericana: vacilar es perdernos.

Ya esa es la voz impetuosa de la revolución. La revolución odia y niega la calma. La revolución es marea incontenible, es ritmo acelerado, es abominación de la prudencia, es impulso incontenible e inaplazable, es otra percepción del tiempo y los aconteceres. La revolución es urgencia, es fuerza y es velocidad. Sin duda la revolución está signada casi siempre por la fogosidad juvenil. Aunque Miranda está allí con ellos, y en apariencia comparte esas tesis, le produce escozor y perplejidad esa juvenil impaciencia, que ya no mueve ni vibra en su espíritu. Lo acepta a regañadientes, pues sabe que esos jóvenes son los que a él lo aceptan y los que todavía lo respetan y lo acatan, pues él es una leyenda que los inspira. Y eso no sucede con los mantuanos apoltronados en el Congreso.

Allá practican y predican la prudencia y consideran todavía al general Miranda bajo la sombra de un agazapado jacobino que un día puede comprometerlos en la anarquía.

No es nada clara la situación; por el contrario, es incierta y turbulenta. No hay unanimidad. Hay fuerzas que niegan el consenso y que consideran embeleco peligroso y extemporáneo eso de comprometerse en una Independencia absoluta. Consideran que es ficción enloquecida sobre todo de los jóvenes afrancesados. Hay también un poderoso partido realista, españolizante, que no comulga y no puede aceptar esa visión falsificada y atemorizante que pinta con los colores más sombríos el supuesto yugo que España ha impuesto en las colonias. ¿Qué explotación y sumisión puede haber si son ellos, los mantuanos, los dueños de todo: de los esclavos, del comercio, de las haciendas, de las minas, del privilegio? Nada es claro y nada es evidente. ¿La revolución para qué? ¿Para perder la inmensa riqueza que han acumulado durante siglos de régimen español? ¿Para posibilitar que el "contagio francés", el igualitarismo, la incendiaria libertad envenene a los negros y a los pardos y convierta —como en Haití— en una orgía de sangre el apacible mundo en que han vivido? ¿La revolución para que la lucha racial convierta en incendio de carne blanca el ritual de la guerra?

Pero más que en los pensamientos, la revolución se incuba y se fortalece en los sentimientos. La revolución quiere restituirle, antes que nada, a los hombres de estas tierras su dignidad de considerarse americanos. Muchos criollos y mantuanos están con ella, para restaurar el orgullo lastimado. Les duele en el alma su condición de ser tratados como si no fuesen iguales. Es revolución de señoritos indignados, no revolución de menesterosos o de hambrientos. No es revolución anudada a un claro proyecto de reivindicaciones políticas o sociales. Y por supuesto, todo esto genera y fomenta confusión, posibilita que surjan y se expresen las distintas voces. Ninguna nación es homogénea; al contrario, lo heterogéneo prevalece. Pero la revolución es audacia, voz enardecida que acaba acallando y silenciando las otras voces que acogen la prudencia. Se ama y se abraza la revolución, pues ella proclama intuitivamente que toda revolución aspira a cambiar la oscura vida. Y la vida quiere ser vértigo y quiere ser cambio. Por eso la revolución es sentimiento, impulso, instinto, fuerza. Nadie se suicida por el supuesto esplendor de alguna idea sublime, pero entregaría una o mil vidas por el poder devorador de un sentimiento. Es el sentimiento el que concede poder y fuerza a las ideas. En esa fusión irracional entre idea y sentimiento, la vida adquiere y manifiesta sus potencias. La revolución por eso es fiesta y es orgía, es caos y es intensidad, orgasmo colectivo que busca confusamente transformarse en cosmos. La revolución por lo general no reflexiona, actúa; es movimiento, impulso siempre. La reflexión cercena y mutila aquel impulso donde ella encuentra su alimento. Pero la revolución también es prólogo sangriento, donde Saturno abre sus fauces con las cuales devorará a las criaturas que pretendieron convocarla.

Miranda, por la experiencia vivida, debía conocer esta razón de la sinrazón histórica. Debía mirar con perplejidad y estupor la expresión de esa ley y de esa dinámica que preside los rituales convulsivos de la historia. Él propiciaba la Independencia, pero no la revolución. Debía imaginar que al abrir esa puerta se estaba abriendo la puerta del infierno y debía intuir que los que entraran en él quedaban condenados a perder toda esperanza. Debió intuir que, bajo el impulso inflamado que invitaba a la guerra total contra España en busca de la Independencia, se estaba atizando el fuego de una guerra civil y de una guerra social que para todos se convertiría en impredecible. Tortuosas y angustiosas debieron ser sus cavilaciones en esos momentos en que la errática marea de los acontecimientos lo iba colocando a él en el centro de las grandes y dramáticas decisiones.

Cuando él se involucra activamente en las discusiones de la Sociedad Patriótica, el proceso de la Independencia era apenas una quimera, un anhelo difuso aún sin concretar y además un anhelo fragmentad o, que no había logrado para nada el consenso de todas las provincias; pues provincias como Coro, Guyana y Maracaibo permanecían fieles y leales a la causa española y hostiles a la supuesta tentativa republicana. En el Congreso apenas se discutían los lineamientos de una futura e incierta

Constitución que daría forma al nuevo régimen político. En aquellas discusiones, preñadas muchas veces del más ingenuo bizantinismo y del más anodino leguleyismo, parecía que nunca se iba tomar esa gran decisión.

La vinculación de Miranda a la Sociedad Patriótica sin duda anima y aumenta el prestigio de aquella entidad, que acaba opacando la importancia del vacilante Congreso, donde están los timoratos y los indecisos, donde están los que nunca deciden nada. La Sociedad Patriótica es proclive a estimular la participación de otros sectores sociales, que no son propiamente mantuanos o señoritos. Por eso se la acusa de coquetear y acoger a la plebe, aunque propiamente será siempre un club de élites donde figurarán los más jóvenes y destacados miembros de esa sociedad discriminante y discriminadora. Allí se reúnen los Bolívar, los Tobar Ponte, los Toro, los Yanes, los Ribas y los Salías, entre muchos otros, que son los fogosos y exaltados intelectuales del momento y que igualmente configuran el grupo de mantuanos que respaldan y miran con simpatía al general Miranda. Por aquellas horas, el aristocratizante general parece mostrar y efectuar algunos gestos de simpatía hacia el sector de los pardos y de otros sectores "plebeyos".

Entretanto, el "otro Congreso" ha nombrado para ejercer el poder ejecutivo a un triunvirato. Lo conforman Mendoza, Escalona y Padrón. Miranda, para esa elección, solo obtuvo ocho votos. La animadversión allí contra él por parte de los mantuanos permanecía viva y vigente. Cuando el general se entera de su irrisoria votación, pronuncia la vanidosa y despectiva frase que le ganará más enemigos y más antipatías: "Me alegro de que haya en mi tierra personas más aptas que yo para el ejercicio del supremo poder". Genio y figura hasta la sepultura. Su derrota aumenta ese equívoco sentido de superioridad que él siempre quiere hacer visible y reconocible frente a sus compatriotas. Se dilatan su pesimismo y su desengaño. Íntimamente parece arrepentido de haber regresado. Su nostalgia por Londres, más que por Sarah y sus hijos, crece en su corazón cansado y desengañado. Inaugurado el Congreso, Miranda prefiere estrechar su vinculación con la Sociedad Patriótica. Allí profundiza su acercamiento con Ribas —con José

Félix—, el que pronto será general de mucho protagonismo en los eventos políticos que se aproximan.

El 19 de abril se celebra con alborozo el primer aniversario de la creación de la Junta. Hay manifestaciones públicas, alegres y vocingleras. Miranda, que ha recobrado un poco de su deteriorado prestigio, encabeza la manifestación portando un pendón, que es la bandera que él mismo ha inventado y que acogen los revolucionarios impacientes e impulsivos. Los manifestantes queman los retratos del rey, ese rey con "cara de babucha". Para muchos caraqueños, el rey cornudo ya no es el deseado; es solo un rey quemado. Por primera vez se grita: "¡Mueran los tiranos y los españoles!".

A partir de ese día, los de la Sociedad Patriótica intensificarán sus ataques y su presión sobre el Congreso para que este declare la Independencia. Miranda es nombrado presidente de aquella sociedad, que ahora incorpora a algunos pardos, lo que estremece y asusta a los mantuanos del Congreso que nunca renunciarán a su insolente orgullo de casta. Declarar la Independencia es el gran tema, el que une y desune, el que halaga e intimida. Parte del clero está con los moderados y contra la Sociedad Patriótica. También está contra Miranda, no porque éste proclame la Independencia, sino porque falsamente piensan que Miranda puede propiciar y propalar las ideas de la Revolución francesa. Hay pasión y ardor en las discusiones. Polémicas agrias. Discusiones violentas. Ideas e insultos. Los clérigos y los reaccionarios gritan que la Independencia no solamente es ofensa contra el rey sino contra el propio Dios. Que ofender a Dios es convocar su ira y tal vez hasta su venganza. Se teme y se previene sobre la posible amenaza de una sangrienta guerra civil.

20

En los primeros días de julio se inician las discusiones acerca de declarar o no la Independencia. Miranda es el primero en hablar, en sesión tumultuosa y agitada. Las barras entusiastas vociferan. Hay confusión y algo de bochinche. En alguna ocasión se habla mal y duro contra Inglaterra. Miranda se sonroja y se mortifica con esas expresiones y comentarios. En otra sesión, alguien trata de darle una bofetada. La cosa no pasa a mayores, pero es sintomático de que allí algunos no lo estiman y poco lo respetan. Por fin un día es sometida a votación la gran decisión de ser o no ser independientes. De treinta y un legisladores, solo un voto se pronuncia por la negativa.

El día ocho es firmada el Acta de Independencia. Miranda acude a la firma, otra vez engalanado con el vistoso y arrogante uniforme de general francés. Se siente ufano y posiblemente hasta feliz. Ese rito solemne sin duda le debe a él muchos esfuerzos, persistencia, desvelos, sacrificios. Le debe vida y aliento. Es parte de su obra, parte de un sueño conquistado.

Aún no se ha hecho pública el Acta de Independencia, cuando estalla la rebelión contra ella en la ciudad de Valencia, que es la segunda ciudad en importancia en Venezuela, después de Caracas. La rebelión les notifica a todos que no van a poder borrar de un solo plumazo la presencia de España. Es la primera y más grande amenaza contra la todavía frágil Independencia. Los rebeldes son españoles y son criollos, son vizcaínos y son canarios, son negros y son indios, son pobres y son ricos, son libres y son esclavos. La rebelión convoca y moviliza lo heterogéneo del país; país real y actuante; país que aún cree en España y en sus más preciados símbolos y valores; país que resistirá a sangre y fuego la amenaza de esa república que juzgan afrancesada e inventada a imagen y semejanza de la arrogancia y la codicia de la casta de los mantuanos.

Cunde la angustia, más que el propio pánico, entre los mantuanos y los independentistas de Caracas. Se apresuran a nombrar al marqués del Toro para que al frente del ejército aplaste la rebelión. El marqués solo logra pequeños triunfos, pero acaba retirándose sin obtener victoria sonora o decisiva. Es entonces cuando los mantuanos, botando por la borda sus prejuicios y sus resentimientos, vuelven a pensar en el viejo general Miranda. Es cuando recuerdan que ha sido general activo, y con algún éxito, comandando los ejércitos en Francia. Él es el hombre de las coyunturas, más que de las dificultades, pues este título le estará reservado a Bolívar.

Miranda sale de Caracas el 19 de julio, al frente de un ejército de 4.000 hombres, que nada tiene de francés ni de austriaco; ejército tropical y criollo, incipiente, indisciplinado; ejército cuyos componentes e idiosincrasia poco entiende Miranda. Miranda no incluye a Bolívar. Lo considera "joven peligroso". ¿Será que así paga el diablo a quien bien lo sirve? A Bolívar le duele en el alma esa determinación excluyente. Siente flagelado su ego, que es bastante grande y explosivo. Siente ultrajada su vanidad, que es tan grande como el ego donde la tiene depositada. Pero Bolívar quiere ir a la guerra y, a pesar de que la distancia entre los dos es cada vez más grande, recurre a las relaciones de parentesco; para algo es mantuano sobresaliente. Se hace nombrar edecán de su familiar, el marqués del Toro; así se incorpora y se involucra en la lucha. Se murmura que Miranda no lo quiere en sus tropas, puesto que Bolívar, en su radicalismo temerario y juvenil, proclama amenaza y severidad total contra los españoles. Los quiere lejos o muertos. Miranda parece que piensa distinto.

El general triunfa después de un sitio doloroso y costoso sobre la ciudad de Valencia. Más de ochocientos catorce muertos y más de mil quinientos heridos graves. En el parte de guerra, sin embargo elogia el comportamiento valeroso e intrépido de Bolívar. Pero ya la herida y la distancia entre ellos no se cierran. Siguen creciendo.

El triunfo de Miranda no liquida las antipatías que empiezan a surgir en la tropa contra él, que es el jefe; jefe severo, duro, a veces cruel; jefe impositivo, despótico, que obliga a disciplinas europeas que nadie quiere aceptar, porque a lo mejor ni siquiera las entienden. Sin embargo, la victoria restaura algo de su prestigio, ese prestigio socavado por muchos de sus detractores y por muchas de sus equivocaciones. Pero aun así, continúa cosechando enemigos. Ahora se lo acusa de crueldad, de uso innecesario de la fuerza, de derramador de sangre hermana de manera exagerada. Se lo acusa de complacencias con el deseo de ejercer poder tiránico.

Pero la guerra ha comenzado y seguirá su curso, curso sangriento, carnívoro y despiadado. Entre hermanos, la guerra y el odio provocan que la liturgia de la crueldad despliegue mayores refinamientos.

Las provincias de Coro y Maracaibo no se intimidan ni se amedrentan por la derrota en Valencia. Con terquedad y valor muy españoles, se preparan para la rebelión y para el combate. En aquellas horas, para estupor y confusión de Miranda, llega desde Puerto Rico el brigadier don Juan Manuel de Cagigal, el viejo y amado amigo de Miranda, el confidente y el cómplice de la agitada vida aventurera y pretérita. ¿Le tocará, por obra de un destino cruel, enfrentarlo en el campo de batalla? Se le hiela la sangre, se le confunde y se le agita el corazón; otra vez la realidad de la sinrazón que a su razón enloquece.

Miranda propone al Congreso invadir la ciudad rebelde de Coro. El Ejecutivo acepta, pero los enemigos del general en el Congreso se oponen a dicha iniciativa; ya lo vislumbran convertido en dictador y se atemorizan. Ahora en el Congreso circulan acusaciones diversas contra él. Tiene que presentarse para su defensa.

La guerra no se ha detenido. Se combate con ferocidad en diversos puntos del territorio. Los realistas alcanzan algunos triunfos y continúan acrecentando sus ejércitos. A estas horas, ya ha desembarcado en Venezuela don Domingo Monteverde, el verdugo triunfante que someterá y descuartizará la incipiente república. Con él comienza la sangrienta y prolongada agonía de aquella república aérea. Con él se empieza a escribir el trágico y terrible capítulo final del "libro americano" que pretendió soñar el generalísimo don Francisco de Miranda Rodríguez.

La fatalidad parece en aquellas horas haber iniciado su marcha triunfal pero sombría sobre la maltrecha y desventurada república que soñaron los mantuanos, pero que no habían propiciado todos los venezolanos. Ya en muchos sitios del territorio se han desplegado las banderas y los pendones, que son como los heraldos negros que envía la muerte, abrazada al furor de la guerra. Un lugar llamado Siquisiqué parece ser el punto de partida de un ciclo de horror, que iniciará con sangre y fuego y atormentado sufrimiento la caída de esos sueños mal soñados que caracteriza la primera república. Desde allí, don Joseph Ceballos despacha una fuerza de doscientos sesenta y cinco hombres, al mando del capitán de fragata don Domingo Monteverde, que se encargará de dar comienzo a esa marcha triunfal e infernal donde sucumbirán todas las inciertas ilusiones y todas las frágiles quimeras sobre las cuales se edificó la vacilante república, que apresurada y equivocadamente ha inventado la arrogancia discriminante de los mantuanos.

Entre aquellos hombres se cuentan los ciento veinte marineros que vinieron con Monteverde desde Puerto Rico. Aquella reducida tropa entra a Siquisiqué el 17 de marzo y es recibida con júbilo delirante y con el tañido alborozado de campanas por gentes fanatizadas que gritan, con fervor y sin ningún rubor, vivas a ese rey sonámbulo e indecoroso llamado Fernando VII. Allí, ese personaje insólito y desconcertante que es Domingo Monteverde, comprende que a él corresponderá acaudillar una epopeya de honor y de horror que volverá a poner todas las cosas en su sitio, para que ni la codicia ni la altanería de unos pocos hombres envanecidos e ilusos, que no representan sino un pequeño sector de aquella sociedad, sepan y entiendan que construir una nación y socavar la majestuosa vigencia de un imperio no puede reducirse a un divertimento de señoritos perfumados, que imaginan que el poder político les corresponde solo como nuevo ornamento para sus muchos privilegios.

¿Quién es ese tal Monteverde? Un auténtico español, hijo y heredero de la cantera popular de esa España legendaria y guerrera que ha convertido la arrogancia y el valor en un rasgo prevalente de su personalidad histórica. Ha nacido en Tenerife. Se aproxima a los cuarenta años. En el pasado ha combatido contra los ingleses, y el coraje ha condecorado y embriagado su sangre. Es insolente y es arrogante. Carece y no cree mucho en aquellos artificiales títulos que falsifican el valor y la dignidad de los hombres. Por la sangre solo ha heredado la furia y la altivez. No requiere ser conde ni marqués para conquistar su valor o su prestigio. Le basta el orgullo, su terca e indomable decisión de auténtico guerrero de su España amada. Si algo hay en su herencia es la audacia y la soberbia de esos antiguos conquistadores que se enamoraron del riesgo y de la audacia, aquella que construye o destruye los mundos. Por azares de su oficio terminó en Puerto Rico, al mando dc una corbeta, y de allí salió hacia la ciudad de Coro, resuelto a luchar, pues cree en Dios y cree en su rey y tiene una fe mucho más profunda que lo hace creer en España, y que su España está por encima del rey y de su Dios. Para él, España es una pasión violenta que le exalta su sangre y le dignifica su fe.

Un hombre así suele ser peligroso. Es un fanático, y estos no conocen límite ni obstáculo para convertir lo que creen y lo que profesan en algo perdurable; solo los detiene la muerte. Dignifican su vida entregándola a la muerte, si esta garantiza que perdure aquello en lo que han creído. No conoce ni la sumisión ni la disciplina. Tiene osadía y arrojo para ser jefe y no solo soldado. Hará lo que le dé su real gana cuando la voluntad de hacerlo lo convenza de que aquello es lo verdadero y lo necesario.

Y así se lanza a la guerra y al combate, y empieza triunfando. Pisando duro y fuerte sobre aquellas tierras venezolanas, convencido de que esa patria donde ahora combatirá con denuedo es parte de esa España suya, que es única e indivisible. Rcconquistar esa patria que se puede perder es una manera de amar y de ofrendar a su Dios, que es también España, pues él íntimamente acepta que Dios ha preñado a España por los siglos de los siglos. Su guerra también la asume como un imperativo religioso. Lo grande y lo pequeño se agitan y se expresan en su corazón de español intransigente. A medida que avanza en la guerra y consigue victorias, se envanece. Sabe que la guerra es licencia, orgía, desenfreno, ruptura del orden sacrosanto, momento transitorio donde el caos —como en la fiesta— impone su poder enloquecido. Permite el saqueo, estimula a sus tropas con la promesa desquiciante de satisfacer los instintos depredadores y carnívoros que por lo general existen en casi todos los hombres. Habla de conquista y la conquista lo embriaga, sabe que ella potencializa el instinto, y sabe que la guerra a veces solo es eso: la razón del instinto. Arrasa y somete pueblos y ciudades. Barquisimeto, Trujillo, Tocuyo. Es como una tormenta incontenible. Marea arrasadora.

21

No transcurre mucho tiempo desde que ha comenzado su afortunada aventura de guerrero, cuando un día —un día en que Dios tal vez no estaba enfermo, sino al parecer contento y muy alegre— ese Dios hace oír su trepidante voz a través de un colosal terremoto que quiere arrasar todo lo viviente. Es el 26 de marzo. Terrible y estremecedora coincidencia, es Jueves Santo. La tierra brama y se sacude. El estupor invade las almas. Miedo abisal, miedo bíblico y metafísico precipita al ignorante y supersticioso pueblo en el terror de lo desconocido. Es el absoluto desconcierto. Caen, se derrumban las ciudades. La muerte se hace multitudinaria. Sinfonía de lamentos. Los quejidos forman como un coro de ángeles negros y sombríos que acompañan la abominable presencia del infierno. Los clérigos, como criaturas que emergen de la oscuridad, salen de las ruinas y proclaman, con terrorífica voz de profetas del terror y del desastre, que el terremoto es la venganza de Dios, el castigo divino que quiere acallar y torturar a todos aquellos que han osado cuestionar la divinidad del poder.

Las gentes aterrorizadas de aquel pueblo estremecido aceptan y creen lo que dicen en aquel instante esas voces. La superstición suele ser certidumbre cuando la angustia aplasta la conciencia. La clerecía convierte la desgracia y la tragedia en contundente fuerza política, que en ese trágico momento redefine la situación de la república. Todo tiene algo que en apariencia parece contundente. Dios se ha ensañado contra aquellas ciudades y contra aquellos hombres que han sido seducidos por el "contagio francés". La república es atea, impía, hereje; es blasfemia y ofensa —lo proclaman los clérigos— contra el Dios verdadero y contra el rey legítimo. Y Dios, que todo lo sabe y todo lo puede, ha sabido escoger el gran día de la venganza: Jueves Santo. Exactamente hace dos años había sido depuesto el Capitán General e instaurada la Junta. Hace exactamente dos años se había inaugurado ese ciclo de blasfemia y de herejía llamado república. Por eso Dios se ha convertido en la guillotina de esa república. Dios, cabalgando sobre su terremoto, cercenará ante el estupor del pueblo la cabeza altanera de esa revolución que quiere engendrar una república, impía y hereje, que se viste con encajes franceses. Y si el terremoto es la legión divina, para mayor desgracia, Monteverde es la legión humana. Fusionados en una sola fuerza, lo divino y lo humano seguirán avanzando para conducir con gloria oscura la consumación de aquella revolución incierta. Nada ni nadie podrán en ese momento impedir la disolución de lo poco que han construido en su afán de independencia.

Después del terremoto viene el oscuro y doloroso silencio del pánico. El balance del terror: Barquisimeto destruida; Caracas con casi diez mil muertos; San Felipe arrasado de manera absoluta; La Guaira también casi arrasada. El obispo de Mérida se cuenta entre los muertos. Nadie, ni el más racionalista ni el más ecléctico, podrían haber puesto en duda que Dios ha tomado venganza contra los revoltosos. La superstición tiene poderes inmensos y argumentos de convicción muy profundos en las mentes que padecen el terror. Ingenuo y contraproducente resulta que se quiera explicar en esos instantes que el terremoto es un simple fenómeno natural, igual que la lluvia o el granizo. Y así se pretendió hacer, así quiso forzar el Gobierno a que algunos curas explicasen al pueblo lo ocurrido. Y ese pueblo, sumido en la angustia y el dolor, piensa que eso es agregar blasfemia a la blasfemia. El pánico ha sepultado la revolución. Y ese pueblo definitivamente acepta que Dios se involucra en la política.

Bolívar, que en ese momento parece que gritó que se lucharía también contra la naturaleza hasta vencerla, se nos antoja más un delirante atemorizado que un hombre que esté comprendiendo cómo funcionan los mecanismos psíquicos y colectivos de un pueblo desvertebrado por lo incomprensible. Por eso, a partir de ese instante, el pueblo reniega de esa revolución y solo quiere volver sus ojos desorbitados hacia el refugio que depara la religión y a pedir la bondad de ese rey lejano y estúpido, que a lo mejor al conocer los hechos debe reír a carcajadas con la risa abominable del cretino.

Entretanto, el factor social y humano, que entiende mejor en ese momento el alma y la angustia del pueblo —es decir, quienes se oponen a la revolución— se apuntala y se fortalece con los significados y la interpretación de la tragedia, y sigue avanzando incontenible. Al terremoto lo sucede la tormenta arrasadora que encarna y simboliza Monteverde, que ya no obedece más autoridad que la suya. Con muy pocos hombres se toma Barquisimeto, entre las aclamaciones de su gente, y enseguida se dispone a avanzar hacia Valencia.

El Gobierno, aterrorizado y en un acto que juzga de lucidez, pero que solo es dictado por el miedo y la impotencia, solo atina a imaginar que la salvación está en apelar a la dictadura. Se la ofrecen en primera instancia al doblemente fracasado marqués del Toro. Este, por terror o por cálculo político, no acepta. Entonces hay que buscar a alguien que tenga capacidad militar, que sea capaz de ejercer la mano dura, que no tenga escrúpulos para ajusticiar a traidores y desertores. Y piensan que ese hombre es Miranda: el general envejecido y pesimista, el que menos conocimiento y contacto tiene con ese pueblo, al que ha llegado tan recientemente. El 23 de abril es nombrado generalísimo y se le conceden facultades extraordinarias para que, en calidad de dictador, disponga y ejecute lo que sea necesario para lograr salvar lo que ya no puede salvarse: la república. Extraño el destino de Miranda. Lo que más ha deseado, el poder y el prestigio, le está llegando tarde, como si su sueño se hubiese convertido en aborrecible pesadilla.

Los primeros días de mayo, al frente casi de 4.000 hombres, el general Miranda sale al encuentro de Monteverde, que ya está aproximándose a Valencia. Antes de partir, escribe y hace circular una proclama, donde incita e invita a los venezolanos a que se acojan al paternal amparo del Gobierno de la república, y donde invoca el nombre de Dios, como si no hubiese comprendido que Dios ya había tomado partido.

Envía un destacamento de vanguardia con dirección a Valencia, que solo puede reportarle la escalofriante noticia de que, el 3 de mayo, la ciudad ha sido tomada y ocupada por Monteverde. ¿Pero por qué Monteverde avanza y consigue ese éxito arrollador? Por supuesto que no solamente lo está favoreciendo la perversión o la iluminación divina. Son los concretos y reconocibles hechos sociales y políticos los que están alimentando sus victorias militares. ¿Pues hasta entonces qué había hecho la supuesta y perfumada revolución de los señoritos? Desbaratar un orden, sin duda sólido y antiguo. Y sabido es que quien destruye un orden viejo sin construir un orden nuevo, en última instancia solo provoca un magno e intimidante desorden. La revolución había solo proclamado de manera abstracta y enmarañada una libertad gaseosa, que no se traducía en nada concreto para mejorar o dignificar la vida real y también concreta de aquellos hombres que conforman lo que se designa como el pueblo. Por el contrario, había deteriorado profundamente los elementos de su existencia social.

La vida se había encarecido. Los precios habían subido escandalosamente. La agricultura estaba arrasada, la carestía estaba al orden del día. La moneda se había depreciado. Pero habían aumentado los cargos, las distinciones y los ostentosos privilegios para los nuevos señores del poder, que eran muy pocos. El papel moneda había reemplazado al metálico y la gente despreciaba y no tenía fe alguna en aquellos deleznables papeles, que eran papel, billete, signos y símbolos abstractos, como la propia Constitución. Lo real se había vuelto abstracto y lo abstracto se había convertido en ficción e irrisión engañadora. La alquimia política, en vez de producir oro, estaba produciendo lodo. Nadie quiere recibir esos billetes, ni el pulpero, ni el sastre, ni el zapatero. Se desorganizó la vida. La gente no puede hacer el tránsito de la ficción a lo real, sino a riesgo de hundirse en la confusión mientras atraviesa ese amargo y doloroso trayecto. Por otra parte, los oligarcas exportan el oro porque ellos, con mayores razones, no creen en los papeles. Si a esto se le agrega el graznido intimidante de Dios, ¿cómo podría sobrevivir aquella república, engendrada y puesta en vigencia al conjuro de un sueño mal soñado? En esas circunstancias, la dictadura solo podía ser el prólogo patético a un formidable e inexorable fracaso.

Miranda, a quien en un momento se lo ha considerado como el posible héroe que acaudillará una redención imposible, queda condenado —tanto por sus propias características personales como por el aplastante peso de todas aquellas realidades históricas— a convertirse en un títere inerte y errático de aquellos acontecimientos históricos, que no entendía y que no podía haber manejado. Todo conspiró para que él mismo se convirtiese en trágico escultor de su desgracia y de su fracaso.

Y Monteverde sigue avanzando, y su ejército se sigue acrecentando. Y la deserción dentro de las tropas del ejército patriota no se puede considerar alegremente como una traición. Era una opción política para los hombres de ese pueblo, que más bien eran ellos los que se sentían traicionados por los ilusos y altaneros mantuanos.

El 25 de abril, la caballería de Monteverde había ocupado San Carlos, la antesala para penetrar a Valencia. En ese momento lo que se llamó traición y deserción era ya un hecho generalizado. Y en ese instante, el general Miranda debió comprender y aceptar que todo estaba irremediablemente perdido y que él era el más extraviado en ese mar de terribles confusiones. Debió también imaginar que salvarse a sí mismo era la única opción para su ego y su vanidad irredimible. Es el instante en que menos cree en su pueblo y en las tropas que conforman su ejército. Es cuando desprecia a los oficiales criollos y los sustituye por oficiales extranjeros. Es el momento extemporáneo y tardío en que ajusta e impone la disciplina militar europea, para convertir en ejército "prusiano", en legiones triunfales a esa multitud de gente "patarrajada". Es justamente el momento en que se le ocurre resistir antes que combatir.

Es el momento donde, con languidez y laxitud, se acoge a la tregua. El momento de la conferencia política en la hacienda de Tapatapa. Es el momento en que se entrega en cuerpo y alma a los deleites que le facilita y le prodiga el pérfido —y también sibarita— marqués de Casa de León. En casa de aquel cortesano, cínico y adulador, el general Miranda se reconcilia con el esplendor perdido de su pretérita vida de seductor y de frívolo y envanecido cortesano. Se divierte. Seguramente aún tiene arrestos y lujurias seniles para gozar del placer. "Chapea" con mulatas ardientes que le resucitan su ardor.

A los halagos del marqués debe retribuciones. Le deja que maneje las finanzas que quedan de la miseria republicana. Por eso, el marqués de Casa de León dirigirá, con mano poco diestra pero ávida, las rentas públicas. De nada le sirven los consejos y las prevenciones que le envían personajes como Madariaga y el licenciado Sanz. Ya todo está perdido, hasta el honor.

22

Y mientras el errático Miranda se debate entre placeres fugaces y angustias prolongadas, sus enemigos y malquerientes en Caracas no dejan de trabajar y de intrigar en su contra. Su dictadura no estaba vista con buenos ojos por muchos de la pretendida aristocracia mantuana. Su táctica, sus gestos, sus procederes, se juzgan, cuando no con maledicencia, con crueldad y con burla. El general ha hecho algunos nombramientos que paradójicamente ayudarán a profundizar su fracaso y de pronto ayudarán hasta a cavar su propia tumba; entre ellos, el de Bolívar como comandante militar de la plaza de Puerto Cabello, la plaza más vital y estratégica que podría haber salvado la república. Allí están las armas y las municiones, lo mejor de los recursos bélicos y la posibilidad de controlar el mar; allí está el posible refugio donde se podía haber resistido el más grande y arrollador empuje de aquel enemigo envanecido.

Van y vienen los flujos de información entre Caracas y el cuartel del general. Por momentos, algunos de sus oficiales extranjeros, en especial el ávido y valiente irlandés Mac Gregor, obtienen pequeñas victorias, que reverdecen el exaltante optimismo. Pero son más abundantes y significativas las derrotas. La ciudad de Calabozo cae en poder del enemigo. Este triunfo posibilita que, siguiendo hacia el este y luego hacia el norte, la ciudad de Caracas surja como una presa fácil. Y en Caracas lo saben, y el terror y el desconcierto de la ciudad se dilatan. Las provincias de Barinas, Mérida y Trujillo también se rebelan contra la república y pasan al poder de los realistas. Miranda solo se limita a redactar más proclamas, que caen en el vacío. "Dejad vuestros hogares, si queréis conservarlos para vuestros hijos". Es la voz de la desesperación y el anuncio de la derrota. Aquella voz, en vez de inflamar, deprime.

Los diputados y los leguleyos en vez de actuar, murmuran, calumnian, critican, juzgan, condenan. La ciudad de Caracas observa atónita cómo cada vez más sus muros se llenan de papeles y consignas donde se escriben vivas a Fernando VII. Miranda se les convierte ahora en el chivo expiatorio. De posible redentor, ha pasado a convertirse y a considerarse como el gran hacedor de todas sus desgracias. "Esta gente es mala, malísima", le escribe uno de sus pocos amigos. Algunos, muy pocos, continúan creyendo que son los curas con sus prédicas supersticiosas los culpables de las tragedias que están arrasando la república. Y hasta hay uno que otro radical que temerariamente aconseja echarlos o fusilarlos.

Y Monteverde sigue avanzando y sigue atacando. Miranda sigue resistiendo y sigue defendiéndose. Monteverde decide rodear el lago de Valencia. Miranda reclama, exige, demanda que desde Caracas le envíen al menos 2.000 hombres o de lo contrario todo se pierde. Pero en Caracas no se conseguirán 2.000 hombres a quienes se les ocurra el sacrificio de ofrecer su vida por la dicha república. Entonces, el aturdido y acosado general Miranda se ve forzado a retroceder a La Victoria. Antes de retirarse, ordena que se quemen los depósitos de víveres y de municiones. En Caracas se escandalizan con esta incomprensible táctica que pone en ejecución el que ha sido general y conductor de grandes ejércitos en la opulenta Europa.

La petición de declarar la ley marcial, exigida días atrás por Miranda, por fin se aprueba tras muchas discusiones y muchas vacilaciones. Valiéndose de ella, se logra en Caracas formar algunos batallones. Pero son batallones de gentes que nunca han visto y menos manejado las armas. ¿Será eso lo que se llama la carne de cañón?

Monteverde, por su parte, piensa que el traslado de Miranda a La Victoria es simple y llanamente una vergonzosa y cobarde retirada. Recrudecen sus ataques. Sin embargo, Mac Gregor lo detiene, casi le inflige una importante derrota, pero no aprovecha ni la desbandada ni la huida de los realistas para consolidar y sacar provecho del triunfo. Por un momento vuelven a reverdecer los pequeños optimismos. Miranda persiste en su petición de que se le envíen más hombres. De eso se encargará José Félix Ribas, usando el látigo, la amenaza y el terror; imponiendo también una pequeña y brutal dictadura entre la gente que no apoya le república en la ciudad de Caracas. Desea fusilar canarios y españoles. Quiere liquidar eso que él llama la canalla. "¿Cómo salir de esa canalla, mi general?", así le escribe a su jefe.

Así están las cosas cuando otra formidable calamidad se cierne sobre los horizontes ultrajados, vencidos y humillados de la efímera y tambaleante república. En Curiepe y otras regiones de la costa se sublevan en masa los esclavos. Saquean, roban, incendian, violan, asesinan. En Caracas creen que se está consumando el más apocalíptico de los eventos históricos. Definitivamente aceptan que Dios los odia y que por ese odio está convirtiendo su venganza en un espectáculo que, salvo en Haití, nunca ha presenciado la historia.

Y para que la calamidad alcance casi el estado del éxtasis, los ataques de Monteverde se reactivan. Ahora su ejército se ha fortalecido, se le han sumado las tropas que comanda el despiadado Eusebio Antoñanzas. Combaten cerca de La Victoria. Se da un duro y largo combate, donde hasta el propio Miranda, a la cabeza de unos lanceros y espada en mano, interviene con valor y riesgo en la batalla. El resultado favorece a los patriotas, pero Miranda parece no saber aprovechar los resultados del triunfo. No permite que sus jefes persigan y aniquilen al enemigo en fuga. Aumentan las críticas y el descontento contra el general. Y hasta se prepara una conspiración que al final no fructifica. Se quiere castigar la inacción de Miranda, que tampoco dispone la movilización de sus tropas para la defensa de Caracas frente a la aterradora insubordinación de los esclavos.

Entretanto, Puerto Cabello ha caído, consumando la fatal herida en el corazón de Venezuela. La pérdida de aquella vital y estratégica plaza en manos de Bolívar es el evento que liquida toda esperanza de salvación para la república. . . y también para Miranda. Bolívar ha fracasado sin atenuantes. La traición, la impericia, la deserción y todos los otros elementos del desastre convergen para que ese fracaso se convierta en el prólogo definitivo del total colapso. Bolívar logra salvarse. Pero psicológica y emocionalmente es un hombre destruido. Se descompone moral y psíquicamente. Su espíritu bordea los límites de la demencia. En esa mente descompuesta, todo puede ser posible para escapar de la disolución psíquica y moral en que se encuentra; en esa mente pueden anidar desde el crimen hasta el suicidio. El mismo Bolívar describe su angustiosa e insostenible situación: "Después de trece noches de insomnio y de cuidados gravísimos, me hallo en una especie de enajenamiento mortal. . . Yo hice mi deber, mi general. Nada me quedó por hacer".

El 12 de julio vuelve a escribirle:

Después de haber agotado todas mis fuerzas físicas y morales, ¿con qué valor me atreveré a tomar la pluma para escribir a usted, habiéndose perdido en mis manos la plaza de Puerto Cabello? Mi corazón se halla destrozado con este golpe. . . Mi espíritu se halla de tal modo abatido que no me siento con ánimo para mandar un solo soldado; mi presunción me hacía creer que mi deseo de acertar y mi ardiente celo por la patria suplirían en mí todos los talentos de que carezco para mandar. . . Ruego que me dé unos días para tranquilizarme y recobrar la serenidad que he perdido al perder Puerto Cabello. . . La patria se ha perdido en mis manos.

El 14 de julio vuelve a tomar la temblorosa pluma para seguir escribiendo: "Mi cabeza, mi corazón no están para nada. . . ¿Cómo no he de estar alocado, mi general? ¡De gracia no me obligue usted a verle la cara! Yo no soy culpable, pero soy desgraciado y basta".

Pero Bolívar no recobrará la serenidad y tendrá la oscura y dolorosa "gracia" de volver a ver la cara de su general —a través de la luz siniestra de una linterna— en el turbio amanecer en que consuma su traición y arresta a Miranda para entregárselo a Monteverde, y también para entregárselo a los ritos de su muerte, obteniendo así un pasaporte que le salvará su vida, pero que jamás podrá tranquilizarle ni limpiarle esa indiscutible infamia en los espacios de su conciencia atormentada.

Cuando Miranda recibe la terrible noticia acerca de la caída de Puerto Cabello, se encuentra en un banquete, reunido con sus oficiales. Celebran el aniversario de la Declaración de Independencia. Un escalofrío recorre y descompone su alma. La palidez se apodera de su rostro. Exclama en francés: "Tenez, Venezuela est blessée au coeur". Pero tal vez, como si se tratase de un texto evangélico, lo que está diciendo para consagrar la tragedia y el profundo drama, no es que Venezuela está herida en el corazón; lo que quiso decir es que todo estaba consumado.

Es innecesario y doloroso recordar y volver a narrar todas las secuencias de horror y de infamia que se escenifican a partir de ese momento. Son un capítulo de vergüenza y confusión que materializa, con sílabas de sangre e ignominia, uno de los más oscuros capítulos que en Hispanoamérica se han escrito para deshonrar la propia historia universal de la infamia.

Miranda, justificada o injustificadamente, se decide a promover la capitulación. ¿Podría haber hecho otra cosa? ¿Sacrificar otros miles y miles de hombres por una causa perdida y en la que ya casi nadie cree? ¿Cobardía o realismo trágico? Sabido es que el fracaso nunca tiene dueño. ¿Condenamos a Miranda para salvar a Bolívar? ¿Engrandecemos a Bolívar para empequeñecer a Miranda? ¿Se puede ser juez en un mundo donde por lo general no hay inocentes? ¿No será que los dioses tejen tragedias para que los hombres tengan algo que narrar?

Lo cierto es que Miranda se reúne con los hombres más representativos que aún quedan entre aquellas ruinas sucias y ensangrentadas de lo que fue la república, y propone el armisticio. Todos lo aceptan, no fue solamente él quien lo firmase. Hubo un consenso trágico. Se levanta un acta. Confían los firmantes que, mediante un acuerdo con Monteverde, se podrán "asegurar las personas y propiedades" que aún no han caído en manos del enemigo.

Miranda escribe a Monteverde y le expresa que solo anhela "evitar la efusión de sangre y otras calamidades consiguientes a una guerra obstinada y sangrienta". Monteverde, dueño y señor de todo el poder militar, impone y redefine a su antojo las condiciones del tratado. Van y vienen los comisionados. Faena inútil, vana tentativa, intercambio anodino y hasta ridículo de artículos e incisos, pues ya todo está consumado, pues ya todo está decidido.

Mientras se continúa discutiendo, el 18 de julio Miranda retorna a Caracas. Allí, entre otras cosas, se entera de que Cartagena, en la Nueva Granada, también ha caído en manos de los realistas. Desde Caracas,

Miranda clama por un plazo para la entrega de los cuarteles. No se le concede. Entonces se apresura a salvar sus papeles y también a asegurar y a salvar sus caudales. Envía su aparatoso archivo a La Guaira, ese archivo que es tan esencial a su vida y a sus afectos. En Caracas estallan y circulan las murmuraciones, las más terribles y comprometedoras murmuraciones contra el general que ya está huyendo. No solo se está llevando —lo dice todo el mundo— sus papeles, sino el dinero de la república. Se dice además que ha recibido mil onzas de oro del enemigo por la firma del armisticio. Que eso lo ha arreglado con su amigo Casa de León, que ya se ha pasado a las filas de los realistas. Se dice que entre su equipaje van los dineros fiscales de la nación, que están aún bajo las órdenes de Miranda. Se dice —se puede comprobar— que ha dispuesto el envío de veintidós mil pesos del erario público hacia Curazao, a nombre del señor Robertson y de su firma comercial. Eso es cierto. En 1814, el propio general Miranda escribirá:

Todos mis papeles, que en gran parte son también del Gobierno inglés, por mis correspondencias, están seguros en Curazao, en la casa inglesa de los señores Robertson, Bell y Compañía. Así como mis libros y equipaje, y veintidós mil piastras de plata y mil doscientas en oro; lo que suplico a usted recoger como se pueda.

¿Se trata de la fuga estratégica de un general vencido? ¿Es la huida triste y vergonzosa de un hombre desesperanzado, que ha amado siempre el dinero, asegurando su incierto porvenir? Suficientes elementos en la vida aventurera y extraordinaria de Miranda existen para que cada cual pueda valorar tan equívocos hechos.

23

Horas oscuras y terribles, donde parecen darse cita muchos de los elementos de la ignominia, son las que preceden al momento en el cual el vencido y desconcertado generalísimo Francisco de Miranda será hecho prisionero, cargado de cadenas y entregado a Monteverde, para que inmediatamente este lo convierta en carne de presidio; presidio del que ya nadie lo arrancará nunca, pues terminará muriendo en Cádiz, en la prisión de La Carraca, en un turbio amanecer, el 14 de julio del año de 1816, concluyendo así su azarosa vida, que fue extraordinaria y donde se regodearon como en un festín enloquecido los más inverosímiles eventos de la aventura humana.

El 30 de julio de 1812, cuando apenas se iniciaba la incertidumbre del anochecer, Miranda había llegado al puerto de La Guaira en compañía de su edecán y amigo, Carlos Sublette. También con ellos vinieron otros militares, empujados por el terror y abrazados únicamente al deseo de huir de aquella patria que había sido arrasada por las triunfantes armas españolas y convertida en tierra de traición, de sangre y sufrimiento.

Los preciosos y amados papeles del general Miranda, así como parte de sus apreciados caudales, ya habían sido puestos a salvo en el navío inglés llamado Sapphire, que está bajo las órdenes del capitán James. El oficial francés Leleux, de quien persistentemente se ha dicho es hijo natural del propio general Miranda, fue el encargado de enviar esos papeles y esas pertenencias al barco. Él no ignora que esos papeles son como el alma de aquel general desgraciado y errático que puede ser su mismo padre.

Entre los hombres que ahora están reunidos en La Guaira cunde el desaliento. Son los hijos de la derrota. De sus rostros ha sido borrada toda esperanza. Las circunstancias los han convertido en transeúntes que se disponen a penetrar en los abismos del infierno. Todos están odiando y criticando al general. Todos están sintiendo desprecio por ese hombre que antes veían como al jefe que pudo salvarlos y que igualmente había podido salvar la patria, derrotada y martirizada. Todos murmuran y propalan envenenadas suposiciones sobre aquel antes arrogante personaje, que ahora solo juzgan como a un cobarde que quiere huir para salvar su pellejo y proteger sus haberes.

Entre aquellos diez hombres reunidos, y atravesados y enardecidos por el rencor, se encuentra también el derrotado coronel Bolívar. Ya no ama ni admira al viejo general, solo quiere matarlo. Bolívar, y todos los que antes han sido sus amigos y obsecuentes admiradores, son los que en ese instante quieren sacrificarlo. Ya no lo miran como al pretérito y arrogante general que en Francia comandaba ejércitos que ganaban batallas. Ahora sólo lo ven y lo juzgan como a un cobarde, como a un desertor y un fugitivo; como a un ladrón que huye avergonzado ocultando su botín. Solo quieren la venganza, aunque también quieren huir y también quieren salvarse. El momento es propicio para que Miranda sea considerado bajo la luz más siniestra. De todo se lo acusa: de haberse vendido al enemigo; de haber ordenado el cierre del puerto, para que solamente su barco y él lograran coronar con éxito su vergonzosa fuga. Terribles son las murmuraciones, como terribles son las maldiciones que se pronuncian en ese momento. Solo quieren la venganza. Excitados por el poder desquiciante y trastocador de aquellos amargos sucesos, quieren encontrar un culpable, y con la muerte o la sangre de ese culpable saciar ese odio que les ensucia y les confunde el alma.

Bolívar, convertido en un energúmeno incontrolado, proclama y exige que se lo fusile de inmediato. Él tiene motivos más profundos que los otros para propiciar dicho crimen. Pero el grupo decide que es mejor opción, y mejor garantía para ellos, reducirlo a prisión y entregarlo al enemigo. Ven en eso más crueldad y más refinada venganza. Y eso es lo que acuerdan.

Miranda, como para que se cumpla su trágico e inexorable destino, hubiera podido embarcarse y huir esa misma noche, como insistentemente se lo ha propuesto el capitán del barco. Pero prefiere quedarse en tierra y solo se embarcará al amanecer. ¿Por qué esa decisión? Nadie nunca podrá saberlo.

Al amanecer llegan los conjurados. Miranda, que ha pretendido dormir semivestido, escucha los pasos, el alboroto, los murmullos. Aún no se imagina lo que se trama y no sabe cómo interpretar lo que está aconteciendo. Solo lo irrita aquello de que aún es demasiado temprano para que le interrumpan el sueño. Pero no era muy temprano. Al contrario, ya era demasiado tarde para estar en un sueño; demasiado tarde para todo, pues estaba comenzando su final.

Es el propio Bolívar quien le notifica que debe considerarse como prisionero. En ese instante casi no hay luz en las habitaciones. Se atropellan las sombras. Solo una penumbra triste está invadiendo los objetos y transfigurando los rostros. El general Miranda le arranca de las manos temblorosas la linterna que sostiene Sublette. Y con esa luz vacilante, esa luz harapienta, mira el rostro pálido y excitado de los que han venido por él para traicionarlo. Parece sereno. En la memoria atormentada de sus pupilas se perpetuarán para siempre aquellos rostros de quienes lo odian y lo traicionan. A todos ellos los recordará siempre bajo esa luz siniestra. Una vez que los ha mirado y reconocido, ahora es él quien ejerce y asume el desprecio. Desprecia a esa pobre y angustiada gente que solo sabe hacer bochinche... bochinche, e intimidar con prisión a un hombre cansado que solo quiere dormir un poco más.

Ya prisionero y encadenado, sangrándole la carne —a del cuerpo y la del alma—, el siempre arrogante generalísimo Miranda comenzará a recorrer muchos presidios. Vivirá un largo tiempo de oprobio y sufrimiento. A veces recordará su pretérito. Con memoria torturada y minuciosa evocará los momentos de perdido esplendor que acariciaron su vida. A veces tendrá la tentación de imaginar que toda esa vida suya ha sido como una ficción enloquecida. Un especie de libro o texto incomprensible que algún escritor —de otro tiempo que no es el tiempo suyo— escribirá para narrarle a todos que la vida del general venezolano Sebastián Francisco de Miranda Rodríguez nunca fue ninguna ficción sino una fabulosa y desconcertante aventura que se seguirá escribiendo en las páginas inciertas de ese libro amargo e inquietante que suele ser la historia. Ese libro que encierra y desordena las grandezas y las miserias de aquellas criaturas condenadas a cargar y a confundirse con el peso de sus huesos y la desmesura de sus sueños.

Epílogo disolutivo o la oda a la amargura

Ignora si aún existe. Nunca comprendió —y ya no podrá comprenderlo— si la vida es sueño o si sólo es oscura y viscosa pesadilla. Su cuerpo es un martirio, dolor profundo que asciende y devora lo que aún queda de él. ¿El general Francisco de Miranda es un fantasma o una visión confusa y quebrantada, que él mismo —en un tiempo que es pretérito, especie de eco lejano y torturado que aún preserva en su memoria— inventó para imaginar que podría existir en este mundo y poder vivir la vida que se le dio sobre la tierra como alocada aventura que nunca acabaría? Ya no tiene ninguna certidumbre, tampoco ninguna coherencia. Su memoria, si es que aquello es su memoria, es mucho más territorio movedizo que ya no se puede recorrer. Allí solo están las sombras, fragmentos en desorden que a veces son como una herida y a veces son como el incierto destello de una fugaz y antigua alegría que también se calcina en el olvido.

Presiente que es la muerte. La marcha y la llegada triunfal de un silencio puro y absoluto, donde ya no habrá dolor ni habrá recuerdo ni habrá nada, pues la muerte empezará a ser desde ese instante una vida que no le pertenece, en la que estará ausente para siempre. Y allí se disolverá, todo irá al abismo: su vanidad con sus encajes, sus sueños rotos y desvertebrados, su codicia, su mordaz inteligencia. Lo que pudo haber sido, lo que nunca fue. Dejará de ser eso que él cree que ha sido y que justo en ese instante sabe —lo entiende con escalofrío— ha sido humo, forma, *attimo* y átomo, minúscula partícula humillada por el tiempo incomprensible, ese tiempo que ahora vuelve para que él deje de existir, para depositarlo en la nada, en esa nada absoluta que puede ser Dios, falso absoluto, quimera que intimida, polvo envanecido y no polvo enamorado.

Sus ojos extraviados, que la apoplejía convierte en ojos y en baba de cretino, los vuelve a abrir en ese instante y vuelve a mirar el desfile ilusorio de esa vida suya, que es imagen cambiante y transmutante, que ahora ya es ausencia que le duele mientras muere. Sabe que todo ha sido escritura enmarañada que nunca ha comprendido. Todo le aflige y todo lo tortura. ¿Estará ya en el infierno? ¿Acaso es ya la mezquina vida eterna, la cual con altanera vanidad racionalista nunca pudo admitir como posible? ¿Será el tiempo descifrado? ¿El último suspiro de un cuerpo sucio, enfermo, maldito y maltratado, que al convertirse en vómito anhela transmutarse en alma y ser espíritu?

¿En dónde está ahora esta vanidad suya? ¿En qué se está convirtiendo la ufana prepotencia que engalanó con sedas, con máscaras, con pequeñas mentiras? ¿Qué está quedando del antiguo embaucador, del seductor triunfante, del bello y astuto cortesano? ¿Por qué vuelven las mentiras, las trampas, las precarias apariencias donde siempre escondió su rostro verdadero?

¿Quién lo visita en la hora siniestra de la muerte? ¿Los fantasmas?. . . ¿Los que le han hecho traición?. . . ¿Los que pudieron haberlo amado y él nunca pudo amar?

En su incoherencia a duras penas logra intuir entre tinieblas que el altanero general Francisco de Miranda, a la hora de su muerte, es solo escombros y solo ruina. . . desecho, baba fétida que sale de su cuerpo, hedor. Sabe que está irremediablemente solo. Sabe que, si acaso, solo es una criatura agonizante, que es un hombre que está muriendo sin estar muy convencido de haber amado. Un fracasado que se abraza a su naufragio.

Sin embargo, en la agonía se filtran —como fulguraciones que iluminan— destrozos e instantes de ese otro tiempo, donde él antes ha sido y ahora dejará de ser. Caravanas de rostros y de imágenes que son como los rostros de la vida que ya huye. Ahí está su padre, su anciano y fallecido padre; ese padre humillado por humilde y por canario, escarnecido por esos mantuanos groseros e insolentes que le negaron dignidad y honores y lo obligaron a que soñase para él —para su hijo Sebastián

Francisco de Miranda Rodríguez— una vida rutilante, en la que posiblemente sería conde; una vida con grandeza y oropel para ejercer la soberbia y la venganza sobre esos mismos malandrines que a ambos les negaron todo. Ahí están su madre, sencilla y bondadosa, sus muchos hermanos y hermanas, a los que olvidó casi del todo por andar buscando gloria, prestigio y dignidad. ¿Por qué están todos ahora, en el momento oscuro de su muerte, si él les clausuró las puertas cuando andaba extraviado en los rituales de la vida? También están allí la comprensiva y compasiva Sarah Andrews, rodeada en su tristeza por los hijos. Quiere llamarlos, pero no escuchan su voz ni pueden ver las lágrimas con las que también quiere hablarles y decirles que tal vez son ellos los únicos seres que quisiera llevar consigo a los abismos insondables de la muerte.

Todo es confusamente extraño cuando se inicia el último viaje que, así como puede conducir al definitivo silencio donde quedará flotando el alma, puede conducir también al único y decisivo encuentro, donde se sospecha quién verdaderamente se ha sido en esa trama que es la vida. Pero ya para todo es tarde. Todo está habitado por seres irremediablemente muertos. Todo son músicas calladas y vacías. Ya no se puede regresar para decirle a alguien que el alma que ahora huye tal vez no nos ha pertenecido, o que en ella solo quedan sucias lloviznas que no cesan, pues esa alma ya está deshabitada.

Siente frío. Una gran tristeza le devora los huesos. El recuerdo es un fantasma que ya no lo recorre. Lo que nombra o lo que evoca ya no le trae nada intacto a sus sentidos. ¿Por qué vuelve a nombrar y a recordar el rostro de Bolívar, que no puede mirarlo de frente con sus ojos? ¿Quién es ese Bolívar? ¿Por qué le grita que el general Miranda debe morir para que él pueda existir? En ese instante donde nada y todo ocurre, quisiera preguntarle por qué aquellos hechos misteriosos unirán y separarán para siempre los significados y los actos de sus vidas. Pero ya no hay explicaciones.

Imagina que llueve y cree sentir que en la fuga enfermiza de la lluvia toda la eternidad concluye y todo el olvido recomienza. Su razón extraviada clama lucideces. No quiere irse de la vida abrazado al rencor y a ese dolor que es persistente. Quiere que todo sea purificante olvido cerrando las heridas.

Ya en sus piernas no duelen los lacerantes grillos que han torturado su carne. Ya son ficción los nauseabundos presidios por los que fue conducido hasta llegar a La Carraca.

Oye el sonido infinito del mar, que se introduce por los duros barrotes de la celda. Su cuerpo está ebrio de soledad y no quiere morir consumido en sus rencores. Sabe que nadie nunca penetrará en la sustancia desconocida y cambiante de su alma. Imagina que la historia, esa gran puta que ahora lo conduce en una frágil barca hacia el otro lado del tiempo y de la vida, se tornará en leyenda, en ficción enloquecida sobre lo que él pudo ser o ha sido.

¿Dónde está la patria? ¿Existe esa América que él intuyó para inflamar sus sueños? ¿Ese clérigo oscuro que se expresa en latín y que ha venido para cerrarle los ojos, es España? ¿La España que no pudo odiar, pero que pretendió destruir para saciar venganzas, existe o es quimera? Lo ignora. Ya no sabe nada y nada importa. Solo escucha el ruido de su sombra. Todo termina y, sin embargo, todo puede volver a comenzar, como el mar infinito, como el esquivo o imposible Dios que ha creado el mundo y desordenado el sueño de los hombres. Se están cerrando las pesadas puertas. En ese último instante intuye, a través de una amarga sinfonía de quejidos, que un día podrá despertar sobre el tiempo convertido en leyenda. Pero comprende que todo es un final definitivo, un estar y un irse para siempre, un nunca haber sabido si se fue, si se existió, si alguna vez estuvo en esa historia; si alguna vez amó.

Muere con los ojos abiertos. No hay dolor, no hay rencor. Sólo queda esa ficción absurda, esa lluvia que cae en la conciencia y que tal vez no cesará nunca; esa mar océana, esa mar cálida y azul, esa imagen inmóvil de lo eterno que es el tiempo. El maldito tiempo que, como el incomprensible Dios o como la indescifrada historia, nos hace ser y nos deshace.

El general Francisco de Miranda acaba de morir.

Una crónica cuenta que no pronunció palabra alguna en ese instante. Pero que vio y sintió sobre su cuerpo una lluvia antigua y triste desnudando un jardín que no existía, pues comprendió que el alma desnuda, al permanecer en el jardín, por sí misma lo ha ganado todo.

Sus huesos y sus sueños fueron depositados en una fosa común, pues nadie en ese momento pudo imaginar que él ya era y sería una leyenda.